KB010975

# 3분 내로

# 3분 내로

시드니 셸던 지음 정성호 옮김

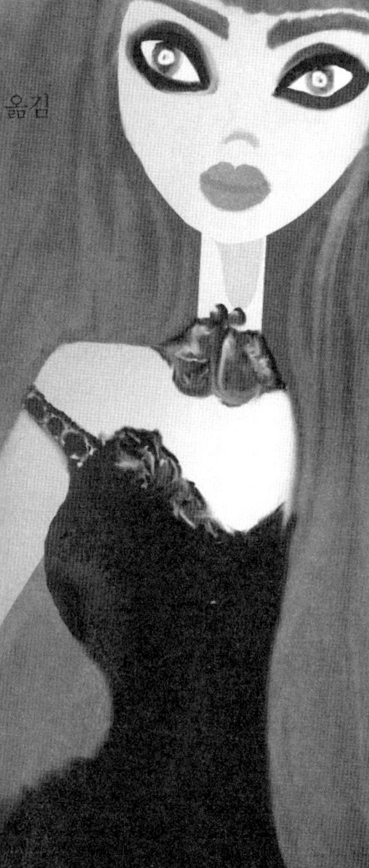

오늘

우리 모두를 적셔주는 부드러운 빗방울에게

이 책을 바친다.

다른 사람을 속이지도 말고 다른 사람으로부터 속임을 당하지도 말 것.

정직한 것은 괜찮지만 세상물정을 모른다고 낙인 찍혀서는 안 된다.

_E. 프롬 「소유냐 삶이냐」

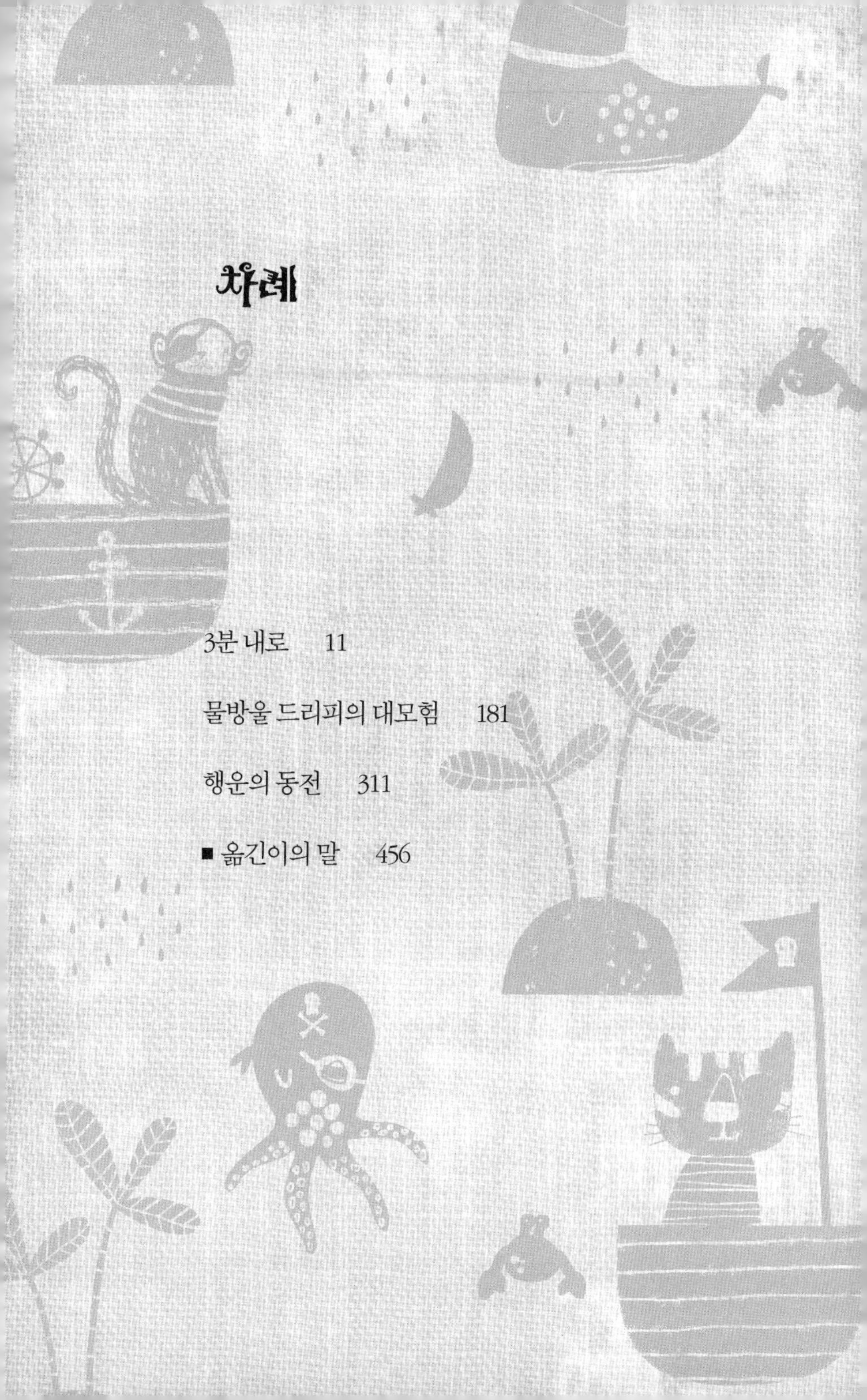

# 차례

# 3분 내로

## The Chase

# 프롤로그

"조심해!"

조종사는 자신들이 곧 죽게 된다는 것을 알고 있었다.

위풍당당한 12인승의 자가용 실버애로우 제트 여객기가 뉴욕 주에 위치한 애팔래치아 산맥을 넘어 불어오는 강한 바람에 장난감처럼 공중에서 요동치고 있었다.

조종사와 부조종사는 아래쪽으로 곤두박질치는 비행기를 똑바로 유지시키려고 죽을힘을 다해 조종을 계속했다.

그 비행기는 정밀하게 설계되어 우수한 기술에 의해 제조된 훌륭한 비행기였음에도 불구하고 조금 전부터 몇 분 동안 엔진이 꺼진 상태였다.

비행기 뒤쪽의 고급 지정석에 앉아 있던 승객 2명 중 한 명이 앞쪽의 조종실로 와서 말했다.

"연료 계통에 뭔가 이상이 있는 것 같군. 엔진이 충분한 힘을 내지 못하고 있어."

평상시 같으면 조종사는 승객에게 제자리로 돌아가 앉으라고 명령했을 것이다. 그러나 지금은 그런 상황이 아니었다. 그 승객은 이 비행기를 설계하고 만든 사람이었다. 그는 세계에서 가장 규모가 큰 다국적 기업에 속하는 그룹의 창업자이자 회장인 마쓰시타 요네오였다.

조종사가 말했다.

"우리는 할 수 있는 모든 것을 다하고 있습니다."

그들은 그 말이 무엇을 의미하는지 이해하고 있었다. 시계는 제로였고 사방을 꽉 메운 산맥의 정상이 무시무시한 자세로 앞을 가로막고 있었다. 기적이 일어나지 않는 한 비행기는 산을 넘을 수가 없었고 위험으로부터 빠져나갈 길이 없었다.

비행기는 고도를 잃기 시작했다. 마쓰시타 요네오는 잠시 기계를 살펴보다가 몸을 돌려 객실에 있는 그의 아내인 에이코에게로 갔다. 에이코의 얼굴에는 두려움이란 찾아볼 수가 없었다. 오히려 평화롭고 정다운 표정을 짓고 있어서 그는 자기 아내가 무서워하고 있지 않다는 것을 알 수 있었다.

요네오는 아내의 손을 감싸 쥐었다. 그러자 그녀는 사랑이 가득한 눈빛으로 그에게 미소를 지어 보였다.

마쓰시타 요네오는 죽음을 맞이할 대비를 했다. 그는 풍요롭고 부유한 삶을 살았으며 다른 사람들보다 더 많은 것을 성취해 놓았다. 그는 빈손으로 시작해서 누구에게나 자랑할 수 있는 마쓰시타 그룹을 일구었다. 세계 각국에 12개 공장이 있었는데 그곳에서 일하는 수천 명의 사원들로부터 그는 한없는 존경을 받고 있었다.

그는 자신의 어릴 때를 회상해 보았다. 전자 계통에 타고난 재능이 있던 그는 여러 곳에서 스카우트 제의가 있었지만 뭔가 새로운 길을 가야 한다는 생각을 했다. 그럴 즈음 에이코를 만나 사랑에 빠졌고, 에이코는 그에게 사업을 해보라고 부추겼다.

처음 5년 동안 요네오는 에이코와 어린 아들인 마사오를 돌보기에 충분한 돈을 벌려고 밤낮없이 일했다. 마쓰시타 요네오가 택한 길은 험난했지만 그에게는 야망과 재능이 있었기 때문에 그를 저지할 수 있는 것은 아무것도 없었다.

회사는 성장을 거듭했고, 마쓰시타 그룹은 다른 회사들을 인수 합병했다. 이어서 새로운 회사를 설립하여 비행기, 컴퓨터, 카메라, 라디오, 텔레비전을 비롯해서 수많은 상품을 생산해 내는 거대한 그룹으로 성장했다.

요네오는 거대한 로켓이 난폭하게 지나간 것처럼 하늘을 가르는 번갯불과 뒤이어지는 천둥소리에 과거의 회상으로부터 깨어났다. 순간적이나마 비행기에 탄 승객들은 바깥을 볼 수 있었다. 그들은 위태롭게 치솟은 산맥에 둘러싸여 있었다. 번갯불 빛이 사라지자 사방은 다시 칠흑 같은 어둠에 휩싸였다.

마쓰시타 요네오는 아내의 손을 꼭 쥐었다. 잠시 후면 그들의 삶은 끝이 나겠지만 그들이 사랑하는 아들 마사오가 남아 있었다. 마사오는 마쓰시타 그룹을 승계하게 될 것이며 그는 그 기업을 잘 운영해 나갈 것이다.

다시 한 번 순간적으로 번개불빛이 번뜩였고 그들은 지옥 같은 전경을 내다볼 수 있었다. 그들 앞에는 바로 눈 덮인 산맥과 먹구름이 가로막고 있었으며 산등성이가 그들을 향해 달려들고 있었다.

몇 초 후, 온 천지가 수천 갈래의 불꽃으로 폭발해버리는 것 같은 폭음이 들렸다. 그러고는 깊은 정적이 흘렀다. 그 정적을 깨뜨리는 것은 삭막한 풍경을 끝없이 가로질러 휩쓸어가는 울부짖는 바람 소리뿐이었다.

# 1

"커피 좀 더 드릴까요?"

"아니, 됐어."

도쿄에서 7천마일 떨어진 경치 좋은 교외에서 마쓰시타 마사오는 아침 식사를 하고 있었다.

마사오는 18세의 핸섬한 청년이었으며 큰 키에 균형이 잘 잡힌 체격, 그리고 밝고 이지적인 눈빛을 소유하고 있었다. 그는 자기 아버지의 강인한 성격에 어머니의 침착함을 물려받아 그 두 가지가 조화되어 아주 특별한 사람처럼 보였다.

마사오는 고등학교를 수석으로 졸업했다. 그는 자기 아버지가 그랬듯이 천부적인 지도력을 갖고 있었다. 고등학교 야구부의 주장이었는데 동료들 간에도 인기가 좋았고 춤추는 것을 좋아해서 가끔 숙제가 없는 한가한 시간을 이용하여 신주쿠의 나이트클럽에도 가곤 했다.

마쓰시타 가문은 세계에서 가장 부유하고 막강한 가문 가운데 하나였지만, 마사오는 그런 것에 영향을 받지 않았다. 그는 개개인의 장점을 위주로 사람을 판단해서인지 많은 친구들이 그를 따랐다.

마사오는 겸손과 성실이 일생을 통해 달성할 수 있는 최고의 덕목이라는 신념을 갖고 성장했으며 명예를 소중하게 여겼다. 그가 가슴에 품고 있는 '영웅상'은 훌륭히 싸우고 때로는 명예를 위해 죽음을 택할 수 있는 사무라이 같은 것이었다.

마사오는 도쿄에 있는 마쓰시타 공장에서 일하면서 휴가를 보내고 있었다. 그는 아버지에게서 전자계통 쪽으로 재능을 물려받았기 때문에 언젠가는 자신의 아이디어를 실행해 보려고 마음먹고 있었다.

마사오가 아침 식사를 끝마쳐가고 있을 때, 고모부인 사토 데루오와 고모인 사치코가 식당으로 들어왔다.

마사오는 자리에서 벌떡 일어섰다.

"고모부! 고모!"

고모가 마사오의 손을 잡으면서 "마사오……." 하고 말했다.

마사오는 고모를 좋아했다. 외모는 변변치 못했지만 친절하고 생각이 깊은 여성인 그녀는 조그만 새가 퍼덕거리듯이 계속해서 사람들 사이를 돌아다니며 떠들고 있었다. 그녀는 식사대접하기를 좋아했으며 그들을 즐겁게 하는 데 익숙해 있었다.

'고모님은 벌새처럼 항상 분주하구나.' 하고 마사오는 생각했다.

마사오는 고모부를 그다지 좋아하지 않았다. 고모부는 키가 크고 깡마른 편이었으며 새까만 머리에다 얇은 입의 소유자였다. 마사오는 고모부에게는 교활한 면이 있다고 생각했다. 마사오가 생각하기에 그는 냉혹하고 심지어는 잔인하기조차 한 면도 있었다.

오래전에 마사오는 데루오가 거대한 마쓰시타 가문에 들어오기 위해 마쓰시타 사치코와 결혼을 결심했다는 소문을 들었다. 그래서 마사오의 아버지는 매제에게 중요한 직책인 회사의 경리를 맡겼지만 아직도 데루오는 불만이 있는 것 같았다. 그가 뛰어난 재주꾼이라는 것은 의심할 여지가 없었지만 바로 그 재주를 마사오는 믿을 수 없었다. 마사오는 아버지가 생산품의 질에 자부심을 가졌던 반면, 데루오는 이익에만 관심을 보였던 것을 잘 알고 있었다.

"아침식사 좀 하실래요?"

마사오가 물었다.

"아니야."

데루오의 표정은 심각했다.

"너에게 매우 나쁜 소식을 알리게 되어 유감이구나."

순간, 마사오는 심장이 멎는 것 같았다.

"무…… 무슨 일인가요?"

"너의 아버지와 어머니 소식이야. 어젯밤에 그만 비행기 사고로 돌아가셨다는구나. 나도 방금 들었다."

마사오는 온몸에 소름이 끼치는 것을 느끼면서 도저히 믿을 수 없다는 듯이 고모부를 노려보았다. 그의 부모님이 돌아가셨다는 것은 있을 수 없는 일이며 불가능한 일이었다.

그분들은 분명히 살아계실 거야!

이건 언젠가 깨질 악몽에 불과할 것이다.

데루오 고모부가 말했다.

"소식에 의하면 두 분은 그 자리에서 즉사하셨다는구나. 고통조차 느끼지 못했을 게다."

마사오는 그 순간 그의 부모가 죽기 직전에 겪었을 모든 공포와 번민을 느꼈다.

"저는……."

그는 눈앞이 흐려졌다. 그래서 크게 숨을 들이키며 정신을 차리려고 했다.

"어디…… 어디서 그런 일이 일어났어요?"

"미국 동부에 있는 애팔래치아 산맥에서. 네 아버지는 새 공장 준공식에 참석하러 가시던 중이었단다."

데루오는 조카를 팔로 안았다.

"내일 아침 미국으로 가자. 네 부모의 유골을 갖고 와서 이곳에서 성대하게 장례식을 치러야지."

마사오는 말이 나오지 않아 고개만 끄덕였다.

마사오는 고모와 고모부가 얼마나 오랫동안 그의 부모에 관한 이야기를 하면서 그곳에 머물렀었는지 전혀 알 수가 없었다. 그들은 위로의 말을 많이 해주었지만 마사오에게는 그런 말은 아무런 의미도 없는, 파도에 부서지는 물거품과도 같았다. 그의 부모님은 그의 마음속에 살아 있었고, 그에게 말하고 있었으며, 그를 사랑하고 있었고, 항상 그래왔듯이 그에게 미래에 대한 계획을 설명하고 있었다.

"마사오, 너는 왜 우리의 사업이 이렇게 빨리 성장했는지 알고 있니? 우리는 다른 어떤 회사보다 좋은 상품을 만들기 때문이야. 품질관리를 철저히 한단다. 우리는 이 땅에서 태어난 것을 행운으로 여겨야 돼. 다른 나라에서는 노동자들이 툭하면 파업을 한다. 그들은 그들 자신들만 생각한단다. 그에 반해 우리 일본인들은 모두가 가족이라고 여기고 개인에게 이득이 되는 것은 곧 모두에게 이득이 되는 것이라고 생각하지."

마사오는 자신이 12세 때 아버지에게 했던 말을 회상해 보았다.

"아버지, 저에게 좋은 생각이 있어요."

"말해보렴."

"아버지는 그다지 세지도 않은 바람이 어떻게 풍차를 돌릴 수 있는지 알고 계세요?"

"그럼, 알고말고."

"그렇다면 그런 바람을 모터에 이용해서 자동차를 움직일 수 있게 하면 좋은데, 왜 그런 방법을 마다해서 불필요한 기름 소비를 막지 못할까요?"

아버지는 그 말을 신중하게 경청했다.

"그것 참 흥미로운 생각이구나."

아버지는 동력 전달 체계와 기계 공학의 구조에 관해서 마사오에게

차근차근 설명해 주었다. 마사오의 아이디어는 실용적인 것은 못되었지만, 아버지는 마사오가 상당히 놀라운 생각을 해낸 듯한 기분을 느끼도록 해주었다.

미국에 있는 모든 마쓰시타 공장의 총사장인 히다카 구니오가 도쿄를 방문했던 날, 저녁 식탁에서 마사오의 아버지는 자랑스럽게 자기 아들의 아이디어에 관한 이야기를 했다. 그것은 마사오로 하여금 훨씬 성숙한 듯한 기분을 갖게 해주었다.

몸집이 거대한 히다카 구니오는 늘 마사오에게 시간을 내주어 그의 고민을 들어주는 친절한 사람이었다.

히다카는 도쿄를 방문할 때마다 마사오에게 선물을 사다 주었는데, 그 선물들은 소년의 상상력과 꿈을 자극하기에 어울리는 사려 깊은 것들이었다. 그는 마쓰시타 그룹의 운영에 관해서 마사오와 몇 시간씩 대화를 나누곤 했다.

"언젠가 이 회사는 네 것이 될 게다."

히다카 구니오는 그렇게 말하곤 했다.

"너는 알아야 할 모든 것을 습득해야만 한다."

"내 조카의 머릿속에 쓸데없는 것을 주입하지 말아요. 그 애는 아직 학생입니다. 그러니 우선 학업에 전념해야 한단 말입니다!"

그때마다 데루오가 그렇게 응수하곤 했다.

마사오의 아버지는 미소 지으며 그 둘을 중재하듯이 말하곤 했다.

"두 사람 말이 다 옳아. 마사오는 먼저 학업을 마친 후에 마쓰시타 그룹의 적절한 자리에 배치될 거야."

히다카 구니오가 미국으로 돌아가기 직전의 어느 날 오후, 그는 마쓰시타 요네오를 찾아가 말했다.

"조만간에 미국에 오실 때는 마사오를 꼭 데리고 오셔야 합니다."

마사오의 아버지는 고개를 끄덕였다.

"나도 그럴 생각이야. 내 아들이 열여덟 살이 되면 그 녀석과 함께 자네를 방문하려고 계획하고 있네."

그것이 바로 1년 전의 일이었다.

마사오는 그 생각을 떠올리며 비통한 생각에 잠겼다.

'……이제 열여덟 살이 되어 난생처음 미국에 가려고 하는데, 그것이 부모님의 유골을 가져오기 위해 가는 것이라니…….'

마사오는 흐느껴 울었다.

다음날 아침 일찍, 마사오와 그의 고모부 데루오, 고모 사치코는 회사 전용 비행기에 올랐고, 잠시 후에 비행기는 뉴욕을 향해 이륙했다.

다른 때 같았으면 마사오는 미국 방문을 몹시 기대했기 때문에 흥분된 상태였을 것이다. 그의 아버지는 그에게 미국에 대해서 많은 이야기를 해주었었다.

"미국에는 대도시와 농장, 그리고 고층건물과 목장, 산맥과 호수가 많이 있단다. 마치 50개의 유럽 국가를 모아 놓은 것 같지. 각 주는 하나의 국가와 같고, 다른 주와는 다른 방식으로 다스린단다."

그렇게 가고 싶어 했던 미국이었지만 마사오의 마음은 흥분은커녕 비탄만이 느껴질 뿐이었다. 마사오는 깊은 슬픔과 고통에 잠겼다. 그에겐 형제도 없었기 때문에 함께 슬픔을 나눌 수 있는 사람이 아무도 없었다. 마사오는 앞으로 자기의 인생이 이보다 더 비참하지는 않을 것 같았다.

마사오는 고모 내외가 앉아 있는 비행기 앞쪽 좌석으로 가서 그들의 도움과 동정에 감사를 표했다. 그들이라도 있었기에 마사오는 최소한 완전히 혼자는 아닌 셈이었다.

"안전벨트를 매시기 바랍니다. 이제 곧 착륙합니다."

비행기가 존 에프 케네디 공항에 도착해서 세관을 통과하는 동안 마사오는 엄청난 경험을 했다.

그 거대한 건물에는 사람들로 붐비고 있었는데, 그들은 여행자나 귀가하는 미국인들이었다. 그의 주위에 있는 모든 사람들이 뭔가 낯설고 신비스런 언어를 사용하고 있었다. 그것이 '영어'라는 것을 깨달았을 때 마사오는 충격을 받았다! 그는 여러 해 동안 학교에서 영어를 배웠지만 그들이 지껄이는 어떤 말도 이해할 수가 없었다. 그들은 마치 기관총에서 총알을 뿜어내듯이 요란스럽게 떠들어 대고 있었다. 좀 더 느리게 말한다면 알아들을 수 있었겠지만…….

그들은 세관을 통과하여 밖으로 나왔다. 커다란 회사의 리무진이 공항 앞 광장에서 그들을 기다리고 있었다. 기사는 레슬링 선수처럼 체격이 건장하고 흉측하게 생긴 히가시라는 사람이었다.

리무진의 트렁크에 짐을 넣고 나서 데루오가 조카에게 말했다.

"우리는 뉴욕의 북부 쪽으로 갈 것이다. 사고가 발생한 곳에서 그다지 멀지 않은 곳에 별장이 있지. 호수를 끼고 사냥을 위해 만들어 놓은 곳이야. 우선 오늘 밤을 그곳에서 보내고 내일 네 부모의 유해를 찾는 데 필요한 절차를 밟아야겠다."

'내 부모의 유해.'

그 말은 마사오의 마음을 너무도 차갑고 아프게 했다.

히가시는 그 거대한 공항의 구불구불한 길을 벗어나 북쪽으로 향하는 고속도로로 차를 몰았다. 따뜻한 봄날의 밤, 전원 풍경은 아름다웠다. 저녁 공기는 부드러웠고 나무는 밝은 잎들로 덮여 있어서 생동감을 주었지만 그런 아름다운 경치가 마사오를 더욱 슬프게 만들었다. 아무 일도 없었던 것처럼 꽃이 피어 있었고, 사람들이 웃고 있었으며, 즐거운 노래가 연주되는 분위기가 마사오에게는 뭔가 잘못되어가고 있는 것처럼 생각되었다. 마사오는 계속 어둡고 깊은 슬픔에 잠겨 있었다.

그들은 2시간 정도 산길을 지나고, 잠들어 있는 마을과 평야 그리고 숲속을 달렸다.

그들이 [웰링턴에 오신 것을 환영합니다]라는 표지판이 있는 조그만 마을을 지나치고 있을 때 데루오가 말했다.

"이제 거의 다 와간다."

그로부터 15분 후에 일행은 목적지에 도착했다.

그 회사의 사냥용으로 만들어진 별장은 중요한 손님들을 모시는 데 사용되어 왔다. 건물은 4층으로 산속의 거대한 호수가 내려다보이는 곳에 있었다.

"도우미들이 없어서 걱정이구나."

데루오가 마사오에게 양해를 구했다.

"우리의 이번 방문이 예정된 것이 아니어서 말이야. 하지만 하루 이틀 정도야 우리끼리 지낼 수도 있지 않겠니?"

"맞아요, 고모부."

마사오가 말했다.

짐을 별장 안으로 가지고 들어온 히가시는 마사오에게 2층의 그가 거처할 방을 보여주었다. 그곳은 호수와 주위 경관을 내다볼 수 있는 테라스가 달린 넓은 방이었다. 침실에는 커다란 벽난로와 아름답고 고풍스러운 가구, 넓고 안락해 보이는 침대가 놓여 있었다.

마사오가 짐을 풀고 있는 동안, 데루오와 사치코가 그에게 잘 자라는 저녁 인사를 하려고 들어왔다.

데루오가 말했다.

"내가 내일 필요한 모든 조치를 취하마. 그리고 우린 모레 다시 도쿄로 돌아가는 거야."

"고마워요, 고모부."

"잠 좀 자거라."

"네."

사치코는 마사오를 팔로 안으며 속삭였다.

"너의 어머니와 아버지는 네가 의연해지길 원하실 거야."

"그러겠어요."

마사오가 약속했다. 그는 부모님을 위해서도 이 어려운 상황을 의연하게 헤쳐 나가야 했다.

"뭐든 필요하면 내려와라. 우리 침실은 복도 바로 아래쪽에 있다."

사치코가 말했다.

그러나 마사오가 지금 원하는 것은 부모님과 함께했던 행복한 추억들을 회상하기 위해 혼자 있는 것이었다. 그는 밤새 앉아서 과거를 더듬어 가기로 했다.

그는 보트를 타고 아버지와 낚시를 하고 있었다. 구름 한 점 없이 맑고 화창한 날씨였다. 소금기가 섞인 미풍이 불어왔으며 아버지는 어떻게 가난한 집안에서 자신이 성장해 왔는지를 마사오에게 들려주고 있었다.

"마사오, 나는 성공해야겠다고 굳게 마음먹었다. 돈이나 성공 그 자체를 위한 성공에는 관심이 없었어. 다만 내가 아는 만큼 무슨 일에든 최선을 다하고 싶었고……."

아버지는 온기가 느껴지는 부엌에서 저녁을 준비하는 어머니를 바라보고 계셨다. 그때 마사오는 어머니에게 그가 듣고 싶어 하는 폭풍이 몰아치던 날에 관한 이야기를 또 들려달라고 졸랐다.

"그래, 네가 태어났을 때는 몹시 추운 겨울이었는데 우리에겐 난로를 살 돈마저 없었단다. 어느 날 밤, 눈과 함께 폭풍이 몰아쳤지. 잠자리에서 울고 있는 네게 우리는 담요를 한 장 덮어주었다. 점점 더 추워지자 담요를 또 한 장 덮어주었지. 그 다음에는 카펫 조각, 그리고 기온이 더 떨어져가서 우리는 계속해서 뭐든지 덮어주었어. 코트와 담요, 베개까지. 너를 질식시키지 않은 것만 해도 천만다행이었지."

마사오는 어머니의 달콤하고 낭랑한 웃음소리와 아버지의 묵직하고 신중한 목소리를 들을 수 있었다. 그 목소리가 계속해서 마사오를 지켜주었다.

마사오는 다시는 부모님을 볼 수 없었고, 그들을 잡거나 만져볼 수도 없었지만 그들이 항상 자기와 함께 있다는 것을 알 수 있었다.

동틀 무렵 햇살이 하늘을 물들이기 시작할 때, 사치코가 마사오의 침실로 왔다. 그녀는 침대에서 마사오가 잔 흔적을 보지 못했지만 아무 말도 하지 않았다.

"마사오야, 아침식사 준비를 해놓았단다."

마사오는 고개를 저었다.

"고마워요. 하지만 전 배가 고프지 않은걸요."

"먹어야 돼. 부디 너라도 건강을 유지해야지."

"네. 그럼 노력해볼게요."

마사오는 고모를 따라 아래층에 있는 넓은 식당으로 내려갔다. 그곳에는 데루오가 식탁의 상석에 앉아서 기다리고 있었다.

"눈 좀 붙였니?"

"네, 고모부."

그는 밤새 한순간도 눈을 붙이지 못했다.

마사오가 자리에 앉자, 사치코는 그에게 식사를 가져다주었고, 마사오는 자신도 모를 정도로 무척 배가 고팠던 터라 음식을 맛있게 먹었다. 꼭 죄를 지은 듯한 기분이 들었다.

데루오가 말했다.

"오늘 아침에 손님이 한 분 오실 거다."

마사오는 놀라서 그를 바라보았다.

"손님이라고요?"

그 이름은 마사오에게도 친숙한 것이어서 갑자기 그 이유가 궁금해졌다. 와타나베는 아버지의 담당 변호사였다.

"그분이 왜 이곳에 오시죠?"

마사오가 물었다.

"그가 네 아버지의 유언장을 가져오기로 되어 있다."

데루오는 마사오의 얼굴에 나타난 불쾌한 기색을 눈치 챘다.

"네가 무슨 생각을 하고 있는지 잘 안다. 하지만 마쓰시타 산업은 거대 그룹이야. 누군가 총수가 있어야 돼. 그 사람이 누구인지 네 아버지의 뜻이 그 유언장에 쓰여 있을 거다."

"물론 그렇겠죠."

마사오는 이해하려고 노력했지만, 그의 생각은 마쓰시타 그룹에 가 있는 것이 아니라 그 그룹을 창설하고 성장시켜서 그렇게 자랑스럽게 이룩해 놓은 분에게 가 있었다.

오전 11시 정각에 와타나베 다다오가 도착했다. 그는 마치 오래전에 미라로 만들어진 것처럼 깡마른 모습이어서 나이를 추측하기가 어려웠다. 그의 태도는 민첩했고 꼼꼼한 인상이 풍겼다.

그는 마사오와 일행들에게 애도를 표하고 나서 직접적인 문제로 들어가 유언장을 읽기로 했다. 4명은 모두 서재에서 앉았는데 와타나베는 책상 뒤쪽에, 다른 사람들은 안락의자에 자리를 잡았다.

와타나베가 유서를 읽기 시작했다. 마사오는 자신이 그 내용을 잘 들어야 한다는 것을 알면서도 그 믿어지지 않는 돌발적인 비극 때문에 아직도 아무런 감각이 없는 것 같았다. 그는 유언장의 내용에는 관심이 없었다.

변호사의 목소리가 차츰 희미해져 가면서 마사오는 지쳐서 자신의 눈꺼풀이 감기는 것을 느꼈다. 변호사는 손바닥으로 책상을 쳤고 마사오는 깜짝 놀라 정신을 차렸다.

"여기 있군."

와타나베가 말했다.

"요약하면, 마스시타 산업과 기타 모든 자회사 및 자산은 마쓰시타 마사오에게 물려준다. 급작스런 사고로 그가 죽을 때는 마쓰시타 산업은 사토 데루오의 소유가 된다."

마사오는 지금 방금 자신이 들은 소리에 소스라치게 놀라 정신을 바짝 차렸다. 세계적인 대그룹 중의 하나가 이제 그의 것이 된 것이다!

정말 믿기 어려운 일이었다. 물론 그의 고모부 데루오도 회사 운영을 도와줄 것이고, 마사오가 회사를 운영하기에 충분한 연륜을 갖출 때까지 마사오에게 사업에 관해 가르쳐줄 것이다. 하지만 그렇다 해도 회사는 그에게 너무 큰 규모였다.

데루오가 그에게 말하자 마사오는 집중하면서 귀를 기울였다.

"아버지는 매우 현명하게 계획을 짜놓으셨구나. 너는 그분의 전통을 이어갈 수 있을 거야. 그동안 나는 너를 돕고 너에게 안내자로서 할 수 있는 모든 일을 다 하겠다, 마사오."

마사오는 고마움을 나타내며 고개를 끄덕였다.

"감사합니다, 고모부. 고모부가 안 계셨다면 저는 이런 일을 떠맡을 수 없었을 겁니다."

와타나베가 자리에서 일어났다.

"잘 되었군요. 나는 다시 시내로 돌아가야 합니다. 즉시 이 유언을 증빙서류로 처리해서 보관하겠습니다."

사치코는 주의 깊게 마사오를 살펴보고 있었다.

"아주 피곤해 보이는구나. 침실에 가서 좀 누우렴."

그녀가 말했다.

"그래야 할 것 같아요."

마사오는 수면 부족과 긴장으로 현기증을 느끼며 일어났다. 너무도 많은 일이 너무도 빨리 진행되고 있었다. 마사오는 변호사에게 작별 인사를 하고 위층에 있는 그의 침실로 올라갔다. 그는 너무 지쳐서 옷을 벗을 겨를도 없이 침대에 쓰러졌다.

그는 즉시 잠에 곯아떨어졌다.

마사오가 눈을 떴을 때는 사방이 어두웠다. '나는 온종일을 낭비해 버렸구나.' 하고 그는 생각했다.

그는 고모부가 장례절차를 준비하는 것을 도우려고 생각했지만 지금은 너무 늦어 있었다.

고모부에게 신세를 졌다는 느낌이 들어서 마사오는 침대에서 벌떡 일어나 복도로 나갔다. 아직 잠이 덜 깬 상태에서 그는 아래층으로 내려갔다.

내일이면 그들은 도쿄로 돌아가게 된다. 그의 친구들이 미국에 대해 물으면 마사오는 그들에게 공항에서 본 모든 것과 집, 그리고 호수에 대해서 이야기할 수 있어야 했다. 그리고 언젠가 그가 마쓰시타 산업을 경영하는 동안 다시 미국에 와서 아버지가 그에게 보여주길 원했던 미국이란 나라를 더 잘 알고 가리라 마음먹었다.

마사오는 서재에서 흘러나오는 소리를 듣고 그곳으로 다가갔다. 고모와 고모부가 언성을 높여 이야기하고 있었다.

그가 막 서재의 문을 열고 들어가려는 순간, 마사오는 고모부가 그의 이름을 들먹이는 것을 들었다. 엿듣고 싶지 않았지만 마사오는 가만히 들을 수밖에 없었다. 고모가 알아들을 수 없게 뭐라고 말하자 고모부는 화난 목소리로 말했다.

"공평하지 않아! 나는 회사를 설립하는 것을 도왔어. 수년 동안 그곳에 내 인생을 바쳤다고! 회사는 마땅히 내가 물려받아야 돼!"

"요네오 오빠는 항상 당신에게 관대했어요. 오빠는……."

"당신 오빠는 내 고마움을 전혀 알지 못해, 전혀! 그걸 알았다면 마사오에게 회사를 물려주지 않았을 거야."

"마사오는 오빠의 아들이에요."

"그 애는 아직 어려. 어떻게 그 애가 그 큰 회사를 경영해 나갈 수 있단 말이야?"

"물론 지금은 어렵겠지만 당신이 도와준다면 언젠가는 그 애도……."

"어리석은 말 하지 마, 사치코! 어떻게 그 애가 내 회사를 훔쳐갈 수 있도록 도와준단 말이지? 안 돼! 그렇게는 안 돼. 나는 결코 그렇게 내버려두지 않겠어!"

"당신은 어쩔 도리 없어요. 유언에 따라……."

"유언에 의하면 만일 마사오가 죽을 경우, 마쓰시타 산업은 내 것이 되는 거야."

"하지만 문제는……."

"아무런 문제없어. 마사오는 죽게 될 거야."

## 2

마사오는 방금 들은 믿기 어려운 이야기에 충격을 받고 그대로 서 있었다. 고모부는 자기를 살해하려는 냉혹한 계획을 세우고 있는 것이다. 고모가 저지하겠지만 그녀도 자기 남편에게 감히 대항할 만한 힘이 없었다. 그녀는 남편을 두려워하게 되었다.

잠시 마사오는 서재로 들어가서 고모부와 맞부딪쳐 볼까도 생각해 보았다. 그때 문득 거대한 몸집의 운전기사 히가시의 모습이 떠올랐다. 더구나 이곳에는 도우미도 없고 방문이 예정되어 있는 것이 아니라고 했던 고모부의 말이 생각났다.

그렇지만 이런 손님 접대용 별장은 1년 내내 도우미들이 있었을 것이다. 고모부는 유언의 내용을 미리 알고 마사오를 자기 마음대로 처리하려고 계획을 세운 것이 분명했다. 히가시도 그 일에 가담하게 될 것이다. 그 거대한 몸집의 사나이는 운전기사라기보다는 암살자처럼 보였다.

심장이 너무 크게 뛰어서 마사오는 고모부 내외가 그 소리를 들을 것만 같았다. 그는 살그머니 서재의 문에서 물러서서 위층에 있는 자신의 침실로 서둘러 올라갔다. 그는 가만히 생각해볼 필요가 있었다. 데루오 고모부와 거대한 마쓰시타 그룹 사이에 있는 유일한 장애물이 바로 자신인 것이다. 그리고 고모부는 자신이 속았다고 생각하고 있었다.

마사오는 그것이 사실이 아님을 알고 있었다. 그 회사를 설립하고 발전시킨 사람은 바로 마사오의 아버지였다. 아버지는 사치코 때문에 매제인 데루오를 사업에 참여시켰으며 그를 후하게 대우해 주었다. 그럼에도 불구하고 데루오는 지금 마사오를 살해할 계획을 세우고 있는 것이다.

'유언에 의하면 만일 마사오가 죽을 경우, 마쓰시타 산업은 곧바로 내 것이 되는 것이다.'

데루오는 마사오를 어떤 식으로 죽이려고 할까? 그는 우연한 사고나 자살처럼 꾸며서 자기는 아무런 의심을 받지 않으려고 할 것이다. 게다가 자살의 동기는 물론 명백하다. 마사오는 그 동기를 설명하는 데루오의 목소리가 들리는 것 같았다.

'그 가엾은 아이는 자기 어머니와 아버지의 비극적인 죽음에 비관해서 자살한 것입니다.'

하지만 어떤 방법으로 나를 살해할 것인가? 어떻게?

마사오는 어둠이 깔린 발코니에 서서 호수를 내려다보며 곰곰이 생각에 잠겨 있다가 갑자기 그 해답을 알아냈다. 고모부는 자신을 그 호수 속에 빠뜨려 죽이려고 하는 것이다. 자신을 유인해서 그 별장에 있는 보트를 타고 호수 한가운데로 들어간 다음…….

데루오는 다음날 아침에 일본으로 돌아갈 것이라고 말했었다. 그것은 마사오를 살해하는 시기가 바로 그날 밤이라는 것을 의미했다.

마사오는 빨리 그곳에서 탈출해야만 했다. 하지만 어디로 간단 말인가? 누구에게로 도피한단 말인가?

그에겐 돈도 없었고 미국에 아는 사람이라곤 전혀 없었다. 그는 영어를 한마디라도 할 수 있을지도 확신할 수 없었다. 마사오는 케네디 공항에서 한마디도 알아들을 수 없었던 것을 떠올렸다.

'그런 것은 나중에 걱정해도 된다.'

마사오는 자신에게 말했다.

우선 급한 것은 이곳을 빠져나가 도움을 청하는 일이었다. 별장은 깊은 산속에 동떨어져 있었고, 가까운 곳에 집이 한 채도 없었으므로 그가 도망가서 도움을 청할 그 누구도 없었다.

마사오는 문득, 이곳으로 오면서 지나친 조그만 마을이 기억났다. 웰링턴, 그곳의 지명이 머릿속에 순간적으로 떠오른 것이다. 그곳에는 경찰서도 있을 것이다. 그는 그곳에만 가면 자기 고모부가 자기를 살해하려고 한다는 것을 그들에게 알릴 수 있을 것 같았다. 그러면 경찰이 자신을 보호해줄 것이다.

우선 그는 이곳을 탈출해야만 했다.

마사오는 숨을 죽인 채 침실 방문으로 가서 귀를 기울였다. 아무런 소리도 들려오지 않았다. 방문을 열자 복도에는 아무도 없었다. 그는 히가시와 마주치지 않도록 조심해야 했다. 마사오는 히가시의 거대한 팔목과 어깨를 떠올렸다.

그는 발뒤꿈치를 들고 한 번에 한 계단씩 소리가 나지 않게 조심해서 내려갔다. 아직도 서재에서 흘러나오는 목소리를 들을 수 있었다. 지금 그곳에서는 세 사람이 이야기를 나누고 있었다.

마사오는 그들이 무슨 얘기를 하는지 들어야 할 필요가 없었다. 그는 반대편으로 몸을 돌려 부엌 쪽으로 갔다. 문은 열려 있었다.

잠시 후에 그는 안전하게 그 집을 빠져나와 있는 힘을 다해 달리기 시작했다.

마사오는 별장 입구의 거대한 정문을 지나 마을로 연결되는 도로를 달렸다. 그는 별장에서 어떤 경보음이 들리는지 보려고 잠시 멈추었으나 아무런 소리도 들려오지 않았다. 그들은 아직도 그가 달아났는지 모르고 있는 것 같았다. 마사오는 만일 어떤 차가 접근하는 소리만 들려도 숨을 준비를 하면서 웰링턴으로 향하는 길을 따라 걸었다.

그의 귀에는 귀뚜라미와 개구리 그리고 풀벌레 우는 소리, 나무를 스치는 한숨소리 같은 바람 소리가 들려왔다.

마사오는 별장에서 어떤 일이 벌어지고 있는지 궁금했다. 아마도 그들은 이제 계획을 완성했을 것이다. 그리고 마사오가 사라진 것을 알고 놀라고 있을 것이다. 마사오는 미국 영화와 텔레비전 쇼를 많이 봤기 때문에 경찰이 얼마나 유능한지 잘 알고 있었다. 그들은 사토 데루오를 어떻게 처벌할지 알고 있을 것이다.

그 조그만 마을에 오기까지는 거의 한 시간이 걸렸다.

웰링턴은 시골 마을처럼 보였다. 작은 쇼핑센터와 식료품점, 그리고 세탁소와 약국이 한 줄로 늘어서 있었다. 그러나 모든 문들이 닫혀 있었다. 큰길은 하나밖에 없어서 마사오는 그 길을 따라 걷다가 마침내 '경찰서'라는 표지판이 붙어 있는 조그만 벽돌 건물에 이르렀다.

마사오의 가슴은 뛰고 있었다. 그는 성공한 것이다. 그는 서둘러 계단을 올라가 안으로 들어갔다. 넓은 접견실은 허름했고 곰팡이 냄새가 풍겼다. 제복을 입은 경찰관 한 명이 책상에 앉아서 뭔가를 쓰고 있었다.

경찰관은 그가 들어서자 고개를 들었다.

"뭘 도와주길 원하지?"

단어들이 한꺼번에 그의 입에서 쏟아져 나왔으므로 마사오는 전혀 알아들을 수가 없었다.

"무슨 일이지?"

경찰관의 목소리에는 재촉하는 듯한 기미가 보였다.

마사오는 침을 삼키며 천천히 말했다.

"저……아저씨, 조금만 천천히 말해주……."

경찰관은 고개를 끄덕였다.

"좋아, 용건이 뭔가?"

그가 천천히 말하자 마사오는 말뜻을 알아들을 수가 있었다.

"제 생명이 위험해요."

경찰관은 뭐라고 중얼거렸다. 그 말은 '게토에는 거주자가 없다'라고 하는 것 같았지만 마사오는 자신의 추측이 틀렸음을 알았다. 그는 경찰관이 전화를 걸어서 뭐라고 간단하게 이야기하는 것을 보았다.

경찰관은 전화를 끊고 마사오를 바라보며 아주 느리게 말했다.

"복도를 따라가다가 오른쪽 첫 번째 방으로 들어가게. 반장님이 자네를 만나겠다고 하시니까."

순간적으로 마사오는 경찰관이 한 말이 반장을 만나게 될 것이라고 말한 것으로 이해할 수 있었다.

"고맙습니다."

마사오는 감사를 표했다. 그는 복도를 따라 내려가다가 첫 번째 문에서 노크를 하고 안으로 들어갔다. 회색빛 머리의 남자가 책상에 앉아서 뭔가를 적고 있었다. 그의 얼굴은 주름져 있었고 옷 역시 쭈글쭈글하게 구겨진 것을 입고 있었다. 아마도 과도한 업무에 시달린 듯한 모습이었다.

"앉게."

그는 고개를 들지 않은 채 말했다. 마사오는 멍하니 그대로 서 있었다. 그 몸집이 큰 남자는 눈을 치켜 올리며 물었다.

"영어 할 줄 아나?"

"네, 조금."

"좋아."

반장이 말했다.

"의자에 앉게나."

마사오는 의자에 앉았다. 그는 이 미국인들이 서둘지 않고 조금만 천천히 또박또박 말을 해준다면 알아들을 수 있을 것 같았다.

잠시 후 반장은 쓰고 있던 서류를 옆으로 치우고 마사오에게 관심을 보였다.

"좋아. 난 형사반장 매트 브래니건이야. 무슨 일인가, 젊은 친구?"

"저는……."

마사오는 어디서부터 얘기를 시작해야 할지 몰랐다. 말할 것이 너무나 많았다.

"사고가 있었어요. 제 고모부가 저를 죽이려고 합니다."

그 말은 옳은 것 같지 않았다.

그는 다시 시작했다.

"제 부모님이 비행기 사고로 돌아가셨어요. 저는 아버지의 회사를 물려받았습니다. 제 고모부는 그 회사를 제게서 빼앗아가려고 해요. 그러기 위해서 그는 저를 죽여야만 합니다."

이제는 영어가 술술 잘 되어갔다.

"운전기사도 그를 돕고 있어요. 그들은 저를 익사시키고 자살한 것처럼 꾸미려고 계획하고 있습니다. 그들은……."

반장은 한 손을 치켜들었다.

"잠깐! 다시 시작하는 것이 좋겠어. 나는 자네 얘기를 한마디도 알아듣지 못했거든."

그러자 마사오는 이번에는 오히려 반대로 반장이 언어의 장벽에 직면하고 있다는 것을 깨달았다. 마사오는 아주 느리게 말하려고 몹시 애를 썼다.

"당신의 도움이 필요합니다. 제 고모부가 저를 죽이려고 해요."

"알겠어. 그가 자네를 위협하던가?"

"아뇨. 하지만 그가 하는 얘기를 엿들었어요. 나를 물에 빠뜨려 죽이고는 사고처럼 꾸밀 계획을 세우고 있어요."

"그가 그렇게 말하는 것을 자네가 들었단 말이지?"

"아닙니다. 정확히 들은 것은 아닙니다."

"그가 자네를 물에 빠뜨려 죽이겠다고 말하지 않았단 말이지?"

"그렇게 말하지는 않았지만 저는 그의 계획을 알고 있어요."

마사오는 흥분해서 차츰 빠르게 말하기 시작했다.

"진정하게."

브래니건 반장이 말했다.

"분명히 해두자고. 자네 생각에는 자네 고모부가 자네를 물에 빠뜨릴 계획을 세우고 있다, 하지만 그가 그렇게 말한 것은 아니다, 그 말이지?"

"꼭 그런 것은 아닙니다."

"그렇다면 정확히 그가 뭐라고 말했단 말인가?"

"제가 죽어야 한다고요."

형사반장은 마사오를 아래위로 훑어보았다.

"그가 자네에게 그렇게 말했나?"

"아닙니다. 제 고모에게 말했고 그 다음에는 운전기사에게도 말했습니다."

"운전기사에게는 뭐라고 말했지?"

마사오는 머뭇거렸다.

"저는…… 저는 잘 모릅니다."

"자네는 그 대화를 들은 것이 아닌가?"

"네, 반장님. 하지만 저는 그들이 저를 살해하려는 대화를 나누고 있었다는 것을 알고 있어요. 그래서 이렇게 도망쳐 나온 겁니다."

"어디서 도망쳐 온 건가?"

"저 북쪽에 있는 프랑스식 별장에서요."

"지금 자네 고모부는 그곳에 있겠군?"

"그렇습니다. 제 고모와 운전기사 히가시도 함께 있어요. 저는 히가시가 정말 운전기사인지도 믿을 수가 없어요. 제 생각에는 고모부가 저를 죽이려고 고용한 사람 같아요."

"자네 '생각'이라."

"네, 그렇습니다. 반장님."

"자네는 지금 매우 심각한 사실을 말하고 있어."

"맞습니다, 반장님. 저는 반장님의 보호가 필요합니다."

"자네, 몇 살이지?"

마사오는 이상한 질문이라고 생각했다.

"열여덟 살입니다."

그 대답이 뭔가 해답을 제시해준 듯 경찰관은 고개를 끄덕이더니 일어섰다.

"좋아, 내가 자네를 도울 수 있을 것 같군. 고모부 이름이 뭐지?"

"사토 데루오입니다."

형사반장은 종이쪽지에 뭔가를 적었다.

"곧 돌아올 테니 여기서 기다리게. 커피 한 잔 하겠나?"

"아닙니다. 반장님."

마사오는 이런 악몽이 사라지는 것 외에는 아무것도 원치 않았다.

형사반장 브래니건이 10분 정도 지나서 다시 돌아와 말했다.

"걱정하지 않아도 되네. 모든 일이 잘될 것 같으니까."

마사오는 순간적으로 안도감을 느꼈다.

"정말 감사합니다. 만일 제가 도쿄로 돌아갈 수 있도록 비행기 표를 예약해 주시면 제가 그곳에 도착하는 즉시 지불해 드리겠습니다."

"그럴 필요 없네."

브래니건 반장이 말했다.

"이런 경우를 대비해서 우리는 비상 자금을 갖추고 있으니까."

"제 고모부는 어떻게 될까요? 곧바로 감옥에 가게 되나요?"

"우리가 알아서 처리하겠네. 자네도 알겠지만 재판을 받게 되겠지."

마사오는 그것을 잘 알고 있었다. 그는 〈페리 메이슨〉이라는 TV드라마를 보았기 때문이다. 미국의 법률은 강력한 것이었다. 마사오는 이제 아무것도 걱정할 필요가 없었다. 그는 안전했다.

"알겠습니다, 반장님."

마사오가 말했다.

그때 복도에서 갑작스럽게 목소리가 들려왔다. 문이 열리고 데루오 고모부와 히가시가 걸어들어 왔다. 마사오는 불신감으로 그들을 노려보았다.

데루오가 말했다.

"마사오! 네 고모와 내가 얼마나 걱정했는지 아니! 우리는 너에게 뭔가 불행한 일이 일어난 걸로 생각했단다."

그는 브래니건 반장에게 고개를 돌렸다.

"반장님, 전화를 해주신 데 대해서 진심으로 감사드립니다."

그러고 보니 그 경찰관은 마사오를 배신한 것이었다! 그는 마사오의 이야기를 믿지 않은 것이다. 마사오를 편드는 체하면서 그를 그들에게 넘겨준 것이다.

마사오는 생각했다.

'내 말을 믿을 거라고 생각한 내가 제정신이 아니었어. 데루오는 거대한 기업의 중역이자 존경받는 사업가인데 그를 살인 혐의로 고소했으니 페리 메이슨조차도 내 얘기를 믿으려 하지 않았을 거야.'

브래니건 반장이 말했다.

"한 달에 10여 명씩 이렇게 가출한 경우를 만나게 됩니다. 이 또래의 아이들에겐 흔한 일이죠."

데루오도 동감한다는 듯이 고개를 끄덕였다.

"나도 잘 압니다. 게다가 마사오는 충격으로 고통 받고 있어요. 자기 부모의 죽음에 대해서 얘기하던가요?"

브래니건 반장은 고개를 끄덕였다.

"네, 그리고 이 아이는 당신에 관해서도 험담을 했고 운전기사가 자기를 물에 빠뜨리려 한다고 말하더군요."

데루오는 슬픈 듯이 마사오를 바라보았다.

"불쌍한 녀석, 이 아이에게는 의사가 필요해요. 아이를 위해서 의사를 데려와야겠군요."

그는 마사오 쪽으로 다가갔다.

"안 돼, 날 만지지 마!"

마사오의 두 눈은 갑자기 공포로 가득 찼다. 그는 브래니건 반장을 바라보며 애원했다.

"제발, 제발 반장님! 이자들이 절 죽이려고 합니다."

형사반장은 고개를 저었다.

"아무도 자네를 죽이려 하지 않아. 자네 고모부는 돌봐주려고 하는 것뿐이라고."

거대한 몸집의 히가시가 그에게 다가와 팔을 붙잡았다.

"가자."

마사오는 마지막으로 애원했다.

"반장님, 이들이 저를 데려가도록 내버려두지 마세요. 저를 일본으로 돌려보내 주세요."

"우리가 너를 일본으로 보내줄 거잖니."

데루오가 달래듯이 말했다.

"그곳에 가면 네 기분도 달라질 거다."

그는 반장을 돌아보며 말했다.

"도와주셔서 정말 고맙습니다."

"별말씀을. 나도 아이가 괜찮아지길 바랍니다."

"잘 보살피겠습니다."

데루오가 말했다.

매트 브래니건은 두 남자가 마사오를 사무실 밖으로 끌고 나가는 것을 보면서 마사오에게 미안한 기분이 들었다.

'잘생기고 정상적인 아이 같은데 고모부가 자기를 죽이려 한다는 상상을 하고 있다니. 사토 씨는 외모만 봐도 훌륭한 사업가 같군. 그 애는 아마 마약을 복용했을지도 몰라.'

밖에서는 데루오와 히가시가 마사오를 리무진에 태우고 있었다. 히가시의 거대한 손이 마사오의 팔을 아플 정도로 꽉 쥐고 있었다. 거기서 도망칠 수 있는 기회는 보이지 않았다.

"이런 일이 생긴 데 대해 창피한 줄 알아라."

데루오가 화를 내며 말했다.

마사오는 자동차의 히가시와 데루오 사이에 끼어 앉게 되었다. 마사오의 마음속은 미친 듯이 달려가고 있었다. 그는 그들이 자신을 죽이도록 내버려 두지 않겠다고 생각했다. 그는 자동차가 별장에 도착하면 그들의 손아귀에서 빠져나가기로 작정했다. 자신은 그 두 사람보다 빨리 달릴 수 있을 것 같았다. 그들은 결코 자신을 잡을 수 없을 것이다.

그때 마사오는 팔에 따끔한 통증이 느껴져서 팔을 내려다보았다.

그 순간 고모부가 피하주사기를 그의 팔에서 뽑아내고 있었다.

"지금 무슨 짓을 한 거죠?"

마사오가 항의했다.

"너를 쉬게 하려고 그런다."

데루오가 달래듯이 말했다.

"너는 지금 정상이 아니야, 마사오. 나는 네가 무척 걱정이 된다. 정말 큰일이야. 네 고모와 벌써부터 얘기했었지. 우리는 네가 뭔가 어리석은 짓을 할까 봐 걱정이 되었어……."

갑자기 그 말은 차츰 멀어지는 것 같았고, 마사오의 눈앞에서 데루오의 얼굴이 헤엄을 치기 시작했다.

마사오는 머리가 무겁게 느껴졌다. 그들은 마사오 몰래 약물을 주입한 것이다. 마사오에게 탈출할 기회를 주지 않기 위해서였다. 그가 무의식 상태일 때 그를 살해하려고 마음먹고 있었다.

"이봐요……."

하지만 마사오의 혀는 굳어버려서 말이 되어 나오지 않았다. 마사오의 두 눈이 감겼다. 그러곤 아무것도 보이지 않았다.

# 3

마사오는 정신을 차리고 천천히 눈을 떴다. 그는 낯선 방안에 있었다. 머리가 무겁고 지근지근 쑤셔댔다. 그는 얼마 동안이나 정신을 잃었는지 전혀 짐작할 수가 없었다.

마사오는 고통조차 잊고 어떻게 해서 자신이 그곳에 오게 되었는지를 기억해 내려고 애를 썼다. 그는 경찰관, 즉 형사반장 브래니건과 이야기했던 것과 고모부와 히가시가 그를 자동차에 태운 것, 자신에게 약물이 투입된 것이 생각났다.

마사오는 작은 침대 위에 일어나 앉았다. 머릿속이 매우 혼란스러웠다. 그는 정신이 맑아질 때까지 기다렸다. 조심스럽게 일어서서 주위를 둘러보며 방안을 살펴보니 그 방에는 창문도 없었다. 천장의 경사진 면을 보고 마사오는 자기가 별장의 꼭대기에 있는 다락방에 있다는 것을 알게 되었다. 그는 무거운 참나무로 만든 문으로 가서 고리를 잡아 돌려보았다. 문은 바깥쪽에서 잠겨 있어서 밖으로 나갈 길은 없었다. 갑자기 마사오는 자신이 위아래 모두 속옷만 입고 있다는 것을 알게 되었다. 그들이 그의 옷을 벗겨서 가져가 버린 것이다.

'이런 꼴로는 어디로든 도망칠 수 없어.'

마사오는 생각했다.

그러고는 옷을 벗긴 진짜 이유가 떠올라 마사오는 갑자기 소름이 끼쳐졌다. 자신의 옷은 어쩌면 호숫가에 차곡차곡 쌓여져 있을 것이다. 그곳에서 경찰이 그 옷을 허위로 작성된 유서와 함께 발견할지도 모른다. 고모부는 아무런 의심도 받지 않을 것이다.

'불쌍한 조카가 부모님을 잃은 슬픔을 견디지 못하고 결국…….'

복도에서 들려오는 소리에 마사오는 그런 생각에서 깨어났다. 누군가가 다가오고 있었다. 그곳으로 오고 있는 사람은 바로 히가시일 것이다.

마사오는 그 거대하고 힘센 자를 자신이 도저히 이겨낼 수 없다는 것을 알고 있었다. 그는 주위를 돌아보며 뭔가 자신을 방어할 수 있는 무기가 될 만한 것을 찾았지만 그 방에는 아무것도 없었다.

마사오는 자기를 살해하는 데 고모부가 그에게 얼마를 준다고 했는지가 궁금했다. 아마 히가시가 평생토록 먹고 살 수 있을 정도일 것이다. 하지만 그 정도는 고모부에겐 아무것도 아니었다. 마사오가 죽으면 그는 헤아릴 수 없을 만큼 엄청난 부를 독차지하게 될 테니…….

발소리가 점점 더 가까워졌다. 마사오는 열쇠 돌리는 소리를 들었고 문이 열리는 것을 보았다. 히가시가 들어서서 그 거대한 몸집으로 문을 가로막았다. 순간, 마사오는 그에게 덤벼볼까도 생각해 봤지만 그는 마사오보다 훨씬 크고 체중도 최소한 마사오보다 100파운드는 더 나갈 것 같아 보였다.

"가자. 잠깐 보트나 타러 가자."

히가시가 험상궂게 말했다.

그렇다. 그의 생각이 맞았다!

마사오는 고모부의 계획을 정확히 파악하고 있었다. 그들은 마사오를 호수의 깊은 곳에 수장하려고 한다. 그의 시체는 결코 발견되지 않을 것이다.

히가시는 마사오에게 다가와 바이스로 조이듯이 그의 팔을 꼭 쥐고 말했다.

"가자."

히가시는 마사오를 데리고 휑한 복도로 나갔다. 그들은 그 별장의 맨 위층인 4층에 있었다. 히가시의 강철 같은 손가락이 마사오의 팔을 짓누르는 바람에 마사오는 몹시 아팠다.

"내 말 좀 들어봐요."

마사오가 필사적으로 말했다.

"만일 나를 풀어준다면 고모부가 당신에게 주기로 한 것보다 훨씬 많은 돈을 줄게요. 내가 도쿄로 돌아가면……."

"입 닥쳐!"

히가시가 외쳤다.

"난……."

히가시는 마사오의 팔을 꾹 붙들고 그를 앞장세워 계단을 내려가도록 밀어붙였다.

두 사람은 3층에 도착했고 발코니 너머로 마사오는 멀리 아래쪽으로 보이는 호수를 바라보았다. 그 호수가 갑자기 괴물처럼 보였다. 잠시 후면 마사오도 그 호수의 일부가 될 것이고 익사한 시체는 영원히 찾지 못하게 될 것이다. 마사오는 자신이 그렇게 되도록 그대로 있을 수만은 없었다!

소나무의 길고 우아한 가지가 발코니까지 뻗어 있었다. 마사오가 그것을 발견한 순간, 그는 막연한 기대감을 갖게 되었다. 기회가 엿보였던 것이다. 그것은 가능성이 희박한 필사적인 계획이었지만 그 길밖에는 없었다. 만일 여기서 실패하면 그는 곧바로 죽게 된다. 하지만 이대로 끌려가도 죽는 것은 마찬가지였다.

마사오의 심장은 더욱 세차게 고동치기 시작했다. 그는 두 사람이 발코니와 마주할 때까지 기다렸다가 넘어지는 척했다. 그가 넘어지자 히가시도 자연히 그를 부축하느라 허리를 굽혔다. 순간적으로 히가시는 몸의 균형을 잃었고 바로 그 순간을 이용해서 마사오는 그를 세차게 밀치고 그의 손아귀에서 빠져나왔다.

마사오는 벌떡 일어나 발코니 쪽으로 달렸다. 밑을 내려다보니 지면은 최소한 15미터 아래쪽에 있었다. 만일 그가 떨어진다면 그 자리에서 죽게 된다. 하지만 다른 방법이 없었다. 그 나무만이 마사오의 안전을 책임지는 유일한 것이었다. 마사오는 소나무 가지를 잡았다. 손이 미끄러지자 다시 꼭 붙잡고 그네 뛰듯이 몸을 날려서 나무의 몸통 쪽을 향했다.

바로 그 순간, 마사오는 자신의 다리를 붙드는 뭔가를 느꼈다. 그것은 바로 히가시의 손이었다. 자신을 잡아당기고 있었다. 마사오는 몸부림쳤지만 아무런 소용이 없었다. 히가시의 건장한 팔이 그의 목을 휘감아 조이고 있었다. 마사오는 숨을 헐떡이면서도 몸을 이리저리 꼬아 히가시의 손아귀에서 벗어났다. 히가시는 분노로 이글거리며 다시금 마사오에게 다가왔다.

"여기서 죽여 버리고 말겠다, 꼬마야."

그가 거친 음성으로 말했다. 그러고는 두 팔을 펼쳐 마사오를 포위해 위협하듯이 다가왔다. 마사오는 계속 이리저리 날쌔게 피했다. 히가시의 팔은 자신의 척추를 부러뜨리기에 충분한 힘을 갖고 있다는 것을 그는 알고 있었다.

마사오는 천천히 나무에서 조금 떨어진 오른쪽 구석으로 갔다. 히가시가 그를 붙잡으려 하자 갑자기 반대쪽으로 몸을 날려 발코니 난간을 넘어서서 다시 나뭇가지를 잡았다. 그러나 그것도 소용없었다. 히가시는 마치 야생동물처럼 그와 동시에 몸을 날려 그를 뒤에서 덮쳤다. 마사오는 나뭇가지를 잡고 있는 자신의 손이 차츰 미끄러지는 것을 느꼈다.

이젠 끝장이었다. 히가시 역시 그것을 알고 있는 것 같았다. 승리는 바로 히가시의 것이었다. 하지만 너무 서두르느라 히가시는 난간 위에 발을 올리고 그 난간을 의지해서 마사오를 끌고 있었다. 난간은 그런 거대한 사람의 무게를 지탱할 만큼 단단하지는 않았다.

갑자기, 그리고 뜻밖에도 히가시가 밟고 있는 난간이 붕괴되기 시작했다. 마사오는 필사적으로 나뭇가지에 매달려서 히가시의 몸이 먼 아래쪽의 지면을 향해 곤두박질치는 것을 보았다. 히가시는 외마디 비명을 지르며 땅바닥으로 떨어져 잠잠해졌다. 그의 머리는 비정상적인 각도로 돌아가 있었다.

마사오는 마음을 진정시키려고 깊이 숨을 들이키며 필사적으로 나뭇가지에 매달려 있었다. 난간은 그의 발아래 지면에 떨어져 있었고 그와 지면 사이에는 이제 아무것도 없었다. 한번 미끄러지기만 하면 그도 히가시처럼 죽게 된다.

마사오는 천천히 나뭇가지를 잡고 움직여서 나무를 타고 내려갔다. 그는 서둘러야 한다는 충동을 강하게 느꼈다. 그의 고모부가 히가시의 비명을 듣고 언제 나타날지 몰랐기 때문이었다. 나무에 매달려 있을 때 고모부가 나타나면 꼼짝 못하고 붙잡히게 된다.

마사오는 스스로를 억제하며 나뭇가지 하나를 세심하게 확인해 본 뒤에야 몸을 움직였다. 그에게는 그 순간이 몇 년의 세월처럼 길게 느껴졌다. 잠시 시간이 흐른 후에 마사오는 바로 밑에 있는 지면을 보고 뛰어내렸다. 그는 더 이상 움직일 수도 없어서 그곳에 누워 호흡을 가다듬기로 했다.

마사오의 몸은 어느 곳 하나 다치지 않은 곳이 없었다. 그는 그곳의 시원한 지면 위에 누워서 한없이 쉬고 싶었지만 신속하게 피해야 한다는 것을 누구보다 잘 알고 있었다.

그렇지만 어디로 간단 말인가? 그가 갈 수 있는 곳은 아무 곳도 없었다. 그렇다고 브래니건 반장에게 갈 수도 없었다. 그는 다시 고모부에게 전화해서 마사오를 데려가라고 할 것이다. 게다가 이제는 한 사람이 죽었다. 그들은 어쩌면 마사오에게 살인 혐의를 둘지도 모른다.

마사오는 어둠 속에서 일어나 속옷을 다시 추슬러 입으며 곰곰이 생각했다. 그에겐 돈도, 옷도 없었고 게다가 생명까지 위험했다. 마사오는 별장의 위층에서 갑자기 불이 켜지는 것을 보자, 어디로 갈 것인지 생각할 겨를도 없이 맹목적으로 달렸다.

하늘에는 보름달이 떠 있었다. 마사오는 그 달빛을 이용해서 그 길을 따라갈 수 있었다. 고모부가 벌써 히가시의 시체를 발견했을까? 그가 벌써 마사오를 찾기 시작했을까? 그런 생각에 대한 대답인 듯 뒤쪽에서 자동차가 접근해 오는 소리가 들렸다.

마사오는 재빨리 숲속으로 뛰어들어 몸을 숨겼다. 잠시 후에 낯익은 리무진이 길모퉁이에 모습을 드러내고 서서히 움직여왔다. 운전을 하고 있는 고모부가 길 양쪽을 살피고 있었다. 마사오는 숲속으로 더 깊이 들어가 몸을 웅크리고 그 차가 지나갈 때까지 기다렸다.

더 이상 자동차의 엔진소리가 들리지 않자 마사오는 숨어 있던 곳에서 나와 다시 그 길을 따라 걷기 시작했다. 잠시 후에 그는 리무진이 되돌아오는 소리가 들려서 신속하게 몸을 숨겼다. 그는 데루오가 별장 쪽으로 다시 운전해 가는 것을 지켜보았다. 아마도 데루오는 마사오가 아직 별장 근처에 숨어 있다고 생각하는 것 같았다. 마사오는 걸음을 재촉했다.

마사오는 웰링턴 마을에 도착해서 아무도 자신을 목격하지 못하도록 마을 외곽을 돌아갔다. 그는 다시는 경찰을 찾아가는 실수를 하고 싶지 않았다. 자신이 갈 수 있는 곳이 어디인지 거듭 생각해 봤지만 아무 곳도 떠오르지 않자 그는 눈앞이 캄캄하기만 했다.

마사오는 히가시와 싸우느라 기진맥진해서 잠시의 휴식이라도 필요했다. 그러나 그는 계속 걸어야 한다는 것을 알고 있었다. 만일 멈추면 그는 잡힐 것이며 그것은 바로 죽음을 의미하는 것이었다. 그래서 그는 억지로 자신을 재촉해서 한 발짝이라도 더 걸어야 했다. 그가 걷는 한 발짝이 고모부로부터 멀어지는 것이고, 위험으로부터도 멀어지는 것이었다.

마사오가 계속 걸어갈 수 있는 의지는 바로 고모부에 대한 그의 분노로부터 분출된 것이었다. 데루오는 마사오의 부모의 장례에 대해서는 전혀 관심이 없었다. 그의 관심은 오직 합법적으로 마사오의 소유가 된 그릇을 손아귀에 넣는 것이었다.

그러나 마사오는 부모님을 그분들의 신분에 어울리는 곳에 안장하겠다고 마음먹었다. 어떻게 해서든지 그는 부모님의 유골을 일본으로 가져가야 했다. 그런 그의 마음은 데루오 뿐만 아니라 그 어느 누구도 막지 못하는 것이었다.

마사오는 어떻게 그 일을 해야 하는지 알지 못했다. 그는 다만 자기가 그 일을 해낼 것이며 죽음을 무릅쓰고라도 해내고야 말겠다는 것만은 확실했다.

밤공기가 차가웠다. 속옷만 입은 마사오는 떨기 시작했다. 하지만 옷을 구할 수 있는 곳도 없었고, 몸을 따뜻하게 할 수 있는 방법도 없었다. 그는 잠들어 있는 농가들을 지나면서 본 집안에서 편안하게 잠을 자고 있는 사람들이 한없이 부러웠다.

그는 얼마나 오랫동안 계속 도망칠 수 있는지 의심스러웠고, 미래는 암담하기만 했다. 심지어 그가 자기 이야기를 털어놓을 수 있는 사람을 만난다고 해도 그의 말은 고모부를 헐뜯는 것으로 들릴 것이다. 고모부는 높은 지위에 있는 유력한 사람이기에…….

미국식으로 말하자면 데루오에게는 막강한 백이 있었다. 브래니건 반장이 마사오를 믿지 않았듯이 아무도 그를 믿으려 하지 않을 것이다. 마사오는 탈출이 불가능한 악몽의 덫에 걸린 듯한 기분이었다.

다음날 아침 일찍 마사오는 자신이 어떤 조그만 마을의 변두리에 도착해 있다는 것을 알았다. 큰길에는 사람들이 떼거리로 몰려 있어서 순간적으로 마사오는 그들이 자기를 찾아다니며 잡으려고 기다린다는 착각을 했다. 그러나 그들이 큰 소리로 떠들며 웃고 있는 분위기로 보아 축제를 벌이고 있는 것 같았다. 이상한 생각이 든 마사오는 그들의 눈에 띄지 않고 어떤 일이 일어나는지를 살피기 위해 길옆으로 몸을 숨겼다. 도로의 중앙에는 최소한 20명 이상 되는 사람들이 반바지와 러닝셔츠 차림으로 서 있었고 다른 사람들은 겉옷을 모두 입은 채로 그 옆에 서서 바라보고 있었다.

마사오는 무슨 일이 벌어지고 있는지 잘 알 수가 없어서 그곳에 시선을 집중했다. 한 사람이 군중들 속에서 나와 그 중앙에 있는 사람들의 등에 번호표를 달아주었다. 그 순간, 마사오는 그것이 어떤 행사인지를 짐작했다. 바로 마라톤 대회였다.

잠시 마사오는 자신도 그 안에 끼어볼까 하고 생각했다.

마사오도 그들과 옷차림이 같았으므로 완벽한 위장이 될 것 같았다. 그러나 그는 자신이 너무 지쳐 있다는 것을 알았다. 그는 정신적으로나 육체적으로 완전히 탈진한 상태였다. 밤새도록 걸었기 때문에 더 이상 기력이 남아 있지 않았다.

그는 사람들이 떠날 때까지 기다렸다가 계속해서 자신의 길을 가기로 마음먹었다. 그런데 바로 그 순간, 마사오의 마음을 바꾸게 하는 사건이 일어났다. 길 맞은편에서 데루오의 리무진이 달려오고 있는 것이 눈에 띄었다. 마사오는 아직도 탈출을 못한 상태가 아닌가!

거리는 점점 좁혀져 오고 있어서 그가 눈에 띄는 건 시간문제였다. 마사오는 재빨리 반바지와 러닝셔츠를 입은 무리 속으로 끼어들었다.

번호표를 나눠주던 심판이 마사오를 쳐다보며 말했다.

"하마터면 자네는 참가하지 못할 뻔했네. 지금 막 출발하려던 참이거든."

잠시 후, 마사오의 등에도 번호표가 붙여졌다. 선수들은 자리를 잡고 출발 총성이 울리기를 기다렸다. 마사오는 자기의 모습이 잘 보이지 않도록 무리의 중간에 끼어들었다. 그는 마라톤 경주에 참가할 의도는 없었다. 그가 원하는 것은 고모부가 그곳을 떠날 때까지 그 무리 속에 파묻혀 있는 것이었다.

그러나 심판이 출발을 알리는 총을 쏘려고 공중으로 총을 들어 올리는 순간, 마사오는 검은색 리무진이 무리 쪽으로 달려오고 있는 것을 보았다. 날카로운 총성이 울렸고 그는 자신이 발견되지 않도록 다른 사람들 틈에 섞여 뛰었다. 리무진이 주자들이 뛰고 있는 지점을 지나갈 때 마사오는 고개를 숙이고 몸을 구부렸다. 리무진은 느린 속도로 통과했다.

그는 밤새 걸었기 때문에 너무 지쳐 있었지만 언제 다시 고모부가 나타날지 몰랐기 때문에 경주에서 뒤처지는 것이 두려웠다. 그의 유일한 안전은 다른 주자들을 이용하는 위장술에 달려 있었다. 그래서 마사오는 달리는 무리 속에 자신을 맡겼다.

마사오는 젊고 건강했기 때문에 조금씩 활기를 되찾아 발을 내디딜 수 있었고, 곧 경주의 흐름에 익숙해졌다.

그는 다른 참가자들을 둘러보았다. 몇 명은 그보다 나이가 들어 보였고 나머지 몇 명은 같은 또래 같았다. 마사오는 그 경주가 해마다 열리는 것인지, 그리고 목적이 무엇이며 마지막에는 어떻게 끝을 맺는지 궁금했다.

마사오는 그런 어떤 것도 중요한 것은 아니라는 사실을 알고 있었다. 중요한 것은 그가 다른 참가자들에 섞여서 달리고 있는 동안은 자신이 안전하다는 것이었다. 그들은 마사오를 위한 보호벽이었다.

마사오는 다리에 힘이 솟는 듯한 느낌이 들어서 보다 더 속도를 내보았다. 그는 이제 다른 선수들 몇 명을 앞지르기 시작했다. 경주 거리가 얼마나 되는지 알 수 없어서 그는 어떻게 속도를 조절해야 할지 몰랐다. 거리는 어쩌면 5킬러미터, 아니면 10킬로미터도 될 수 있었다.

마사오는 그런 걱정은 뒤로 미루기로 했다. 그는 더욱더 속력을 냈고 곧바로 또 한 무리를 앞질렀다. 그는 상쾌한 아침 바람을 맞으며 쾌감을 느끼기 시작했다. 몸도 뜻대로 움직여 주는 것 같았다.

마사오가 문득 보니 자신의 앞쪽에 5, 6명 정도밖에는 없는 것 같았다. 그가 다시 박차를 가하자 그의 앞에는 5명만이 남았고 그 다음에는 4명…… 결국 마사오보다 앞서가는 선수는 2명밖에 남지 않았다.

그들은 속력을 올리기 시작했고, 마사오는 그들을 따라잡으려고 기를 썼다. 그의 심장은 바삐 뛰었고 가슴에서 불이 붙는 것 같았다. 그는 계속해서 뛸 수 있을지 의문스러웠다. 그가 경주에서 이겨야 할 이유도 없었고, 이긴다 해도 그에겐 아무런 의미가 없었다.

그러나 그는 계속 달려야 한다는 것을 알고 있었다. 그것은 자존심의 문제였다. 이왕 경주에 참가하게 된 이상, 그는 우승을 해야 했다. 2등은 원치 않았다. 그래서 마사오는 더욱 빨리 달리기 시작했으며 눈 깜짝할 사이에 그는 선두가 되었다. 그의 팔과 다리는 피스톤처럼 단순히 움직이고 있었다.

마사오가 도로의 모퉁이를 돌았을 때 그의 눈앞에 마을이 보였고 플래카드가 높이 걸려 있었다.

[결승선—연례 마라톤 대회]

마사오는 2명의 선수가 그의 뒤를 바짝 추격해오고 있다는 것을 느낄 수 있었다.

그는 마지막 전력을 다해서 결승선에 1등으로 골인했다. 그러자 갑자기 사람들에게 에워싸였다. 모두가 폭발할 듯이 흥분하며 그의 손을 잡고 흔들며 축하를 보냈지만, 그들이 너무 빠르게 말을 하는 바람에 마사오는 도저히 알아들을 수가 없었다.

"고개를 들어요!"

어디선가 목소리가 들려왔다. 마사오는 고개를 들었다. 그의 모습을 텔레비전 카메라에 담고 있는 사람이 보였다.

정말 믿어지지 않는 꿈만 같았다. 사람들은 그의 등을 토닥여주고 그를 껴안았다.

"올림픽에 나가도 되겠어……."

"분명히 신기록을 세웠을 거야."

"이 근처 어디에 사는……?"

그들은 마사오를 마치 영웅처럼 대했다. 그 경주는 분명 그들에게 중요한 행사임에 틀림없었다.

물론 마사오에게도 그 경주는 중요했다. 바로 자신의 생명을 구해주었을지도 모르기 때문이었다. 그는 다만 사람들이 더 느리게 말을 해서 알아들을 수 있었으면 좋겠다고 생각할 뿐이었다.

한 인상적인 남자가 마사오에게 와서 한 손을 치켜들고 소리쳤다.

"신사숙녀 여러분! 조용히 해주십시오!"

군중의 함성은 차츰 가라앉았다.

"오늘은 우리 모두에게 최고의 날입니다. 우리 마을이 대통령의 국민체육진흥 프로그램의 일익을 담당하게 되는 영예를 누리게 되었습니다. 우리가 이 영예롭고 소중한 대회를 개최한 것도 올해로 3년째가 됩니다. 우리의 젊은이들이 오늘……."

그 남자는 그 마을의 대표인 것 같았다. 마사오는 화사한 햇살 아래서 자신이 청중들의 관심을 한 몸에 받고 있다고 생각했다. 그는 그 남자가 무슨 말을 하고 있는지는 전혀 알아들을 수 없었다. 마사오는 그의 말이 빨리 끝나서 그곳을 얌전히 떠날 수 있기만을 기다렸다.

그런데 놀라운 일이 벌어졌다. 그 남자는 연설을 끝내더니 마사오를 돌아보며 말했다.

"본인은 이제 우리 마을을 대표해서 오늘 훌륭한 승리를 축하하는 뜻에서 이 수표를 당신에게 드리게 된 것을 정말 기쁘게 생각합니다."

그 남자는 마사오에게 200달러짜리 수표 한 장을 건네주었다. 그것은 하늘이 마사오에게 보내준 것이었다.

"감사합니다."

마사오는 더듬거렸다.

"저… 저는…."

그는 '고맙습니다'라는 단어가 생각나지 않았다.

"저는 정말 기쁩니다."

사람들은 박수갈채를 보냈고, 한두 사람씩 흩어지기 시작했다. 마사오는 자기 손에 쥐어진 수표를 바라보았다. 그는 청바지에 밝은 색 운동복 셔츠를 입은 자기 또래의 금발머리 소년에게로 다가갔다.

마사오는 수표를 들고 천천히 물었다.

"미안하지만 어디서 이 수표를……?"

그는 '현찰로 바꾸다'라는 문장이 기억나지 않았다. 순간, 그는 영어 수업시간에 더 열심히 공부하지 않았던 것이 저주스럽기만 했다. 그러나 마사오에게는 행운이 따랐다. 그 소년은 마사오의 뜻을 금세 이해했다.

"그걸 현찰로 바꾸고 싶니? 저 모퉁이 오른쪽에 은행이 있어. 날 따라와. 내가 안내해 줄게."

"정말 친절하구나."

"너 이곳에 새로 이사 왔지? 맞지?"

둘이서 길을 건널 때 그 소년이 물었다.

"맞아."

"어디서 왔어?"

"도쿄."

"아, 그렇구나. 내 이름은 짐 데일이야. 네 이름은 뭐니?"

"마사오……."

그는 잠시 말을 멈추었다.

"하라다 마사오야."

"마사오, 만나서 반갑다."

그들은 은행에 도착했다. 마사오는 순간 자기에게는 아무런 신분증이나 증명서가 없다는 것을 알았다. 어쩌면 그 수표를 현금으로 바꾸어주지 않을지도 모른다. 세계 전역의 은행에 자신 소유의 엄청나게 많은 돈이 있었지만 그는 전혀 꺼내 쓸 수가 없었고, 수중에 단돈 한 푼도 없었다. 지금 갖고 있는 200달러짜리 수표만이 그의 유일한 재산이었다.

"내가 너와 함께 가줄게."

짐 데일이 말했다.

그 금발머리 소년은 새로운 친구의 영예를 함께 즐기는 데 빠져 있는 것 같았다. 그들은 함께 은행으로 들어갔고 짐 데일은 마사오를 한 창구로 데려갔다.

짐 데일은 창구 뒤에 앉아 있는 여자에게 말했다.

"안녕하세요. 내 친구가 수표를 현금으로 바꾸고 싶대요."

그 은행원은 마사오를 바라보며 미소 지었다.

"어머나, 네가 경주에서 우승한 소년이구나."

마사오는 그녀를 멍하니 바라보았다. 또다시 그 지긋지긋한 기관총식 재빠른 영어가 나오다니!

"미안하지만 다시 한 번……?"

그녀는 다시 말했다.

"네가 경주에 우승한 소년이지?"

순간적으로 마사오는 그 말을 이해했고 고개를 끄덕였다.

"네, 맞아요."

그 은행원은 수표를 받아 지폐를 세었다. 그녀는 창구 밖에 있는 마사오에게 그것을 내밀었다.

"여기, 200달러야."

마사오는 고맙게 그 돈을 받았다.

"감사합니다."

그 돈이면 그는 옷과 먹을 것을 살 수 있었다. 마사오는 짐 데일을 돌아보며 말했다.

"옷을 좀 사야겠는데, 너 혹시……."

짐은 고개를 끄덕였다.

"걱정 말고 따라와."

몇 분 후, 마사오와 짐 데일은 어느 쇼핑센터에 들어서고 있었다.

"이곳이 우리 마을에서 제일 큰 가게야."

짐 데일이 자랑스럽게 말했다.

"정말 좋구나."

마사오는 공손하게 말했다. 그곳은 마사오가 일본에서 주로 이용하던 백화점에 비하면 조그만 편이었지만, 그의 목적을 충분히 충족시킬 수 있었다. 짐은 의류가게 쪽으로 마사오를 안내했고 그곳에서 그들은 청바지와 셔츠 등을 골랐다. 옷을 입어 보니, 꼭 맞는 것은 아니었지만 그런대로 괜찮았다. 적어도 그는 다시 옷을 입게 된 것이다.

"이 옷으로 입겠어요."

마사오가 점원에게 말했다.

그가 그 다음에 해결해야 할 일은 배를 채우는 것이었다.

"이 마을에 피자가게 있니?"

그가 짐 데일에게 물었다.

짐 데일은 깜짝 놀란 듯이 그를 바라보았다.

"뭐라고?"

마사오는 자신이 발음을 잘못한 것이 아닌가 생각했다. 그는 다시 느리게 말했다.

"피자가게."

그 금발 머리 소년은 얼굴이 붉어졌다.

"물론. 루이지 피자점이라는 곳이 있지. 나는 말이야…… 내 말뜻은…… 네가 일본 음식을 먹고 싶어 할 줄 알았어."

마사오는 웃음을 터뜨렸다.

"그렇구나. 하지만 나는 햄버거나 핫도그, 피자도 좋아해."

"다행이다. 자, 가자!"

루이지 피자점은 시끄러운 고등학생들로 붐비고 있었다. 그들과 비슷한 또래의 아이들이 웃고 떠들고 있었다. 그런 모습을 보자 마사오는 고향 생각이 났다. 그는 정말 이야기를 나눌 수 있는 친구 한 사람 없는 낯선 땅의 이방인이었다.

짐 데일은 이상하다는 듯이 마사오를 바라보았다.

"왜 그러니?"

마사오는 억지로 미소를 지어 보였다.

"아무것도 아니야. 피자 냄새가 너무 좋아서 말이야."

잠시 뒤 피자가 나왔고 그들은 3개를 먹어치웠다.

"넌 정말 식성이 좋구나."

금발머리 소년이 말했다.

"무슨 말인지 모르겠어."

"식성이 좋다고. 달리기를 잘하는 것도 잘 먹기 때문인가 봐."

'달리기'라는 단어는 마사오를 현실로 돌아오게 만들었다. 그는 일시적으로 자신의 문제를 잊고 있었는데 갑자기 그것들이 홍수처럼 밀어닥쳤다. 이 피자가게에서 나가면 짐은 그의 집, 가족들이 있는 곳으로 갈 것이며 그곳에서 그는 보호받고 평온하게 지낼 것이다. 그러나 마사오에게는 안전한 곳이 없었다. 그는 계속 달아나야만 한다. 별장과 고모부로부터 더욱 멀리 달아나면 달아날수록 마사오에겐 유리하다.

그가 지금 있는 이곳은 위험했다. 이곳은 조그만 마을이기 때문에 이방인인 그의 모습이 금방 눈에 띄었다. 마사오에게는 인파 속에 묻힐 수 있는 대도시가 필요했다.

"뉴욕은 여기서 얼마나 되지?"

마사오가 물었다.

"기차로 2시간 정도밖에 안 걸려."

짐 데일은 자신의 손목시계를 들여다보았다.

"20분쯤 후에 뉴욕으로 가는 기차가 있어."

마사오는 그 기차를 타기로 마음먹었다.

# 4

TV 저녁뉴스 프로에서 마라톤 경주에서 우승한 마사오를 우연히 본 것은 사치코였다. 그녀는 남편을 불렀다. 남편은 화면에 나온 마사오를 보고 놀라움을 금치 못했다.

데루오는 그날 아침에 그 마라톤 선수들 곁을 지나쳤던 일이 생각났다. 마사오가 그 속에 숨어 있었다니! 데루오는 마사오를 눈앞에서 놓친 것이다!

그는 자기 조카가 이렇게 자신을 교묘히 피해 다닐 줄은 생각도 못 했었다. 게다가 마사오는 겉옷도 입지 않았고 돈도 한 푼 없이 도망을 친 것이다. 그에게는 미국에 아는 사람이 한 명도 없어서 갈 만한 곳도 없었다. 그러니 마사오를 찾는 것은 시간문제였다. 하지만 데루오는 시간을 낭비할 필요가 없었다. 마사오를 빨리 제거해야만 했다. 이제는 도움을 요청할 때가 온 것 같았다.

데루오는 아주 솜씨가 좋다는 사설탐정을 한 사람 알고 있었다. 샘 콜린스라는 그 작자는 돈만 주면 무슨 일이든지 꺼리지 않고 해치우는 교활하고 잔인한 인물이었다. 그자는 맡은 일을 잔인할 정도로 완벽하게 해낸다는 정평이 나 있었다. 바로 그 점이 데루오의 관심을 끌었다.

그는 샘 콜린스에게 전화를 걸었다.

마사오는 맨해튼에서 길을 잃을지도 모른다는 생각이 들었지만 이상하게도 그곳은 모든 것이 그에게 친숙하게 느껴졌다. 높은 빌딩과 소음, 수많은 사람들과 혼잡한 교통난이 그에게 도쿄를 생각나게 했다. 또한 마사오는 미국 영화를 많이 봤기 때문에 라디오시티 뮤직센터나 엠파이어스테이트 빌딩, 그리고 록펠러 센터 등을 알아볼 수 있었다.

마사오는 고모부에게서 도망쳐 나온 이후 처음으로 안도감을 느꼈다. 이 거대한 도시에서 자신을 찾아낼 수 있는 사람은 아무도 없을 것 같았다. 그는 직장에 가거나 친구들을 만나려고, 혹은 기차를 타려고 이리저리 밀려다니는 사람들 사이에 섞여서 정처 없이 돌아다녔다.

마사오는 브로드웨이를 따라 걸으면서 위쪽에 보이는 거대한 전자 광고판을 보고 그 가게의 쇼윈도를 들여다보았다. 그는 그 가게에서 팔리고 있는 엄청난 양의 일본 제품을 보고 놀라지 않을 수 없었다. 카메라, 텔레비전, 그리고 녹음기 등 일본 제품들이 수없이 진열되어 있었다. 게다가 그중 상당수는 바로 마쓰시타 산업 제품이었다. 마사오는 자부심과 함께 한편으로 두려움이 밀려왔다.

그는 주위 사람들의 이야기에 귀를 기울여 보았다. 그들은 모두 서로 다른 언어를 사용하고 있는 것 같았다. 그는 미국이 세계인의 용광로라는 소리를 들은 적이 있었지만, 그 말이 정말 실감났다. 사람들은 지구의 맨 끝에서 그곳으로 자신들의 관습과 문화, 그리고 언어를 가지고 온 것이다. 가게의 간판은 스페인어, 불어, 독어, 중국어, 한국어, 그리고 일본어로 된 것도 있었다.

날이 어두워지기 시작했다. 그는 당장 잠잘 곳이 필요했다. 한 가게 입구에서 멈춰 서서 가지고 있는 돈을 세어 보니 120달러가 남아 있었다. 호텔비가 얼마나 되는지 몰랐지만 그는 남은 돈을 아껴서 잘 사용해야겠다고 생각했다.

마사오는 계획을 세워서 그가 도움을 요청할 수 있는 사람을 만날 때까지 일자리를 얻기로 했다. 문득 미국에서 마쓰시타 산업을 경영하고 있는 히다카 구니오가 생각났다. 하지만 그곳은 뉴욕과는 정반대 쪽으로 3천 마일이나 떨어진 캘리포니아 주 로스앤젤레스였다. 마사오는 그곳으로 갈 수 있는 방법을 찾아야만 했다. 히다카는 친구나 마찬가지였다. 그는 마사오를 믿고 그를 도와줄 것이다.

히다카는 마사오의 아버지를 존경했으며, 마쓰시타 기업에 충성을 다한 사람이었다. 그런 그를 생각하는 것만으로도 마사오는 기분이 좋아졌다.

그는 캘리포니아로 갈 수 있는 충분한 여비를 벌 때까지 뉴욕에 머무르기로 했다. 우선 접시 닦기, 심부름, 청소 등 어떤 일이든 할 각오가 있었기 때문에 일자리를 얻기가 그다지 어려울 것 같지는 않았다.

지금 당장 중요한 것은 살아남는 것이었다. 하루하루 지날수록 그는 자신이 안전하다는 기분을 느끼게 될 것이며 고모부는 곧 자기를 찾는 것을 포기하게 될 것이다.

사토 데루오는 패배를 모르는 남자였다. 그는 누구에게도 지지 않는 성격으로 모든 일에 치밀하게 계획을 세워 추진해 나가는 사람이었다.

데루오는 샘 콜린스를 만났다. 그는 데루오의 기대에 부응하거나 그렇지 못하거나 둘 중 하나였다.

콜린스는 어깨가 딱 벌어지고 작고 날카로운 눈과, 과거 권투선수를 할 때 생긴 흉터가 많은 얼굴을 지닌 고집스러운 인상을 하고 있었다. 한쪽 귀는 완전히 못쓰게 되어 버렸고, 코는 너무 자주 부러져서 의사도 포기해 버린 상태였다.

"당신은 꽤 유능하다고 하더군. 나는 신중한 사람이 필요하오."

데루오가 말했다.

"그 점은 저도 마찬가지요. 저는 일을 하는 동안에는 입을 잘 열지 않습니다."

"잘 되었군. 내 조카 녀석을 찾아주시오. 그 애는 지금 신경쇠약에 걸려 있소. 빨리 찾아서 데려와 주시오."

"그 애가 왜 도망을 쳤습니까?"

"그건 당신이 알 필요 없소."

"그 이유를 알면 도움이 될지도 몰라서……."

“당신에게 그 애의 사진을 주겠소. 친구도 없고 돈도 없으니 멀리 가지는 못했을 거요.”

“일본인 소년이 거리를 방황하는 것을 찾기란 그리 어렵지 않죠.”

데루오는 샘 콜린스를 살폈다.

“그 녀석을 너무 얕보다간 큰 코 다칠 거요. 아마 지금 열심히 숨을 곳을 찾고 있을 거요.”

“좋습니다, 찾아보죠. 만일 그 소년이…….”

“그 녀석을 가능한 한 빨리 찾아야 하오. 당신이 그 애를 찾아오면 당신에게 두 배의 돈을 지불하고 보너스로 10만 달러를 주겠소.”

샘 콜린스는 침을 꿀꺽 삼켰다.

“10만 달러라…….”

“그렇소. 하지만 명심해야 할 것이 있소. 내 조카 녀석은 이미 한 남자를 살해했소. 만일 당신이 정당방위로 그를 죽여야 하는 경우가 생기면…….”

데루오는 잠시 말을 멈추었다가 교묘하게 다시 말을 이어갔다.

“아무도 당신 탓을 하지는 않을 거요. 그리고 그렇게 해도 보너스는 여전히 당신 것이오.”

샘 콜린스의 얼굴에 뭔가 깊은 고뇌의 표정이 스쳤다.

“2천 달러를 선불로 주시겠습니까?”

“물론이오. 그 애를 찾아만 주시오!”

“나를 믿으십시오.”

그러나 데루오는 어느 누구도 믿지 않았다. 그는 어떤 허점도 용납하지 않았다.

사설탐정이 떠나자 사토 데루오는 눈을 감고 묵묵히 앉아서 다음에 취할 행동을 생각했다.

그는 마사오의 입장이 되어 상상해 보았다. 만일, 자신이 마사오라면 어디로 갔을까? 어디에 숨으려고 했을까?

이 도시의 인구는 1천만이 넘는다. 그곳이 바로 마사오를 찾아낼 곳이었다. 그리고 그렇게 빠른 방법은 아니지만 확실한 또 다른 방법이 있었다. 바둑의 고단자인 데루오는 그 생각을 하며 미소를 지었다. 그것은 간단하고 쉽고 멋진 아이디어였다. 그대로라면 마사오는 몇 시간 내로 잡히고 말 것이다.

맨해튼의 밤거리는 수많은 불빛이 반짝이는 매혹적인 곳이었다. 고층 건물과 간판, 대형 네온사인, 그리고 환하게 불이 켜진 상점의 쇼윈도에서 불빛이 쏟아져 나왔고, 수많은 자동차의 헤드라이트 불빛도 맨해튼의 밤거리를 한층 밝혀주고 있었다.

마사오는 록펠러 센터에서 스케이트를 타는 사람들을 구경하다가 극장가로 들어섰다. 그곳에서는 수많은 쇼들을 상연하고 있었다. 그가 유명한 연극배우들이 식사를 하는 소문난 음식점인 '사르디'를 지나쳐 조금 더 걷자, 세계에서 가장 큰 공공도서관이 나왔다.

마사오는 도서관 앞에 세워져 있는 거대한 돌로 만든 사자 상을 한동안 바라보았다. 그러다가 5번가의 화려한 상점의 쇼윈도를 구경했다. 고급 의상실에 걸린 옷들을 보자 문득 어머니 생각이 났다.

그는 어머니가 얼마나 그런 옷들을 즐겨 입었었는지를 생각하며 추억에 잠겼다. 하지만 이제 어머니는 안 계신다. 아버지도 마찬가지다. 심란하고 끔찍한 허탈감이 마사오를 엄습했다. 그럴수록 그는 살아남아야만 했다. 자기 자신을 위해서도, 그의 부모를 위해서도…….

마사오는 갑자기 허기를 느꼈고, 벌써 저녁식사 시간이 많이 지나버렸다는 것을 알았다. 7번가를 걸으면서 마사오는 많은 음식점이 눈에 띄었지만 낯익은 맥도날드 햄버거 가게로 들어갔다. 그곳은 도쿄에 있는 것과 같은 기분이 들게 해주었다.

"햄버거 하나 주세요."

"어떻게 드릴까요?"

갑자기 햄버거 가게가 낯설게 느껴졌다. 그는 여직원을 멍하니 쳐다보며 말했다.

"뭐라고 했죠?"

"햄버거를 어느 정도 익혀서 드릴까요?"

마사오는 그 여직원이 무슨 말을 하고 있는지 전혀 알아들을 수가 없었다. 그는 옆에서 햄버거를 먹고 있는 어린 소년을 힐끔 쳐다보곤 말했다.

"저것과 같은 것으로 주세요."

"알겠어요."

그녀는 몸을 돌려 주방 쪽에 대고 소리쳤다.

"햄버거, 설익힌 고기요!"

아하! 마사오는 그녀가 조리법에 대해서 물었다는 것을 깨달았다.

"프라이드?"

"네, 프라이드도 주세요."

마사오는 식사가 나오자 자기의 선택이 옳았음을 알았다. 그는 샌드위치 하나와 감자튀김 하나를 더 시켜먹고 초콜릿 밀크셰이크로 저녁 식사를 마쳤다.

"실례합니다. 호텔을 찾는 중인데, 이 근처에 좀 저렴한 호텔이 있을까요?"

마사오는 그 여직원에게 물었다.

"많기는 하지만……."

마사오는 어리둥절했다.

"죄송합니다만 좀 느리게 말해 주겠어요?"

"아, 그러죠. 이 근처에는 호텔이 많아요. 하지만 몇 군데는 밤에는 위험해요. 그러니 이스트 사이트 쪽으로 가는 것이 좋을 거예요."

"정말 고마워요."

마사오는 그곳을 나와 이스트 사이트 쪽으로 걷기 시작했다. 그는 그쪽 방향으로 가는 버스도 보았지만 걷는 것이 더 좋았다.

그곳은 볼 것이 너무 많았다. 그는 뉴욕이라는 도시에 매료되어 자신이 위험에 빠져 있다는 것조차 잊을 정도였다.

'뉴욕을 전부 다 돌아보려면 몇 년은 걸리겠군. 내일 일자리를 찾아야지. 데루오 고모부는 곧 나를 잊어버릴 거야. 그때쯤 행동을 개시해야지. 고모부를 이길 수 있는 방법을 찾아내고야 말겠어.'

그는 이런저런 생각을 하면서 렉싱턴 가에 있는 깨끗해 보이는 호텔 앞을 지나고 있었다. 그는 문득 이 호텔이 좋을 것 같은 생각이 들었다. 맨해튼에는 수천 개의 호텔이 있으므로 데루오 고모부도 그 호텔들을 전부 뒤질 수는 없을 것이다. 그는 지금 눈앞에 보이는 호텔이 왠지 안전해 보였다.

마사오는 안으로 들어갔다. 호텔의 로비는 거의 텅 비어 있었다.

한 일본인 직원이 책상에 앉아 있는 것이 보였다. 순간적으로 마사오는 달아날까 하는 충동을 느꼈다. 만일 데루오가 일본 방송망을 이용해서 그를 추적한다면 어떻게 되겠는가. 뉴욕에도 치밀한 연락망이 있을 것이고 그들끼리 정보도 쉽게 교환하고 있을 것이다.

'나는 과대망상증에 걸린 거야.'라고 마사오는 생각했다. 모두가 다 그의 적일 수는 없었다.

그는 데스크 쪽으로 다가갔다.

"방 하나 주세요."

그는 일본어로 말했고 그 직원도 일본어로 대답했기 때문에 마사오는 자신이 얼마나 모국어를 그리워했는지 그 순간 절실히 깨달았다.

'이렇게 이해하기가 쉬운데!'

마사오는 실수하지 않으려고 숙박부에 가짜 이름을 쓰고 지정된 방으로 갔다.

방은 작고 답답한 듯이 보였지만 깨끗하고 요금이 저렴했다.

마사오는 침대에 누워 며칠 사이에 일어났던 일들을 생각해 보았다. 비행기 사고로 인한 부모님의 사망, 미국으로의 여행, 별장에서 일어났던 끔찍한 사건들, 운전기사 히가시의 죽음 등이 떠올랐다.

마사오는 자기가 어떻게 속옷만 입고 탈출해서 마라톤 대회에 참가하고 우승해서 상금까지 받게 되었는지를 생각해 보았다.

어떻게 보면 그에게는 운이 좋았던 것 같았다. 그는 그런 행운이 얼마나 오랫동안 계속될까 생각하다 잠이 들었다.

마사오는 유리창을 통해 들어온 눈부신 햇살에 잠에서 깨었다. 상쾌하고 푹 쉰 듯한 기분이 들었다. 그는 손목시계를 들여다보았다. 11시였다. 거의 12시간 동안이나 잔 것이다!

그는 조그만 욕실로 들어가서 세수를 하고 벗어놓았던 옷을 그대로 입었다. 그에게 유일한 옷이었다. 그는 일자리를 얻는 즉시 옷부터 몇 벌 사기로 했다.

아침식사 시간은 이미 지난 것 같았다.

마사오는 진짜 미국식 아침식사를 해보고 싶었다. 그는 오렌지 주스와 베이컨 그리고 달걀과 팬케이크를 먹기로 했다. 어젯밤 그는 호텔에서 2구역쯤 떨어진 곳에 있는 커피숍을 봐두었었다. 어쩌면 그곳에서 자신에게 일자리를 줄지도 모른다. 계산대 뒤에서 일을 할 수 있게 될지도……….

그는 길모퉁이에서 신호등이 바뀌기를 기다렸다. 트럭 한 대가 신문 가판대 옆에 서더니 뒤쪽 짐칸에서 한 남자가 일어서서 석간 뭉치를 인도로 던졌다.

신호등이 바뀌고 사람들은 길을 건너기 시작했다. 하지만 마사오는 그 자리에 얼어붙은 듯이 서 있었다. 신문의 겉장에 크게 붙은 자신의 사진이 자신을 노려보고 있는 것이 아닌가. 기사의 문구는 다음과 같았다.

〔경찰은 운전기사를 살해한 소년을 찾고 있다〕

사토 데루오가 행동을 개시한 것이다.

## 5

한순간에 모든 사람이 자신의 적이 되었다.

마사오는 마치 자신이 벌거벗은 채 스포트라이트를 받고 서 있는 것 같은 기분이 들었다.

그는 이제 더 이상 많은 낯선 사람들 가운데 섞여 있는 무명인이 아니었다. 그는 경찰에 수배당하는 인물이 되어 있었다. 지나가는 사람들이 자신의 얼굴을 신문의 앞면에 난 사진과 비교해 보려고 유심히 쳐다보는 것만 같았다.

마사오는 아직도 그 신문에 실린 '살해'라는 단어에 충격을 받아 정신이 몽롱했다. 히가시는 사고로 죽었다. 데루오도 분명 그런 사실을 알면서 사태를 오도하여 마사오를 잡으려고 꾸민 것이다. 마사오는 재판을 받을 것이고 평생을 감옥에서 지내거나 어쩌면 사형 선고를 받을지도 모른다. 그렇게 되면 데루오 혼자서 회사를 독차지하는 것을 아무도 막을 수 없게 된다.

제복을 입은 한 경찰관이 다가오자 마사오는 자신도 모르게 고개를 돌렸다. 그 거리는 이제 더 이상 안전한 곳이 못 되었다. 모든 백색 인종들 중에서 그의 얼굴을 알아보기란 너무나 쉬운 일이었다.

뉴욕에는 일본인들이 주로 거주하는 지역이 있었다. 마사오는 먼저 그곳을 찾아가서 다른 일본인들 사이에 섞여야겠다는 충동을 느꼈다. 하지만 그는 망설였다. 어쩌면 그곳을 오히려 경찰이 맨 먼저 뒤지게 될 수도 있었다. 그곳에는 이미 형사들이 자신의 사진을 들고 다니면서 거리와 음식점, 호텔 등을 뒤지며 자신을 찾고 있을 것이다.

'안 돼! 그곳도 안전하지 못해!'

안전한 곳은 아무 곳도 없었다. 그렇다고 감히 용기를 내어 호텔로 되돌아갈 수도 없었다.

그를 지나치던 경찰이 걸음을 멈추고 마사오 쪽을 쳐다봤다. 마사오는 천천히 그곳을 걸어 빠져나가면서 머릿속으로는 분주히 다음에 취할 행동을 계산하고 있었다.

마사오가 처해 있는 상황은 몹시 절망적이었다. 그의 목숨이 언제 끊어질지 모르는 위험에 빠져 있는 것이다. 모두들 자신을 찾고 있었다. 어쩌면 경찰은 그를 찾지 못할지 몰라도 데루오만은 그를 찾아내고야 말 것이다.

마쓰시타 산업의 지점망은 널리 퍼져 있다. 데루오는 그런 강력한 영향력을 이용해서 마사오를 제거하려고 하는 것이다.

그때 갑자기 마사오에게 좋은 생각이 떠올랐다. 어느 누구도 그가 숨어 있으리라고 생각하지 못할 곳이 한 군데 있었다. 데루오조차도 그곳은 생각해 내지 못할 것이다. 처음으로 마사오는 한 줄기 희망을 가졌다.

그는 공중전화 박스로 들어가서 커다란 전화번호부를 들고 어떤 번호를 찾기 시작했다.

마쓰시타 산업의 뉴욕 지점은 라과디아 공항에서 그다지 멀지 않은 퀸즈라는 지역에 자리 잡고 있었다.

오후 2시에 마사오는 그 공장의 인사과에 모습을 나타냈다. 그는 거대한 마쓰시타 건물 앞에서 버스를 내려 목젖을 드러내놓고 아버지의 이름과 자신의 이름이 박혀 있는 거대한 간판을 올려다보며 서 있었다.

이곳이 마사오의 피난처가 될 곳이었다. 그는 어떤 사람이 책상 위의 하찮은 서류들 속에 가장 중요한 서류를 숨겨 놓았다는 이야기를 읽은 적이 있었다. 즉 어느 누구도 그곳에서 마사오를 찾을 생각은 못할 것이다. 그리고 마사오가 그곳에 숨으리라고는 아무도 상상하지 못할 것이다. 그곳은 데루오나 경찰이 마지막으로나 생각해낼 훌륭한 피난처가 되어줄 것이다.

마사오는 전화를 걸어 인사과장인 왓킨스 씨를 만나기로 약속해 두었다. 한 비서가 마사오에게 입사지원서를 한 통 건네주며 쓰라고 했다. 지원서를 들여다보던 마사오의 가슴이 무너져 내리는 것 같았다.

이름: '그는 진짜 이름을 적을 수 없었다'

주소: '그에게는 주소가 없다'

전화번호: '없다'

출생지: '그는 이곳에서는 외국인이었다'

직업: '도망자'

마쓰시타 공장의 수백 명이 넘는 노동자들 사이에 숨어서 일한다는 것은 정말 좋은 생각처럼 여겨졌었다. 하지만…… 이건!

비서가 마사오를 바라보며 물었다.

"무슨 문제가 있나요?"

"아닙니다."

마사오는 재빨리 대답했다. 그는 다시 서류를 내려다보았다. 그는 이곳에서 일자리를 얻어야만 했다. 하루 빨리 히다카 구니오를 만나기 위해 캘리포니아로 갈 수 있는 충분한 돈을 벌어둘 필요가 있었다. 그는 고개를 들어 아직도 그 비서가 자신을 주목하고 있음을 감지했다. 마사오는 적기 시작했다.

그가 입사지원서를 다 썼을 때, 그의 이름은 마사오 히라다였고 일리노이 주의 시카고에서 태어났으며 현주소는 YMCA로 적혀 있었다. '경력' 난에는 시카고와 덴버, 그리고 디트로이트에 있는 5, 6개의 공장과 주소를 허위로 적어 넣었다. 그런 모든 기재 사항들을 확인해 보려면 몇 주일은 걸릴 것이고 그때쯤이면 그는 이미 멀리 가고 없을 것이다.

그로부터 10분 후 마사오는 왓킨스 씨의 사무실 안에 있었다. 그 인사과장은 뚱뚱한 중년의 남자로, 두껍고 붉은 입술에 가발처럼 보이는 머리를 하고 있었다.

그는 마사오가 제출한 서류를 살펴보며 말했다.

"여기에 쓴 경험을 모두 했다고 보기엔 넌 너무 나이가 어리구나."

마사오는 뜨끔했다. 너무 많은 경력을 적은 것일까?

왓킨스는 이해가 안 간다는 듯이 고개를 저었다.

"난 이런 회사 이름은 들어본 적도 없어."

놀랄 일이 아니었다. 그런 회사들은 실제는 없는 가공의 회사인 것이다.

"아주 소규모 회사들입니다, 과장님."

왓킨스는 투덜거렸다.

"미안하지만, 우리는 숙련공만 채용해."

마사오는 자신이 숙련공이 아니라고 대답할 용기가 나지 않았다. 왜냐하면 그의 생명이 걸린 문제였기 때문이다.

"저도 숙련공입니다, 과장님."

그의 목소리는 필사적이었다.

"제발 저를 써주십시오."

"나는……."

바로 그 순간, 문이 열리며 한 남자가 한 묶음의 서류 다발을 들고 들어섰다.

"이걸 토니에게 전해 주시겠어요?"

왓킨스가 대답했다.

"알았어. 그런데 이 젊은이가 전자 숙련공이라고 주장하고 있는데 몇 가지 질문을 해주겠나?"

그 남자는 마사오를 쳐다보았다.

"좋아요."

왓킨스는 마사오를 돌아보며 말했다.

"데이비스 씨는 기술반장이야."

"전자회사에서 일해 보았나?"

"네."

"회로판을 어떻게 연결하는지 알고 있어?"

"물론이죠."

마사오는 그 분야에 대해서는 좋아할 뿐만 아니라 훤했다. 그는 신중하게 일본어로 된 전문용어를 영어로 번역해 가면서 설명했다.

"처음에는 아무것도 없는 판을 갖고 시작합니다. 그 다음에는 적절한 회로도를 그 위에 붙이고 필요한 부품을 붙입니다. 회로판은 트랜

지스터, 저항기, 축전기 및 IC로 이루어지며 그것들이 종합된 것입니다. 판은 모든 이물질을 제거하기 위해 산에 푹 담가두어야 합니다. 그런 다음……."

"잠깐!"

데이비스는 한 손을 쳐들었다. 그는 왓킨스를 돌아보며 말했다.

"이 청년은 자기가 할 일에 대해서 잘 알고 있을 뿐만 아니라 몇 달 후에 내 자리까지도 노릴 것 같군요. 잘해 봐, 꼬마야."

그는 밖으로 나갔다.

왓킨스가 마사오에게 말했다.

"너에게 일자리를 줄 수 있을 것 같구나."

마사오는 가슴이 부풀어 오르는 것 같았다.

"고맙습니다, 과장님."

"우리는 조립부에 사람이 필요하다. 봉급은 처음에는 일주일에 500달러다."

마사오는 그 돈을 엔화로 계산해 보았다. 약 5만2천 엔이 되었다. 일주일만 일하면 충분히 캘리포니아로 갈 수 있는 돈을 벌 수 있었다.

왓킨스가 계속 그에게 말했다.

"신분증 좀 보여주겠나?"

마사오는 순간 얼굴빛이 변했다. 그에게는 신분증이 없었기 때문이었다.

"저는……."

마사오는 신속하게 머리를 굴렸다.

"아버지가 제 것을 갖고 계세요. 지금 잠시 어디에 가셨는데 돌아오시면 제출할게요."

왓킨스는 어깨를 추슬러 보였다.

"좋아, 네가 일할 곳을 알려줄 테니 따라와라."

그는 마사오의 얼굴을 유심히 바라보았다.

"전에 혹시 이곳에서 일한 적이 있니?"

"없습니다, 과장님."

"그래? 그것 참 이상하군."

왓킨스가 말했다.

"얼굴이 아무래도 낯이 익단 말씀이야."

마사오는 날카로운 칼로 찔린 듯이 따끔했다.

마쓰시타 공장의 내부는 넓고, 깨끗하고, 효율적으로 배치되어 있었다. 마사오는 그 모든 것을 자기 아버지가 생각해낸 것이라고 새삼 깨달으며 한없는 자부심을 느꼈다. 이들은 모두 마쓰시타 요네오 덕분에 일자리를 얻어 일하고 있는 것이다

마사오는 지금 그런 것을 길게 생각할 여지가 없었다. 이곳은 그에게 공장이 아니라 일시적으로 숨어 있을 피난처에 불과한 것이다.

조립부에는 100여 명이 일하고 있었으며 일본인도 많이 끼어 있었다. 남녀가 섞여서 일하고 있는 모습이 보였다. 마사오는 키가 작은 데다 바짝 마르고 신경질적인 작업반장에게 소개되었다. 그는 오스카 헬러라는 사람이었는데 첫인상이 매우 좋지 않았다.

헬러는 마사오를 탈의실로 데려가 흰옷을 던져 주었다.

"옜다! 작업을 할 때는 항상 이 옷을 입어야 한다. 알겠니?"

"네, 알겠습니다."

"따라와."

그들은 조립실로 돌아왔다. 헬러는 조립대의 빈자리를 가리키며 말했다.

"여기가 네가 일할 자리야. 게으름 피우지 마, 알겠어?"

"네, 잘 알겠습니다."

"그럼 일을 시작해."

마사오는 그 작업반장이 한 소녀가 있는 쪽으로 걸어가더니 그녀의 어깨를 툭툭 건드리는 것을 보았다. 그녀는 주춤거리면서 그에게 뭐라고 신경질을 부렸다. 헬러는 웃음을 터뜨리며 계속 걸어갔다.

마사오는 화가 났다. 어떻게 저런 작자가 작업반장이 되었을까? 만일 마사오가 지금의 처지가 아니라면 헬러를 해고시켰을 것이다. 하지만 물론 그는 아무런 말도 할 수 없었다. 그는 이곳에서 일할 수 있게 된 것만으로도 천만다행으로 여겼다.

마사오는 몸을 돌려 조립대를 살폈다. 그것은 도쿄에 있는 것과 똑같은 모델이었다. 그 조립대는 대량 생산에 아주 적합한 것이었다. 그는 세계의 어느 공장에 가서도 그 일을 정확히 알고 할 수 있는 자신이 있었다.

그는 조립 판에 인쇄된 회로도가 붙여져 있는 것을 보았으며 산으로 회로를 제외한 모든 것이 제거되는 것을 보았다. 그 다음에는 회로판에 드릴로 구멍이 뚫리고 컨베이어로 전달되어 철사와 구리를 납땜해서 거기에 붙여졌다. 그것은 마사오가 수도 없이 많이 보아온 과정이었다.

마사오는 왼쪽으로는 중년 남자, 오른쪽으론 10대로 보이는 여성 사이에 자리 잡았다. 그 두 사람은 일본인이었다.

"어서 오게."

그 중년 남자가 마사오에게 말했다.

"고맙습니다."

마사오가 대답했다. 그는 여성 쪽으로 돌아보았다. 그 순간 그는 심장이 멎는 것 같았다. 그녀는 지금까지 그가 보아온 여자 중에서 가장 아름다운 외모를 갖고 있었다. 그녀는 계란형의 섬세한 얼굴과 상냥하고 지적인 눈을 가지고 있었으며 마사오와 같은 또래로 보였다.

그녀는 마사오가 자신을 바라보고 있다는 것을 느끼고 마사오에게 고개를 돌려 미소 지었다.

"환영해요."

"고마워요."

"난 사나에 도이라고 해요."

그녀의 목소리는 부드럽고 달콤하기까지 했다.

"내 이름은 마사오입니다."

그는 잠시 머뭇거렸다.

"하라다 마사오예요."

마사오는 건너편에서 헬러가 자기를 노려보고 있다는 것을 알았다. 그가 자신에게 뭔가 잔소리를 하려고 했다.

"빨리 일을 시작하는 것이 좋을 거야."

사나에가 속삭였다.

"헬러 씨는 게으름 피우는 것을 아주 싫어해요. 어떻게 일해야 하는지 보여 드릴까요?"

"고맙지만 나도 알고 있어요."

마사오가 대답했다.

사나에가 보는 가운데 마사오는 자기 앞에 있는 부속들을 집어 조립하기 시작했다. 그는 타고난 재능이 있는 데다 많은 경험을 가진 터라 동작 하나하나가 신속하고 정확했다. 사나에는 그의 행동을 놀란 듯이 바라보았다. 그녀는 마사오처럼 능수능란하게 작업하는 사람을 한 번도 본 적이 없었다.

"정말 잘하시네요."

그녀가 말했다.

"고마워요."

마사오는 조립하는 것이 즐거웠다. 하지만 계속해서 반복하다 보면 이 일도 지겨우리라는 것을 알고 있었다.

마사오의 손가락은 저절로 능숙하게 조립하고 있었지만 그의 마음은 다른 곳에 가 있었다. 신분증을 제출하지 못할 경우에는 어떻게 해야 하며 거주는 어디서 해야 할지 머리가 복잡했다. 마라톤 경주에서 받은 상금 200달러가 이제는 조금밖에 남아 있지 않았다. 임금을 받으려면 아직도 1주일 이상 기다려야 하기에 그에게는 그때까지 쓸 돈이 없었다.

오전과 오후에 한 번씩 커피 타임이 있었다. 오후 휴식 때 마사오는 그곳을 보다 잘 알아보고 싶어서 공장을 둘러보기로 했다. 그는 몇몇 공원들과 이야기를 해보았다. 그들은 자기들이 하는 일에 관심이 있고 열정적이었다. 몇몇 간단한 질문을 통해 마사오는 그들이 이곳에서 일하는 데에 자부심을 느끼며 만족해한다는 것을 알 수 있었다.

'아버지가 보셨더라면 기뻐하셨을 거야.'

마사오는 그렇게 생각했다.

그가 파악한 바에 따르면 유일한 문제는 바로 작업반장 오스카 헬러였다. 그는 특히 약한 부하 직원들을 괴롭혀서 공원들은 그를 두려워했다. 마사오는 어떻게 해서 헬러 같은 인물이 작업반장이 되었는지 의심스러웠다.

헬러가 한 여자 공원의 사소한 실수를 큰소리로 험악하게 야단치는 것을 듣고 마사오는 거기에 끼어들고 싶었다. 그러나 지금 자신이 할 수 있는 유일한 방법은 쥐 죽은 듯이 얌전히 있으면서 다른 사람들의 관심으로부터 벗어나는 것이었다.

5시 정각이 되자 종이 울렸다. 공원들은 그날 일을 끝마쳤다. 그들은 탈의실로 가서 흰색 작업복을 일상복으로 갈아입었다.

마사오는 사나에가 겉옷을 입는 것을 보았다. 그녀는 정말 아름다웠다. 마사오는 그녀와 좀 더 가깝게 사귀어 보기로 마음먹었다.

마사오는 다른 사람들과 함께 공장을 나왔지만 그들과는 큰 차이가 하나 있었다. 그들은 집이 있지만 마사오에겐 갈 곳이 없었다. 그는 밤에 거리를 돌아다니는 위험스런 짓은 할 수 없었다. 경찰이 그를 찾고 있을 것이며 데루오도 그를 추적하고 있을 것이다.

마사오는 방을 찾아야 했다. 그는 골목을 따라 걷다가 낡고 허름해서 값싸 보이는 호텔로 들어갔다. 그곳은 몇 년 동안 청소도 하지 않았는지 곰팡이 냄새 같은 퀴퀴하고 찌든 냄새가 물씬 풍겼다. 책상 뒤에는 일이 지겨운 듯한 직원이 겉장에 나체 사진이 붙어 있는 잡지를 보며 앉아 있었다.

마사오가 그에게 다가갔다.

"실례지만 빈 방 있나요?"

그 직원은 고개도 들지 않은 채 고개를 끄덕였다.

"네."

"얼마죠?"

"하루, 1주일, 아니면 한 달?"

마사오는 이런 곳에서 한 달씩 머무는 사람도 있는지 의심스러웠다.

"1주일요."

직원은 고개를 들었다.

"하루에 20달러씩 일주일에 120달러, 선불입니다."

마사오는 120달러면 이제 그가 갖고 있는 돈을 한 푼도 남김없이 털어내야 된다는 것을 알고 있었지만 다른 방도가 없었다. 낮에 공장에서 일하는 동안은 안전하지만 밤에 은신할 곳이 필요했다.

"좋아요."

마사오가 말했다.

직원은 못에 걸려 있는 열쇠를 하나 꺼내어 마사오에게 주었다.

"짐은 없나요?"

"네, 없어요."

직원은 놀라는 것 같지도 않았다. 마사오는 어떤 사람들이 이런 곳에 묵고 있는지 궁금했다. 아마 인생에 실패해서 삶을 포기한 사람들일 것만 같았다.

"첫 번째 계단을 올라가서 217호실입니다."

"고마워요."

마사오는 몸을 돌려 계단을 올라갔다. 바닥에 깔린 카펫은 낡아서 구멍이 나 있었고 벽은 낙서로 가득했다.

'키로이가 여기 왔다 갔다. 그는 냄새를 견딜 수 없었다…… 메리는 존을 사랑하고 있다. 존은 부르스를 사랑하는데…… 못살아! 여기서 나를 내보내 줘…… 이곳은 바퀴벌레의 천국이야……'

외부만 봐도 마사오의 방은 보나마나 뻔한 것이었다. 지금까지 마사오는 크고 깨끗하며 통풍이 잘되는 멋진 방에서 살아왔다. 그 방은 아름다운 정원과 교외를 내다볼 수 있어서 전망도 좋았다.

방으로 들어가 보니 자신의 옷장보다 약간 크고 더럽고 허름한 싸구려 가구들이 있었다. 한쪽이 부서진 창문으로는 벽돌담이 보였다. 작은 욕실에는 녹슨 세면대와 플라스틱으로 만든 깨진 변기가 있었으며 샤워장은 간신히 마사오가 들어설 수 있을 정도로 작았다. 침대보는 1주일 동안 갈지 않았는지 매우 지저분해 보였다.

마사오는 그 지저분한 방을 돌아보며 자신이 얼마나 오랫동안 그곳에서 견딜 수 있을지 의심스러웠다. 여하튼 그는 견뎌 보기로 했다.

이제 마사오에게는 저녁 식사비도 남아 있지 않았다. 그리고 누가 알아볼지도 모르는 거리를 돌아다닐 수도 없었다. 그는 방에 틀어박혀서 미래에 대한 궁리를 하며 자신이 직면한 어려운 문제들을 하나씩 검토해 보았다.

1. 나에겐 돈이 없다.

2. 친구도 없다.

3. 낯선 외국에 와 있다.

4. 내가 저지르지 않은 살인 혐의로 경찰이 나를 수배중이다.

5. 데루오는 나를 죽이려고 찾고 있다.

모든 것이 마사오에게는 너무나 불리했다. 그는 어이가 없어서 웃고 싶었다. 다른 사람 같았으면 완전히 자포자기할 상태였지만 그는 마쓰시타 요네오의 아들인 마쓰시타 마사오였다. 그는 결코 포기하지 않으리라 생각했다. 일단 살아남아야 할 필요가 있었다.

# 6

다음날 아침 일찍, 마사오는 될 수 있는 한 사람들의 눈에 띄지 않도록 빠른 걸음으로 출근했다. 공장에 도착해서는 흰색 작업복으로 갈아입고 작업대로 갔다. 사나에는 벌써 출근해 있었다.

"안녕하세요."

"안녕하세요."

작업벨트가 돌아가기 시작했으므로 마사오는 눈앞에서 계속 돌아가는 회전 선반에 정신을 집중하려고 애썼다. 난생처음 굶주림에 시달리는 그가 정신을 집중한다는 것은 좀처럼 쉬운 일이 아니었다.

그는 36시간 이상이나 아무것도 먹지 못했을 뿐더러, 다음 끼니도 어디서 해결해야 할지 아무런 대책이 없었다. 남은 돈은 몽땅 호텔비로 지불해버렸고 급료는 1주일이 지나야 받는다.

마사오는 지금까지 굶주림에 대해서 생각해본 적이 없었다. 사람이란 잘 먹을 때는 음식에 대해 생각하지 않지만 배가 고플 때는 다른 생각은 나지 않는 법이다.

점심시간을 알리는 종이 울렸다. 마사오는 다른 작업자들이 식사하러 나가는 것을 바라보았다. 어떤 사람들은 공장을 따라 돌면서 수프와 샌드위치, 그리고 커피와 도넛을 파는 식당차에서 점심을 사 먹었다. 집에서 도시락을 싸온 사람들도 많았다.

공장 바깥에는 작은 공원이 있었는데 작업자들이 햇볕을 쬐면서 앉을 수 있는 벤치가 놓여 있었다. 날씨가 맑고 햇볕이 따뜻했으므로, 많은 사람들이 밖에서 식사를 했다. 마사오는 그들을 부러운 듯이 바라보며 한쪽 구석에 서 있었다.

누군가 옆에서 말을 건넸다.

"점심식사 안 해요?"

돌아다보니 사나에였다. 마사오는 겸연쩍게 대답했다.

"난…… 글쎄…… 아침식사를 든든하게 먹었거든요."

식사할 돈이 없다고 말하기보다는 차라리 죽어버리는 편이 나을 것 같았다.

잠시 주의 깊게 쳐다보던 사나에가 정중하게 말했다.

"생각이 바뀌면 말해요. 나한테 샌드위치가 하나 더 있으니까요."

그는 자존심을 내세웠다.

"고맙지만 괜찮아요."

자신은 거지가 아니라 마쓰시타 요네오의 아들인 것이다.

사나에가 돌아서서 동료들이 있는 벤치 쪽으로 걸어갔다. 마사오에게는 그녀가 세상에서 가장 아름다운 여자로 보였다.

한 청년이 사나에에게 다가가서 옆에 앉는 것을 보자, 마사오는 갑자기 질투를 느꼈다. 물론 그런 자신이 얼마나 어리석은지는 잘 알고 있었다. 그는 쫓기고 있는 수배자였으니까. 그에게는 그날 하루를 무사히 넘기는 것 외에 다른 것은 도저히 생각할 여유가 없었다.

그 공장은 '그의' 공장이었고 이 사람들은 '그를' 위해 일하고 있었지만, 기묘한 운명의 장난으로 인해 그는 빵 한 조각도 사먹을 수가 없었다. 누군가 무심코 반쯤 먹다 남은 샌드위치를 벤치 위에 버렸지만 마사오는 달려가서 주워 먹을 수도 없었다.

벨이 울렸다. 다시금 일을 시작해야 할 시간이었다.

사나에는 뭔가 수상한 점이 느껴졌다. 그녀는 마사오가 공장에 들어온 순간부터 그를 유심히 관찰해 왔다. 그에게는 다른 사람과 다른 점이 있었다. 어떤 자부심 같은 것이 다른 사람과 그를 구분 짓고 있었다. 평범한 직원이 아니었다. 마사오는 고도의 기술을 가진 청년이었다.

사나에는 그 청년의 어떤 면이 자기를 신경 쓰게 하는지를 알아내려고 했다. 그는 상류사회에 익숙한 사람처럼 보였는데, 이상하게도 연달아 이틀 동안 똑같은 옷을 입고 나왔다. 게다가 그의 불안해하는 태도가 그녀에게 호기심을 갖게 했다.

또한 다른 사람들이 식사하는 것을 바라보고 있는 모습에는 굶주린 듯한 표정이 역력해 보이는데도 아무것도 먹지 않는 것에 대해서도 흥미를 느꼈다.

마사오는 사나에가 자기를 남몰래 살펴보고 있다는 것을 알고 있었지만, 그녀는 마사오가 쳐다볼 때마다 눈길을 다른 곳으로 돌렸다.

오후의 휴식시간인 3시가 되자, 직원들은 작업 도구들을 내려놓고 밖으로 나가 기다리고 있던 식당차에 가서 간식을 사먹었다. 마사오는 빈 벤치에 멍하니 앉아서 배가 고프다 못해 창자가 쓰려오는 것을 잊으려고 애쓰며, 다시 작업 시간을 알리는 벨이 울리기를 기다렸다.

잠시 후, 사나에가 그의 옆으로 왔다. 그녀의 손에는 플라스틱 컵에 든 커피 두 잔과 도넛 2개가 있었다.

"함께 먹고 싶어서요."

그녀가 말했다.

마사오는 그녀를 바라보며 그것을 거절하리라 생각했다. 그러나 유혹이 너무 강했다.

그는 점잖게 말했다.

"고마워요."

그리고는 도넛을 집어 들었다. 그것은 지금까지 먹어본 도넛 중에서 가장 맛있는 것이었다. 허겁지겁 먹고 싶었지만 마사오는 자신을 억제했다. 커피 한 모금을 마시자, 식도를 통해 내려가는 뜨거운 액체의 맛이 차라리 황홀할 지경이었다.

두 사람은 그곳에 앉아서 휴식을 즐겼다. 사나에는 마사오를 살펴보았다. 그에게는 지금까지 다른 남자에게서 볼 수 없는 진지함이 깃들여 있었다. 그는 친근하고 솔직하게 보였지만 동시에 뭔가 비밀스런 사람임을 느끼게 했다.

"어디에서 왔죠?"

사나에가 물었다.

마사오는 잠시 망설였다.

"도쿄."

그녀는 절대로 '시카고'라고 적힌 입사지원서를 볼 기회가 없을 것이다.

"제 부모님도 도쿄에서 태어나셨죠."

사나에가 말했다.

"일본에 가본 적 있어요?"

"아뇨."

마사오는 달콤하면서도 씁쓸한 향수에 잠겨 한숨을 내쉬었다.

"굉장히 아름다운 나라죠."

그는 조국을 다시 볼 수 있게 될지, 그래서 자기 집으로 돌아가게 될지 알 수가 없었다.

"분명히 그럴 거예요."

사나에가 말하고 있었다.

"가족들은 여기서 같이 사나요?"

마사오는 다시 망설였다. 그녀에게 거짓말을 하고 싶지는 않았지만, 진실을 말하는 것은 너무나 위험했다.

"네."

마사오가 말했다. 그리고 끔찍스럽게도 그것은 사실이었다. 그의 어머니와 아버지는 비록 시신이지만 미국 땅에 있었다.

마사오는 사나에를 바라보면서 자신들이 매우 좋은 친구가 될 것 같은 강한 느낌을 받았다.

'아니야. 좋은 친구 이상이야.'

마사오는 자신에게 솔직하게 말했다.

하지만 그것은 이뤄질 수 없을 것이다. 그런 꿈은 다른 사람들의 것이지 자신에게는 해당되는 것이 아니다. 그는 한 가지 일만 생각해야 했다. 그것은 바로 '생존' 하는 일이었다.

벨소리가 휴식 시간이 끝났음을 알렸다.

마사오는 그날 저녁 돈 문제를 해결했다. 호텔 근처의 작은 상가에서 문 위에 3개의 커다란 쇠방울이 달려 있는 전당포를 지나치게 되었다. 마사오가 가지고 있던 유일한 귀중품은 그의 아버지가 자신의 18번째 생일에 사준 시계뿐이었다. 21캐럿의 금시계였는데, 아버지가 준 선물이라는 사실이 마사오에게는 더욱 가치가 있었다. 그 시계와 떨어지게 되리라고는 꿈조차 꾸지 못했지만 별다른 도리가 없었다.

그는 전당포로 들어가서 몇 분을 망설이던 끝에 계산대 위에 시계를 올려놓았다.

"이걸 담보로 돈을 좀 빌리고 싶은데요."

마사오가 말했다.

"나중에 와서 찾아가겠습니다."

'만사가 잘 풀린다면…….'

그는 생각했다. 그렇지 못하면 감옥에 갇혀 있거나 죽어 있을 테니 그건 문제가 되지 않을 것이다.

전당포 주인은 시계를 들고 보석상이 쓰는 돋보기로 들여다보았다. 그는 만족스러운 듯이 고개를 끄덕였다.

"훌륭한 시계로군. 얼마를 빌리고 싶은가?"

"1천 달러요."

전당포 주인이 고개를 가로저었다.

"너무 많은걸."

"600달러는요?"

"500달러."

"할 수 없죠."

마사오가 말했다.

그 정도면 캘리포니아로 가는 버스를 타기에는 충분하고도 남았다. 그는 자기가 무슨 일을 해야 하는지를 한참 동안 심각하게 생각했다. 그의 문제에 대한 해결책은 히다카 구니오가 있는 로스앤젤레스에 있었다.

전당포 주인은 돈을 세어 내주고는 표를 건넸다.

"여기 전당표가 있네. 6개월 이내에 찾아가게. 6개월이 지나면 팔아 버릴 테니까."

6개월이라고? 자신은 '6일'이나 살아 있을지조차도 확실치 않았다.

"감사합니다. 다시 오겠습니다."

마사오가 말했다.

그는 마지막으로 시계를 바라보았다. 그러고 나서 돈을 주머니에 넣고 그곳을 나갔다.

마사오는 호텔에서 몇 블록 떨어진 일식집으로 향했다. 그가 할 수 있는 것은 뛰어가지 않는 일뿐이었다. 음식에 대한 생각을 하자 입에 군침이 돌았다.

그는 식당에 들어가서 허기에 주린 배를 생각하며 주문을 했다. 그는 일본식 수프와 돈가스, 밥, 절인 야채와 새우튀김 2인분, 그리고 디저트로 과일을 실컷 먹었다.

식사를 마친 마사오는 마치 새사람이 된 듯한 기분을 느끼며, 다시금 세상과 맞설 준비를 했다.

그 후 며칠은 조용히 지나갔다. 너무 조용해서 마사오는 자기가 처한 위험을 거의 잊고 있었다. 그는 매일 신문을 자세히 읽었다. 자기가 운전기사를 살해하고 도망을 친 기사는 1면에서 2면으로, 그리고 결국에는 신문 속에 파묻혀 버렸다. 마사오는 마음 편하게 숨을 쉴 수 있었다.

그는 더 이상 자기에게 스포트라이트가 비치는 듯한 느낌을 갖고 있지 않았다. 경찰은 이미 다른 사건들을 다루고 있으니 데루오는 머지않아 그를 찾는 데 지쳐버릴 것이다.

매일 아침마다 마사오는 일찍 일어나서 여관 근처의 작은 커피숍에서 아침식사를 하고, 걸어서 출근했다. 마쓰시타 공장을 들어설 때마다 그는 자부심을 느꼈다. 그곳에 들어서면 자신의 아버지와 좀 더 가까이 있는 느낌이 들었다.

마사오가 작업하러 가는 것이 즐거웠던 이유는 또 한 가지 있었다. 그것은 사나에의 존재였다. 그는 퇴근 후가 되면 그녀가 줄곧 생각났고, 작업대에서 일하는 그녀의 모습을 보는 것이 즐거웠다.

그녀의 발랄한 "안녕하세요."라는 말은 마사오에게 황홀한 하루의 시작을 알려주었다. 그들은 감독이 보지 않는 틈을 타서 농담을 주고받았고 점심식사를 같이 하고, 휴식 시간에도 같이 시간을 보냈다. 사나에를 보면 볼수록 마사오는 그녀를 좋아하게 되었다.

그녀는 자기 가족 이야기를 들려주었다.

"엄마와 아빠는 내가 태어나기 직전에 이 나라로 오셨대요."

"아버지가 뭘 하시는지 물어봐도 될까요?"

"화가예요."

그렇게 말한 사나에는 다시 고쳐 말했다.

"화가셨었죠. 관절염 때문에 이젠 더 이상 그림을 그리지 못하시지만……."

"그래서 당신이 돈벌이를 하는 거로군요."

"그래요. 부모님은 나밖에 의지할 사람이 없어요. 난 의과대학을 다니고 있었어요. 아마 언젠가는 다시 대학으로 돌아가게 될 거예요."

그녀의 목소리에서는 자기 연민의 흔적이라곤 찾아볼 수가 없었다.

"여기서 일하는 것이 재미있어요?"

마사오가 물었다.

"매우 재밌어요. 하지만……."

그녀는 작업반장인 헬러 쪽으로 고갯짓을 했다.

"저 사람만 빼놓는다면."

"나도 그래요. 저 사람만 여기에 없으면 좀 더 즐거울 것 같아요."

"이제 당신에 관해서 이야기해 줘요."

사나에가 말했다.

무척이나 순수한 질문이었다. 그리고 무척이나 위험스러운 질문이기도 했다. 잠시 마사오는 그녀에게 모든 얘기를 털어놓고 싶은 충동에 사로잡혔다. 그는 믿고 이야기를 털어놓을 수 있는 상대가 절실히 필요했다. 하지만 그건 너무나도 불가능한 일이라는 것을 마사오는 잘 알고 있었다. 그래서 조심스럽게 말했다.

"말할 것이 별로 없어요. 난 전자공학에 관심이 있죠. 이곳이 실습하기에 좋은 장소라고 생각해서 선택한 거예요."

사나에는 그를 이상하다는 듯이 바라보았다.

"나는 당신을 줄곧 지켜봤는데……."

"그랬어요?"

사나에는 그의 눈 속을 들여다보았다.

"당신에게는 실습이 필요 없어 보여요."

"난……."

사나에에게 진실을 털어놓고 싶다는 유혹이 너무도 강했지만, 마사오는 그녀를 위해서도 그 유혹에 넘어가면 안 된다는 것을 잘 알고 있었다. 그건 너무도 위험스런 일이었다. 그는 아직 데루오를 어떻게 할 준비가 되어 있지 않았다.

마사오는 자신이 새로운 곤경에 처해 있음을 발견했다. 그는 사나에에게 데이트를 신청하고 밖으로 데리고 나가고 싶은 마음이 굴뚝같았다. 저녁식사를 함께 하고, 극장이나 나이트클럽에도 데려가고 싶었다. 그러나 차마 그렇게 위험천만한 짓을 할 용기가 없었다. 그는 언제라도 신분이 탄로 날 가능성이 있었기 때문에 공공연한 장소에 나서기가 두려웠다. 그녀가 자기 문제에 얽혀드는 것도 원치 않았다.

사나에는 당황했다. 마사오가 자기를 좋아하는 듯이 보였지만, 데이트를 신청하려고 하지는 않는 것이다. 그녀는 간혹 자기에게 남자 친구가 없다는 것을 그에게 알려주었고, 마사오도 여자 친구가 없다는 것을 알고 있었다. 그런데도 그는, 일을 떠나서 그녀를 만나는 것에 관심을 나타내지 않았다. 그는 사나에가 만났던 남자들 중에 가장 종잡을 수 없는 남자였다.

둘의 문제는 뉴욕 메츠 팀과 필라델피아 필리스 팀과의 시합 덕분에 해결되었다.

마사오가 안전하다고 느낀 공공장소는 딱 한군데 있었다.

야구 경기장, 그곳에는 수천 명의 사람들이 모여들 것이고, 그는 그 많은 관중들 속에 파묻혀 버릴 수 있을 것이다. 마사오는 열렬한 야구팬이었고, 〈뉴스 타임스〉의 스포츠난에서 메츠 팀이 쉐아 경기장에서 필라델피아 필리스 팀과 시합을 갖는다는 기사를 보았을 때는 참을 수가 없었다. 그의 마음속의 영웅들 중 몇 명이 그들 팀에 끼어 있었고, 그들을 실제로 볼 수 있는 기회를 놓칠 수는 없었다.

마사오는 아침 일찍 일어나서 입장권을 사기 위해 커다란 운동장에 길게 늘어선 줄에 합류했다.

드디어 마사오가 줄 앞에 서자, 매표원이 말했다.

"몇 장요?"

마사오는 자연스레 깊이 생각할 것도 없이 대답했다.

"두 장 주세요."

입장권을 받고 걸으면서, 그는 무슨 마음으로 한 장이 아닌 두 장을 샀는지 의아해 했다. 물론 이유는 알고 있었다. 그는 사나에를 데리고 가고 싶었다.

마사오는 그제야 걱정이 되기 시작했다. 그녀가 자기와 함께 가고 싶어 하지 않으면 어떡하나, 만약 그녀가 야구 경기를 싫어하거나 다른 약속이 있으면 어떡하나 하는 것이었다.

마사오는 오전 내내 그런 추측을 하면서 자신을 학대했다.

정오가 되자, 그와 사나에는 나무 밑에 앉아서 점심을 먹었다. 마사오는 서서히 이야기를 꺼낼 작정이었다. 그러나 그것은 생각뿐, 자신도 모르게 말이 불쑥 튀어나오고 말았다.

"내일 메츠 경기 입장권이 두 장 있는데…… 야구 좋아해요?"

사나에는 야구라면 진저리가 났다. 그러나 그녀는 "굉장히 좋아해요."라고 말했다.

그녀는 마사오의 얼굴이 금세 커다랗게 웃음으로 변하는 것을 바라보았다.

"됐어요! 메츠와 필라델피아 필리스의 경기예요. 터그 멕그러가 투수이고, 리마줄 리가 메츠 팀의 첫 번째 타자로 나온대요."

사나에가 듣기에는 마치 그가 화성인들에 대해 이야기를 늘어놓고 있는 것처럼 생소하게 들렸다. 그녀는 단지 그와 함께 있는 것을 즐기고 있었고, 지금까지 자기가 만났던 남자들 중에 가장 매력적인 청년이라는 것을 알고 있을 뿐이었다.

그에게는 그녀가 이해하지 못하는 무언가가 있었다—긴장감, 그의 성격과는 어울리지 않는 거의 동물에 가까운 경계심, 그는 계속해서 무언가를 아니면 누군가를 지켜보는 것 같았다. 어떤 때는—사나에는 그것을 생각하는 것조차 어리석게 느꼈다—겁에 질린 것처럼 보였다.

그녀는 무언가가 그를 위협하고 있다는 것을 알았고, 언젠가는 자기에게 그것을 말해줄 수 있을 만큼 가깝게 되기를 바랐다. 그때까지는, 마사오가 행복해질 수 있다면 그녀는 열두 번이라도 그와 함께 야구 경기를 보러 갈 용의가 있었다.

쉐아 경기장은 관중들로 가득 메워졌다. 마사오는 지금까지 그렇게 많은 인파를 한꺼번에 본 적이 없었다. 일본에 있는 경기장도 넓었지만, 여기에 비하면 아무것도 아니었다. 마사오가 몇 년 동안 듣고 봐왔던 스타들이 운동장에 모여 있었다. 그는 사나에에게 그들을 가리켰다.

"저기 대기소에서 나오는 몸집 좋은 사람 보이죠? 저 사람이 바로 스티븐 헨더슨이에요. 메츠 팀의 중견수죠."

"아, 보여요."

사나에는 진지하게 대답했다.

"저기 좀 봐요! 저건 프랭크 테버리스군요. 아주 뛰어난 유격수죠."

사나에는 반사적으로 고개를 끄덕였다.

"아, 네."

"저기 크레이그 스완도 나오는군요! 메츠 팀 선발 투수를 할 건가 봐요."

필라델피아 필리스 팀이 선공을 했다. 피트 로즈가 선발 타자이고, 다음은 2루수인 마티 트리오, 3루수인 마이크 슈미트 순서였다.

마사오는 야구장 내야에서 눈을 뗄 수가 없었고, 사나에는 마사오에게서 눈을 뗄 수 없었다.

그녀는 그렇게 진지하게 열광하는 사람은 한 번도 본 적이 없었다. 마사오는 어른이었지만, 그에게는 그녀가 사모하는 열정적인 어린애 같은 기질이 있었다.

"저것 좀 봐요!"

마사오가 환호성을 질렀다.

"저기 그레그 루진스키가 있군요!"

"반갑네요."

그녀가 미소를 지었다.

'팬'이라는 말은 '열광자'에서 따온 것이다. 사나에는 자기네 고향 팀의 야구 열광자들을 알고 있었다. 하지만 마사오는 '양 팀'을 모두 응원하고 있었다. 그가 사랑하는 것은 경기이고, 진정한 스포츠이며, 공을 던지고 치고 뛰는 것이었다. 따라서 9회 말에 벌어진 특별한 상황은 여느 때보다도 사나에에게 더욱 큰 충격을 가져다주었다.

득점은 2:2 동점이었다. 투아웃 만루에 메츠 팀이 공격하고 있었다. 야구를 거의 모르는 사나에조차도, 그 순간이 열광적인 순간이라는 것을 알 수 있었다.

스티브 헨더슨이 타석에 들어서자, 관중들은 열광하기 시작했다. 모두들 일어나서 소리를 지르며 고향 팀이 승리하는 돌파구를 만들기 위해 그를 응원했다. 그리고 바로 그 결정적인 순간에 마사오가 사나에에게 몸을 홱 돌리더니 하얗게 질린 얼굴로 말했다.

"여기서 나갑시다!"

무슨 일이 일어났는지 알아볼 새도 없이, 사나에는 자신이 관람석 사이로 끌려가서 출입구 쪽에 와 있는 것을 발견했다. 그녀는 믿을 수가 없었다. 경기의 가장 열광적인 순간에 마사오는 경기장을 나가려고 하는 것이다.

관중들로부터 왁자지껄한 소음이 들려왔다. 무슨 일인가가 장내에서 벌어지고 있었다.

사나에가 말했다.

"마사오, 무슨 일인지 보고 싶지 않아요?"

"아뇨, 서둘러야 해요!"

그녀를 잡아끄는 마사오의 표정은 어둡기 짝이 없었다. 그는 잽싸게 움직이고 있었다.

사나에는 몸을 돌려서 뒤를 바라보았다. 제복을 입은 경찰들이 그들이 막 떠난 자리의 양쪽에서 관중들을 훑어보며 위쪽으로 올라가고 있었다.

잠시 후, 사나에와 마사오는 출구로 나가는 통로에 이르렀다. 마사오는 서둘러 그녀와 함께 택시를 탔다.

"좀 더 기다렸다가 경기가 어떻게 끝나는지 보고 싶지 않았어요?"

사나에가 물었다.

"그런 거 상관없어요."

그때, 그의 얼굴을 바라본 그녀는 뭔가 잘못되었음을 알았다.

무언가 끔찍한 사건이 벌어진 것이다.

다음날 아침 작업장에 출근한 마사오는 본래 모습으로 다시 돌아온 것처럼 보였다.

"경기가 끝나기도 전에 데리고 나와서 미안해요."

마사오는 사나에에게 아무런 일도 없었던 것처럼 말했다.

"메츠 팀의 승리였죠. 멋진 경기였어요. 그렇게 생각하지 않아요?"

마사오는 마치 아무 일도 없었던 것처럼 태연했다. 사나에로서는 그런 마사오를 이해하기가 무척 힘들었다. 마사오를 괴롭히는 일이 무엇인지 알 수만 있다면 어떤 짓이라도 할 수 있을 것 같았다. 그러나 그녀는 그것을 물어볼 만큼 그를 잘 알지 못했다. 그녀가 알고 있는 것이라고는 그가 허용한다면 어떤 방법으로든지 그를 도와주고 싶다는 것뿐이었다.

점심시간 몇 분 전에 작업반장인 헬러가 문을 열고 들어왔다.

사나에가 힐끗 올려다보더니 말했다.

"불청객이로군요."

마사오도 올려다보았다. 사토 데루오가 그에게로 걸어오고 있었다.

# 7

소름끼치는 순간이었다. 마사오의 몸과 마음은 공포로부터 마비되어 그 자리에 얼어붙고 말았다. 고모부가 자신의 은신처를 알아내고 자기를 붙잡으러 온 것이다.

마사오가 지켜보는 동안 헬러는 데루오를 보좌해 작업대를 따라 내려가면서 그에게 작동법을 설명해주고 있었다. 마사오는 고모부가 이곳을 방문한 목적은 자기와는 전혀 관련이 없다는 것을 한참 뒤에야 깨달았다.

데루오는 아직 마사오를 보지 못했지만 얼마 안 있어 그들은 결국 서로 얼굴을 마주하게 될 것이다.

마사오는 얼른 기가 막힌 꾀를 생각해냈다. 데루오와 헬러가 작업 테이블 쪽으로 오기 시작하자 마사오는 팔꿈치를 움직여서 회전 선반을 바닥에 떨어뜨렸다. 그와 동시에 그는 바닥에 웅크리고 주저앉아 테이블 사이로 몸을 숨기고는 떨어진 부품들을 줍기 시작했다.

"이봐 거기! 조심해서 일해!"

헬러가 고함을 질렀다.

"죄송합니다."

마사오는 더듬거리며 말했다.

그는 양손과 무릎을 땅에 대고, 두 사람에게 등을 돌린 채 부품들을 주웠다. 심장이 심하게 고동치고 숨이 찼다. 만약 고모부가 자기를 본다면…… 마사오는 도망을 칠 수 있겠지만 얼마 못가서 잡히리라는 것은 너무나도 뻔했다. 말 한마디면 다른 작업자들이 그에게 달려들 것이다.

위를 힐끗 올려다보니 사나에가 당혹한 표정을 지으면서 자기를 보고 있었다. 그녀는 그가 의도적으로 선반을 쳐서 떨어뜨렸다는 것을 알고 있었다.

"아직도 있나요?"

마사오가 속삭였다.

사나에는 멀리 떨어진 구석 쪽의 문을 향해 눈을 돌리고 그들이 문 밖으로 사라지는 것을 보았다.

"갔어요."

마사오는 슬금슬금 바닥에서 일어섰다. 온몸이 땀에 흠뻑 젖어 있었다.

"무슨 곤란한 일이라도 있나 보죠?"

사나에가 그에게 상냥하게 물었다.

그는 그녀가 상상조차 할 수 없는 난처한 처지에 있는 것이다.

"아니에요. 그냥…… 실수였을 뿐이에요."

마사오가 말했다.

그녀가 듣기에도 몹시 힘이 없는 목소리였다. 사나에는 신뢰와 우정이 담긴 부드러운 갈색 눈동자로 그를 쳐다보았다.

마사오는 억지로 다시 일을 시작했지만 그가 가졌던 안전에 대한 불안한 감정은 사라졌다. 대신에 분노가 그 자리를 차지했다. 사토 데루오는 마치 자기 회사인 양 그의 새로운 제국을 돌아다니고 있었다. 그리고 자신만 사라진다면 '반드시' 그의 소유가 될 것이다. 마사오는 지금까지 이보다 심하게 낙담해본 적이 없었다.

문이 열릴 때마다 그는 황급히 문 쪽으로 시선을 돌렸다. 데루오는 언제라도 다시 돌아올 가능성이 있었던 것이다.

사나에는 마사오의 행동이 아무래도 이상하다고 느꼈지만, 아무 말도 하지 않았다. 그녀는 그를 바라보며 그가 그 이유를 말해주기를 바랐다. 그러나 그는 한 번도 입을 열지 않았다.

마사오는 자기가 아무 말도 하지 않음으로 인해 그녀가 상처를 입고 있다는 것을 알고 있었지만 그가 할 수 있는 것은 아무것도 없었다. 그 문제는 자신만의 것이었다.

데루오는 그날 오후에도 그 다음 날도, 또 그 다음 날도 다시는 오지 않았다. 마사오는 겨우 편히 숨을 쉬기 시작했다. 그의 방문은 단지 공장 검열을 위한 것일 뿐이었다. 데루오는 마사오가 그곳에 있을 줄은 꿈에도 생각지 못하고 있었다.

마사오는 데루오가 다시는 나타나지 않을 거라고 생각했다.

'그러니까 어떤 면에서는 이곳이 더욱 안전해졌다고 볼 수 있군.'

금요일은 급료가 지불되는 날이었다. 그는 급료를 받으면 캘리포니아로 떠날 것이다. 사나에와 헤어진다는 생각을 하면 그는 가슴이 찢어지는 것만 같았다. 틀림없이 그녀가 몹시 그리울 것이다.

더군다나 그는 한마디 인사도 없이, 마치 야밤의 도둑처럼 그녀 곁을 떠나야만 한다. 언젠가는 그 모든 것을 설명해줄 날이 올지도 모르지만…….

만일 그의 목숨이 붙어 있기만 한다면.

금요일 오후 늦게, 직원들이 주급을 받으려고 경리과 창문 앞에 죽 늘어섰다. 사나에는 줄 앞쪽에 있었고, 마사오는 그녀보다 약간 뒷자리에 있었다.

마사오는 사나에가 급료가 든 봉투와 종이 한 장을 건네받는 것을 바라보았다. 그녀는 얼마 동안 그 쪽지를 뚫어져라 보더니 얼굴이 창백해졌다.

재빨리 돌아서서 마사오에게 걸어간 그녀는 낮은 목소리로 말했다.

"여기서 빠져나가야 돼요!"

그는 당황한 채 그녀를 쳐다보았다.

"뭐라고요?"

"서둘러요! 빨리 따라오라고요."

그녀는 손에 쥔 쪽지를 뒤집어서 마사오가 볼 수 있게 보여주었다. 거기엔 자신의 사진이 있었고 '수배 중, 현상금 있음'이라고 적혀 있었다.

모든 직원들에게 그 쪽지가 배부되고 있었다.

사나에가 그의 팔을 붙잡았다. 가능한 한 자연스럽게 행동하려고 애쓰면서 두 사람은 복도로 통하는 쪽문을 향해 움직였다.

마사오는 본능적으로 뛰고 싶은 충동을 느꼈지만 만약 뛰었다가는 주위를 끌게 될 것이고 그것은 끝장을 불러오리라는 것을 알고 있었다. 1주일 동안 이곳에서 일하면서 직원들 중 몇 명과 가깝게 지냈었으니 그들은 그의 얼굴을 알고 있었다. 그는 어느 순간, '저기 있다! 잡아라!' 하는 소리가 들려올지 모른다고 상상하면서 천천히 걷도록 자신을 자제했다. 그러나 가까스로 그들은 문을 나와 안전하게 밖으로 나왔다.

"여기서 헤어져야겠군요."

마사오가 황급히 말했다.

그는 어디에 숨어야 할지 전혀 생각이 없었다. 데루오가 틀림없이 전 지역에 있는 모든 마쓰시타 공장에 사진을 돌리고 있을 것이다. 이제 그가 안전하게 숨을 곳은 아무 곳도 없었다.

"어디로 갈 건가요?"

"모르겠어요."

그들은 공장에서 벗어나 골목길을 내려가고 있었다.

"우리 집으로 가요."

사나에가 말했다.

"거기 있으면 그들이 절대로 찾을 수 없을 거예요."

마사오는 고개를 저었다.

"당신을 이 일에 말려들게 할 수는 없어요."

그녀는 짤막하게 말했다.

"이미 말려들었는걸요."

마사오는 도저히 그녀를 이해할 수가 없었다. 그러나 그는 생존에 대한 집착만으로 가득 차 있었다.

"제발 나와 함께 가요."

"그럴 수 없어요."

마사오는 돌아서서 그녀와 얼굴을 마주쳤다. 진실을 말해야 할 때였다.

"나는 경찰에 쫓기는 몸이에요."

숨을 깊게 들이마신 후 덧붙였다.

"살인 혐의로."

그녀는 얼마 동안 그의 얼굴을 살펴보았다.

"정말 살인을 했나요, 마사오?"

"아니에요."

사나에는 미소를 지었다.

"나도 그럴 줄 알았어요."

그녀는 그의 손을 잡았다.

"자, 가요."

사나에와 그녀의 부모님은 마사오가 묵고 있는 호텔에서 1마일쯤 떨어진 낡은 아파트에서 살고 있었다. 아파트는 작았지만 깨끗하고 정돈이 잘 되어 있었다. 그리고 일본 예술품들로 꽉 차 있었다. 벽에 아름다운 풍경화들이 걸려 있는 것을 보자, 마사오는 사나에가 그녀의 아버지가 화가라고 말한 것이 기억났다.

사나에의 부모님은 사나에와 마사오가 들어갔을 때 거실에 앉아 있었다. 도이 씨 부부는 미국에서 여러 해 동안 살고 있었지만, 마사오는 그들이 아직까지 일본 전통에 집착해 있다는 느낌을 받았다.

마사오가 소개될 때, 그들은 구식 예의를 갖추었다. 마사오는 사나에가 아직까지 사랑스런 몸매를 갖고 있는 아름다운 여인인 그녀의 어머니와 많이 닮았다고 생각했다. 사나에는 우아하게 나이를 먹어갈 것이다. 마사오는 그 둘을 바라보았다. 그것은 마치 미래의 거울 속을 들여다보는 것 같았다.

도이 씨는 민감해 보이는 얼굴에 몸이 마른 사람이었다. 마사오는 그의 마디가 진 손을 바라보자 더 이상 벽에 걸린 저런 아름다운 그림을 그릴 수 없게 된 것이 안타깝게 여겨졌다.

사나에가 자신의 부모에게 말했다.

"내 친구인 마사오가 곤경에 빠졌어요. 자신이 하지 않은 죄를 뒤집어썼거든요."

그녀는 마사오에게 돌아섰다.

"이야기해요."

마사오는 덫에 걸리고 말았다. 왜냐하면 그들에게 말하면 '안 되기' 때문이었다.―진실은 안 된다. 낯선 사람들에게 그의 집안에서 벌어지고 있는, 끔찍하고 어두운 일을 밝힌다는 것은 그로서는 수치스러운 일이다.―자신이 마쓰시타 요네오라는 것은 도저히 말할 수가 없었다. 그것은 개인적인 문제였다.

그들은 마사오의 말을 기다리며 그를 바라보았다. 사나에는 그를 믿고 있었고, 그는 다시 한 번 그녀에게, 그리고 그녀의 부모에게 거짓말을 해야만 할 참이었다. 그녀는 다시는 그를 믿지 않을 것이다. 그것은 마사오가 그러리라 생각했던 것보다 그를 더 괴롭히겠지만 별수 없었다.

그는 전에 사나에에게 해준 이야기를 기억해냈다. 공들여서 거미집 같은 거짓말들을 짜내서 올가미에 걸려들기보다는 차라리 하나의 거짓말을 붙들고 있는 것이 나을 것 같았다.

"저는 부모님과 함께 미국에 왔습니다."

마사오가 말했다.

"짧은 사업여행으로 금방 도쿄로 돌아갈 예정이었죠. 그런데 저는 이 나라가 무척 마음에 들어서 아버님에게 이곳에 머무르고 싶다고 말씀드렸습니다. 아버님과 저는 옥신각신 다투다가 결국 저는 아버님 곁을 도망쳐 나왔습니다."

이야기를 계속하는 동안 머리가 신속하게 돌아가고 있었다.

"아버님이 저를 찾기 위해 고용한 사람과 싸웠는데, 그 사람이 지붕에서 미끄러져 떨어져 죽었습니다. 그것 때문에 경찰이 저를 쫓고 있습니다."

긴 침묵이 흘렀다. 드디어 사나에의 아버지가 말을 했다.

"음…… 운이 안 좋았군. 그 사람의 죽음과는 전혀 상관이 없다는 말이지?"

"없습니다, 전혀. 그건 사고였습니다."

적어도 그것만큼은 진실이었다.

"그럼 네가 경찰서에 가서 설명을 해야 할 것 같구나."

마사오는 고개를 저었다.

"제가 그렇게 하면, 저의 아버님이 저를 강제로 일본으로 데리고 돌아갈 것입니다."

도이 씨는 부인과 딸을 바라보면서 말했다.

"이 일은 신중하게 생각해야겠구먼."

한편 마쓰시타 공장의 인사과장실은 혼란스런 분위기에 싸여 있었다. 인사과장인 왓킨스와 작업반장인 헬러가 마사오를 찾기 위해 데루오가 고용한 사설탐정 샘 콜린스와 이야기하고 있었다. 그들은 마사오의 사진을 들여다보고 있었다.

"이 사람이 틀림없소?"

샘 콜린스가 물었다.

"분명해요?"

"의심할 여지가 없습니다."

왓킨스가 흥분한 듯이 말했다.

"지난주에 내가 고용했는걸요."

헬러가 확인하듯이 물었다.

"현상금이 많이 걸려 있습니까?"

"아주 많이 걸려 있소."

샘 콜린스가 말했다. 그는 손가락으로 울퉁불퉁한 자신의 코를 만지작거렸다.

"그가 어디로 갔는지 짐작 가는 곳은 없소?"

왓킨스는 고개를 저었다.

"없어요. 작업자들 말로는 그가 자기 사진을 보자 그냥 달아나 버렸다고 하더군요. 급료조차 받아가지 않았습니다."

그의 얼굴이 밝아졌다.

"이봐요! 혹시 그걸 받아가려고 돌아올지 모르니까, 그때 우리가……."

탐정은 콧방귀를 뀌었다.

"바보 같은 소리 말아요. 얼마나 영리한 놈인데요. 그놈은 다시는 이 근처에는 얼씬도 하지 않을 거요."

"잠깐만요!"

헬러가 소리쳤다.

"그놈이 갔을 만한 곳이 생각났어요!"

두 사람은 그의 말을 기다리듯 그를 바라보았다.

"그는 여직원 중의 한 명인 사나에 도이와 친하게 지냈어요. 그가 여기서 함께 나가는 것을 누군가 봤다고 했어요. 그녀라면 그가 어디로 갔는지 알고 있을 겁니다."

탐정의 얼굴이 밝아졌다.

"사나에라는 여자가 어디 사는지 알 수 있습니까?"

"그거야 간단한 일이죠."

왓킨스가 캐비닛 쪽으로 걸어가서 그것을 열고 카드를 하나하나 훑어보았다.

"여기 있습니다, 사나에 도이."

그는 탐정에게 주소를 주었다.

"현상금을 잊지는 않았겠죠?"

헬러가 그에게 다짐하며 말했다.

"그를 찾기만 한다면 우린 모두 부자가 될 겁니다."

샘 콜린스는 천천히 말했다.

잠시 후 탐정은 떠났다.

사나에의 아파트에서는 급박한 위험을 전혀 모른 채 마사오와 사나에, 그리고 그녀의 부모가 회의를 하고 있었다.

"나는 아무래도 그 방법이 최선이라고 생각되는구나."

도이 씨가 주장했다.

"네가 경찰서에 가서 진실을 말한다면 부모님과 같이 일본에 돌아가는 것도 그렇게 나쁘지 않아. 틀림없이 부모님은 끔찍이 걱정하고 계실 거야."

마사오는 거짓말의 늪에 너무 깊숙이 빠져있어서 헤어 나올 수가 없었다. 설명할 방법이 별로 없었다.

"돌아갈 수는 없습니다. 나중에는 몰라도 지금은 안 됩니다."

"나도 아버지 말씀에 찬성이다."

도이씨 부인이 말했다.

"도망치는 건 해결책이 될 수 없어. 오히려 문제만 더 커질 뿐이지."

마사오는 조용히 듣고 있는 사나에에게 몸을 돌렸다. 그녀는 마사오가 일본으로 돌아가는 것을 원치는 않았지만, 그가 난처한 입장에 있는 것도 원치 않았다. 그리고 그녀는 마사오가 말한 것보다 문제가 심각하다는 것을 알고 있었다. 뭔가 말하지 않은 사실이 더 있지 않은 이상, 마사오의 사진을 모든 공장 작업자들에게 애써 돌릴 이유가 없었다. 감추어진 끔찍한 비밀이 훨씬 더 많을 것이다. 그러나 그녀는 마사오의 말을 믿었다.

사나에가 말했다.

"제 생각으로는 마사오 자신이 무엇이 최선인지 알고 있을 것 같아요. 스스로 결정해야 할 문제예요."

마사오는 그녀가 자기편을 들어줘서 고마웠다.

"캘리포니아에 친구가 한 명 있습니다. 그와 닿을 수만 있다면 그가 저를 도와줄 겁니다."

마사오가 말했다.

"네가 믿을 수 있는 사람이냐?"

도이 씨가 물었다.

"네, 히다카 구니오라는 분이죠. 그 사람 직장은……."

그는 '우리 아버지……' 라고 말하려다, 잠시 말을 끊었다.

"그 사람은 마쓰시타 산업에서 일하고 있습니다."

하마터면 큰 실수를 할 뻔했다!

도이 씨가 뭔가 생각하면서 말했다.

"경찰이 이 근방에서 너를 찾고 있어. 그렇다면 문제는, 뉴욕에서 들키지 않고 벗어나는 일이야."

"네, 알겠습니다. 하지만 어려울 겁니다."

"방법이 하나 있지."

도이 씨가 말했다.

마사오가 간절하게 몸을 숙였다.

"어떤 방법이죠?"

그때 문을 요란하게 두드리는 소리가 났다.

"문 열어!"

누군가가 소리쳤다.

"경찰이다!"

마사오는 공포로 온몸이 굳어졌다. 방안의 다른 사람들은 놀라서 서로를 바라보았다.

"빨리."

사나에가 낮은 소리로 말했다.

"침실로!"

마사오가 일어서서 그들을 바라봤다.

"전 당신들 세 분에게 어떤 일도……."

"침실로 가, 빨리!"

"이 문 열어!"

마사오는 잠시 망설이더니, 몸을 돌려 급히 옆방으로 들어갔다. 그가 시야에서 벗어나자 사나에는 문 쪽으로 가서 문을 열었다. 샘 콜린스가 그녀를 거칠게 밀치고 들어왔다.

"그놈 어디 있어?"

탐정이 고압적으로 물었다.

도이 씨가 재빨리 물었다.

"누가 어디에 있단 말입니까?"

"누군지 잘 알 텐데?"

그는 신분증을 꺼냈다.

"나는 경찰관이다. 이 자를 찾고 있다."

그는 마사오의 사진을 사나에에게 들이댔다.

"여기에 이 자를 데리고 왔지, 그렇지?"

"아뇨, 그런 적 없어요."

사나에가 말했다.

탐정은 그녀를 노려보았다.

"네가 공장에서 이 자와 함께 나온 걸 알고 있어. 목격자가 많아."

"그건 맞아요, 그랬어요."

사나에는 차분히 말했다.

"하지만 공장에서 나와서 곧장 헤어졌어요."

"헤어졌다고? 그놈이 어디로 갔지?"

"전혀 모르겠는데요."

샘 콜린스는 그녀의 말을 못 믿겠다는 듯이 그녀를 쳐다보았다.

"집안을 수색해도 되겠지?"

도이 씨가 일어섰다.

"그건 안 됩니다. 여긴 가정집이에요. 당신이 이렇게 침입할 권리가 없습니다. 영장이 없는 이상……."

하지만 그 사설탐정은 귀담아 듣지 않았다. 마사오를 잡아올 경우, 사토 데루오가 한몫 단단히 챙겨줄 것을 약속했었다.

그는 경찰용 연발 권총을 꺼내 들었다. 도이 씨를 밀어제치고는 침실 문을 열어젖히더니 권총을 겨누며 안으로 들어갔다. 사나에와 그녀의 부모는 얼어붙은 듯이 서서 요란한 소리와 고함, 그리고 총성을 기다리며 초조한 마음으로 상상을 했다.

'탐정이 마사오를 발견하고, 총을 거꾸로 내리쳐서 정신을 잃게 만들고…… 마사오가 도망치려고 발버둥 치다가 탐정을 죽이고 ……둘 다 싸우다가 죽고 말 거야.'

그녀는 더 이상의 침묵을 견딜 수가 없었다. 그때 샘 콜린스가 거실로 돌아왔다. 혼자였다. 그는 권총을 집어넣고 있었다. 그의 얼굴에는 실망의 표정이 가득 차 있었다.

"그놈을 이곳에 데리고 오지 않은 것이 정말 사실인가?"

그가 사나에에게 물었다.

그녀는 애써 안심한 표정을 숨기려 했다.

"그래요, 내 말은 사실이에요. 헤어졌다고요."

탐정은 불만스러운 듯이 세 식구를 바라보았다. 그의 본능은 마사오가 여기에 숨어 있다는 것을 알려주고 있었다.

"자기가 어디로 간다고 '어떤' 암시라도 하지 않던가?"

사나에는 잠시 생각했다.

"그가 무슨 말을 하기는 했는데……."

"무슨 말을?"

그의 목소리는 간절했다.

"친구가 있다고 했어요."

"그래?"

"그러고는 그 친구를 만나러 가야겠다고 했어요."

"친구가 어디에 있다고 하던가?"

"그냥 브룩클린에 있는 나이트클럽에서 일한다고만 했어요."

"브룩클린이라고? 좋았어! 고마워."

잠시 후, 샘 콜린스는 서둘러 아파트를 나갔다. 사나에와 그녀의 부모는 침실로 황급히 달려 들어갔다.

그곳에는 아무도 없었다. 그들은 응접실 안을 샅샅이 들여다보고 화장실도 보았다. 방은 전부 비어 있었다. 사나에는 비상구로 통하는 창문으로 가서 밖을 내다보았다. 마사오의 흔적은 보이지 않았다.

"벌써 떠났구나."

도이씨가 말했다.

그 말에 사나에의 가슴은 무겁게 가라앉았다. 그녀는 다시는 마사오를 보지 못하리라는 것을 알고 있었다.

## 8

사토 데루오는 의자에 앉아서 사설탐정의 보고를 들었다.

"브룩클린의 나이트클럽을 다 뒤졌지만 없었습니다."

"당신이 그 계집년에게 속은 거라고."

데루오가 나지막이 말했다.

샘 콜린스는 자신을 고용한 데루오의 태도에 내심 당황하고 있었다. 그는 사토 데루오가 노발대발 화를 낼 줄 알았다. 하지만 그는 이렇게 말했다.

"걱정 말아요. 내 조카 녀석은 24시간 내에 당신 손에 잡히게 될 테니까."

샘 콜린스는 그를 쳐다보았다.

"당신은 그놈이 어디 있는지 알고 있단 말입니까?"

데루오는 고개를 저었다.

"그렇지는 않지만 곧 알게 될 테니 전화기 옆에서 떠나지 마시오. 그가 어디에 있는지 내가 알려주겠소."

그의 목소리에는 냉기가 감돌았다.

"이번에는 절대로 실패하지 마시오."

"그렇게 하겠습니다. 저는……."

"그럼 되었소."

그는 이제 볼일을 다 마쳤다. 샘 콜린스는 성인이 되어서부터는 위험한 사람만 상대해 왔었다. 그런 사람들 중에는 깡패, 살인자, 정신질환자, 그리고 변태성욕자도 있었다. 하지만 이 말수가 적고 점잖은 데루오만큼 그에게 소름끼치는 공포를 느끼게 해주는 인물은 없었다.

"그럼 전화를 기다리겠습니다."

샘 콜린스가 말했다.

데루오는 탐정이 떠난 후에도 마치 조각상이라도 된 듯 꼼짝 않고 오랫동안 그 자리에 앉아 있었다. 지금까지 그는 마사오의 모든 행동을 예측했었다. 그리고 마사오는 가는 곳마다 저지당했지만 영리하게 빠져나갔다.

이제 데루오는 그 문제에 대한 해결책을 생각해냈다. 그는 논리적으로 마사오를 찾기로 했다. 자신의 논리가 아닌 보다 고차원적인 논리를 이용하기로 한 것이다. 그는 마사오를 잡기 위해 마사오의 소유인 마쓰시타 컴퓨터를 사용하기로 했다.

그러한 아이디어는 데루오를 즐겁게 했다. 그는 전화를 걸어 필요한 준비를 시켜놓고 한 시간 후에는 마쓰시타 공장의 컴퓨터 요원들에게 명령을 내렸다.

데루오는 자신이 원하는 것이 무엇인지 정확히 지시했다. 컴퓨터 요원들은 자료를 컴퓨터에 입력시키는 일부터 착수했다.

데루오는 마사오의 습관과 취미, 그리고 그가 좋아하는 것과 싫어하는 것을 알려주었다. 그들은 함께 바둑을 두어본 적이 있었기 때문에 데루오는 마사오의 머리가 어떤 식으로 돌아가고 그의 생각과 행동이 어떻게 나타나는지 훤하게 알고 있었다. 그런 자료 역시 컴퓨터에 입력되었다.

"2시간 후에 연락 주시면, 필요로 하시는 모든 정보를 알려드릴 수 있을 것입니다."

컴퓨터 요원이 말했다.

"좋아."

데루오는 일어서서 그 방을 나갔다. 그는 거대한 공장 안을 생각에 잠긴 채 돌아다니고 있었다.

'이 모든 것이 내 거야.'

그뿐만이 아닌, 세계 전역에 있는 다른 마쓰시타 공장들도 모두 그의 것이다. 그의 힘으로 벌어들인 것이다. 그는 아내인 사치코와 수없이 다퉜지만 결국 그가 하는 일이 옳다고 그녀를 납득시키는 데 성공했다.

그는 히가시의 죽음이 사고였다는 말은 그녀에게 하지 않았다.

"마사오가 히가시를 살해했어."

그 말이 사치코를 설득시키는 데 지대한 공헌을 한 것은 두말할 필요도 없었다.

그가 당국에 마사오가 히가시를 살해했다고 말한 것은 실수였다. 그는 마사오를 빨리 찾아내려고 경찰의 도움을 얻기 위해 사건을 그렇게 신고했던 것이다. 그러나 그는 뒤늦게 깨달았다. 데루오는 마사오를 경찰의 손에 넘겨주고 싶지 않았다. 그는 마사오를 자기 멋대로 처리하고 싶었다.

그래서 그는 개인적으로 마사오를 자기에게 붙잡아다 줄 사설탐정을 고용한 것이다. 이번에는 실수가 없을 것이다. 컴퓨터는 실수를 하지 않으니까.

2시간 후에 데루오는 컴퓨터실로 돌아왔다.

컴퓨터 요원이 고개를 들며 말했다.

"준비해 두었습니다. 여기 모든 필요한 정보가 있습니다."

"잘했구먼."

"천만의 말씀입니다."

데루오는 사무실로 돌아와서 컴퓨터의 출력 자료를 세심히 살펴보았다. 그의 조카가 좋아하고 싫어하는 것, 취미 등 모든 것이 입력되어 있었다.

마사오는 햄버거와 피자를 좋아했다. 사설탐정은 그런 곳을 뒤지게 될 것이다. 오락실도 살펴보게 될 것이며, 볼링을 좋아하니 마사오의 사진이 모든 볼링장 입구에 붙여질 것이다. 모든 운동 경기장에도 배포될 것이다.

마사오는 미국 영화와 이탈리아 영화를 무척 좋아했다. 그런 영화를 상영 중인 극장에도 마사오의 사진이 배포될 것이다. 사설탐정은 모든 공항과 기차역, 그리고 버스터미널을 감시하게 될 것이기에 마사오가 그 도시를 떠날 수 있는 길을 봉쇄하게 된다. 컴퓨터가 마사오를 완전히 포위해 버린 셈이었다.

마지막에 적힌 2개의 아이템이 각별히 데루오의 관심을 끌었다.

'대상은 타인의 눈에 발각되지 않아야 한다는 강박감에 점점 억압되어 있다. 따라서 일본인들 거주 지역으로 숨을 가능성이 있다. 통계적으로 가장 가능성이 높은 곳은 그리니치빌리지에 있는 일본인 지역이다. 만일 그 대상이 뉴욕을 빠져나가려고 한다면 가장 가능성이 높은 목적지는 로스앤젤레스나 샌프란시스코가 된다.'

데루오는 그 마지막 2가지 조항을 오랫동안 검토했다. 그는 의자에 등을 기대고 앉아서 마사오와 머리로 바둑을 두듯이 생각에 잠겼다. 그는 마사오의 입장이 되어 생각해 보았다.

만일, 자기가 마사오라면 다음에는 어떤 행동을 취할까? 어떻게 뉴욕을 벗어나려고 할까? 그러다가 갑자기 데루오는 자신이 찾던 중요한 사실을 알아냈다. 그것은 너무도 간단한 것이었다.

그는 마사오의 탈출을 도와주기로 했다.

마사오는 이제 더 이상 숨을 만한 곳이 없었다. 그의 수색은 뉴욕에 집중되어 있었다. 마사오는 가능한 한 빨리 뉴욕을 빠져나갈 길을 찾아야 한다는 것을 알고 있었다.

사나에의 아파트를 급습한 사설탐정을 생각하자, 그는 자신의 문제로 인해 사나에와 그녀의 부모를 곤경에 빠뜨린 것에 대해 두려움을 느꼈다. 사나에는 그가 누구인지도 모른 채 그를 돕기 위해 발 벗고 나섰었다.

마사오는 사나에와 탐정이 나누는 모든 대화를 엿들을 시간이 없었다. 그는 본능적으로 빨리 그곳을 벗어나야 한다고 생각했으므로 비상구를 이용했다. 그는 호텔로 돌아갈 용기도 나지 않았다. 수색은 그곳 주위에 집중되어 있을 것이기 때문에 그는 쉽게 발견될 것이다. 백인들 속에서 어떻게 한 일본인이 쉽게 얼굴을 숨길 수 있겠는가? 그때 문득 마사오는 자신이 취할 행동을 생각해 냈다.

마사오는 그리니치빌리지에 있는 일본인 거주지로 가기로 했다.

그는 지하철을 이용했다. 지하철의 소음과 불결함, 그리고 무뚝뚝함에 마사오는 경악과 불쾌감을 느꼈다. 도쿄의 지하철은 깨끗하고 조용하고 승객들도 친절했다. 지하철이 그리니치빌리지 역에 도착하자 마사오는 내렸다. 사나에가 그곳에 있는 일본인 거주구역을 말해 주었지만 마사오는 그곳이 정확히 어디인지는 확실히 알지 못했다.

그는 자전거를 타고 배달하는 소년을 불러 세워 물어보았다.

"미안하지만, 일본인이 많이 살고 있는 지역을 찾고 있는데 가르쳐 줄 수 있겠니?"

"3마일쯤 내려가서 블리커 스트리트가 나올 때까지 왼쪽으로 가면 돼요."

그렇게 말하고 소년은 가버렸다. 마사오는 그 소년이 한 말을 한마디도 알아듣지 못했다.

그는 잡지를 파는 책방 앞에 서 있었다. 그곳으로 들어가서 뉴욕의 안내 책자를 찾을 때까지 둘러보니 오래 걸리지 않아 찾을 수 있었다. 그는 그 안내 책자에 나와 있는 길을 따라서 걸었다.

10번가를 따라 걷다가 앞쪽에 일본어 표지판을 발견했다. 그는 겨우 안심이 되었다. 이곳이라면 그다지 눈에 띄지 않을 것이다.

물론 데루오도 그가 안전하다고 느낄 수 있는 이곳에 오리라는 예측을 할 것이다. 그리고 사람들을 시켜서 이 지역의 모든 호텔과 하숙집들을 수색하고 거리를 다니며 그를 찾게 할 것이다. 그들은 햄버거와 피자가게, 그리고 이탈리아 영화를 상영 중인 극장에서도 마사오를 찾을 것이다. 하지만 마사오는 그렇게 쉽게 잡히지 않을 것이다.

그는 데루오보다 한 수 위였다. 그는 이곳 그리니치빌리지에 오기는 했지만 데루오가 생각하지 못할 장소에 숨기로 했다.

마사오는 거리를 걸으면서 피자와 햄버거 가게, 그리고 오락실 등을 지나쳤다. 그는 직접 요리도 하는 식품점에 들러 샌드위치를 사서 종이봉투에 넣어 들고 나왔다. 그는 미국 영화를 상영하고 있는 심야극장과 이탈리아 영화를 상영 중인 다른 극장들을 그냥 지나쳐 버렸다.

그는 계속 걷다가 블리커 스트리트에 있는 프랑스 영화를 상영 중인 한 조그만 심야극장을 발견했다. 마사오는 누가 보고 있지 않나 주위를 살피고는 표를 사서 안으로 들어갔다. 그는 프랑스어는 한마디도 알아듣지 못했지만, 적어도 그곳은 안전했다. 그들은 마사오를 그곳에서 찾지는 않을 것이다.

그는 전혀 이해하지 못하면서 그 영화를 보며 샌드위치를 먹었다. 그곳에서는 동시 상영을 하고 있었기 때문에 하나가 끝나자 또 다른 영화가 시작되었고 마사오는 잠에 빠졌다.

밤에는 거리에 걸어 다니는 사람이 별로 없었기 때문에 마사오에게는 가장 위험한 시간이었다. 그나마 낮에는 인파들 속에 파묻힐 수 있었다.

아침이 되자 마사오는 온몸이 뻐근하고 쑤시는 것을 느끼며 잠에서 깨어났다. 화면에는 남녀가 사랑을 나누고 있었다. 마사오에게는 프랑스인은 사랑 외에는 아무것도 생각하지 않는 것처럼 보였다. 그러자 사나에가 생각났다. 언젠가 안전하게 되면 마사오는 자기를 위해 그녀가 취한 행동에 대해 깊은 감사를 표하기로 마음먹었다.

그는 밝은 햇살 때문에 눈을 깜박이며 거리로 나갔다. 많은 사람들이 보도를 따라 걷고 있었다. 그는 경찰을 피해 그 인파 속에 묻혔다.

그곳에 오래 머무른다는 것은 위험하다는 것을 마사오도 잘 알고 있었다. 그는 데루오가 버스터미널, 공항, 그리고 기차역까지도 봉쇄하고 있으리라는 것을 확신하고 있었다. 그러니 다른 길을 모색해야만 했다.

마사오는 가끔 미국 대륙을 횡단하는 데 운전을 대신해 준다는 광고를 내는 사람이 있다는 말을 들은 적이 있었다. 만일 그가 그런 광고주를 찾아낼 수만 있다면, 뉴욕을 탈출하기에는 가장 완벽하고 안전한 길이 될 것 같았다.

마사오는 신문 가판대에서 〈데일리 뉴스〉지와 일본어판인 〈OCS 뉴스〉지를 샀다. 커피숍으로 들어가 앉아서 광고란을 살펴보니 〈데일리 뉴스〉 지에서는 아무것도 찾지 못했지만 일본어판 신문에서 심장이 멎는 듯한 광고를 볼 수 있었다.

'일본 할머니가 로스앤젤레스까지 차를 몰아 데려다줄 젊은이를 찾고 있음. 모든 비용은 할머니가 지불함.'

그것은 하늘이 내려주신 절호의 기회였다. 마사오는 벌써부터 로스앤젤레스에 도착해서 히다카 구니오를 만나게 되는 기대감으로 들떠 있었다. 그는 조심스럽게 그 광고를 뜯어서 광고에 난 거리의 이름을 찾아내어 몸을 돌려 그쪽 방향으로 걷기 시작했다. 그는 그 할머니가 자기를 받아들일 걸로 확신하며 기쁨에 넘쳐 있었다.

'할머니가 병에 걸려 있는 것은 아닌가?'

자신은 그 할머니를 로스앤젤레스까지 안전하게 데려다줄 수 있을 것이다. 그 다음에 마사오는 자기 일을 걱정해야 한다.

그는 고모부가 자신과 마쓰시타 기업을 대상으로 벌였던 엄청난 음모에 대한 충분한 대가를 치르도록 해주리라 결심했다. 만일 그것이 최후의 수단이라면 그는 가문의 명예에 대한 복수를 하는 것이었다.

10분쯤 후, 마사오는 한 허름한 갈색 석조 아파트 건물 앞에 서 있었다. 그는 다시 광고를 들여다보았다. 아파트 113호였다.

마사오는 자기의 옷차림을 훑어보았다. 극장에서 밤을 보낸지라 옷은 주름투성이였고 신발은 먼지로 덮여 있었다. 그는 바지 뒷면으로 신발의 먼지를 닦고 심호흡을 한 다음에 흥분된 상태로 아파트 안으로 들어갔다.

그 할머니가 반드시 자기를 고용해 주어야 한다. 자신의 생명이 달린 문제였다. 그는 아파트 113호 앞에서 한동안 서 있다가 문을 노크했다.

전통적인 기모노를 입은 한 일본 할머니가 문을 열어 주었다.

"무슨 일이우?"

그녀가 물었다.

"광고를 보고 찾아왔습니다."

마사오가 대답했다.

"아하, 그래요? 어서 들어오구려."

그녀는 잠시 마사오를 훑어보더니 말했다.

지금까지는 잘 되어가고 있었다!

마사오는 안으로 들어갔다.

"캘리포니아까지 운전해줄 사람을 찾는 광고를 내셨죠?"

할머니는 고개를 끄덕였다.

"그래요. 차가 있는데 내가 운전을 할 수가 없어서……."

마사오가 말했다.

"제가 도와드릴게요. 제가 로스앤젤레스까지 할머니를 모시고 갈 수 있습니다."

마사오의 뒤에서 한 남자의 목소리가 들려왔다.

"참으로 친절한 녀석이로군."

마사오는 순간적으로 그 목소리가 기억났다. 그가 그 목소리를 마지막으로 들은 것은 그가 빠져 나왔던 사나에의 아파트였다. 그는 몸을 돌려서 자기와 마주 서 있는 샘 콜린스를 발견했다. 그 사설탐정은 손에 총을 쥐고 있었고, 그 총구는 마사오를 향하고 있었다.

마사오가 말했다.

"어떻게 당신이……?"

순간적으로 아차 하면서 그는 자신이 함정에 걸려든 것을 알았다. 데루오는 그의 머리 위에 있었다!

그의 고모부는 마사오가 필사적으로 뉴욕을 빠져나가려고 한다는 것을 이미 알고 모든 정상적인 경로는 이미 차단해놓은 상태였다. 마사오가 탈출할 수 있는 유일한 방법은 자동차밖에 없었다. 하지만 그에겐 아무런 신분증도 없어서 차를 빌릴 수도 없으니 다른 방법을 찾을 수밖에 없다고 생각한 것이다.

데루오는 〈OCS 뉴스〉지에 그 광고를 냈다. 그것은 뉴욕시에서는 유일한 일본판 신문이기 때문에 분명 마사오가 보게 될 것이라고 예상했다. 바로 그 미끼에 마사오가 걸려든 것이다.

마사오는 말없이 어리석은 자신을 책망했지만 이미 엎질러진 물이었다.

그는 그 사설탐정을 바라보았다.

"나는 죄가 없어요. 그 자의 죽음은 사고……."

"입 닥쳐!"

오른손에 총을 쥔 샘 콜린스은 왼손으로 호주머니를 뒤져 100달러짜리 지폐 2장을 할머니에게 건네주었다.

"수고했소. 할멈."

그는 마사오 쪽으로 몸을 돌렸다.

"자, 가자."

"제발! 내 얘기 좀 들어줘요!"

"날 화나게 만들지 말라고. 넌 수배중이야."

"날 경찰서로 데려갈 건가요?"

"그래."

샘 콜린스는 총으로 문 쪽을 가리켰다.

"나가!"

그가 말했다.

"어서!"

할머니는 마치 자신은 그 일과는 아무런 상관이 없다는 듯이 고개를 돌리고 있었다. 마사오는 그 할머니를 탓할 수는 없었다. 200달러는 그녀에게 거금일 뿐만 아니라 마사오를 얼마나 위험한 상황에 빠뜨릴지 전혀 모르기 때문이었다.

샘 콜린스는 마사오에게 계속 총구를 겨누고 문을 열었다. 두 사람은 밖으로 걸어 나왔다. 그는 행인들이 볼 수 없도록 총을 감추었다. 아파트 모퉁이에는 낡은 녹색 쉐보레가 대기하고 있었다. 그는 그 쉐보레의 조수석 문을 열었다.

"꼼짝 말고 있어!"

그가 위협했다.

"내가 널 경찰서로 죽여서 데려가든 살려서 데려가든 문제가 되지 않아. 너는 살인 혐의로 수배 중이니까. 내 말 알아듣겠지?"

마사오는 고개를 끄덕였다.

총을 계속 겨눈 채 샘 콜린스는 핸들의 뒤쪽으로 몸을 빼며 마사오에게 안으로 들어오라고 손짓했다.

"창문을 닫아!"

샘 콜린스가 명령했다.

"순순히 내 말을 들어."

마사오는 창문을 닫았다.

"잘했어."

샘 콜린스가 차에 시동을 걸었다.

"이제 너는 거기 편안히 앉아 있기만 하면 되는 거야. 우리는 갈 길이 멀다고."

갈 길이 멀다? 그들은 경찰서로 가려는 것이 아니었다! 그는 마사오를 그의 고모부에게로 데려가려는 것이었다.

마사오은 가슴이 뛰었다. 그는 만일 자신이 다시 데루오의 손아귀에 넘겨진다면 데루오가 살려두지 않는다는 것을 잘 알고 있었다.

"나는 고모부가 당신에게 얼마를 주기로 했는지 모르지만, 그보다 훨씬 더 많은 돈을 줄 수 있어요. 나는 마쓰시타 그룹의 주인이란 말입니다."

탐정은 웃어젖혔다.

"그것 참 재미있군그래. 네 고모부는 자기가 마쓰시타 그룹을 소유하고 있다고 말하던데……."

마사오가 말했다.

"만일 당신이 나를 도와준다면 내가……."

"닥쳐! 어떻게 돌아가는 건지 나는 몰라. 알고 싶지도 않고. 나는 널 찾아서 데려다 주도록 고용되었을 뿐이야. 나는 그 일만 하면 된다고. 그런데 그 일은 쉽게 할 수도 있고 어렵게 할 수도 있어. 만일 내가 어려운 방법을 쓰면 넌 다치게 될 거야. 그건 오로지 너 하기에 달렸어."

"당신은 지금 어리석은 짓을 하고 있어요. 날 풀어주면 나는 당신을 부자로 만들어 줄 수 있단 말입니다."

마사오가 말했다.

샘 콜린스는 마사오에게 약간 미소를 지어 보였다.

"나는 부자야."

실제로 그는 부자였다. 두 번째 만났을 때 데루오가 말했었다.

"10만 달러 보너스는 시작에 불과하지. 내 조카를 데려오면 당신을 부자로 만들어 주겠어."

데루오는 그에게 엄청난 돈을 약속했다. 그 엄청난 돈이 지금 자신의 손에 들어온 것이나 마찬가지였다. 그는 그것을 놓치고 싶지 않았다. 아마 여생을 편히 먹고 살 수 있는 충분한 돈을 벌게 될 것이다. 늘 보트 타기와 낚시를 즐기면서 플로리다에서 사는 것을 꿈꾸었으니 아내나 정부를 데리고 갈 수도 있을 것이고 둘 다 데려가지 않을 수도 있을 것이다.

그는 플로리다에는 멋진 여자가 많다고 들었다. 남자에게 필요한 것은 돈밖에 없었다. 그리고 지금 이 순간부터 그는 자기가 쓸 수 있는 것보다 더 많은 돈을 갖게 될 것이다.

그는 허름한 청바지와 땀에 전 티셔츠를 입고 있는 마사오를 힐끔 보며 생각했다.

'누가 어리석은 짓을 하고 있는 건지 두고 보자고!'

그가 생각하기에 데루오란 작자는 정말 영리했다. 그 자는 함정 파는 방법을 정확히 알고 있었다.

샘 콜린스는 마사오 쪽으로 허리를 굽혀서 마사오 앞에 있는 자동차의 잡물박스를 열었다. 그는 먹다 남긴 위스키 병을 꺼내어 꿀꺽 들이켰다.

마사오는 잠자코 그대로 얌전히 앉아 있었다. 샘 콜린스는 잠시 마사오가 측은한 생각이 들었다. 마사오의 불행은 바로 샘 콜린스 자신의 행운이었다. 그는 다시 한 모금을 마시고 마사오에게도 위스키를 권했다.

"한 모금 마셔 봐. 긴장이 풀릴 거야."

"아뇨. 괜찮아요."

샘 콜린스는 대수롭지 않은 듯이 어깨를 들먹이며 그 술병을 다시 잡물박스에 넣었다. 그가 말했다.

"넌 너희 고모부를 몹시 화나게 한 것이 분명해."

마사오는 아무런 대꾸도 하지 않았다.

어쨌든 '나와는 상관없는 일이야'라고 샘 콜린스는 생각했다.

'그를 데려다 주기만 하면 내 일은 끝나는 거야.'

그는 자신이 받아들고 씽긋 미소를 지을 두툼한 수표를 생각했다. 어쩌면 수표가 아닐 수도 있었다. 현찰일지도 몰랐다. 그럼 소득세를 물지 않아도 된다.

어쩌면 플로리다가 아닌 남태평양의 어떤 섬으로 가는 것이 낫지 않을까. 그곳의 여자들은 모두 아름답고 현지 조달이 가능할 것이다.

돈, 그게 바로 핵심이었다. 돈은 사람을 왕으로 만들어 준다. 그는 평생 제법 멋진 생활을 누려왔지만 이번에야말로 그가 항상 꿈꾸던 소망이 이루어질 것이다. 그 도약의 디딤돌이 바로 돈이었다.

그는 다시 마사오를 곁눈질해 보았다. 그가 무슨 생각을 하고 있는지 궁금했다.

마사오는 탈출할 궁리를 하고 있었다. 그는 그 탐정에게 도움을 받기가 불가능하다는 것을 알았다. 다른 방법을 찾아야 했다. 만일 자기가 도망치면 그 탐정이 주저 없이 쏘아버리겠다는 경고를 이미 받았다. 그는 어쩌면 도망친 살해범을 체포했다고 영웅이 될지 모른다.

마사오는 차에서 뛰어내려 볼까도 생각해 봤지만 샘 콜린스는 운전을 하면서도 한 손엔 총을 쥐고 있었다. 그는 마사오가 문을 나서기도 전에 마사오를 쏴버릴 것이다.

마사오는 자동차의 먼지 낀 차창 밖을 내다보았다. 한 표지판에 화살표와 함께 '조지 워싱턴 브리지'라고 쓰여 있었다. 일단 그 다리를 넘어서면 기회가 없다는 것을 마사오는 알고 있었다. 왜냐하면 뉴욕 북부까지는 정차할 기회 없이 고속도로를 달려야 하기 때문이었다.

마사오는 멀리 도도히 흐르는 허드슨 강을 가로지르는 조지 워싱턴 브리지를 보았다. 그가 탈출 계획을 완성하는 데는 3분 정도밖에 시간이 없었다. 그는 샘 콜린스를 바라보며 그를 제압할 수 있는 기회를 엿보았지만 직감적으로 그럴 기회가 없을 것 같아 보였다. 총이 없다 하더라도 건장하고 거친 그 사나이에게서 도망치기란 불가능할 것 같았다.

그들이 탄 차는 빨간색으로 바뀌기 직전의 파란색 신호등에 접근하고 있었다.

샘 콜린스는 신호등이 바뀌기 전에 얼른 통과해 버리려고 액셀러레이터를 밟았지만 경찰차가 바로 그의 옆을 따라왔기 때문에 신호등 앞에 멈춰 섰다. 지금 곤란한 일에 말려들 필요는 없다고 샘 콜린스는 생각한 것이다.

'조금 있으면 돈이 왕창 들어올 텐데 문제를 일으킬 필요는 없지.'

그 경찰차에는 2명의 경찰이 타고 있었고 샘 콜린스 옆에서 신호등을 기다리고 있었다. 순간, 마사오는 그들에게 도움을 청해볼까 하는 충동을 느꼈다. 그러나 그 경찰은 정작 자신을 찾고 있는 중이었다. 그들 역시 적인 것이다. 그는 뭔가 빨리 생각해야 했다. 신호등은 곧 바뀔 것 같았다. 그때 갑자기 좋은 생각이 떠올랐다.

그는 그 탐정에게 몸을 돌려 말했다.

"마음이 변했어요. 술 한 모금해도 될까요?"

"그래, 내가 말했듯이 진정이 될 거야. 어서 마셔."

마사오는 잡물박스를 열어서 그 술병을 꺼내어 코르크 마개를 빼냈다. 그는 병을 손에 들고 신호등을 주시했다. 그는 신호등이 빨간색에서 파란색으로 바뀌는 순간 긴장했다.

탐정은 액셀러레이터를 밟았다. 이제 모든 것은 타임을 완벽하게 맞추느냐 못 맞추느냐에 달려 있었다. 차가 앞쪽으로 움직이기 시작한 순간, 마사오는 그 술병을 샘 콜린스의 머리 위로 치켜들어 위스키를 그에게 쏟아 부었다. 콜린스는 깜짝 놀라 마사오를 바라보았다.

"야! 도대체 무슨 짓이야?"

그가 마사오에게서 술병을 빼앗으려고 할 때, 그의 손이 핸들에서 떨어졌다. 바로 그 순간 마사오는 양손으로 핸들을 잡아 왼쪽으로 급하게 꺾었다. 자동차는 경찰차의 뒤쪽을 들이받았다.

2명의 경찰은 샘 콜린스를 돌아다보며 거칠게 외쳤다.

"차를 세워!"

샘 콜린스는 분노로 부들부들 떨고 있었다. 그는 이 일이 원만히 해결되고 나면 이 녀석을 데리고 가서 따끔한 맛을 보여줘야겠다고 생각했다.

그는 길 가장자리에 차를 세웠다. 경찰이 순찰차에서 내려 굳은 얼굴로 그에게 걸어오고 있었다.

"내리시오."

그들 중 한 명이 명령했다.

샘 콜린스는 차에서 내려 공손한 태도로 말했다.

"죄송합니다. 우연한 사고였습니다. 어떤 피해든지 기꺼이 보상해 드리겠습니다. 핸들이 제 손에서 미끄러지는 바람에 그만……."

콜린스에게서 풍겨 나오는 위스키 냄새가 경찰의 눈에서 눈물을 나오게 만들었다. 경찰은 그의 동료를 돌아보았다.

"여기서 음주 운전자를 잡게 된 것 같군."

"잘못 아셨습니다."

샘 콜린스가 항변했다.

"나는 술 취한 것이 아닙니다. 저 녀석이 장난을 친 거예요. 저 애가 위스키를 나에게 부었습니다."

"어떤 아이 말이오?"

샘 콜린스는 고개를 들어 차 안쪽을 가리켰다.

아니!

눈을 들어 보니 마사오는 이미 사라지고 없었다.

# 9

생활이 평화롭고 순조로울 때는 시간이 친구가 된다. 그러나 생활이 많은 문제들로 가득 찰 때는 시간이 적이 된다. 시간은 마사오의 적이 되었다. 그는 고모부를 과소평가했다. 고모부가 추적을 포기하고 자신을 내팽개쳐 둘 것으로 생각하고 있었지만 이제는 마사오도 분명히 알게 되었다. 데루오는 자신이 죽을 때까지 추적을 멈추지 않을 것이라는 것을…….

데루오는 사무실이나 공장, 혹은 별장 뒤쪽에 앉아서 잔혹한 전략을 짜고 있었다. 그들이 함께 바둑을 두었을 때 데루오는 항상 마사오를 이겼었다. 하지만 이번의 내기는 그것과는 달랐다. 이 내기는 마사오의 목숨이 달려 있었다.

쉐보레 자동차가 경찰차에 충돌하는 순간, 마사오는 차 밖으로 뛰쳐나와 몸을 돌려 자동차의 반대 방향으로 서둘러 걸었다. 그는 자신이 어디로 가고 있는지 모르는 채 무작정 걸어서 자신과 고모부의 하수인 사이와의 거리를 넓혀갔다.

그는 뛰고 싶었지만, 행인들의 이목이 두려웠다. 그는 직감적으로 인파가 혼잡한 맨해튼 중심지로 향했다. 그곳이라면 자신을 발견하기가 쉽지 않을 것이기 때문이었다.

하지만 마사오에게는 목적지가 없었다. 그는 그리니치빌리지로 되돌아갈 수도 없었다. 마사오가 탈출한 것을 데루오가 알게 되면 거리는 온통 그를 찾는 사람들로 가득찰 것이다.

지금 마쓰시타 산업은 데루오의 수중에서 움직이고 있었다. 그는 자신의 앞길을 막고 있는 장애물을 제거하기에 필요한 모든 투자를 아끼지 않을 것이다.

마사오는 생각했다. 자신이 경찰과 마쓰시타 산업의 경비력과 헤아릴 수 없이 많은 사설탐정들과 싸우게 될지 누가 알았겠는가? 그는 살아오는 동안 이토록 심한 외로움을 느껴본 적이 없었다. 아니, 그는 완전히 혼자는 아니었다. 로스앤젤레스에 히다카 구니오가 있었다.

마사오는 여러 해 동안 그들이 함께 지냈던 행복했던 날들을 생각했다. 마사오의 아버지도 구니오를 신뢰했었다. 하지만 어떻게 해야 그에게 갈 수 있단 말인가? 그는 자신의 상황을 전화로는 결코 설명할 수 없었다. 그는 그를 어떻게든 직접 만나야 했다.

"눈 좀 똑바로 뜨고 다녀!"

웬 남자가 거칠게 말했다. 그러자 마사오는 고개를 들어 자신이 긴 회색 코트를 입고 있는 한 문지기와 부딪친 것을 알았다.

"미안합니다."

마사오는 사과했다.

그 문지기는 줄지어 서 있는 사람들에게 택시를 잡아 주느라 호루라기를 불고 있었다.

마사오는 고개를 들어 자신이 힐튼호텔 앞에 서 있다는 것을 알았다. 그는 주위를 돌아다보았다. 호텔 입구에는 전면에 로스앤젤레스행이라고 쓰인 팻말을 붙인 커다란 그레이하운드 버스가 한 대 서 있었다. 몇몇 사람들이 그 버스에 오르고 있었지만 마사오의 관심을 끈 것은 그 모든 승객들이 일본인이라는 점이었다!

그것은 로스앤젤레스로 가는 일본인 관광단이었다. 그야말로 완벽한 기회였다. 마사오도 자신이 그 기회를 붙잡아야 한다는 것을 알았다. 그는 무슨 일이 일어나는지 그곳에 서서 바라보고 있었다.

운전기사는 승객들이 버스에 올라타 자리를 잡는 동안 승객의 명단을 확인하며 버스의 열린 문 옆에 서 있었다.

마사오는 그 버스를 탈 수 있는 방법을 찾아내야 했다. 하지만 무슨 방법이 있단 말인가? 그건 분명 민간관광여행이었고 그의 이름은 명단에 없었다. 마사오는 잠시 생각하다가 주위를 한 바퀴 돌고 급히 힐튼호텔의 로비로 걸어 들어갔다.

넓은 로비는 수속을 밟고 떠나는 관광객으로 가득 차서 시끄러웠다. 예약을 하거나 떠날 시간을 기다리는 사람들로 로비는 붐볐다.

로비의 중앙에는 관광객들의 소유인 캐리어가 무더기로 놓여 있었고 캐리어마다 이름표가 붙어 있었다. 4명의 짐꾼이 짐을 날라다 버스의 짐칸에 싣고 있었다. 그중 12개 정도의 캐리어가 아직 남아 있었다.

마사오는 마음이 급해졌다. 그는 그 캐리어가 있는 곳으로 가서 허리를 굽혀 이름들을 살폈다. 그중 하나에 '다나카 요시오'라는 꼬리표가 붙여진 것을 발견했다. 그는 몸을 일으키자마자 로비를 가로질러 맨 마지막에 있는 수화기를 들었다. 교환이 말했다.

"말씀하세요."

"네, 다나카 요시오 씨 좀 찾아주시겠습니까?"

"잠깐만 기다리세요."

잠시 후, 대형 스피커에서 금속성 목소리가 흘러나왔다.

"다나카 씨, 다나카 요시오 씨. 구내전화대로 가보시기 바랍니다."

마사오는 그곳에 서서 키가 작고 땅딸막한 한 남자가 자신으로부터 3번째의 전화기로 가서 수화기를 드는 것을 보았다.

"여보세요?"

마사오는 그에게 등을 돌린 채 목소리를 낮추어 말했다.

"다나카 씨입니까?"

"네, 그렇습니다."

"다나카 요시오 씨죠?"

"그렇습니다만, 누구신지?"

"국제선 교환입니다. 일본에서 장거리 전화가 걸려왔는데 약간 지체될 것 같습니다. 수화기를 든 채 잠시 전화기 옆에서 기다려 주시겠습니까?"

"하지만 내가 타야 할 버스가 지금 막……."

"통화가 곧 연결될 겁니다."

"내 사무실에서 걸려왔습니까?"

다나카가 물었다.

"그렇습니다, 선생님."

"기다리겠소."

"감사합니다."

마사오는 수화기를 내려놓았다. 그는 다나카를 지나쳐서 신속히 사람들이 버스에 짐을 싣는 쪽으로 갔다. 나머지 승객들은 이미 타고 있었고, 운전기사는 마지막 승객의 명단을 확인했다.

모두 완벽했다. 데루오의 하수인들은 정기 버스 정류장에서 마사오를 찾고 있겠지만 그가 관광버스에 타리라고는 누구도 생각하지 못했을 것이다. 마사오는 버스의 문으로 올라섰다. 운전기사가 고개를 돌렸다.

"성함이?"

"다나카 요시오……."

그리고 바로 그 순간, 곁눈으로 마사오는 그 작고 땅딸막한 사람이 버스를 향해 달려오고 있는 것을 보았다. 마사오는 겁에 질려 그를 바라보았다. 다나카는 마사오를 스치고 지나가며 운전기사에게 말했다.

"다나카 요시오입니다!"

운전기사는 그의 이름을 명단에서 확인했다. 마사오는 그 조그만 일본인이 버스로 올라서는 것을 모퉁이에서 멍하니 바라보고 있었다. 운전사는 운전석에 앉았고 잠시 후 버스는 멀리 사라졌다.

마사오는 허탈감을 느끼며 그 자리에 그대로 서 있었다. 분명 성공할 뻔했는데! 모든 일이 잘 풀리지 않는 것 같았다. 누군가 말할 상대라도 있었다면 그런 허탈한 기분은 느끼지 않았을 것이다.

그는 사나에가 보고 싶었다. 그는 그녀가 얼마나 잘 대해 주었는가를 생각하며 깊은 슬픔에 잠겼다. 그녀는 자신에게 피난처도 제공해 주었고 자신을 보호하기 위해 탐정에게 거짓말도 서슴지 않았었다.

그때 제복을 입은 경찰이 호텔 쪽으로 걸어오고 있었다. 그는 허점을 보일 순 없었다. 자연스럽게 몸을 돌려 혼잡한 힐튼호텔의 로비로 되돌아간 그는 호텔의 옆문을 통해 비상구로 빠져나갔다. 그에게는 피난처가 절실히 필요했지만 피난처가 될 만한 곳은 그 어디에도 없었다.

그는 96번가에 있는 독일 음식점에서 늦은 점심을 먹었다. 독일 음식을 싫어했지만 그것이 바로 그가 그 음식점을 선택한 이유였다. 그는 이제 고모부의 생각을 정확히 파악할 수 있었다. 고모부는 자신의 습관을 알고 있었으며 사람들을 마사오가 갈만한 장소로 보내고 있는 중이었다.

지금부터 마사오는 의도적으로 자신이 좋아하지 않는 곳으로 가기로 했다. 그는 고모부가 추적할 수 있는 흔적을 남기지 않으려고 애를 썼다. 그는 구석에 있는 한 식탁에 앉아 다음에 취할 행동을 궁리하며 자신이 싫어하는 독일 음식을 먹고 있었다. 그러나 아직도 문제는 마찬가지였다. 모든 출구가 봉쇄되어 있는 도시로부터 탈출해야 하는 것이다.

마사오는 우연히 창밖을 내다보다가 커다란 냉동 트럭 한 대가 지나가는 것을 보면서 갑자기 몸이 짜릿해지는 것을 느꼈다. 그에겐 아직 기회가 있었다!

그로부터 한 시간 후, 마사오는 뉴저지 부두 가까이에 있는 화물트럭 터미널의 으슥한 곳에 서서 주위를 살피고 있었다. 그곳에는 광장에서 짐을 싣고 떠날 준비를 하고 있는 최소한 50대 정도의 트럭이 있었는데, 구색을 갖춘 물건들이 엄청나게 많이 있었다. 트럭은 가구와 화학약품, 음식, 의료기기 등을 실었고, 그것들은 책과 텔레비전 수상기, 통나무, 의류 등과 함께 쌓여 있었다.

그 트럭들은 대도시든 조그만 마을이든 산간이든 항구든 그 나라의 모든 구석구석까지 상품을 실어 나르는 미국의 활력의 근원이었다.

마사오는 사람들의 눈을 피한 채 그곳에 서서 그 과정을 지켜보고 있었다. 똑같은 과정이 반복되었다. 트럭이 짐을 모두 실으면 뒷문이 올라가고 자물쇠가 채워졌다. 기사는 운전석에, 조수는 그 옆자리에 타고 목적지를 향해 이동했다. 마사오는 그것을 아주 재미있게 지켜보고 있었다. 그에게 필요한 것을 점검하고 나서 마사오는 광장을 돌아다니며 일상적인 질문을 했다.

그는 트럭에 짐을 싣고 있는 한 사람에게 다가가서 말했다.

"실례합니다, 아저씨. 이 트럭은 어디로 가나요?"

"코네티컷."

'방향이 달라.'

"고마워요, 아저씨."

마사오는 다른 트럭 쪽으로 갔다.

"실례합니다. 이 트럭은 어디로 가나요?"

"보스턴."

'너무 가까운 곳이야.'

그는 돌아다니며 기사들에게 행선지를 물었다. 그 트럭들은 메인이나 필라델피아, 혹은 워싱턴이나 델라웨어로 간다는 대답이 많았다. 마사오에게는 아무런 도움이 되지 않는 곳들이었다.

마사오가 가재도구를 싣고 있는 거대한 트럭에 다가섰을 때는 거의 포기한 상태였다. 그는 건성으로 물었다.

"실례합니다, 아저씨. 이 트럭은 어디로 가나요?"

고개도 들지 않은 채 그 남자는 퉁명스럽게 말했다.

"로스앤젤레스."

갑자기 아드레날린 주사를 맞은 듯한 기분이었다.

'로스앤젤레스라고!'

어떻게든 그는 그 트럭을 탈 수 있는 방법을 찾아야만 했다. 그는 그곳에서 뒤쪽으로 물러서서 짐꾼이 조심스럽게 트럭 안으로 가재도구를 들어 올리는 것을 보고 있었다. 이제 트럭은 거의 다 채워져 가고 있었다. 완전히 채워졌을 때는 한 치의 공간도 없을 것 같았다.

만일 마사오가 그 안으로 들어간다면 아마 견디기 힘들 정도로 몸이 조이게 될 것이다. 하지만 그것은 마사오에게는 문제가 되지 않았다. 그가 지금 걱정하는 것은 미국을 횡단하는 데 6, 7일은 걸릴 것이고 그 기간 동안 음식이나 물도 없이 트럭 안에 갇혀 있게 된다는 점이었다.

'상관없어.'

마사오는 생각했다. 그가 히다카 구니오를 만나서 도움을 얻을 수 있는 로스앤젤레스에 갈 수만 있다면, 그 어떤 고난도 문제될 것이 없을 것 같았다.

4명의 인부가 바퀴가 달린 수레로 무거운 가구들을 날라다 트럭 뒤쪽에 싣고 있었다.

마사오는 행동을 하는 데 시간을 정확하게 맞춰야 한다는 것을 알고 있었다. 그가 너무 일찍 트럭 안으로 기어오르면 눈에 띄게 될 것이고, 그렇다고 너무 지체하면 트럭을 탈 수도 없을 것이다.

하역장 맞은편에 있는 음식점에서 트럭 기사들이 몰려나오는 것이 보였다. 음식을 생각하자 마사오의 입에 군침이 고였다. 그 순간에는 그가 가장 싫어하는 독일 음식이라도 먹을 것 같았다.

그는 다시 그 음식점을 바라보았다. 샌드위치와 음료수를 주문해서 들고 나오는 데 1분 정도 걸릴 것 같았다. 그렇게 하면 그는 장거리 대륙 횡단을 할 동안 배고픔이나 갈증을 겪지 않아도 될 것이다. 그 유혹은 억제하기엔 너무 강했다.

마사오는 음식점을 향해 1분이라도 손해 보지 않으려고 달리기 시작했다. 그 트럭은 언제라도 떠날 수 있는 준비가 되어 있었다. 그는 음식점에 다다르자 황급히 안으로 들어갔다. 그곳에는 식탁과 긴 판매대에 빽빽이 트럭 기사들이 앉아 있었고 소음과 담배 연기로 가득 차 있었다. 마사오는 곧바로 판매대로 갔지만 너무 긴장해서 앉지도 못하고 그곳에 서 있었다.

한 여점원이 손님들에게 애교를 떨고 잡담을 늘어놓으며 15명 정도의 손님을 상대하고 있었다.

마사오는 그녀의 관심을 끌어보려고 애썼다. 그녀는 손님의 커피잔을 다시 채워주고 마사오에게로 다가왔다.

"뭘 드릴까요?"

마사오는 미처 생각해 두지 못해서 판매대 위에 있는 커다란 메뉴판을 보았다.

"햄버거 샌드위치로 주세요."

"알았습니다."

그녀는 주문용지에 그것을 쓰고 몸을 돌려 가려고 했다.

"치즈 샌드위치도 하나 주세요."

"알겠어요."

그녀는 다시 가려고 했다.

"치킨 샌드위치도요."

이번에는 그녀가 마사오를 노려보았다.

"이제 되었나요?"

"아뇨."

그는 재빨리 헤아려 보았다. 6일이나 7일이 걸리고, 하루에 두 끼면 충분할 것이다. 그는 다시 메뉴판을 보았다.

"에그 샐러드 샌드위치 하나, 콘비프 하나, 로스트비프 하나, 호밀 햄, 칠면조 샌드위치, 스위스 치즈, 고기 섞인 빵, 살라미 소시지 하나, 베이컨과 토마토 하나, 그리고 발로니 샌드위치 하나."

그 여점원의 입이 쩍 벌어졌다. 마침내 그녀는 간신히 말했다.

"마실 것은 필요 없나요?"

"코카콜라 열두 개요."

그녀는 미소를 지으며 말했다.

"당신은 정말 식욕이 굉장한 사람이군요."

마사오는 그녀가 주방의 주문대로 가서 주문하는 것을 보았다. 이제 그는 최소한 여행 중 배가 고프거나 목이 마르지는 않을 것이다.

주위의 음식 냄새가 그를 한층 배가 고프게 만들었다. 그는 파이 한 조각과 커피를 주문할까 하는 유혹을 느꼈지만 단 1분이라도 낭비하고 싶지 않았다. 그는 자기가 주문한 것이 빨리 나오기를 간절히 기다렸다.

마사오는 계산대 가까이에 있어서 트럭 기사들이 돈을 지불하면서 하는 이야기를 들을 수 있었다.

“자넨 어디로 가나, 찰리?”

“툴사. 유류기계 부속품 배달이야.”

“나도 지금 막 거기서 왔어. 날씨가 좋지 않더구먼.”

“새 트럭 아직 구입하지 않았어. 토니?”

“내년에 할 거야. 아내가 수술하게 됐거든.”

“그것 참 안 됐구먼.”

“그래, 병에 걸릴 줄 누가 알았겠나?”

마사오는 자기의 주문을 받은 여점원이 주문품을 받아오는 것을 보고 수표를 썼다.

‘서둘러요! 서두르라고!’

그의 생각을 알아차린 듯 여점원이 말했다.

“당신이 주문한 것은 바로 다음 차례예요.”

“고마워요.”

그러자 바로 그 순간, 그의 뒤에 있는 계산대 쪽에서 한 목소리가 들려왔다.

“지금쯤 짐을 다 실었을 거야. 자, LA로 떠나볼까?”

마사오는 피가 얼어붙는 것 같았다. 그는 몸을 돌려서 그 트럭, 즉 마사오가 타야 할 트럭의 운전기사와 조수를 보았다. 그들은 계산을 치르고 있었다.

“화물 적재 영수증에 서명하러 가야죠.”

조수가 말했다.

마사오는 질겁해서 주방 쪽 판매대를 보았다. 그는 자신이 주문한 샌드위치를 모두 싸고 있는 것을 볼 수 있었지만 기다릴 시간이 없었다. 그 2명의 트럭 기사들은 이미 문을 나서고 있었다.

마사오는 서둘러서 그들을 뒤따라갔다. 그 여점원이 소리쳤다.

"이봐요! 당신의 샌드위치!"

그러나 마사오는 이미 문을 나서고 없었다.

트럭은 아직 그곳에 서 있었고 마지막 가구가 안으로 옮겨지고 있었다.

이제 곧 그들은 뒷문을 올리고 자물쇠를 채울 것이다. 몰래 올라탈 수 있는 시간은 지금뿐이었다. 하지만 그 트럭 주변에는 사람들이 있었고 그 운전기사도 그곳에 서서 그들과 이야기를 하고 있었다. 마사오가 그들을 지나쳐 몰래 숨어들 수 있는 방법은 없었다.

그는 자신이 겪었던 좌절이 얼마나 많았으며 거의 빠져나갈 수 있었던 기회가 얼마나 많았었던가를 생각해 보았다. 그리고 이제, 그는 다시 한 번 실패를 감내해야 할 것 같았다.

그가 그런 생각을 하고 있는데, 근처에 있던 트럭에서 크게 뭔가 부서지는 소리가 들렸다. 주변에 있던 사람들이 모두 무슨 일인가 하고 그쪽으로 눈을 돌렸다.

대형 샹들리에 하나가 바퀴 달린 손수레에서 미끄러져 땅에 떨어져 산산조각이 나 있었다. 그 사고에 책임이 있는 그 재수 없는 짐꾼이 욕을 내뱉었다. 다른 운전기사들과 짐꾼들이 그에게로 가서 킬킬거리며 놀리고 있었다.

마사오의 가슴은 그 타야 할 트럭 운전기사가 그쪽에 끼려고 움직이는 것을 보고 흥분되었다. 눈 깜짝할 사이에 마사오는 그 트럭으로 접근할 수 있었다. 그는 아무도 보는 사람이 없는지 주위를 둘러보고 나서 그 트럭 뒤로 뛰어 올라갔다. 재빨리 그는 의자와 식탁, 전등과 소파를 기어 넘어 안쪽 깊숙한 곳으로 몸을 숨겼다.

트럭은 마사오가 생각했던 것보다 훨씬 길었다. 제일 안쪽의 긴 소파 뒤에 몸을 숨기고 나자 그는 비로소 안도감을 느낄 수 있었다. 그들은 그곳에 숨어 있는 마사오를 결코 발견하지 못할 것이다.

그는 음식점에서 그가 돌아오길 기다리고 있는 온갖 샌드위치와 음료수를 안타깝게 떠올렸다. 하지만 이제 너무 늦었다.

그는 살아남아야 했다.

그는 마쓰시타 가문의 주인이 아닌가!

몇 분 후, 마사오는 뒷문을 올리는 시끄러운 소리를 들었다. 그 다음엔 어둠 속에 갇혀 버렸다. 마사오는 시동 걸리는 소리와 함께 차체가 움직이기 시작하는 요동을 느꼈다.

그는 캘리포니아 주, 로스앤젤레스로 가고 있었다.

# 10

마사오는 하얀 식탁보가 덮이고 그 위에 금장식으로 된 젓가락이 놓인 교토의 한 음식점에 앉아 있었다. 음식점은 넓었지만 그가 유일한 손님이었다.

그곳은 매우 평화롭고 조용했으며 들려오는 소리라곤 밖에서 불어오는 바람에 흔들리는 종소리뿐이었다. 웨이터가 접시를 그의 테이블로 가져왔다. 그 접시 위에는 생선이 한 마리 놓여 있었다.

"이건 특별히 당신을 위해 준비한 것입니다."라고 웨이터가 말했다. 그것은 맛있어 보였고, 그는 배가 고팠다. 젓가락을 들어 생선 한 조각을 입안에 넣은 그는 순간, 그 생선에 독이 든 것을 알았다. 그는 고개를 들고 웨이터를 바라보았다. 웨이터는 바로 그의 고모부인 데루오였고, 그는 마사오를 바라보며 음흉한 미소를 짓고 있었다.

마사오는 곧바로 음식점을 뛰쳐나왔다.

이윽고 그는 고케데라 사원의 모스 정원에 있었다.

멀리서 종소리가 들려왔다. 마사오는 그건 점심시간을 알리는 신호라고 말했다.

"우리는 이제 저 마을로 가서 식사를 할 수 있어요."

"아니, 안 돼."

마사오의 아버지가 경고했다.

"그 마을은 너에게 위험해. 배가 고파도 여기 남아 있는 것이 좋아."

"하지만 아버지, 저는 배가 고프고 목이 마른데요."

마사오의 어머니가 양손에 뭔가를 들고 와서 말했다.

"이걸 마시렴, 이건 눈이야."

마사오는 주위를 돌아다보았고 자신들이 일본의 알프스에 있다는 것을 알았다. 지면은 눈으로 덮여 있었고 그는 떨고 있었다.

마사오는 추운 트럭 안에서 깨어났다. 이를 덜덜 떨면서 그는 조금 전에 꾼 꿈을 되새겨 보았다. 배가 고프고 몹시 목이 말랐다.

'하지만 최소한 안전하게 가고 있어.'

마사오는 생각했다.

얼마나 춥고 배가 고픈지는 그에게 문제가 되지 않았다. 그런 것쯤은 견딜 수 있었다. 그는 데루오 고모부를 이겨낼 수만 있다면 어떤 일도 참아낼 수 있었다. 허기와 갈증을 풀기 위한 어떤 행동도 취할 수 없었지만 추위에 대해서는 뭔가 할 수 있었다.

그는 어둠 속을 기어 다니다가 식탁을 덮어놓은 두꺼운 담요를 한 장 찾아냈다. 그는 그 담요로 몸을 덮었다. 자신이 얼마나 오래 잤고 트럭이 얼마나 멀리 달렸는지, 그리고 지금 그들이 어디에 있는지 궁금했다.

밤인지 낮인지도 구분할 수 없었다. 그는 미국 지리에 대해서 읽었던 것을 떠올려 보았다. 뉴욕의 서쪽은 펜실베이니아였고, 그 다음에는 오하이오, 인디애나, 일리노이 주였다. 그리고 일리노이는 광대한 미국을 횡단하는 데 서부 쪽으로 겨우 3분의 1지점에 있었다.

지금처럼 배가 고프고 목이 마르다면 나머지 여행을 어떻게 견뎌낼 수 있겠는가? 어쨌든 그는 목적지에 닿을 때까지는 트럭의 문이 열리지 않을 것이기 때문에 견뎌내야 했다. 그 목적지는 출발 지점으로부터 3천 마일이나 떨어져 있었다. 그는 아무도 그를 발견할 수 없는 그곳에서 그때까지 갇혀 있어야 했다.

느리고 율동적인 트럭의 움직임 때문에 마사오는 결국 다시 잠에 빠져들었다. 그는 담요에 몸을 파묻고 꿈을 꾸었다. 자신이 어머니와 아버지를 찾으려고 가루이자와에 있는 가족 여름별장으로 돌아간 꿈이었다…… 그는 교토의 긴카쿠지 안에 있었지만 부모님은 그곳에 안 계셨다.

그는 도쿄에 있는 아사쿠사 사원의 중앙 홀을 샅샅이 살폈다. 그러고는 요론 섬의 낚시 보트에 타고 있었는데 그 보트에는 정어리, 농어, 다랑어, 오징어, 방어, 게로 가득 차 있었다.

그는 사나에의 꿈도 꾸었다. 그녀는 어둠 속에서 그를 부르며 해변에 서 있었다.

"적이 여기에 있어. 너는 발각되지 않아야 해. 발각되면 그가 너를 죽일 거야."

그러고는 그녀는 어디론가 끌려갔고, 한 줄기 밝은 불빛이 마사오의 얼굴을 비췄다. 그때 한 남자가 소리쳤다.

"일어나! 우리는 네가 여기 있는 것을 알아!"

마사오는 보트 안으로 더 깊이 몸을 웅크리려고 했지만 고함소리는 계속 들려왔다. 그 불빛이 그가 볼 수 없도록 해서 마사오는 순간적으로 지금 이 상황이 꿈이 아니라는 것을 알았다.

한 남자가 트럭의 뒤쪽에서 마사오의 눈에 전등불을 비추며 서 있었다.

"일어낫! 트럭 밖으로 나와!"

마사오는 눈을 깜박이며 일어나 앉았다. 트럭의 뒷문은 열려 있었고 트럭은 움직이지 않고 있었다. 그들이 아직 캘리포니아에 도착하지 않은 것이 분명했다. 뭔가 엄청나게 잘못되어 가고 있었다.

그가 그곳에 있는지 누가 어떻게 알았을까? 아마 어떤 사람이 트럭 안으로 들어왔다가 경찰이나 고모부에게 알린 것 같았다. 마사오는 이번에는 도망칠 수 없다는 것을 알았다. 그는 천천히 일어나서 뒷문 쪽으로 갔다. 몸이 몹시 쑤시고 아팠다. 그는 그 남자가 트럭의 운전기사라는 것을 알았다.

마사오는 트럭의 뒤로 뛰어내려 주위를 둘러보았다. 그들은 고속도로의 화물량 측정소에 있었다. 한 경찰차가 검사대 옆에 서 있었다.

"제가 트럭에 있는지 어떻게 알았어요?"

마사오가 물었다.

"무게 때문이다, 이 녀석아. 이 트럭들은 적하장을 떠날 때 무게를 달아. 도로의 트럭 계량소에서 화물이 초과되지 않았는지 검사를 받는다고."

운전기사는 트럭이 올라가 있는 거대한 측정기를 가리켰다.

"우리가 뉴저지를 떠날 때 쟀던 것보다 150파운드가 더 나갔단 말이야."

마사오는 잠시 눈을 감았다. 어지럽고 배가 고팠으며 목이 말랐다.

그는 경찰차를 쳐다보았다.

"저를 어떻게 하실 작정인가요?"

갑자기 발이 바윗덩이같이 무겁게 느껴졌다.

그 운전기사는 그를 주시하고 있었다.

"이봐! 괜찮으냐?"

"네, 아저씨."

"너 마지막으로 식사한 것이 언제지?"

"음, 기억이 잘 나지 않네요."

마사오는 정직하게 대답했다.

"우선 네 배를 불려놓고 그 다음에 어떻게 할 것인지 생각해야겠다. 넌 그 안에서 이틀 동안 갇혀 있었어."

그는 손을 내밀었다.

"내 이름은 알이다."

마사오는 그의 손을 잡았다.

"전 마사오예요."

운전기사는 자신의 조수를 가리켰다.

"이쪽은 피트야."

"안녕하세요, 아저씨."

"이제 네 허기를 채우러 가자."

알이 말했다.

그들은 그 측정소 건너편에 있는 커다란 카페를 향해 걸어갔다.

마사오가 기운이 없어서 비틀거리자 알이 그의 겨드랑이 밑으로 팔을 넣어서 부축해 주었다. 그는 설사 도망가고 싶어도 그들에게서 도망갈 힘이 없었다.

"너는 네가 한 짓이 위법이라는 것을 알지?"

알이 마사오에게 말했다.

"네, 아저씨."

마사오는 자기가 살인 혐의로 수배 중이고 그를 잡으면 막대한 보상이 있을 것이라는 사실을 그 운전기사가 안다면 어떻게 할까 궁금했다.

그는 길 건너편에 세워져 있는 경찰차를 생각하며 몸서리쳤다.

"추워?"

"아니에요, 아저씨."

햇살은 정말 기분 좋게 느껴졌다. 그는 어둠 속에서 짐승처럼 그렇게 갇혀 있는 것이 얼마나 끔찍한 일인지 전에는 상상조차 못했었다.

카페에는 음식을 허겁지겁 집어 먹으며, 오는 도중 도로에서 겪었던 경험을 대단한 화제라도 되는 듯이 떠들어대는 트럭 운전기사들로 가득 차 있었다.

알은 마사오를 세면장으로 데리고 갔다. 그는 거울에 비친 자신의 얼굴이 도저히 자기 얼굴이라고 믿을 수 없었다. 검은 먼지에 찌들고 넋이 나간 듯이 보였다.

그가 말끔히 씻고 나자 알이 그를 식탁으로 데려갔다. 음식 냄새가 마사오를 어지럽게 만들었다.

그들은 식탁에 앉아 주문을 했다. 알과 피트는 마사오가 먹는 것을 놀란 듯이 바라보았다. 마사오는 닭 국물 한 사발로 시작해서 햄버거 샌드위치, 프렌치프라이 감자 한 접시를 먹은 다음, 치즈버거 샌드위치와 프렌치프라이를 더 시켜 먹었다. 그는 이어서 사과파이와 아이스크림, 그리고 커피 한 주전자로 식사를 마쳤다.

"이런! 난 우리 트럭 기사들이나 많이 먹는 줄 알았더니!"

알이 경탄하며 말했다.

"제 음식 값 지불할 돈은 저에게도 충분히 있어요."

마사오가 그에게 말했다.

알이 빙긋이 웃었다.

"그만둬. 그렇게 먹는 사람은 공짜로 식사를 할 자격이 있으니까."

그 트럭 기사는 담뱃불을 붙이고 나서 마사오를 살펴보았다. 마사오는 바짝 긴장했다. 무슨 말이 나올지 뻔했던 것이다.

알이 조용히 물었다.

"너 어디서 도망치는 길이야?"

마사오는 음식점 주위를 둘러보았다. 건장한 근육질의 트럭 기사들이 그곳에 앉아 있었다. 그는 순간적으로 알에게 데루오와 그가 시도하려는 끔찍한 짓에 대해서 사실대로 얘기해 버릴까 하는 상상을 했다. 그럼 알은 그것을 다른 트럭기사들에게 설명할 것이고, 그들은 모두 마사오를 구하겠다고 나서 마사오가 고모부를 이기는 데 도와줄 것이다.

그러나 마사오는 그렇게 하지 않았다.

"저…… 저는 학교에서 도망쳐 나왔어요. 로스앤젤레스에 있는 친구를 만나러 가려고 했어요."

그 두 사람은 마음속으로 마사오를 어떻게 할 것인가 마음먹으면서 그를 바라보았다. 마사오는 거의 숨도 쉴 수 없을 만큼 긴장해 있었다. 만일 그들이 경찰에게 자기를 넘겨주게 되면 끝장이었다.

그때 알이 갑자기 웃으며 말했다.

"너를 꾸짖지는 않겠다. 나도 너만 한 나이였을 때 학교에서 도망친 경험이 있으니까. 그래서 트럭 기사가 되었는데 돈을 보통 의사들이 버는 것보다 더 많이 번다고."

마사오의 심장이 기대에 부풀었다.

"그럼 저를 캘리포니아로 데려다주시겠다는 말씀이에요?"

"물론이지."

그것은 마사오의 양어깨에 날개를 달아주는 것과 같았다.

"정말 고맙습니다."

마사오가 흥분된 목소리로 말했다.

"지금 우리가 있는 곳이 어디죠?"

"인디애나 주의 후시어야. 우린 3일 후에 LA에 도착하게 된다. 가자. 도로를 달려 보자고."

그날 저녁, 뉴욕 북부의 웰링턴 마을에서는 매트 브래니건 반장이 책상에 앉아 도난 보고서를 훑어보고 있었다. 그때 한 형사가 그의 사무실로 들어와서 말했다.

"잠깐 시간 좀 낼 수 있을까요, 매트?"

브래니건은 일어서서 기지개를 켰다. 그는 그날 아침 8시부터 근무했기 때문에 지쳐서 집에 가려던 참이었다.

"내일 하면 안 될까, 제리? 내가 또 저녁식사 시간에 늦으면 캐시가 날 죽이려 들 거야."

형사는 잠시 망설였다.

"그러죠. 아침에 보고하죠."

그가 나가려고 몸을 돌렸다.

"잠깐."

매트 브래니건이 말했다.

"무슨 일인가?"

"약 2주 전에 추락한 실버 애로우 제트기 기억나죠?"

브래니건 반장은 그 사건이라면 너무도 생생히 기억하고 있었다. 마쓰시타 요네오와 그의 아내, 그리고 2명의 조종사까지 4명이 사망했었다.

"그래, 그게 어떻단 말인가?"

"그게 사고가 아닌 것 같아요……."

브래니건은 그를 쳐다보았다.

"무슨 얘길 하는 거야?"

"방금 FAA로부터 기초 보고서를 받았는데요, 연료 탱크에 물이 가득 차 있었다는 겁니다. 그 사람들은 살해된 거예요."

매트 브래니건은 갑자기 온몸에 소름이 끼쳤다.

"그게 확실한가?"

"물론이죠. 누군가가 비행기가 추락하도록 조작해 놓은 것입니다. 만일 연료 탱크에 물이 들어있지 않았더라면 조종사는 폭풍 속에서 산맥을 넘어 빠져나올 수 있었을 거예요."

제리는 계속해서 보고서 내용을 설명해 갔다. 그러나 브래니건 반장은 귀를 기울이지 않고 있었다. 그는 아직 어려 보이던 마사오의 모습이 떠올랐고 그의 목소리가 생생하게 기억났기 때문이다.

'제 부모님은 비행기 사고로 돌아가셨어요. 전 아버지 회사를 물려받게 되었는데 저의 고모부가 유산을 빼앗아가려고 해요. 그래서 저를 죽이려고 합니다.'

당시에 브래니건은 정신이 약간 이상한 10대 소년이 가출해서 횡설수설하고 있는 줄 알았었다. 그래서 소년의 고모부에게 전화를 걸었고 그의 고모부와 운전기사가 마사오를 데려가는 것을 목격했었다. 브래니건은 그 소년에게 미안한 기분을 느꼈었다. 소년은 가출한 아이치고는 꽤 착실해 보였었다.

그 후에 데루오가 전화를 걸어 그를 놀라게 했던 것도 기억났다.

'내 조카가 우리 기사를 죽였소. 그 애가 또 다른 살인을 저지르기 전에 경찰이 그를 찾아야 합니다.'

당시에 뭔가 잘못된 것 같기는 했었다. 브래니건 반장은 사람을 판단하는 데 스스로 자부심을 느끼고 있었다. 그런데 어쩌다 그 어린 소년에 대해서 그런 엄청난 실수를 했단 말인가? 그는 수사에 착수했었고 데루오의 이야기를 믿었었다.

이 간단한 최근의 소식이 모든 것을 바꾸어 놓았다. 만일 누군가가 비행기 추락을 계획했다면 거기엔 동기가 있어야 했다. 그리고 그 거대한 마쓰시타 산업보다 더 큰 동기가 어디 있겠는가!

그렇다면 마사오의 이야기가 사실이란 말인가? 만일 사실이라면 브래니건은 그 소년의 생명을 위험에 빠뜨린 장본인이 되는 셈이다.

브래니건 반장은 자리에 그대로 앉아서 마음을 정리하며 해결책을 모색했다. 그는 많은 해답이 필요했고 갑자기 마음이 바빠졌다.

"자네가 마쓰시타 산업을 조사해 주게나. 나는 마쓰시타 요네오가 살아 있을 때 그 회사의 재산을 관리하던 자가 누구였고, 지금은 누가 하고 있는지 알고 싶어. 그들의 변호사를 찾아봐. 내일 아침까지 내 책상 위에 보고서를 작성해서 올려놓게."

그는 제리를 올려다보며 말했다.

밤이었다. 하얀 보름달이 하늘에 높이 떠 있었다. 마사오는 알과 피트 사이에 앉아서 멀리 떨어진 농가의 불빛을 바라보고 있었다.

"아직도 인디애나 주를 달리고 있나요?"

마사오가 물었다.

"일리노이 주야."

피트가 닳아빠진 지도 한 장을 잡물박스에서 꺼내더니 지도 위의 한 지점을 가리키며 말했다.

"우리가 통과하고 있는 곳이 여기야."

"우리는 미주리와 오클라호마를 가로질러 텍사스의 이 지점을 통과하고 뉴멕시코로 들어갔다가 애리조나와 네바다를 지나 캘리포니아로 들어간다. 앞으로 2천 마일 정도 남았어."

마사오는 눈이 휘둥그레져서 그를 쳐다보았다.

"우리가 3일 동안에 그렇게 먼 길을 갈 수 있을까요?"

"이 트럭은 밤낮으로 쉬지 않고 달린다는 것을 잊지 말라고. 그래서 두 명의 기사가 있는 거야. 교대로 운전을 하지."

마사오는 다시 창밖의 경치를 내다보았다.

"정말 큰 나라군요. 우리나라보다 훨씬 커요."

그가 말했다.

하지만 마사오는 자기 고향은 얼마나 아름다운가 하고 생각했다. 눈 덮인 산과 반짝이는 호수와 강, 그리고 폭포가 있는 곳…… 그는 벚꽃이 만발했던 거리와 친구들과 갔었던 오키나와의 아름다운 해변이 떠올랐다. 마사오는 빨리 고국으로 돌아가고 싶었다.

문제는 그가 죽어서 돌아가느냐, 살아서 돌아가느냐 하는 것이었다. 그는 고모부인 데루오를 생각했다.

데루오는 마사오를 생각하고 있었다. 그 애는 다시 자기의 손을 벗어났다. 두 사람 사이의 머리싸움이 마치 고양이와 쥐의 경기 같다고 생각되었다. 데루오는 모든 것이 시간문제일 뿐이라는 것을 알고 있었다. 마사오는 결국은 잡혀서 벌을 받게 될 것이다.

데루오는 마쓰시타 산업의 보안 책임자인 히야시 노부오에게로 몸을 돌렸다.

"그 녀석이 허공으로 사라질 순 없어."

사토 데루오가 말했다.

"그 녀석은 잡힐 것이고 그것도 우리가 잡아야 해. 나는 이 나라의 경찰이 개입하는 것을 원치 않아. 내가 이 일에 경찰을 끌어들인 것은 실수였어. 이건 한 가정의 문제라고."

"잘 알겠습니다."

"할 수 있는 한 모든 조치를 취하시오. 더 많은 사람을 고용하고, 상금도 두 배로 올리고 아낌없이 투자해서 내 조카를 내게 데려오시오."

데루오의 눈은 얼음 조각같이 날카로웠고, 얼굴은 어두운 가면을 쓴 것처럼 어두웠다.

"그 애는 위험한 놈이오. 그는 이미 한 번의 살인을 저질렀소. 만일 그를 생포하지 못한다면…… 죽여서라도 나에게 데려오시오."

매트 브래니건 반장은 밤새 쉬지도 못했다. 그는 새벽 3시인데도 잠이 오지 않아 아내가 깨지 않도록 조용히 침대를 빠져 나왔다. 아내는 그가 움직이는 소리를 듣고 옆에 있는 전등을 켰다.

"무슨 일이에요. 속이 좋지 않아요?"

"내가 바보짓을 했어. 죄 없는 어린 소년의 생명을 위태롭게 만들었다고."

그는 손으로 자신의 텁수룩한 회색 머리칼을 쓸어 넘겼다.

"그 애는 나에게 자신이 위험하다는 사실을 호소하려고 왔었는데 난 그것을 들으려고 하지 않았어. 캐시, 난 어쩌면 그를 죽이려는 살인자에게 그 애를 넘겨주었는지도 몰라."

"확실한 건 아니죠?"

"아니야, 몇 시간 내로 확실히 알게 될 거야. 하지만 기분이 좋지 않아. 내가 생각하는 것이 옳다면 그 소년은 지금쯤 죽었을 거야. 그것이 나를 견딜 수 없게 만들고 있어."

"일단 잠을 자도록 노력해 봐요. 당신은 마치 그림자와 싸우고 있는 것 같아요."

그러나 그 그림자는 사라지지 않았다.

매트 브래니건 반장이 그의 사무실로 들어갔을 때, 책상 위에는 그가 지시한 보고서가 놓여 있었다. 그는 처음에는 빨리, 그 다음에는 한 단어도 놓치지 않기 위해 아주 천천히 두 번을 읽었다.

그 소년이 말한 것은 믿어지지 않을 정도로 사실이었다. 그 애는 거대한 마쓰시타 그룹을 상속받았다. 하지만 그 유서에 따르면 그가 만일 죽게 되면 그의 고모부가 모든 것을 소유하도록 되어 있었다.

매트 브래니건은 20달러나 위스키 한 병 때문에 살인을 저지르는 사람들을 많이 보아왔다. 하물며 가치를 따질 수 없을 정도의 대그룹을 소유하는 일이므로 상상할 필요도 없었다.

사토 데루오는 처음부터 그 유언을 알고 있었음이 분명했다. 그가 그 비행기 사고를 계획해서 마쓰시타 요네오를 처리하려 했고, 그 일이 성공하게 되면 그의 아들을 제거하기는 너무도 쉬운 일이었다. 브래니건의 도움으로 그는 성공할 뻔했다. 그 소년이 그에게 도움을 청하러 왔었는데 그는 그 애를 적에게 넘겨준 것이다.

만일 마사오가 아직 살아 있다면, 어떻게든 그를 구해야 한다. 그것이 그가 해야 할 첫 번째 일이었다.

그는 맨해튼에 있는 중앙 경찰국 컴퓨터 요원에게 전화를 걸었다.

"매트 브래니건 반장이오. 일본인 18세 소년 마쓰시타 마사오에 대한 수배령이 내려졌었는데, 아직도 그것이 유효한지 확인해 주겠소?"

"잠깐만요, 반장."

컴퓨터 요원은 1분 만에 다시 전화기를 들었다.

"아직 유효합니다."

"고맙소."

매트 브래니건은 안도감을 느끼며 수화기를 놓았다. 만일 수배령이 아직 작동중이라면 그 사실은 마사오를 아직 찾아내지 못했다는 것을 의미했다. 그는 사토 데루오보다 먼저 마사오를 찾아야 했다. 그것은 시간을 다투는 싸움이었다.

그는 부하 수사관을 부르는 벨을 눌렀다.

"마쓰시타 파일에 있는 모든 서류를 가져오게."

그로부터 5분 후에 그는 사나에 도이에 대한 헬러의 보고서를 읽을 수 있었다.

그 보고서를 전부 읽은 브래니건은 자신의 차를 타고 퀸즈에 있는 마쓰시타 공장으로 향했다.

사나에는 마음속에서 마사오에 대한 생각을 지워버릴 수가 없었다. 그녀는 마사오가 자기에게 진실을 다 말하지 않았다는 것을 알고 있었다. 그는 지금 매우 심각한 상황에 처해 있을 것이다.

그녀는 그를 돕는 일이라면 무엇이든 하고 싶었지만 이제 그는 가버리고 없는 상황이었다. 그녀는 마사오가 죽었는지 살았는지조차 알 수 없었다.

사나에는 마사오가 야구 경기장에서 양쪽 팀을 응원하며 얼마나 열광했었는지 기억이 났다. 그녀는 마사오의 미소와 함께 그가 얼마나 신사다웠는지도…….

"사나에!"

그 목소리에 그녀는 정신이 번쩍 들었다. 그녀는 고개를 들어 보니 작업반장인 헬러가 내려다보고 있었다.

"네, 반장님?"

"왓킨스 씨가 너를 찾으셔. 당장 가봐."

"네, 알겠습니다."

사나에는 왓킨스가 왜 자신을 찾는지 궁금해 하면서 인사과장의 사무실로 들어갔다.

그곳에는 사나에가 처음 보는 한 사람이 있었다. 그녀는 직감적으로 그가 경찰임을 알 수 있었다. 그녀는 순간 정신을 똑바로 차렸다.

왓킨스가 말했다.

"사나에, 이분은 브래니건 형사반장이시다. 이분이 너와 이야기를 하고 싶어 하신다."

왓킨스는 자리에서 일어났다.

"두 사람이 이야기를 나누는 동안 나가 있겠소."

"고맙소."

브래니건 반장이 말했다. 그는 사나에를 돌아보았다.

"자, 앉아요. 아가씨."

사나에는 긴장을 감추려고 애쓰며 자리에 앉았다.

"나는 아가씨와 마사오라는 젊은이가 친구였다는 것을 잘 알고 왔어요."

"아닙니다, 반장님."

그녀의 어조는 완강했다.

매트 브래니건은 의아해하며 그녀를 바라보았다.

"그래? 그와 함께 일하지 않았었나?"

"그건 맞습니다만."

"일하는 동안 이야기를 나누지 않았나?"

"네."

브래니건은 몸을 앞으로 굽혔다.

"그렇지만 매일 점심을 같이 먹을 때는 얘기를 나눴겠지?"

그는 모든 것을 알고 있는 듯했다.

"전 그에 대해서 전혀 몰라요."

사나에가 고집스럽게 말했다.

"사나에, 난 마사오를 도와주려고 여기에 왔어. 난 그 애의 생명이 위험하다고 생각하고 있어."

'그래요.'

사나에는 생각했다.

'당신들 경찰 때문에.'

"아가씨는 마사오가 있는 곳을 알고 있겠지?"

그녀는 고개를 들고 그를 보며 사실대로 말할 수 있었다.

"모릅니다. 전혀 몰라요."

매트 브래니건은 처음부터 그녀가 거짓말을 하고 있다는 것을 알고 있었다. 하지만 맨 나중에 '모른다'고 한 그 대답은 진실이라고 느껴졌다. 그것이 그에겐 걱정이 되었다. 그녀는 그의 유일한 안내자였다. 만일 그녀조차 마사오가 있는 곳을 알지 못한다면 그를 찾을 수 있는 정보를 줄 사람은 아무도 없었다.

어쩌면 데루오가 경찰보다 먼저 그 애를 찾게 될지 모른다. 브래니건은 그렇게 되면 마사오가 어떻게 될지 생각조차 하고 싶지 않았다.

그는 자신이 마사오 편이라는 것을 그녀에게 믿게 할 수 있는 방법을 찾아야 했다.

"아가씨는 그에게 도망갈 수 있도록 도와주었어. 그렇지?"

"아닙니다, 반장님."

"거짓말하지 마. 출납계에서 너에게 그의 사진을 건네주었고, 너는 사람들이 그를 알아보기도 전에 여기서 데리고 나갔지. 넌 마사오를 아파트로 데려갔어. 샘 콜린스라는 사설탐정이 그를 찾으러 갔을 때 너는 마사오가 빠져나갈 수 있도록 도와주었어."

사나에는 입술을 굳게 다물고 아무 말도 하지 않았다.

그는 잠시 그녀를 살펴보았다.

"아가씨는 마사오가 누구인지 알고 있어?"

사나에가 고개를 끄덕였다.

"그 애는 하라다 마사오예요."

그는 그대로 넘어갔다.

"왜 그가 도망치는지 알고 있나?"

"그럼요. 그의 아버지는 그가 일본으로 돌아오길 바라고 있지만, 마사오는 그렇게 하고 싶지 않았기 때문이에요."

그것은 바로 마사오가 꾸며낸 이야기였다. 브래니건 반장은 빨리 결정을 내려야 했다. 그는 자신이 말하려는 것에 대해서 증명할 만한 것은 갖고 있지 않았지만, 만일 그가 사나에의 신뢰를 얻어내지 못하면 그 어떤 도움도 얻을 수 없다는 것을 잘 알고 있었다.

"내 말을 잘 들어봐."

그가 말했다.

"마사오의 진짜 이름은 마쓰시타 마사오야. 이 회사에도 그의 아버지 이름이 붙어 있지."

사나에는 믿을 수 없다는 듯이 그를 쳐다보았다.

"그가 마쓰시타 가문 출신이란 말인가요?"

"그 애가 바로 그 마쓰시타의 아들이야."

"믿을 수가 없어요……."

"내 말을 들어봐. 마사오의 아버지는 살해되었어. 마사오는 마쓰시타 그룹을 상속받았지."

사나에는 그를 주시하며 눈을 똑바로 뜨고 그가 하는 말을 이해하려고 노력했다.

"만일 마사오에게 무슨 일이라도 생기면, 그의 고모부가 그 모든 것을 차지하게 되어 있어. 이미 다섯 명이나 죽었다고. 마사오의 고모부는 마사오를 살해하려 하고 있어."

"어머나, 어떻게 그런 일이!"

사나에의 얼굴은 창백하게 질렸다. 그녀는 그를 믿었다. 그에게는 그런 이야기를 꾸며낼 아무런 이유가 없었다.

그녀는 사토 데루오가 공장에 왔던 날이 기억났다. 마사오는 그때 자신의 얼굴을 숨겼었다. 그들이 갔느냐고 묻기도 했었다. 그리고 야구경기가 끝나기도 전에 그녀를 끌고 나가자고 했었고 경찰이 야구장을 뒤지기도 했었다. 그리고 마사오가 그녀의 아파트에서 그 탐정으로부터 어떻게 도망갔는가를 되새겨 보았다.

그렇다! 그녀는 그동안 일어났던 사건들에 대해 그제야 이해가 되었다.

"그의 고모부는 그를 찾는 데에 전 인력을 동원했어."

브래니건 반장이 말을 이었다.

"마사오가 믿을 만한 사람은 아무도 없어. 만일 그들이 그 애를 먼저 찾는다면 그는 죽게 돼. 그들을 막을 수가 없어. 내가 그들보다 먼저 마사오를 찾아야 하는데 나는 어디서 그를 찾아야 할지 모르겠어. 그 애가 어디로 가려고 했는지도 모르고……."

"캘리포니아예요."

브래니건은 자신의 손을 그녀의 입에 갖다 댔다. 그녀도 자신이 크게 말한 것을 깨닫지 못했다.

"캘리포니아 어디지?"

그의 목소리에는 사나에를 갑자기 조심스럽게 만드는 욕구가 담겨 있었다. 만일 그의 이야기의 일부분이라도 사실이 아니라면 어떻게 될까? 만일 그도 데루오의 편이고, 마사오를 찾아서 데루오에게 넘겨주는 날에는 어떻게 해야 하나?

"전 거기까지는 모르겠어요."

사나에가 말했다. 그녀는 그 수사관의 얼굴에서 실망하는 표정을 보았다.

"그가 힌트도 주지 않았나? 이름을 말하지 않았어? 도움을 청할 수 있는 사람이 없었을까?"

마사오는 이름을 말했었다. 그의 친구는 히다카 구니오라는 이름이었다. 사나에는 눈을 똑바로 뜨고 브래니건을 바라보며 말했다.

"아뇨. 그는 아무 이름도 말하지 않았어요."

그녀는 이 경찰관이 자신을 속여서 마사오를 잡을 수 있도록 도움을 얻는 것을 허용하려 하지 않았다.

매트 브래니건 반장이 한숨을 쉬었다.

"너무 막연해……. 아무튼 고마워, 아가씨."

그는 자리에서 일어났다.

"만일 더 기억나는 것이 있으면 나에게 전화해줘."

그는 호주머니에 손을 넣었다.

"여기 내 명함을 놓고 가지."

사나에는 명함을 보지도 않고 집어 주머니에 넣었다. 그녀는 그 명함을 사용할 생각은 눈곱만큼도 없었다.

# 11

"이제 로스앤젤레스로 접어들고 있다."

알이 귀띔해 주었다. 마사오는 자신이 로스앤젤레스에 도착해 간다는 사실이 정말로 믿어지지 않았다.

대륙횡단은 매력적이었다. 그것은 아버지가 그에게 들려주었던 이야기와 같았다.

미국에는 50개의 주가 있고 각 주는 하나의 국가와 같다. 마사오는 뉴욕의 항구를 보았고 인디애나와 일리노이의 풍요로운 농토를 보았으며, 텍사스의 거대한 초원과 애리조나의 황량한 사막을 목격했다.

캘리포니아로 접어들면서 대지는 온통 푸르고 곡식이 무르익어 있었으며 과일과 꽃이 풍성해서 마사오에게 고향을 생각나게 해주었다.

몇 시간 동안, 농토와 초원이 차츰 사라지고 집과 공장들이 드문드문 보이더니 그 다음에는 자그마한 마을과 도시 근교가 나타났다. 그리고 이제 이곳은 고층건물이 즐비한 로스앤젤레스의 중심가였다. 고층건물이 맨해튼보다는 적었지만 이곳은 좀 더 깨끗하고 현대적인 도시라고 여겨졌다.

믿기 어려운 악몽이 시작된 이래 처음으로 마사오는 안도감을 느꼈다. 그는 고모부와 뉴욕의 경찰로부터 빠져나와 캘리포니아에 온 것이다. 히다카 구니오는 자신의 이야기를 전부 들으면, 그를 도와줄 것이다. 어떻게 해야 할지도 가르쳐줄 것이다.

6일간의 여행을 통해서 마사오는 알과 피트를 알게 되었다. 그는 그들의 아내와 자식들에 대해서 들었고 미국 근로자들의 실상을 알게 되었다. 그들은 친절하고 관대했으며 마음이 복잡하지 않고 개방되어 있었다.

마사오는 그들이 좋은 친구들이며 자신의 적으로서는 어울리지 않는 사람들이라고 생각했다. 그들은 마사오가 어떤 말을 더듬거리거나 서툴게 하면 웃었지만, 그 웃음은 그를 무시하거나 비웃는 것이 아니었다.

"넌 발음을 연습해야겠어."

피트가 마사오에게 말했다.

"넌 R발음을 L처럼 발음하고 있다고. 예를 들면, 넌 rice(쌀)를 발음하려고 할 때 실제로는 lice(이) 발음을 한단 말이야. Rice는 네가 먹는 것이고 Lice는 네 머리를 가렵게 하는 벌레야."

마사오는 그들이 일본어를 말한다면 어떻게 발음할까 궁금했지만, 그 순간부터 그는 발음에 더 주의를 기울이기로 했다.

마사오가 그의 새로운 친구들에 대해서 이해할 수 없었던 것이 한 가지 있었는데, 조합에 대한 그들의 태도였다. 그들은 트럭기사 조합에 속해 있었다.

"전 세계에서 가장 강력한 조합이지."

알이 자랑했다.

"우리 조합은 24시간 내에 국가를 굴복시킬 수 있다고."

"왜 당신들은 그러길 원하죠?"

마사오가 질문했다.

"그건 과장해서 한 말이고, 내 말뜻은 우리의 고용주들이 우리가 요구하는 어떤 것이든 들어 주어야 한다는 거야."

마사오는 일본 노동자들의 태도를 설명했다.

"일본에서는 노사가 한 가족과 같아요. 노동자들은 그가 살아 있는 동안 보호를 받아요. 그들은 자신들이 해고되지 않으리라는 것을 알죠. 회사의 번영이 곧 자신들의 번영이거든요. 그들은 자신의 일에 자부심을 가지고 있어요."

"민족이 다르니까 노동조합도 다르구먼."

피트가 말했다.

로스앤젤레스 중심가의 건물이 눈에 들어오자 알이 시계를 보며 말했다.

"예정대로 정확하게 도착했군."

트럭은 고속도로를 벗어나 산 페드로 가로 빠졌다. 몇 분 뒤에 그들은 거대한 트럭 하적장으로 빨려 들어가고 있었다. 알은 거대한 트럭을 유연하게 세웠고 시동을 껐다.

그가 마사오를 돌아보았다.

"컨디션은 어떠니?"

"이젠 괜찮아요. 고마웠어요, 아저씨."

"그들에게 붙잡히지 마라."

피트가 말했다.

마사오는 깜짝 놀라 그를 바라보았다.

"나를 잡는다고요?"

"널 학교로 돌려보내려고 한다면서?"

"아하."

마사오가 말을 더듬거렸다.

"난…… 난 돌아가지 않을 거예요."

그는 자기가 그들에게 했던 이야기를 잊고 있었다.

마사오는 트럭에서 기다시피 내렸다.

"두 분께 깊은 감사를 드려요. 이 은혜 늘 잊지 않겠어요."

그의 말에는 그들이 이해할 수 있는 것보다 훨씬 더 많은 의미가 내포되어 있었다. 그들은 어쩌면 그의 생명을 구해준 것인지도 모른다. 마사오는 어떻게든 자신이 적절히 감사를 표할 수 있기를 바랐다.

"도쿄에 오실 기회가 있으면, 제가 두 분을 모시고 싶어요."

마사오가 말했다.

그 두 남자는 이 가엾은 어린애가 그들을 모시고 싶다는 말에 기가 막힌 듯이 웃었다.

"그것 참 고맙구나. 우리는 우천입장보상권을 갖게 되겠구나."

알이 말했다.

"우천입장보상권이라뇨?"

"응, 그건 다음을 위해서 저축해 둔다는 것을 의미하지. 조심해라."

"저도 최선을 다할게요."

마사오가 약속했다. 이젠 모든 것이 끝났다. 그는 성공했다.

10야드쯤 떨어진 곳에서 한 일본인 인부가 소형 밴 트럭에 마쓰시타 텔레비전 수상기를 싣고 있었다. 그는 하던 일을 멈추고 마사오가 트럭에서 내리는 것을 보았다. 그는 상당히 오랫동안 응시하다가 그의 주머니에서 사진을 한 장 꺼냈다. 그는 자신이 실수하지 않았는지 확인해 보려고 다시 한 번 마사오를 쳐다보았다. 그러고 나서 그는 급히 사무실 안에 있는 공중전화로 갔다.

그는 교환을 불러서 말했다.

"뉴욕의 사토 데루오 씨와 직접 통화를 하고 싶은데요……."

할리우드는 마사오의 상상과는 완전히 딴판이었다. 그는 항상 할리우드를 매우 화려한 곳으로 생각했었다. 그러나 실제로 와 보니 실망스러웠다.

도시의 보도에 전설적인 유명 배우들의 이름이 찍혀 있는 것은 사실이었다. 하지만 할리우드 거리는 지저분하게 방치되어 있었다. 그곳에는 조그만 상가와 피자가게 그리고 점집과 허름한 술집들이 늘어서 있었다. 마치 긴자의 싸구려 판을 베껴놓은 곳 같다고 마사오는 생각했다.

'적어도 이곳에서는 아무도 나를 찾지 못하겠지.'

그는 공중전화가 있는 한 드러그 스토어로 들어갔다.

"실례합니다."

마사오는 판매대 뒤에 있는 여자에게 말했다.

"전화번호를 알고 싶은데 어떻게 하면 될까요?"

"안내번호 411을 누르세요."

그렇다. 그것은 뉴욕과 같았다.

"고맙습니다."

마사오는 전화박스 안으로 들어가서 전화를 걸었다. 목소리가 들려왔다.

"안내입니다, 뭘 도와드릴까요?"

"마쓰시타 공장의 전화번호를 알고 싶어요. 그 공장은 노스 할리우드에 있습니다."

"그 회사명의 철자를 불러주시겠습니까?"

마사오는 한 자씩 불러주었다. 잠시 후에 마사오는 그 번호를 알게 되었다. 그는 잠시 수화기를 내려놓았다가 다시 전화를 걸었다.

쾌활한 목소리가 들려왔다.

"안녕하세요. 마쓰시타 산업입니다."

마사오는 심장이 빨리 뛰는 것을 느꼈다. 그 이름을 듣는 것만으로

도 그는 기분이 좋아졌다.

"안녕하세요? 히다카 구니오 씨 좀 부탁합니다."

마사오가 말했다.

"감사합니다. 연결해 드리죠."

잠시 후에 다시 목소리가 들려왔다.

"히다카 씨 사무실입니다."

순간적으로 그는 자기 친구와 대화를 나누는 듯한 기분이었다.

"히다카 씨 좀 부탁합니다."

"죄송합니다만 히다카 씨는 출장 중이신데요. 제가 도와드리면 안 될까요?"

마사오의 마음에 금세 먹구름이 끼었다.

"저……."

마사오는 망설였다. 그는 비서에게 전갈을 남겨두고 싶지 않았다. 그는 히다카에게 직접 모든 것을 설명해야 했다.

"언제쯤 돌아오실까요?"

"금요일에 돌아오실 예정입니다."

꼬박 3일을 어떻게 기다린단 말인가!

"그분의 전화번호 좀 알려주세요. 매우 중요한 일이어서요."

"죄송합니다만 그건 알려드릴 수가 없어요. 전해드릴 말씀이 있으면 말씀하시죠."

"아닙니다. 저…… 제가 다시 걸죠."

마사오는 그만 풀이 죽은 모습으로 전화박스를 나왔다.

3일을 더 기다려야 하다니. 잔뜩 부풀어 있었던 만큼 3일이 한평생처럼 느껴졌다.

그는 히다카에게 무슨 일이 일어나고 있는지 얘기하고 이 악몽 같은 사건을 종결짓고 싶어 그를 그토록 만나려고 했었다. 그런데 기다리는 수밖에 달리 방법이 없었다.

로스앤젤레스에서 당분간은 안전할 것이다. 데루오는 아직도 자신을 뉴욕에서 찾고 있을 테니 말이다. 그는 길에서 멀리 벗어난 작은 호텔에 방을 잡고 히다카를 만날 때까지 관광을 즐기기로 했다. 그곳에는 그가 특히 가보고 싶던 곳이 두 군데 있었다. 디즈니랜드와 유니버설 스튜디오였다.

3천 마일 떨어진 뉴욕에서 사토 데루오는 전화기에 대고 말했다. 그의 목소리는 차가웠다.

"방금 마사오가 로스앤젤레스에 있다는 정보를 받았어. 필요한 모든 인원을 고용해. 그들을 많이 배치해야 할 세 군데가 있어. 길에서 벗어난 작은 호텔과 디즈니랜드, 그리고 유니버설 스튜디오야."

사토 데루오는 제3의 장소도 말할 수 있었지만 그렇게 하지 않았다. 그곳은 자신이 직접 맡을 작정이었다. 캘리포니아에서 마사오가 만나러 갈 수 있는 사람은 딱 한 사람, 히다카 구니오였다. 데루오는 마사오보다 먼저 그곳으로 가기로 했다.

저녁이 되어 마사오는 할리우드의 카우엔가 대로에서 벗어난 한 조그만 호텔에 들어가 그곳에서 밤을 보냈다.

"얼마나 묵을 예정입니까?"

접수계가 물었다.

"1주일요."

다음날 아침 일찍 마사오는 그 호텔을 나왔다. 그가 떠난 지 5분 후에 사설탐정 2명이 마사오의 사진을 갖고 로비로 들어와서 접수계에게 그를 보았느냐고 물었다.

"보다마다요. 방금 나갔는걸요."

그가 말하며 숙박부를 보았다.

"그의 이름은 하라다 마사오입니다. 이곳에서 1주일 동안 묵겠다고 했어요."

2명의 탐정은 만족스러운 듯한 표정으로 그를 바라보았다.

"기다려도 되겠죠?"

그들은 입구에서 보이지 않는 로비의 한쪽 구석으로 갔다.

하지만 그들은 오랫동안 기다려야 했다. 마사오는 자신이 쫓기고 있다는 사실은 전혀 모르고 있었지만, 그의 동물적인 직감이 그를 구했다. 그는 호텔로 돌아가고 싶지 않았다. 매일 밤 다른 호텔에서 자기로 마음먹고, 그는 어느 누구도 자기를 추적하지 못하도록 했다.

그는 반바지와 청바지 그리고 티셔츠와 손수건, 양말 등을 샀지만 입고 있던 옷들은 상점의 탈의실에 벗어놓고 나왔다.

그는 선셋 대로에 있는 팬케이크 가게에서 아침을 먹고 디즈니랜드로 가는 길을 물었다. 그는 3일간의 여유 시간을 알차게 이용해 보기로 했다. 호텔에 앉아서 고민해 봤자 아무런 소용이 없을 테니 말이다.

30분 후, 그는 디즈니랜드로 가는 버스에 올라탔다.

할리우드가 그에게 실망을 안겨 주었다면, 디즈니랜드는 그의 기대를 뛰어넘는 곳이었다. 그곳은 하나의 신비로운 세계로 75에이커나 되는 요정의 나라였다.

그곳에서는 약 6천 명에 달하는 인부가 공원을 관리하고 있었고, 인기 구경거리만도 54개나 되었다.

마사오는 어디서부터 즐겨야 할지 몰랐다. 그는 우선 메인스트리트를 시작으로 마차를 탔다. 그곳은 또 하나의 세계였고 또 다른 시대이기도 했다.

그는 악어들이 보트를 물어뜯는 정글 항해를 하고, 스위스 패밀리 나무집도 기어 올라갔다.

뉴올리언스 광장에서는 귀신 집으로 들어가서 무시무시한 공포 분위기 효과에 감탄과 놀라움을 만끽했다.

그 다음에는 환상의 나라로 갔다. 썰매도 타고 모터보트 여행도 했는데 매혹적인 이곳은 작은 세상을 통과하는 듯했다. 그는 스카이웨이로 해서 미래의 나라를 구경했고 잠수함을 타러 갔다.

마사오는 그 공원이 문을 닫을 시간이 되었을 때는 완전히 지쳐 있었다.

그는 곰의 나라와 개척의 땅은 가보지 못했지만 언젠가 다시 오리라 마음먹었다.

마사오는 12명의 남자가 그 공원에서 자신을 찾고 있었는데도 눈에 띄지 않고 수많은 관중들 덕분에 빠져나올 수 있었던 것이 얼마나 다행스러운 일이었는지 전혀 모르고 있었다.

'내일은 유니버설 스튜디오를 구경해야지.'

마사오는 그렇게 생각하며 부푼 가슴을 안고 그곳을 나왔다.

유니버설 스튜디오 관광에서는 그에게 그다지 행운이 따르지 않게 될 것이다.

마사오는 버스를 타고 할리우드로 돌아와 선셋 대로 가까이에 있는 호텔로 들어갔다. 그는 오후 내내 디즈니랜드에서 핫도그, 팝콘, 아이스크림 등을 사먹었기 때문에 이번에는 아무도 자신을 찾을 것 같지 않은 독일 음식점에서 저녁식사를 했다.

선셋 대로의 북쪽 편에 있는 음식점의 길 건너편에는 '위스키 어 고고'라는 나이트클럽이 있었다. 마사오는 충동적으로 그곳으로 들어갔다. 그곳은 마치 지옥으로 가는 통로 같았다. 현란한 조명이 실내를 가로질러 번쩍이고 있었는데 음악소리가 너무 커서 머리가 아파오는 것 같았다. 높은 무대에서는 반쯤 벗은 2명의 소녀가 빙빙 돌며 춤을 추고 있었고, 그 아래의 무도장에는 12쌍 정도가 최근 유행하는 스텝을 밟고 있었다.

한 매력적인 어린 일본 소녀가 마사오에게 다가왔다.

"춤출래?"

마사오는 마음이 끌렸지만 두 가지 문제가 있었다. 그는 자주 클럽으로 춤을 추러 가곤 했었다. 그렇다면 데루오도 그것을 알 것이었다. 더구나 그 소녀도 일본인이고 그를 찾는 사람일지도 몰랐다. 그래서 마사오는 정중하게 말했다.

"미안해. 난 지금 막 나가려던 참이었어."

마사오는 그곳을 빠져 나왔다.

그는 자신이 미행당하고 있는지 여러 번 주위를 확인하며 걸었고 다시 자신의 호텔로 돌아왔다.

그는 지쳐서 침대에 들어갔지만 잠을 이룰 수가 없었다. 히다카 구니오가 돌아오려면 이틀이나 더 남아 있었다.

마사오는 아침에 다시 전화를 걸어보기로 했다. 어쩌면 그들이 자기를 위해서 그에게 연락을 취했을지도 모르기 때문이었다.

그는 알과 피트, 그리고 미국을 횡단하던 긴 여행을 회상해 보았다. 메터혼과 잠수함을 타던 일도 생각했다.

마사오는 나이트클럽의 일본 소녀가 생각났다. 그 애도 '그들' 가운데 한 명이었을까?

그는 사나에가 문득 떠올랐다.

잠은 더 이상 오지 않을 것 같았다.

사나에도 잠을 이룰 수 없었다. 그녀는 어둠 속에서 뒤척이며 누워 있다가 결국 더 이상 견디지 못하고 가운을 걸치고는 어머니와 아버지를 방해하지 않으려고 조용히 부엌으로 갔다.

그녀는 먹고 싶지도 않은 커피를 한 잔 끓여 마시면서 자신이 해야 할 일을 생각해 보았다. 그날 오후 온갖 뜬소문이 마쓰시타 공장 전체에 퍼졌었다.

그녀의 옆에서 일하던 남자가 그녀에게 물었다.

"여기서 일하던 그 젊은이가 마쓰시타 마사오라는 것을 알고 있었어? 나는 사토 씨가 새 소유주인 줄 알고 있었는데 말이야."

그 말에 사나에는 상당한 충격을 받았다. 이제 의문이 풀리는 것 같았다. 자신을 찾아왔던 형사반장은 사실을 말한 것이었다. 만일 그의 얘기가 사실이라면 그가 말했던 그 밖의 모든 것도 사실일 가능성이 있었다.

만일 그 형사보다 그의 고모부가 먼저 마사오를 찾아내면 마사오는 살해당할지도 모른다. 그렇게 되면 그것은 전적으로 자신의 잘못이었다. 반대로 형사반장의 말이 속임수였다면 어떻게 될까? 만일 그가 마사오를 체포해서 죽이려는 것이라면?

사나에는 전화기를 바라보며 안절부절못하고 있었다. 그녀는 자신이 그토록 걱정하고 있는 마사오의 생명이 오로지 자기 손에 달려 있다는 것을 알고 있었다.

그녀는 그 형사가 준 명함을 들여다보았다.

'만일 더 기억나는 것이 있으면 나에게 전화해줘.'

형사반장은 그렇게 당부했었다. 그녀는 두 번이나 전화기에 손을 뻗었다가 다시 거둬들였다. 그녀는 실수를 저지르고 싶지 않았다. 누가 마사오의 친구이고, 누가 그의 적이란 말인가?

아침에 마사오는 호텔을 나와서 공중전화 박스로 갔다. 호텔 로비에 전화박스가 있었지만 도청당할 염려가 있었다. 그는 마쓰시타 산업의 전화번호를 돌려서 히다카 구니오의 사무실과 통화를 했다.

"어제 전화했던 사람입니다."

마사오가 말했다.

"히다카 씨에게 꼭 드려야 할 말씀이 있어서 그러는데요. 혹시 예정보다 일찍 돌아오시지 않으셨나요?"

"죄송합니다. 그분은 내일까지 돌아오시지 않으십니다."

비서가 말했다.

또 하루를 낭비하게 되었다.

"전하실 말씀이 있으시면……."

"고맙습니다. 내일 아침에 다시 전화하지요."

그는 또 하루를 숨어 지낼 수 있는 방법을 찾아야 했다. 24시간만 지나면 모든 것이 끝나게 될 것이다.

'유니버설 스튜디오를 구경해야지. 그곳 관광객 속에 파묻혀 있으면 눈에 띄지 않을 거야.'

유니버설 스튜디오를 구경하기 위해 세계 각국에서 온 수백 명의 관광객들이 환상열차를 기다리고 있었다. 독일인, 인도인, 프랑스인, 일본인, 한국인 그리고 스웨덴 사람들이 모두 제각기 자기 나라말로 떠들어대고 있었다.

마사오는 안도감을 느끼며 기다리고 있는 인파의 한가운데에 서 있었다.

안내원이 말했다.

"여러분, 준비하시고 앉으십시오. 곧 탐험이 시작될 것입니다."

환상열차는 오렌지색과 흰색이 섞인 객차를 3량 연결해 놓은 것이었다. 지붕에는 줄무늬 금속 덮개가 덮여 있었고 양 옆은 틔어 있었다.

열차가 멈추자 마사오는 올라타고 좌석에 앉았다. 그는 주위의 다른 승객들을 면밀히 살펴봤지만 그에게 특별히 관심을 보이는 사람은 아무도 없는 것 같았다. 열차가 출발하자 예쁘게 생긴 안내원 아가씨가 말했다.

"유니버설 스튜디오에 오신 것을 환영합니다. 매년 7천만 명이 이곳을 다녀가지만 오늘 여러분을 모시게 된 것을 무한한 영광으로 생각합니다. 유니버설 스튜디오는 1912년에 칼 레믈리에 의해 설립되어……."

마사오는 그 말에는 전혀 관심이 없었다. 그는 열차 밖으로 보이는 믿지 못할 광경을 바라보고 있었다. 그는 무장을 하고 기사처럼 옷을 입은 배우들이 걸어가고 있는 것을 보았고, 비키니 차림의 여자들과 카우보이 차림을 한 남자들도 보았다.

그 열차는 촬영소 뒤쪽을 끼고 돌았는데, 그곳에는 옛날의 남부 대저택이 있었다. 그 저택의 전면은 굉장히 멋있었지만, 그 열차가 그 뒤로 돌 때 마사오는 그 저택의 뒷면에는 외관을 받치고 있는 기둥 몇 개 외에는 아무것도 없는 것을 알 수 있었다.

그 열차는 나무다리를 건너갔다. 그런데 한가운데쯤 이르자 갑자기 다리가 무너져 내리는 것 같았다. 관광객들은 모두 겁에 질려 비명을 질러댔다.

열차가 안전하게 다리를 통과했을 때, 그 다리는 다시 본래의 모습으로 돌아가 있었다.

그들은 아름다운 호수 옆을 지나갔다. 호수 뒤쪽으로는 평화로워 보이는 마을이 있었다.

"이곳은 에미티빌레입니다."

안내원이 설명했다. 그녀는 호수 한가운데에 있는 무엇인가를 가리켰다.

"저것 좀 보세요!"

모든 눈이 그 열차를 향해 질주해오고 있는 물체를 돌아다보았다.

"상어다!"

그들은 거대한 인공 상어가 열차로 달려드는 순간 숨을 죽였다. 그 인공 상어는 다시 물속으로 사라졌다가 나타나 돛단배에 타고 있는 어부 같아 보이는 물체를 공격해서 그것을 물속으로 끌고 들어갔다. 마사오는 〈조스〉라는 영화를 봤기 때문에 별 두려움 없이 그 한편의 짤막한 드라마를 재미있게 구경했다.

그들은 다른 호수로 다가가고 있었고, 열차는 호수 속으로 질주해 들어갈 기세였다. 모든 승객들은 긴장하기 시작했다.

"이곳은 홍해입니다."

안내원이 말했다.

"지금부터 여러분을 위해서 이 홍해를 가르려고 합니다."

열차가 호수 속으로 내려가기 시작하자 그들의 앞에 있던 물이 기적처럼 양쪽으로 갈라졌다.

"이것은 획기적인 전자장치를 이용한 것으로 3분 이내에 4만 갤런의 물을 길이가 600피트, 넓이가 150피트, 깊이가 5피트 되는 호수에 숨겨버리는 고도의 기술이 필요합니다. 성서 시대에 홍해를 건넜을 때보다 이 환상열차를 타고 건너는 것이 훨씬 더 편안하실 겁니다."

오전 중에 마사오는 스턴트맨이 불이 난 건물에서 뛰어내리는 것을 보았으며, 갈락티카 전투에도 참가해서 로봇들이 그와 다른 관광객들을 향해 레이저 광선을 쏘는 것을 구경했다. 그리고 눈 덮인 빙하를 지나 유명 배우의 분장실을 방문했다.

문제가 발생한 것은 방문객 오락센터에서였다.

마사오가 자신이 감시당하고 있다는 것을 알게 된 것은 새와 쥐 따위의 동물들이 유희를 하는 것을 구경하고 있을 때였다.

그는 무심코 몸을 돌리다가 입구 가까이 서 있는 한 남자와 눈이 마주쳤다. 마사오는 위험을 느끼는 감각이 지난 2주 동안 날카롭게 닦여져 있었기 때문에 순간적으로 그 남자가 탐정이라는 것을 감지할 수 있었다.

그 남자 곁에 다른 2명이 있었는데 그 탐정이 신호를 하자 그들은 방청석의 다른 출구를 봉쇄하려고 움직여갔다. 탐정은 군중을 헤치고 마사오가 앉아 있는 쪽으로 움직이기 시작했다. 마사오가 빠져나갈 구멍은 전혀 없었다.

동물의 유희가 끝나가고 있었고, 관객들은 일어나서 박수를 보냈다. 안내원이 말했다.

"여러분, 이쪽으로 나오십시오."

관객들은 출구를 향해서 움직였다.

마사오는 반대편 무대 쪽으로 향했다. 탐정이 뒤쪽에서 관중들을 밀치며 자신을 잡으려고 쫓아오고 있는 것을 볼 수 있었다.

마사오는 무대 위로 뛰어 올라갔다. 동물 조련사가 말했다.

"길을 잘못 드신 것 같습니다. 여기는……."

"미안해요, 아저씨."

마사오는 자신이 무대 뒤의 소품들이 가득한 곳에 있다는 것을 알았다. 그는 긴 복도를 따라 달려서 환한 햇빛이 비치는 밖으로 나갔다. 그는 탐정이 쫓아 나오는지 보려고 잠시 뒤를 돌아다보았다. 탐정이 그를 보았다.

"거리 서라!"

그가 소리쳤다. 마사오는 달리기 시작했다. 그는 모퉁이를 돌아 하마터면 낙타 위에 쓰러질 뻔했다.

"앞 좀 똑똑히 보고 다녀!"

낙타를 끄는 사람이 고함쳤다.

그의 앞쪽에는 콘크리트 건물이 하나 있었고 그 문 위에는 빨간 등불이 돌아가며 반짝이고 있었다. 마사오는 그 문을 열고 두 번째 문과 마주쳤다. 그는 그 문을 끌어당겨 열고 넓은 무대로 걸어 올라갔다. 가까이 사람들이 모여 있었고 마사오는 그들 사이에 끼어서 그의 추적자가 자신을 발견하지 못하도록 중앙 쪽으로 들어갔다.

한 나이든 부인이 마사오의 바로 옆에 서 있었다. 갑자기 누추한 옷차림을 한 남자가 군중들 속에서 그녀의 지갑을 낚아채 달아나기 시작했다.

"저놈 잡아라!"

그 부인이 소리쳤다.

생각할 겨를도 없이 마사오는 그자에게 몸을 날려 덮쳤다. 그 남자는 어이없는 표정을 지으며 마사오를 올려다보고 말했다.

"이봐, 도대체 이게 무슨 짓이지? 이건 각본에 없잖아!"

성난 음성이 들려왔다.

"컷!"

몸을 돌린 마사오는 자신이 촬영 카메라와 마주 보고 있다는 것을 깨달았다.

감독이 고함쳤다.

"저놈을 끌어내! 다시 찍어야겠어."

마사오는 서둘러 촬영 현장을 빠져나왔다.

스튜디오의 거리는 인파로 붐볐지만 마사오는 안심할 수가 없었다. 그의 적들은 그가 이곳에 있는 줄 알고 있었던 것이다. 아니, 그가 그런 생각을 하고 있는 순간에도 한 탐정이 모퉁이를 돌아서고 있는 모습이 보였다.

마사오는 재빨리 창고처럼 보이는 커다란 건물로 몸을 숨겼다. 그는 자기가 수많은 소품들이 가득한 섬뜩한 박물관 같은 곳에 들어왔다는 것을 알았다. 그곳에는 고대의 검과 현대의 레이저 총, 소방펌프와 비행기의 동체 등이 있었다.

각 시대의 고대 가구와 모든 종류의 의상들도 있었다. 마사오는 어둠 속으로 깊이 들어가 멈춰 서서 귀를 기울였다. 그의 심장은 방망이질을 하고 있었다.

입구 쪽에서 발자국 소리가 들리더니 사라졌다. 탐정이 어쩌면 도움을 청하러 갔을지도 모른다.

'여기서 나가야 돼.'

마사오는 생각했다.

'그렇지만 어떻게? 몇 분 내에 그들이 스튜디오의 모든 출구를 감시하게 될 텐데.'

그들은 이곳에 마사오를 밀봉해 버렸다. 그가 떠나려는 순간, 그들은 그를 잡을 것이다. 마사오는 그렇게 되도록 그냥 있을 수는 없었다. 그는 무슨 수를 써서라도 내일 히다카 구니오를 만나야 했다.

유니버설 스튜디오의 모든 출구는 철저하게 감시당하고 있었다. 탐정들은 모두 각자 마사오의 사진을 들고 그 촬영소를 나가는 모든 사람의 얼굴을 대조 확인하고 있었다.

점심시간이 되어 수십 명의 배우들이 유니버설 스튜디오를 둘러싸고 있는 조그만 음식점으로 가기 위해 길을 건너갔다. 맨 처음 마사오를 발견했던 탐정은 배우들의 다양한 의상에 넋이 빠져 있었다.

그는 화려한 가운을 걸치고 그 문을 통과하는 인조 공주를 보았고, 뉴비안 노예도 보았다. 그중에는 거인과 난장이도 있었고, 성경에 나오는 성인들과 얼굴에 짙은 화장을 한 광대도 있었다. 탐정은 광대가 그 문을 나설 때 아무런 주의도 기울이지 않았다. 그들 속에는 광대 옷을 입은 마사오도 있었다. 탐정들은 마사오의 얼굴을 찾기 바빴다.

마사오는 공중 화장실에 들어가 광대 의상을 벗고 화장을 지웠다. 그는 사토 데루오의 하수인들이 지금 사방에서 자신을 찾고 있다는 것을 감지하고 있었다. 그는 호텔로 가서 히다카 구니오와 통화가 가능한 다음날 아침까지 방에서 나가지 않기로 했다. 그들은 할리우드 지역에서 그를 찾을 것이기 때문에 마사오는 글렌데일로 가는 버스를 타고 가서 그곳에서 작은 호텔을 찾아 들어갔다.

마사오는 모든 것이 끝나게 될 아침을 기다리기가 너무 어려웠다.

## 12

사토 데루오는 마사오가 또 한 번 그의 하수인들로부터 교묘하게 도망쳤다는 보고를 받고도 실망하지 않았다. 바둑에서도 중요한 것은 좌절이 아니라 반격이었다. 자신의 조카는 영리했지만 제 꾀에 자기가 속고 있었다. 그는 달리 찾아갈 사람이 없었기 때문에 오로지 그를 구해줄 수 있는 히다카 구니오를 의지할 것이다. 그러나 히다카 구니오도 결국은 고용인이고 고용주인 자신의 명령을 따르게 될 것이다.

데루오는 마사오를 잡기 위한 덫으로 히다카를 이용하기로 했다. 그는 로스앤젤레스에 도착해서 마쓰시타 공장으로 갔다. 하지만 히다카가 출장을 가서 그곳에 없다는 것을 알게 되었다.

"히다카에게 당장 전화를 연결해!"

데루오는 히다카의 비서에게 명령했다.

“잘 알겠습니다.”

데루오는 히다카의 사무실에 앉아서 책상 위의 담배 케이스에 들어 있는 하바나 시가를 한 대 꺼내어 피우고 있었다.

비서가 말했다.

“히다카 씨가 연결되었습니다.”

데루오는 수화기를 들었다.

“히다카인가?”

“안녕하십니까, 사토 씨. 캘리포니아에 오실 줄은 정말 몰랐습니다. 미리 알았더라면 제가 마중을 나갔을 텐데…….”

“지금 어디 있소?”

“애리조나에서 새로운 공장 부지를 물색하는 중입니다.”

“얼마나 빨리 이곳으로 돌아올 수 있겠소?”

“내일 돌아갈 예정이었는데 이곳의 일이 끝나지 않아서 월요일에나 돌아갈 것 같습니다.”

“안 되오. 내일 당장 돌아오시오.”

“알겠습니다, 사토 씨.”

“회사 비행기를 보내겠소.”

“고맙습니다.”

히다카 구니오는 잠시 망설이다가 말했다.

“마쓰시타의 사망 소식을 듣게 되어 정말 유감입니다.”

“그렇소.”

사토 데루오가 응답했다.

“우리 모두에게 정말 슬픈 일이었소. 훌륭한 분이었는데…….”

“정말 그분은 훌륭하고 좋은 친구였습니다. 그분이 그립군요. 마사오도 당신과 함께 있나요?"

"그렇게 될 것이오. 내일 만납시다."

데루오가 말했다.

그는 전화기를 내려놓고 만족스러운 듯이 앉았다.

'반격한다!'

히다카 구니오는 걱정이 많은 사람이었다. 갑자기 복잡한 일들이 벌어지고 있어서 그로서는 매우 당황스러웠다. 그는 마쓰시타 요네오를 좋아했고 그의 아내도 그를 존경했기에 그들의 죽음에 대해서 비통을 금치 못했었다. 게다가 마사오는 그에게는 아들이나 마찬가지여서 마사오에 대한 좋지 못한 소식이 그의 마음을 더욱 무겁게 했다.

뭔가가 아주 잘못 돌아가고 있었다. 첫째, 로스앤젤레스로 돌아오라는 사토 데루오의 명령 전화가 있었고, 그보다 더욱 이상하게 생각되는 두 번의 전화가 걸려왔었다.

그가 이해할 수 없는 일들이 자신의 주위에서 일어나고 있어서 왠지 불길한 예감이 들었다.

그는 약속을 해놓고 두려워하며 뭔가를 기다렸다.

다음날 아침 9시 정각에 마사오는 자신의 방에서 전화를 했다. 통화가 도청을 당하든 말든 그것은 더 이상 문제가 되지 않았다. 그런 것을 걱정하기에는 너무 늦었다. 그는 히다카 구니오에게 모든 것을 맡기고 있었다. 이젠 더 이상 숨을 곳도 없었다.

마사오는 이제는 익숙해진 그 번호로 전화를 걸었다. 잠시 후, 꽤나 친숙하게 들리는 히다카 구니오의 비서 목소리가 들렸다.

"히다카 씨 사무실입니다."

"전에 전화했던 사람입니다. 히다카 씨 돌아오셨습니까?"

"누구라고 말씀드릴까요?"

"마사오라고 전해 주세요."

"잠깐만 기다리세요."

그러고 나서 히다카 구니오의 음성이 흘러나왔다.

"마사오!"

마사오는 순간 기쁨에 가슴이 벅찼다.

마침내 그를 만날 수 있는 것이다!

"히다카 아저씨! 아, 히다카 아저씨! 몹시 중요한 일로 지금 당장 만나야 해요. 어디서 만날 수 있을까요?"

히다카 구니오가 말했다.

"만나야지 물론. 내 사무실로 오렴."

마사오는 망설였다. 그는 다른 장소에서 만나고 싶었다. 그 공장은 어쩌면 감시당하고 있을지도 모른다. 그는 매우 신중해야 했다. 마사오는 자신이 한 번만 더 실수를 하면 그때는 마지막이라는 것을 알고 있었다.

"요즘 고모부와 이야기한 적 있어요?"

마사오는 조심스럽게 물어보았다.

거의 눈치 채지 못할 만큼의 공백이 있었다.

"아니."

히다카 구니오가 말했다.

"얘기 나누지 못했다."

마사오는 놀랐다. 그는 고모부가 이미 히다카를 만났을 것으로 생각했다. 하지만 마사오는 히다카를 믿었다. 마사오는 자신의 생명을 히다카의 손에 맡기고 있었다.

"잘 알겠어요. 사무실로 갈게요. 가능한 한 빨리 만나고 싶어요."

"지금 오거라."

히다카 구니오는 천천히 수화기를 내려놓고 사토 데루오를 쳐다보았다.

"잘했소."

데루오가 말했다.

"애리조나로 돌아가서 당신 일을 끝마치도록 하시오. 마사오는 내가 돌보겠소."

"마사오가 나를 몹시 만나고 싶어 하던데요. 그 애는……."

"히다카, 아까도 말했듯이 그 애는 지금 문제가 있소. 부모의 사망이 그 애에게 깊은 영향을 미쳤소. 내 조카는 내게 맡겨 두시오."

"알겠습니다."

히다카 구니오는 인사를 하고 몸을 돌려 사무실을 나갔다.

데루오는 비서에게 지시를 내리고 돌아가서 기다렸다. 모든 것이 마사오의 도착에 맞춰 준비되어 있었다. 이번엔 실수가 없을 것이다.

마사오는 그의 호텔방 전화기 옆에 앉아서 생각에 잠겨 있었다. 어쩌면 히다카와 다른 곳에서 만나야 한다고 자신이 고집했어야 했다. 그는 사무실에 가면 완전히 벌거숭이로 노출된 듯한 느낌을 받게 될 것 같았다. 뉴욕의 공장에서 어떻게 자신의 사진이 배포되고 있었는지를 그는 기억했다. 데루오는 분명 모든 마쓰시타 공장에 그 사진을 돌렸을 것이다.

'아직 히다카는 그것에 대해서 아무 말도 하지 않았어.'

어쩐지 모든 일이 마사오에게는 갑자기 너무 쉽게 돌아가고 있는 것 같았다. 그는 생각했다.

'어쩌면 내가 너무 오랫동안 도망을 다녀서 신경이 예민해진 것인지도 몰라. 이젠 결국 끝나게 된다는 사실이 믿어지지 않는구나.'

여하튼 그에겐 선택의 여지가 없었다. 히다카 구니오는 마사오가 살아남기 위한 마지막 희망이었다.

순간 마사오는 다시 히다카에게 전화를 걸어서 다른 곳으로 약속 장소를 정해야겠다는 충동을 느꼈다. 하지만 그는 다시 생각했다.

'아니야, 난 그를 완전히 믿어야 돼.'

마사오는 방을 나와서 약속 장소로 향했다.

그는 노스할리우드로 가는 버스를 타고 그 공장에서 3구역 떨어진 곳에서 내렸다. 그는 수상스러운 점이 있는지 알아보려고 거리의 사람들 표정을 살피면서 천천히 움직였다. 모든 것이 정상적으로 보였고, 어느 누구도 그에게 관심을 보이지 않았다. 그는 지나칠 정도로 긴장하고 있었다. 그가 자랑스러운 마쓰시타 산업 간판이 걸려 있는 거대한 흰색 공장 건물 건너편에 서 있자, 계속해서 사람들이 그 입구로 들락날락하는 것이 보였다.

마사오는 길을 건너 출입구 쪽으로 향했다. 그가 그곳에 당도한 순간, 한 남자의 음성이 그의 뒤에서 들려왔다.

"서! 움직이지 마!"

그러고 나서 그는 무쇠처럼 단단한 손에 붙잡힌 자신을 발견했다.

마사오가 히다카 구니오의 접견실로 들어간 것은 그로부터 30분 뒤였다.

"난 마쓰시타 마사오입니다."

그는 비서에게 말하고 자신의 진짜 이름을 다시 사용할 수 있게 되었다는 뿌듯한 기분을 느꼈다.

"히다카 씨와 약속이 되어 있습니다만."

비서는 지시를 받은 대로 말했다.

"지금 기다리고 계십니다. 곧장 그분의 사무실로 가십시오."

"고맙습니다."

마사오는 깊이 숨을 들이쉬고 사무실 문을 열고 들어갔다. 그는 그곳에 서 있는 사람을 보고 걸음을 멈췄다.

"어서 와라."

사토 데루오가 말했다.

"널 기다리고 있었다, 마사오."

그의 옆에는 두 사람의 건장한 남자가 서 있었다.

마사오는 몸이 굳은 채 그대로 서 있었다.

데루오가 두 남자를 돌아다보았다.

"밖에서 기다려. 내 조카와 단둘이 할 얘기가 있으니까."

두 남자가 나가자, 데루오는 두 눈에 깊은 만족감을 내비치며 자신의 조카를 바라보았다.

"놀랐니?"

"전…… 어디…… 히다카 아저씨는 어디 있죠?"

"불행히도 그는 떠나버렸다. 하지만 우리에겐 그가 필요 없어. 우리 둘이서도 우리의 사업에 대해서 얘기할 수 있잖니?"

"전 고모부와 할 얘기가 아무것도 없어요."

"그래? 그렇지 않을 텐데. 넌 나를 곤경에 빠뜨렸잖아."

마사오는 아무 말도 하지 않았다.

"넌 무척 나쁜 짓을 저질렀어, 마사오. 넌 우리 가문을 더럽혔단 말이다."

"가문을 더럽힌 것은 바로 당신이에요. 당신은 도둑이에요. 내 아버지의 회사를 훔쳐가려고 하니까요."

마사오가 말했다.

"회사는 내 거야. 항상 그래왔듯이. 자기 걸 훔치는 사람도 있나?"

"날 어쩔 셈이죠?"

"네 아버지에게 한 것과 똑같이 해주지. 네 아버지야말로 도둑이야. 내가 없었다면 이 회사는 존재할 수도 없었어. 그런데 그는 한 번도 내가 한 일에 대해서 고마워해본 적이 없어. 단 한 번도!"

그의 목소리는 증오로 가득 차 있었다.

"나는 그에게 불쌍한 매제에 불과해서 뼈다귀만 던져주었어. 그 뼈다귀가 자신을 목 졸라 죽였다고 할까! 그는 회사를 내게 물려줘야 했고, 나는 그것을 받아야 했다고!"

그는 분노로 온몸을 부들부들 떨었다. 그러다가 문득 정신을 차렸는지 강한 의지력으로 자신을 억제했다.

"그건 지나간 일이야. 이제 나는 내 미래를 생각해야겠다. 마사오, 네가 내 앞길을 막고 있어. 넌 사라져야 돼. 신사답게 행동한다면 순간적인 사고처럼 꾸며서 고통을 느끼지 않도록 보내주마."

마사오는 아무 말 없이 그를 뚫어지게 쳐다보았다. 데루오는 문 쪽으로 가서 문을 열고는 마사오를 주시했다.

"좋아, 얘를 데려가."

그가 명령했다.

그때 매트 브래니건 반장이 걸어 들어왔다.

"안녕하시오, 사토 씨."

데루오는 놀라서 급히 그쪽으로 몸을 돌렸다. 그의 살인 청부업자 2명 대신 형사가 그곳에 서 있었다. 게다가 더욱 놀라운 일이 벌어졌다. 그 형사 뒤에는 히다카 구니오와 제복을 입은 경찰관 2명이 서 있었다.

"무슨…… 이게 무슨 일입니까? 그리고 당신은 왜 아직까지 여기에 있지, 히다카?"

데루오가 물었다.

"브래니건 반장이 나한테 있으라고 부탁해서요."

히다카가 대답했다.

"어떻게 감히 당신이 내 회사 일에 간섭하는 거요!"

데루오는 형사에게 위압적으로 말했다.

"그게 바로 내가 당신에게 하려고 하는 말이오."

브래니건 반장이 말했다.

"이건 당신 회사가 아니오. 내가 본 유언장에 따르면 이 회사는 여기 있는 당신의 조카 것이란 말이오."

데루오의 마음속은 다급히 움직이고 있었다.

"나는…… 물론, 그렇소. 하지만 얘는 신경쇠약에 걸려 있소. 당신도 알다시피 이 아이는 사람을 죽였소."

브래니건 반장이 조용히 말했다.

"아니오. 난 모르는 일이오. 난 다만 당신 말만 들었을 뿐이오."

"그거면 충분한 것 아니오. 내 조카는 치료를 받아야 하오. 나는 얘가 치료받을 수 있도록 하겠소. 이제 모두 나가주시오."

아무도 움직이지 않았다.

"당신은 끝났소."

매트 브래니건이 말했다.

"끝나다니? 무슨 말을 하는 거요?"

"여기 당신의 체포 영장을 가지고 왔소."

데루오는 믿어지지 않는다는 듯이 그를 노려보았다.

"날 체포한다고? 당신 미쳤소? 무슨 죄로?"

"4건의 살인과 1건의 살인미수 죄."

"말도 안 돼!"

그의 머리는 어떻게 된 일인지 알아내려고 바삐 움직이고 있었다.

"당신은 엄청난 실수를 하고 있소."

"아니오."

그 형사가 바로잡았다.

"실수는 당신이 했소. 나는 와타나베 다다오와 만나서 얘기했소. 그는 유언장의 내용을 당신이 미리 알고 있었다고 말했소. 당신은 마쓰시타 씨가 당신에게 이 회사의 절반쯤은 남겨줄 걸로 기대했었소. 그가 그렇게 하지 않으려는 것을 당신이 알아내고 모두 차지하기로 결심했소. 그래서 당신은 비행기 사고를 계획했고, 마지막으로 장애물인 마사오를 제거하려고 했소."

"정신 나갔군!"

"오늘 아침 일찍 히다카 씨와 나는 실제로는 결코 이루어질 수 없었던 당신 조카와 히다카 씨의 약속에 관한 당신의 계획에 대해서 상의했었소. 나는 마사오가 도착할 때까지 이 건물 밖에서 기다렸다가 그와 긴 대화를 나누었소."

사토 데루오는 자신감을 회복하고 있었다. 그들이 의심하는 것은 문제될 것이 없었다. 이 어리석은 자들에게는 아무런 증거가 없었다. 그는 그들에 비해서 너무 영리했다.

"당신은 정신 이상인 이 아이의 이야기를 들었소. 당신은 증거도 전혀 없잖소."

"그렇지 않아요."

그건 마사오였다. 그는 호주머니에서 조그만 녹음기를 꺼냈다. 그가 버튼을 누르자 데루오의 음성이 조용한 방안에 울려 퍼졌다.

"……회사는 내 거야. 항상 그래왔듯이. 자기 것을 훔치는 사람도 있나……?"

사토 데루오의 얼굴이 창백하게 변했다.

"……날 어쩔 셈이죠?"

"……네 아버지에게 한 것과 똑같이 해주지. 네 아버지야말로 도둑……."

그들은 데루오가 스스로를 파탄으로 몰아가는 소리를 들으며 그곳에 서 있었다.

"……그건 지나간 일이야. 이제 나는 내 미래를 생각해야겠다. 마사오, 네가 내 앞길을 막고 있어. 넌 사라져야 돼. 신사답게 행동한다면 순간적인 사고처럼 꾸며서 고통을 느끼지 않도록 보내주마……."

마사오는 녹음기를 껐다. 방안에는 삼엄한 침묵이 감돌고 있었다. 그들은 모두 사토 데루오를 바라보았다.

그가 뭔가 말하려고 했다.

"나는…… 나는……."

하지만 그가 할 수 있는 말은 한마디도 없었다. 녹음기가 모든 말을 해버렸기 때문이었다.

브래니건 반장은 2명의 경찰관 쪽으로 고개를 돌렸다.

"내가 오늘 오후에 그를 뉴욕으로 데려가겠소."

그들은 데루오가 그 방에서 끌려 나가는 것을 묵묵히 바라보았다.

"이제 그는 어떻게 되나요?"

마사오가 물었다.

"재판을 받게 되고, 유죄 선고를 받게 되겠지. 그 자신의 음성이 그의 유죄를 입증해줄 거야. 이건 종소리처럼 확실히 들리니까."

"물론이죠."

마사오는 자신 있는 목소리로 말했다.

"이 녹음기는 마쓰시타 산업 제품이거든요."

잠시 후, 세 남자는 히다카 구니오의 개인 식당에서 차를 마셨다.

마사오가 브래니건 반장을 돌아다보며 말했다.

"어떻게 보답해야 할지 모르겠어요. 사모님과 함께 일본을 방문해 주시지 않겠어요?"

브래니건 반장은 미소 지었다.

"나도 그러고 싶군."

그는 자신이 얼마나 그에게 죽음에 이르는 고통을 주었는지를 생각하며 천천히 덧붙였다.

"나도 꼭 그러고 싶어."

히다카가 물었다.

"마사오 군, 앞으로 계획이 뭐지?"

"부모님의 유해를 갖고 일본으로 돌아가서 장례식을 훌륭하게 치러 드리고 싶어요."

히다카 구니오는 고개를 끄덕였다.

"뉴욕에서 이곳으로 모셔오도록 할게. 그리고 준비만 되면 언제든지 널 일본으로 데려다 줄 비행기도 대기시켜 놓겠다. 내가 도와줄 다른 일은 또 없겠니?"

마사오는 잠시 생각했다.

"있어요. 뉴욕 공장에서 일하는 사나에 도이라는 아가씨가 있어요. 그녀를 승진시켜 주고 봉급도 올려 주었으면 해요."

히다카 구니오는 메모를 했다.

"꼭 그렇게 하마."

"그리고 그곳에 오스카 헬러라는 작업반장이 있는데요. 그 사람은 해고시키는 게 좋겠어요."

히다카 구니오는 고개를 끄덕이며 다시 메모를 했다.

"그밖에 또 있니?"

"있어요."

마사오는 그의 호주머니에서 구겨진 쪽지를 하나 꺼내어 그에게 건네주었다.

"아버지가 주신 시계를 되찾고 싶어요."

마사오는 로스앤젤레스의 하늘을 높이 선회하는 실버 애로우 제트기의 창문 밖을 내다보고 있었다.

비행기는 천천히 선회하더니 해가 지는 서쪽으로 향했다. 마사오는 마침내 그의 부모와 함께 고향으로 돌아가고 있었다.

그는 이 나라에서 일어났던 모든 일을 생각해 보았다.

히가시와 목숨을 걸고 싸웠던 일이 생각났다.

마라톤 경주와 짐 데일도 기억났다.

그리고 피트와 알,

디즈니랜드와 유니버설 스튜디오,

브래니건 형사반장…….

마사오는 사나에를 생각하며 빠른 시일 내에 미국에 다시 올 것을 결심했다.

# 물방울 드리피의 대모험

# Drippy the Runaway Rain-Drop

## 1

이것은 괴물과 마법과 기적으로 가득 차 있는 아주 조그만 세계의 이야기다. 이 이야기의 주인공은 빗방울 드리피이다.

여러분은 빗방울이 단순한 물방울이라고 생각할지도 모르지만, 그렇지 않다. 우주에 있는 모든 것은 활동하고 있다. 그러니까 여러분은 여름에 비가 내리는 것을 볼 때마다 그것이 드리피이고, 그의 형제자매나 사촌들이라는 것을 알아야 한다.

드리피는 캘리포니아 주 로스앤젤레스에서 어느 안개 낀 날, 풀잎 위에서 태어났다.

여러분에게는 풀잎이 조그맣게 보일 테지만, 드리피에게는 커다란 나무처럼 보였다.

풀잎은 미풍에도 흔들리고 강한 바람이 불 때면 심하게 앞뒤로 흔들렸다. 드리피의 형제자매들과 사촌들은 모두 그 풀잎 위에 머무르고 있었다. 드리피는 계속 땅으로 흘러 떨어져서 어머니인 이슬방울 부인은 그의 이름을 '드리피'라고 지었다.

드리피가 다시 땅바닥으로 미끄러져 내려가자 어머니가 말했다.

"드리피야, 너는 안전한 풀잎 위에 머물러 있지 않으면 안 돼."

어머니는 그를 다시 풀잎 위에 데려다 놓았다. 드리피는 그곳에 머물러 있고 싶지가 않았다. 그냥 마음대로 뛰어다니고 싶었던 것이다.

주위에 있는 모든 초록색 풀들은 숲처럼 보였기 때문에 드리피는 그 속에서 뛰어놀고 싶었다.

"엄마가 뭘 안다고 그래요!"

어머니가 다른 아이들을 돌보기 위해 다른 곳으로 가자 드리피는 곧바로 앉아 있던 풀잎으로부터 미끄러져 내려갔다.

"야, 신난다!"

드리피는 땅바닥에 내려서자 주위를 둘러싸고 있는 초록색 숲속으로 몇 걸음 걸어 들어갔다.

(나는 집에서 도망쳐 나온 거야. 야, 나는 얼마나 용감한가!)

그러나 드리피는 전혀 용감한 물방울이 아니었다. 다만 장난이 지나치게 심했던 것뿐이다.

드리피는 새로운 세계를 탐구하면서 행복한 마음으로 숲속으로 굴러 들어갔다. 그가 없어진 것을 알면 어머니가 얼마나 슬퍼할까 하는 생각 따위는 조금도 하지 않았다.

드리피가 생각한 것은 오직 어떻게 하면 재미있게 놀 수 있을까 하는 것뿐이었다. 그리고 이것은 정말 신나는 일이었다.

갑자기 뒤쪽에서 굵직한 목소리가 들려왔다.

"너는 누구냐?"

드리피는 뒤로 돌아섰다. 그의 뒤에는 툭 불거져 나온 커다란 눈과 두 개의 흔들거리는 기다란 뿔을 가지고 있는 한 초록색 괴물이 서 있었다. 드리피의 가슴은 마구 두근거리기 시작했고 겁이 덜컥 났다. 생전 처음으로 괴물을 본 것이다.

"나는 드리피라고 해."

"나는 메뚜기 리피야."

드리피는 메뚜기를 처음 보았지만 이 괴물을 두 번 다시는 만나고 싶지 않았다.

"너는 어떻게 걸어 다니니?"

"껑충껑충 뛴단다."

드리피는 잠시 그 말에 대해서 생각해보았다.

"그래? 그럼 너는 100만 피트쯤 뛸 수 있어?"

"너는 100만이 얼마나 큰 숫자인지 알고나 있니?"

드리피는 자기가 무식하다는 것이 드러나는 것이 부끄러웠다.

"물론 알고말고."

"좋아. 그게 얼마나 큰 숫자지?"

드리피는 어림짐작으로 대답했다.

"초록색."

메뚜기는 어처구니가 없다는 듯이 고개를 흔들었다.

"초록색은 숫자가 아니야. 그건 색깔 이름이라고."

"나도 그것쯤은 알고 있어."

"너는 학교에도 가본 적이 없니?"

"학교는 누가 가야 하는 건데?"

"네가 가야 할 곳 같구나. 숫자 정도는 헤아릴 줄 알아야지. 내가 너한테 하나부터 열까지 세는 법을 가르쳐 줄게."

그러고 보니 그것도 재미있을 것 같았다.

(집으로 돌아가면 난 유일하게 숫자를 셀 줄 아는 물방울이 될 거야.)

"빨리 가르쳐 줘, 리피. 어서 가르쳐 줘."

"좋아. 내 말을 잘 들어야 돼. 1, 2, 3, 4, 5, 6, 7, 8, 9, 10. 어때 쉽지?"

"응, 문제없어."

"오케이. 한번 따라 해봐."

"1, 2, 10, 6, 9, 4……."

"틀렸어, 틀렸어. 너는 내가 가르쳐 줄 때는 무슨 생각을 하고 있었니? 1, 2, 3, 4……."

이번에는 드리피도 정확하게 따라 했다.

"잘했어."

(거봐! 내가 얼마나 영리한지 알겠지!)

"10을 지나면 비교적 쉬워져. 다음 숫자는 11인데, 10에다 1을 더하면 돼. 그렇게 되면 11이라고. 알겠니?"

드리피는 리피가 무슨 얘기를 하고 있는지 알 수가 없었다.

"물론 알고말고."

"11 다음에는 12야. 10에다 2를 합치면 12가 되거든, 너는 10대라는 말을 들어 본 적 있니?"

드리피는 10대라는 말을 들어본 적이 없었다.

"암, 들어봤고말고."

"좋아. 12 다음에는 13이야. 그것이 10대의 시작이란다. 13, 14, 15, 16, 17, 18, 19세를 10대라고 하거든."

그제야 드리피는 약간 알아들을 수가 있었다.

"그 다음에는 20대겠구나!"

드리피는 신이 나서 말했다.

"그래. 20 다음은 21이야. 그 다음은 10단위로 30, 40, 50, 60, 70, 80, 90, 그리고 100이란다."

"아, 이젠 나도 알겠다! 왜냐하면 나는 수학의 천재니까. 아, 어쩜

난 이렇게 영리할까!"

"넌 지금껏 내가 만난 친구 중에서 가장 콧대가 센 물방울이구나."

드리피는 너무도 기뻤다. 그는 콧대가 세다는 것이 무슨 말인지를 몰랐다.

"고마워, 리피."

그 순간 하늘이 갑자기 환해지기 시작했다.

"어렵쇼, 이거 큰일났군! 넌 여기서 빨리 몸을 피하는 게 좋겠다."

"왜 무슨 일인데?"

"해가 솟아오르고 있잖아?"

"해가 뭔데?"

리피는 놀란 얼굴로 드리피를 바라보았다.

"아니, 넌 해가 뭔지도 모르고 있니? 해라는 건 하늘 한가운데를 가로질러 걸어 다니는 커다랗고 노란 메뚜기야. 빨리 숨는 것이 좋겠다. 해가 물방울을 마셔 버리니까 말이야."

드리피는 약간 불안해지기 시작했다. 이제는 숫자를 셀 수가 있으니 누군가가 자기를 마셔 버리는 것이 싫었다.

"어디에 숨어야 하지?"

"내가 너를 숨겨 줄게."

그렇게 말하고 리피는 드리피를 집어 올려서 나무의 높은 곳에 있는 나뭇잎 위에 올려놓았다.

"그곳에 있으면 안전할 거야. 해는 너를 찾아낼 수 없을 테니까."

드리피는 고맙다는 말조차 하지 않았다. 그는 자기가 얼마나 영리하며, 또 집에 돌아갔을 때 어머니와 삼촌들과 숙모들과 사촌들에게 어떻게 자랑을 해야 할까를 생각하는 데 너무나 바빴다.

"안녕, 드리피! 행운을 빌게!"

리피는 몸을 웅크리고 하늘을 향해 힘껏 뛰어오르고는 초록색 숲속으로 사라져 버렸다.

드리피는 모두에게 자기가 만난 초록색 괴물에 대해 얘기를 해주고 싶어서 견딜 수가 없었다. 만일 그 괴물이 그를 죽이려고 했다면 훨씬 더 재미있는 이야기가 될 수 있었을 것이다. 그래, 그렇게 얘기를 꾸며야지!

"그 커다란 초록색 괴물이 나를 공격해 왔어요. 하지만 내가 눈 하나 깜짝한 줄 아세요? 천만에요. 한순간도 두려움을 느끼지 않았어요. 나는 날카로운 풀잎을 뜯어낸 다음 괴물이 겁을 집어먹고 뒤로 물러설 때까지 칼처럼 휘둘러댔다고요. 끔찍한 싸움이 벌어졌어요. 그놈을 작은 풀잎으로 물리친 거라고요. 내가 얼마나 용감한 물방울인지 이제 아시겠죠!"

(그래, 모두에게 그렇게 얘기해 줘야지. 그럼 모두들 나를 부러워할 거야.)

드리피가 앉아 있는 나뭇잎은 매우 보드랍고 편안했다. 그래서 집에서 몰래 도망쳐 나오고 뜻하지 않은 괴물을 만난 일로 지나치게 흥분한 드리피는 졸음이 쏟아졌다. 눈꺼풀이 점점 무겁게 내리덮이더니 마침내 완전히 감기고 말았다.

드리피는 초록색 숲에서 풀을 흔들어대는 커다란 괴물이 나오는 꿈을 꾸면서 잠이 들었다.

하늘 높은 곳에서는 해가 떠올라 구름과 산책을 하고 있었다. 만일 해가 존재하지 않았다면, 지구상에는 아무것도 살아남을 수가 없을 것이다. 곡식도 자랄 수가 없으며, 꽃들도 자라지 못할 것이다. 낮은 있을 수 없고 밤만 계속될 것이다. 생각해보면 해는 모든 생물에게 위대한 축복이라고 할 수 있었다. 그러나 물방울에게만은 그렇지가 않았다! 오, 안돼요, 안 돼!

드리피의 어머니 이슬방울 부인은 해가 떠오른 것을 보자 재빨리 꼬마 빗방울들을 불러 모았다. 그러고는 태양도 그들을 찾아내지 못하도록 친절한 참나무 그늘 밑에다 숨겼다.

그런데 드리피가 보이지 않았다. 이슬방울 부인은 이곳저곳을 돌아다니면서 찾았다. 잎사귀 아래와 나무줄기 위에도 살펴보았다. 잔가지와 그루터기와 돌멩이 아래도 찾아보았지만 드리피의 모습은 보이지 않았다.

이슬방울 부인은 공포감을 느끼면서 물방울이 낼 수 있는 가장 큰 소리로 외쳤다.

"드리피야! 드리피야!"

그러자 귀뚜라미가 그 소리를 흉내 내어 울기 시작했다.

"드리피야, 드리피야."

벌들도 그 소리를 듣고 드리피의 이름을 불렀다.

이윽고 숲속에 사는 모든 새들이 노래하기 시작했다.

"드리피야, 드리피야."

숲 전체가 그를 부르고 있었지만, 드리피는 그 소리를 듣지 못했다. 그는 메뚜기가 옮겨준 키 큰 나무 잎사귀 위에서 깊이 잠들어 있었다.

땅 위의 모든 것은 해가 하늘 위로 떠오를수록 점점 더 뜨거워져 가고 있었다.

해는 무척 목이 말랐다. 그래서 해는 커다란 강을 마셔 버렸고, 넓은 호수와 광대한 대양과 연못들을 마셔 버렸다. 그래도 계속 갈증이 났다. 그래서 하늘을 가로질러 가면서 땅 위를 내려다보았다. 그리고 드리피를 찾아냈다!

땅땅하게 살찐 작은 물방울이 마셔 주기를 기다리고 있지 않은가! 해는 뺨을 부풀리고 입맛을 다시며 불쌍한 드리피를 마시려고 했다.

바로 그 순간, 벌 한 마리가 드리피의 머리 위로 날아가면서 윙윙 소리를 냈다.

그것은 그냥 보통 벌이 아니었다. 바로 모든 벌들을 지배하는 아름답고 큰 여왕벌로, 그녀는 해가 드리피를 마시려는 것을 보자 재빨리 날개를 활짝 펴서 드리피가 자고 있는 잎사귀로 날아 내려왔다. 해가 그를 마셔 버리기 전에 그녀는 드리피를 낚아채어 날아가 버렸다.

드리피는 여왕벌의 팔 안에서 무사히 목숨을 건졌다.

드리피는 하늘을 날아가는 동안에 잠에서 깨어났다. 자기가 지금 어디에 있으며, 자기를 끌어안고 있는 이상한 동물이 누구인지도 알 수가 없었다.

"당신은 누구신가요?"

"나는 벌이다."

"벌이란 어떤 거예요?"

"내가 바로 벌이란다."

"그건 저도 알고 있어요. 벌은 무엇을 하죠?"

여왕벌은 잠시 생각을 했다.

"우리는 윙윙거리며 날아다니지."

여왕벌은 드리피를 위해 소리를 냈다.

"윙윙……."

드리피는 무슨 말을 하는지 알 수 없었다.

"그게 당신들이 하는 일 전부예요?"

"아니란다. 사람들이 우리를 해치려고 하면 그들을 쏘기도 하지."

드리피는 쏘는 것이 무슨 뜻인지 알 수가 없었으나, 좋지 않은 일 같았다.

"그 밖에 또 하는 일은 없어요?"

"물론 있지, 우리는 꿀을 만들기도 하거든."

여왕벌은 마침 꿀을 가지고 있어서 드리피에게 주었다.

"와, 맛있다! 저한테 꿀 만드는 법 좀 가르쳐 주세요."

"벌만 꿀을 만들 수 있는 거란다. 모든 것은 특별한 목적을 가지고 이 지구상에 존재하고 있지. 제각기 할 일을 가지고 태어나는 거야."

"그럼 내가 할 일은 무엇이죠?"

"어머, 너는 아직 그걸 모르고 있니?"

"몰라요."

"너는 대단히 중요한 임무를 띠고 있단다. 네가 없으면 이 세상에는 어떤 생물도 존재할 수가 없거든."

여왕벌의 말은 드리피를 한층 더 우쭐거리게 만들었다. 그래서 드리피는 자기가 무척 중요한 존재라고 믿게 되었다. 내가 없으면 어떤 생물도 존재할 수 없다니까! 그 말은 그를 이 세상에서 가장 중요한 존재로 만들어 주었다.

단 한 가지 문제는 드리피 자신이 무슨 일을 해야 하는지 아직 정확하게 모르고 있다는 사실이었다.

"그럼 나는 무슨 일을 해야 할까요?"

"그것은 스스로 발견해야 하는 거란다. 꼬마 물방울아."

(좋아, 나는 영리하니까 나 혼자서 그 해답을 찾아내야지.)

당장은 자신이 이 세상에서 가장 중요한 존재라는 것을 알게 된 것만으로 충분했다. 여왕벌이 드리피에게 이렇게 말했다.

"이제 너와 헤어져야겠구나. 태양으로부터 안전한 곳에 너를 내려

주마."

그렇게 말하고 여왕벌은 아름다운 꽃 위에 내려앉더니 드리피를 꽃 속에 숨겨 주었다.

드리피는 달콤한 냄새가 나는 꽃 속에 누워서 자기의 생활이 얼마나 흥분으로 가득 차 있고, 그 자신이 얼마나 중요한 존재인가를 생각했다.

(아마 이 세상 어느 누구도 내가 경험한 것 같은 모험을 해보지 못했을 거야.)

드리피는 마음속으로 그렇게 생각했다. 그는 자신의 모험이 지금 막 시작되었다는 것을 까맣게 모르고 있었다.

하늘이 차츰 어두워지기 시작하더니 밤이 찾아왔다.

드리피는 밤이라는 것을 본 적이 없었다. 드리피는 바로 그날 아침에 태어났다는 것을 여러분도 잘 알고 있을 것이다.

하늘에는 달과 별들이 나와 있었다. 물론 드리피는 그것들이 달과 별이라는 것을 모르고 있었다. 드리피는 자기가 볼 수 있도록 그들이 빛을 밝혀 주고 있는 것이라고 믿었다.

드리피는 일어나 앉아서 사방을 둘러보았다. 그 동작이 파티에서 집으로 돌아가는 갈증 난 조그만 허밍버드(벌새)의 눈에 띄었다. 허밍버드는 드리피가 있는 꽃을 향해 잽싸게 날아 내려왔다.

드리피에게는 허밍버드가 거대한 괴물처럼 보였는데, 자신이 워낙 작아서 그에게는 모든 것이 거대한 괴물처럼 보인다는 사실을 명심해야 했다.

"안녕하세요? 당신은 메뚜기인가요?"

"아니야."

"그럼 벌인가요?"

"그것도 아니야."

드리피는 메뚜기와 벌밖에는 배운 것이 없었다.

"그럼, 당신은 누군가요?"

"나는 허밍버드란다."

"안녕하세요, 허밍버드 부인? 당신은 무슨 일을 하십니까?"

"나는 빗방울을 먹고 살지."

그 말과 함께 허밍버드는 드리피 위에 몸을 구부리고 들이마시려고 했다.

## 2

칠대양을 건너 저 먼 곳에서는 바람이 장난을 치고 있었다.

바람은 범선의 돛을 한껏 부풀리고는 바다 위를 날듯이 달려가게 했다. 높다란 빌딩의 창문들을 덜그럭거리게 만들고, 옥외 음식점 식탁 위의 냅킨을 날려보냈다. 또한 말들 앞에 놓인 신문지들을 날려보내어 말들을 겁먹게 만들고, 길을 건너가는 땅딸막한 노파의 머리에서 모자들을 날려 보내기도 했다. 바람은 언제나 신나는 시간을 즐기고 있었다.

바람이 정말로 심하게 불어대면 태풍과 폭풍우가 생겨나서 빌딩들이 무너지고 자동차들이 하늘로 날아 올라가고, 바닷물은 산만큼 높아졌다.

바람은 엄청나게 힘이 강했다. 그것은 누구도 부정할 수 없는 사실이었다. 반면 매우 상냥하기도 했다. 기분이 좋을 때면 바람은 좋은 일을 하면서 지구 위를 돌아다녔다.

먼 아프리카 대륙의 어느 곳에서는 병든 갓난아기가 열이 올라 불덩이처럼 뜨거운 몸으로 오두막집에 누워 있었다. 갓난아기의 어머니는 혹시 아기가 죽지나 않을까 하고 두려움에 떨고 있었다.

그 순간 어머니는 바람을 향해 소리쳤다.

"제발 우리 아기의 몸을 좀 식혀 주세요! 제발 시원한 바람으로 몸을 식혀 주세요!"

그러자 바람은 아프리카로 날아가 부드럽게 갓난아기의 이마 위를 지나다녔다. 신선한 미풍은 갓난아기의 열을 내리게 하고 다시 건강한 몸으로 돌아오게 해주었다.

한편 농장이 많은 미국의 캔자스라는 곳에서는 모든 풍차들이 돌기를 멈추자 농민들이 이렇게 소리쳤다.

"풍차가 멈추면 곡식을 어떻게 빻고 우물에서 물은 어떻게 길어 올린담. 바람아, 좀 불어 다오."

그러자 바람이 그곳으로 달려가 불기 시작했다. 곧 풍차들이 즐겁게 돌아갔고, 바람은 다시 자기 갈 길을 찾아갔다.

허밍버드가 드리피를 막 들이마시려고 하는 순간, 우연히 바람이 그 꽃 위를 지나가게 된 것은 행운이었다.

바람은 드리피의 비명소리를 들었다.

"허밍버드 부인, 제발 나를 마시지 마세요!"

"아니야, 마셔야 해. 네가 할 수 있는 일은 아무것도 없으니까 잠자코 있어라."

그 소리를 듣자 바람은 드리피가 불쌍하게 여겨졌다. 그래서 재빨리 꽃 위로 날아 내려가 드리피를 옷자락 위에 집어 올리고 하늘 높이 날아 올라갔다. 물론 허밍버드는 몹시 화를 냈지만, 그 누구도 감히 바람과 대적해서 싸울 수는 없었다. 허밍버드조차도 말이다.

"당신은 누구세요?"

"내가 누구냐고? 내가 누군지 이 세상에서 모르는 자가 없는데."

"나는 몰라요."

"나는 바람이란다. 꼬마 물방울아. 나는 배가 대양을 건너가게 해주고, 파도와 조수를 만들고, 풍차를 돌게 한단다. 꽃에서 꽃으로 꽃가루를 날려 보내기도 하지. 내가 없으면 아무것도 자랄 수가 없단다. 나는 또 폭풍과 태풍과 회오리바람을 만들기도 하지."

드리피는 태풍과 회오리바람에 대해서는 전혀 아는 바가 없었지만, 모른다고 하는 것은 자존심이 허락하지 않았다.

드리피는 자기를 구해 준 바람에게 고맙다는 인사조차 하지 않았다. 드리피는 이제 안전해졌기 때문에 벌써 그때의 공포감을 잊고 있었고, 자신이 무척 용감해진 것처럼 느껴졌다.

드리피는 이제 하늘 높은 곳에 올라와서 별들 사이를 돌아다니고 있었다.

도대체 다른 물방울들이 이런 일을 경험해본 적이 있을까? 틀림없이 하나도 없을 것이다!

"네 부모님은 어디 계시지?"

드리피는 사실대로 말하면 벌을 받을까 봐 두려웠다. 그래서 바람에게 자기가 집에서 도망쳤다는 것을 말하고 싶지 않았다.

"나는 가족이 없어요."

드리피는 될 수 있는 한 슬프게 보이려고 했다.

"저런! 너 거짓말을 하고 있구나!"

바람은 화가 나서 머리를 앞뒤로 흔들었다. 그러자 아래쪽에서 나무들이 앞뒤로 마구 흔들렸다.

"너 집에서 도망쳐 나왔지? 어머니와 아버지와 형제자매들에게서 도망쳐 나온 거야."

바람은 모든 것을 꿰뚫어 보고 있었다. 왜냐하면 바람은 어느 곳이든 가지 않는 곳이 없으며, 이 세상에서 일어나는 모든 일을 굽어보고 있기 때문이었다.

"너는 집에서 살면서 학교에 다녀야 하는 거야. 아직 학교에 들어가지 않았니?"

지금이야말로 드리피로서는 사실을 털어 놓을 수 있는 좋은 기회였다. 하지만 그는 사실을 털어놓지 않았고 또다시 거짓말을 했다.

"벌써 학교는 졸업했는걸요, 뭐."

바람은 드리피의 말을 믿지 않았다.

"그래? 너 또 거짓말을 하는 건 아니겠지?"

"아니에요. 정말이라고요, 바람 아저씨."

"학교에서 무얼 배웠지?"

"내가 학교에서 무엇을 배웠느냐고요?"

"그래."

드리피는 학교에서 무엇을 배우고 있는지 알 수가 없었다. 그래서 되는 대로 둘러댔다.

"전부요."

"전부라고?"

"네, 모든 것을 다 배웠어요."

바람은 드리피를 시험해 보기로 마음먹었다.

"학교에서 일주일이 어떤 요일로 이루어져 있는지 배웠겠지?"

드리피는 한 번도 일주일이 어떤 요일로 이루어져 있는지 들어본 적이 없었다.

"물론 배웠어요, 바람 아저씨."

"좋아, 그럼 어디 한번 말해 보렴."

드리피의 조그만 가슴이 철썩 내려앉았다. 그때 드리피는 메뚜기한테 배운 것을 생각해냈다.

"일주일은 1, 2, 3, 4……로 이루어져 있어요."

"그건 일주일이 아니라 그냥 숫자가 아니냐. 요일을 모르는 녀석이 어디 있어. 그걸 모른다면 오늘이 무슨 요일인지도 모르겠구나."

"네, 사실은 그래요."

"내가 요일을 가르쳐 줄까?"

"네, 좀 가르쳐 주세요."

드리피는 진심으로 대답했다. 왜냐하면 드리피는 지금까지 이 세상에 살아 있는 물방울 가운데서 가장 유식한 존재가 되고 싶었기 때문이다. 정말로 배우고 싶어서가 아니라, 남에게 과시하고 싶었기 때문이었다.

드리피는 자기가 얼마나 똑똑한지를 모두에게 자랑하고 싶었다. 그런 태도는 무엇을 배우든지 가장 옳지 못한 자세였다.

"좋아, 그럼 월요일부터 시작하기로 하자. 월요일 다음에는 화요일, 수요일, 목요일, 금요일, 토요일, 그리고 일요일이 있단다. 모두 기억할 수 있겠니?"

"물론이죠. 월요일, 금요일, 화요일, 목요일……."

"아니야, 그게 아니라니까! 순서가 엉망진창이구나. 도대체 넌 어떻게 된 아이냐? 자, 정신을 집중해서 다시 한번 잘 들어 봐라. 월요일, 화요일, 수요일, 목요일, 금요일, 토요일, 일요일이다. 일주일은 7일이란다. 다시 한번 외워 보렴."

드리피는 정신을 집중시켰다. 그래서 이번엔 정확하게 알아맞혔다.

"아주 잘했다."

(나는 원래 영리하다니까. 나는 100까지 셀 수가 있고, 일주일의 요일을 외울 수도 있다고. 어떤 물방울이 감히 이런 걸 다 할 수 있단 말이야?)

"꼭 붙잡아라. 일본 해안에서 배가 한 척 곤경에 처해 있구나. 그 배를 구해 줘야겠다."

바람이 드리피에게 말했다. 그러고는 갑자기 점점 높이 올라가면서 하늘을 가로질러 달려갔다. 마치 바람과 넓은 하늘에 흩어져 있는 별들로 만든 거대한 썰매를 타고 달리는 것 같은 기분이었다.

"와! 신난다!"

"신난다고? 그것이 고작 네가 생각하는 것 전부냐? 너는 어머니와 아버지가 너 때문에 얼마나 걱정하시는지 전혀 생각도 하지 않니?"

"물론 생각하죠. 나는 항상 부모님 생각을 하고 있다고요."

드리피는 눈물을 글썽여 보였다.

하지만 드리피는 한 번도 부모님에 대한 생각을 한 적이 없었다. 오로지 자신만을 생각했다. 얼마나 자기가 훌륭하고, 용감한가에 대해서만 생각했다.

드리피는 서둘러 집으로 돌아갈 생각은 전혀 없었다. 모험을 즐기고 자기 자신을 즐기는 일에만 골몰해 있었다.

드리피는 여왕벌이 그가 가장 귀중한 존재라고 말한 것의 참다운 의미를 이해하기를 원했고, 이 세상은 물방울 없이는 존재할 수 없다고 한 말의 뜻을 알고 싶었다. 드리피는 바람이 모든 일을 알고 있었기 때문에 그 뜻을 물어보기로 작정했다.

"바람 아저씨! 누가 나를 굉장히 중요한 존재라고 말했는데 왜 그런지 가르쳐 주겠어요?"

"그 이유를 정말로 모르겠니?"

"모르겠어요."

"세계는 네가 없으면 존재할 수가 없기 때문이란다."

이것은 여왕벌이 했던 것과 똑같은 말이 아닌가!

"그 중요한 존재가 되기 위해서 나는 무엇을 해야 하죠?"

"아, 그거야 네 자신이 스스로 발견해야지. 때가 되면 너도 알게 될 거야."

그것이 드리피가 얻을 수 있었던 대답의 전부였다.

드리피는 생각을 해내려고 안간힘을 썼다.

자신은 단지 하나의 물방울에 지나지 않았다. 하나의 물방울이 그토록 중요한 일을 어떻게 해낼 수가 있단 말인가.

하지만 그것은 자신의 크기와는 아무런 상관이 없을 것이다. 드리피는 너무도 작아서 모든 것이 자기보다는 크게 보일 뿐이었다.

게다가 드리피는 힘이 센 것도 아니었다. 조그만 미풍도 그를 날려 보낼 수가 있었고, 작은 허밍버드도 그를 마셔버릴 수가 있었으니……. 그렇다면 자신이 너무 영리하기 때문에 그런 것일까? 누가 뭐라고 해도 자신은 100까지 셀 수도 있고, 일주일의 모든 요일을 말할 수도 있었다. 하지만 드리피는 그것이 정답이 아니라는 것을 알고 있었다. 그래서 더 기다리면서 두고 볼 수밖에 없었다.

그들이 일본의 해안에 도착하는 데는 몇 분이 걸렸다. 드리피가 아래를 내려다보니 커다란 배가 위험스러워 보이는 바위를 향해 항해하고 있는 것이 보였다.

드리피가 지켜보는 앞에서 바람은 배가 안전하게 될 때까지 배가 바위로부터 멀어지도록 씩씩거리며 입김을 불어댔다.

갑판 위에 서 있던 사람들이 환호성을 올리며 소리쳤다.

"고마워요, 바람 아저씨!"

그것을 보고 드리피는 바람이 그를 허밍버드에게서 구해 주었을 때, 혹은 여왕벌이 태양으로부터 구해 주었을 때 '고맙다'고 말했어야 옳지 않았을까 하고 생각했다. 그러나 드리피는 '고맙다'는 말은 중요한 것이 아니라고 결론을 내렸다.

그는 이것이 얼마나 잘못된 생각이었는지 곧 깨닫게 될 것이다.

드리피와 바람은 얼마나 바쁘게 일을 했는지 모른다.

그들은 어린이들이 연을 날리는 것을 도와주고, 커다란 풍선을 움직이게 해주었다. 검은 구름들을 쫓아 보내고, 범선들을 달리게 해주었다. 사막 위를 지나가면서 낙타의 얼굴에 모래를 뿌려 주었고 비행기 뒤에 서서 더욱 빠르게 날도록 해주었다.

드리피가 생각하기에 바람이 할 수 없는 일이란 한 가지도 없는 것처럼 보였다.

"아저씨는 즐겁게 노는 법을 잘 알고 있는 것 같아요."

"이것은 놀거나 장난하는 것이 아니란다. 나는 곡식들의 씨를 들판의 여기저기에 실어다 주고 꽃가루와 여러 가지 풀의 씨들도 날라다 주곤 한단다. 내가 모든 것들을 자라게 해주기 때문에 지구는 이렇게 푸르지. 만일 내가 없다면 지구는 무덥고 고요하고 아무것도 자라지 않을 거야."

하지만 드리피는 그런 것보다 즐거운 시간을 갖는 데 더욱 흥미가 있었다.

"좀 더 재미있는 장난을 해요."

바람은 고개를 가로저었다.

"안 돼. 나는 할 일이 있단다. 얼마 동안 너를 내려놓아야겠다. 나중에 다시 너를 데리러 오마."

바람은 땅으로 쏜살같이 내려가서 드리피를 옥수수밭에 놓았다.

"여기서 기다리고 있어라."

"그럴게요. 기다리고 있겠어요."

"착하구나."

잠시 후, 바람은 푸른 하늘로 사라져 버렸다.

드리피는 사방을 둘러보았다. 지금껏 한 번도 옥수수 줄기를 본 적이 없었는데, 그것들은 거대한 나무처럼 그의 머리 위에 우뚝 솟아 있었다.두 개의 그림자가 머리 위를 지나가자, 드리피는 위쪽을 올려다보았다. 머리 위쪽의 하늘에서는 지금까지 본 것 중에서 가장 멋진 광경이 벌어지고 있었다.

화려한 색깔의 날개를 지닌 두 아름다운 부인이 마치 날개를 헐렁한 덧옷처럼 펄럭이면서 공중에서 춤을 추고 날아다니고 있지 않은가! 한 부인의 날개는 짙은 하늘색이었고, 다른 부인의 날개는 반짝이는 오렌지색이었다.

"오! 정말 아름답군요! 당신은 누구죠?"

"우리는 나비란다. 나는 왕나비이고 내 반려자는 황제 나비란다."

"나비는 무슨 일을 합니까?"

"우리는 게임을 즐긴단다. 우리와 함께 게임을 할까?"

"네, 좋습니다."

드리피는 게임이 무엇인지도 잘 몰랐지만 그런 것은 상관없었다. 그냥 재미있을 것 같다는 것만은 알고 있었다.

나비와 함께 게임을 하다니! 사촌들아, 이런 얘기를 할 때까지 기다려라. 그들은 모두 샘나서 미치려고 할 것이다.

나비 한 마리가 내려와서 드리피를 공중으로 들어 올렸다.

"우리는 멋진 테니스 게임을 하려고 한단다. 너도 테니스를 어떻게 하는 건지 알고 있겠지?"

"물론 알고 있어요."

드리피는 테니스라는 말은 들어본 적도 없었다.

"좋아. 그럼 네가 무엇이 되는지도 알고 있겠구나."

"뭐가 되는데요?"

"테니스공이 되는 거야."

그 말이 채 끝나기도 전에 나비는 친구의 날개를 향해 드리피를 던졌다. 날개가 드리피를 힘껏 받아치자, 드리피는 다른 나비의 날개를 향해 공중을 날아갔다. 그렇게 해서 그들은 드리피가 어찔어찔해질 때까지 그를 치고받으며 테니스 게임을 즐겼다.

"나는 이런 게임은 재미가 없어요. 제발 내려 주세요."

"너를 내려 줄 수는 없어. 너는 우리의 테니스공이니까 말이야."

나비들은 너무 흥겹게 놀고 있었기 때문에 드리피가 어떻게 느끼는지 따위에는 전혀 관심이 없었다. 드리피는 땅으로 다시 내려갈 수 있도록 빨리 게임이 끝나기를 빌었다.

"금방 끝낼 생각은 없으세요?"

드리피는 두 날개 사이를 왔다 갔다 하면서 물었다. 그러나 두 마리의 나비는 너무 재미가 있어서 드리피의 말소리는 들리지도 않았다.

드리피는 머리가 어지럽고 구역질이 났다. 숨조차 쉴 수가 없었다.

무엇보다 자신은 테니스공이 될 생각이 꿈에도 없었다.

(테니스공이 된 채로 죽을 모양이로구나. 용감한 물방울에게 이 무슨 끔찍한 죽음인가!)

게임을 하는 동안에 나비들은 옥수수밭에서 바다 위로 날아갔다.

드리피가 아래를 내려다보았을 때 무시무시한 바다가 펼쳐져 있었다.

"제발 좀 살려 줘요! 저기로 떨어지면 어떻게 해요?"

하지만 나비들은 너무나 바빠서 드리피의 말은 들은 체도 하지 않았다.

"바람 아저씨! 나를 좀 살려 주세요!"

드리피는 소리쳤다. 바람은 오랫동안 비가 내리지 않은 사막 위로 비구름을 몰아가느라 아주 멀리 떨어진 곳에 있었다. 그래서 드리피가 구원을 요청하는 소리를 들을 수가 없었다.

드리피는 또다시 바다를 내려다보면서 생각했다.

(만일 나비들이 나를 떨어뜨린다면 어떻게 될까?)

드리피가 그런 생각을 하는 순간, 한쪽 나비가 날개에 맞추지 못해서 드리피는 자신이 바다를 향해 똑바로 떨어진다는 것을 느꼈다.

처음에 드리피는 겁이 덜컥 나고 너무 무서웠다. 하지만 다시 생각을 고쳐먹었다.

(내가 왜 겁을 낼까! 나는 바다에 빠져 죽을 수가 없는 거야. 나도 역시 물이니까. 아무도 나를 해칠 수는 없어. 나는 용감한 드리피야!)

바다 위에 거의 다다랐을 때 드리피의 가슴을 철썩 내려앉게 만드는 어떤 것이 눈에 들어왔다.

드리피는 자신의 눈을 믿을 수가 없었다. 자신이 바다에 닿기 전에 무엇인가가 불쑥 바다 밑에서 튀어 올라왔다. 그것은 지금까지 본 것 중에서 가장 크고 가장 날카로운 이를 가진 괴물이었다. 거대한 상어가 물속에서 튀어나와 드리피가 도망칠 틈도 없이 꿀꺽 그를 삼켜 버렸다.

드리피는 상어의 뱃속에 갇힌 신세가 되고 말았다.

# 3

여러분은 상어의 뱃속에 들어가 본 적이 있는가? 물론 그런 경험은 없을 것이다. 들어갔다면 지금 이 책을 읽고 있지 않을 테니 말이다.

누구든 상어 뱃속에 들어가는 것을 조금도 달가워하지 않을 것이다. 무엇보다 그 속은 무지무지하게 비린내가 날 것이고, 끔찍하게 어두울 것이다. 드리피도 어둠을 무서워했다. 사실 드리피는 지금까지 그렇게 무서움에 떨어본 적이 없었다.

드리피는 상어의 거대한 이가 닫히는 것을 느끼고, 다음 순간 상어의 목구멍을 통과해서 위 안으로 미끄러져 들어가는 것을 어렴풋이 알았다.

상어의 뱃속에 있는 것만 해도 미칠 지경이었는데, 그 속에는 그보다 더 나쁜 것이 있었다.

드리피는 자기 주위에서 무엇인가가 꿈틀거리고 있는 것을 알 수 있었다. 그것을 볼 수는 없었지만, 소리는 생생하게 들을 수 있었다. 그것이 드리피를 더욱 무시무시하게 만들었다.

그것들은 상어가 잡아먹은 것들로, 모조리 상어의 위 속을 돌아다니고 있었다. 조그만 물고기, 커다란 물고기, 벌레, 곤충 등이었다. 드리피의 생각으로는 상어의 위는 자신을 잡아먹으려는 괴물들로 가득 차 있는 것 같았다.

(아, 이제 이곳을 빠져나갈 수는 없게 되었구나! 이곳에서 나는 죽는구나.)

드리피는 지금 자신이 100까지 셀 수 있다는 사실이 조금도 자랑스럽지가 않았다. 그렇지만 요일을 외워 보는 것으로 현재 자신이 처한 곤경을 잊고자 했다.

"월요일, 화요일, 수요일, 목요일, 금요일, 토요일, 일요일."

하지만 그것도 아무런 도움이 되지 않았다. 드리피는 어머니와 형제자매들과 사촌들과 함께 집에 있었으면 좋았을걸 하고 후회했다.

가만히 있었으면 무시무시한 상어에게 잡아먹히는 신세가 되는 대신에, 그들과 재미있는 놀이를 하며 즐겁게 놀 수가 있었을 거야. 그러나 이미 때는 너무 늦었다.

드리피가 집에서 도망쳐 나온 일을 후회하고 있을 때, 이슬방울 부인은 아들 생각에 잠겨 있었다. 그녀는 가슴이 찢어질 듯이 아팠다. 드리피를 찾으려고 이곳저곳을 돌아다녔다. 모든 친구들에게 드리피를 찾아달라고 부탁하는 바람에 드리피의 가출 소식은 숲속 전체에 전해졌다.

"난 드리피를 봤어요."

메뚜기가 말했다.

"정말이냐? 어디서? 어디서 봤어?"

"내가 나무 위의 높은 잎사귀에 올려놓았다고요."

메뚜기는 이슬방울 부인을 나무가 있는 곳으로 데려갔으나 물론 드리피는 그곳에 없었다.

"나도 드리피를 봤습니다."

여왕벌이 말했다.

"잘 됐네요. 지금 어디에 있죠?"

"내가 아름다운 꽃에게 데려다 주었습니다. 부인을 그곳으로 안내하겠습니다."

그들은 꽃이 있는 곳으로 서둘러 가 보았으나 드리피는 그곳에도 없었다.

"나도 드리피를 봤어요."

허밍버드가 이슬방울 부인에게 알렸다.

"고마워요. 지금 어디에 있죠?"

"바람이 드리피를 데리고 가는 것을 봤어요."

이슬방울 부인은 황급히 바람을 찾으러 갔다.

"드리피는 지금 어디에 있습니까?"

"나는 그 아이를 옥수수 밭에 내려놓았어요."

그래서 이슬방울 부인은 서둘러 옥수수 밭으로 달려갔다. 그곳에서 그녀는 두 마리의 아름다운 나비를 만났다.

"우리 드리피를 못 봤나요?"

이슬방울 부인이 물었다.

"우리가 그 아이와 함께 놀았어요. 그런데 그만 바다 속으로 빠져 버리고 말았어요. 그곳이 우리가 그 아이를 마지막으로 본 장소예요."

이슬방울 부인은 가슴이 찢어질 것만 같았다. 그녀의 어린 아들은 바다 한가운데서 실종되어 버린 것이다. 지금쯤은 파도가 드리피를 머나먼 다른 세계로 실어가 버렸을 것이다.

이슬방울 부인은 이제 아들을 다시는 못 만나겠다고 생각하면서 슬피 울었다.

이슬방울 부인의 추측은 거의 비슷하게 맞아 떨어지고 있었다. 왜냐하면 그녀가 나비에게 얘기를 하고 있을 때, 상어 뱃속에 있는 작은 물고기가 드리피를 보고 갈증을 느끼고 있었기 때문이었다. 그래서 그 물고기는 드리피를 마셔 버리려고 그에게로 다가갔다.

그때 갑자기 상어의 몸이 마구 흔들렸다. 드리피는 자신의 몸이 공중으로 떠오르더니 갑자기 하늘 전체가 환해지는 것을 느꼈다.

드리피는 누군가가 말하는 소리를 들었다.

"야, 굉장히 큰 상어다!"

드리피가 자세히 보니 두 사람이 하늘 높이 우뚝 서 있었다. 그들은 어부로, 상어를 잡아 날카로운 칼로 그 배를 가르고 있었다.

(휴! 이젠 살았구나!)

드리피는 상어의 배에서 재빨리 미끄러져 나와 한 어부의 신발 위로 떨어졌다.

어부가 걸음을 옮겨놓기 시작하자 드리피는 그에 따라 자신의 몸이 공중으로 치솟았다가 떨어지고, 다시 치솟았다가 떨어졌다. 드리피는 신발 위에서 뛰어내리고 싶었으나 그것은 불가능했다. 어부가 너무 빨리 걸었기 때문이다.

다른 어부가 말했다.

"자, 어서 가서 우리 축하주나 한 잔 하세."

드리피가 무슨 일이 일어나고 있는지 채 깨닫기도 전에 두 어부는 술집으로 들어가서 높은 의자에 걸터앉았다.

"나는 보드카를 마시겠네."

어부 하나가 바텐더에게 말했다.

"나도 같은 것을 주게."

다른 어부가 말했다.

(신발 위에서 뛰어내릴 기회는 바로 지금이다! 빨리 이곳에서 나가야지.)

바로 그 순간, 어부가 다리를 포개고 앉았다. 그 동작이 드리피를 공중으로 뛰어 오르게 만들었고, 드리피는 바텐더가 바에 갖다 놓은 보드카 잔 속으로 똑바로 떨어졌다.

이럴 수가! 여러분은 보드카 맛을 본 적이 있는가? 물론 드리피도 그런 경험은 없었다.

2초가 채 못 되어 드리피는 완전히 술에 취해 버렸다. 여러분은 물방울이 너무나 몸집이 작기 때문에 술에 취하는 데 시간이 얼마 걸리지 않는다는 것을 명심하지 않으면 안 된다.

어부는 홀짝홀짝 술을 들이켰다. 그때마다 그의 입술이 드리피의 몸 가까이에 와 닿았다. 드리피는 그때마다 어부의 목구멍으로 넘어 들어가지 않으려고 몸을 피했다.

술은 어떤 사람들을 행복하게 만들기도 하고, 또 어떤 사람들을 슬프게 만들기도 한다. 그리고 어떤 사람들을 졸리게 만들기도 한다.

드리피는 깊은 잠에 빠져들고 말았다. 그것이 어쩌면 드리피의 목숨을 살려 주었는지도 모른다. 왜냐하면 어부가 마지막 한 모금을 들이마셨을 때, 드리피는 술잔의 밑바닥에서 안전하게 잠을 자고 있었기 때문이다. 그러나 몹시 취해 있었다.

어부가 자리에서 일어나자, 바텐더는 그들의 술잔을 집어 들고 주방으로 가져갔다. 바텐더는 술잔을 접시 닦는 기계 속에 집어넣고 손잡이를 잠그고 나서 기계의 스위치를 켰다.

드리피는 요란한 소리에 잠을 깼고, 그때 접시 닦는 기계가 작동하자 주위에서 갑자기 차가운 물이 어지럽게 소용돌이치기 시작했다. 드리피의 주위에 있는 접시들이 달그락거리고 부딪치면서 돌아갔다. 이윽고 폭포수 같은 물이 모든 것 위에 쏟아져 내렸다.

(이것이 술 취한 기분이라면 나는 다시는 술을 마시지 않겠다!)

모든 것이 정신없이 빙글빙글 돌고 있었다. 마치 지진의 한가운데에 있는 것 같은 느낌이었다. 드리피는 스푼 밑에 몸을 숨겼다.

(이 스푼 밑에 있으면 안전하겠지.)

드리피는 너무나 신나는 모험을 하고 있었기 때문에 가족들이 있는 집으로 돌아가야 한다는 생각은 까맣게 잊고 있었다.

'나는 이 세상의 물방울 가운데서 가장 용감한 물방울일 거야. 어머니에게 내가 어떻게 상어를 죽였고, 어떻게 지진을 견뎌냈는지를 얘기해줄 때까지 기다리자.'

드리피는 자신이 얼마나 훌륭한 존재인가를 생각하면서 스푼 밑에 기분 좋게 누워 있었다. 그런데 갑자기—정말로 갑자기—어디선가 뜨거운 바람이 불어왔다.

접시 닦는 기계는 처음에는 물로 그릇에 묻어 있는 기름기들을 씻어내고, 그 다음에는 굉장히 뜨거운 공기로 그것들을 말리도록 되어 있었다.

그것은 접시에게는 좋은 일이지만, 물방울에게는 지독하게 나쁜 일이었다. 왜냐하면 뜨거운 바람은 물방울을 말려 없애 버리기 때문이다. 바로 그런 현상이 드리피의 신상에 지금 일어나고 있었다!

드리피는 자신의 몸이 작아지는 것을 느꼈다. 스푼에 바짝 매달렸지만, 스푼도 자꾸만 뜨거워지고 있었다. 그래서 드리피는 스푼에서 떨어지지 않을 수가 없었다. 그리고 자기가 자꾸만 자꾸만 작아지는 것을 느낄 수가 있었다. 또한 드리피는 잠시 후면 자신이 영원히 사라져 버린다는 것을 잘 알고 있었다.

이 책의 맨 앞에서 여러분에게 이 이야기는 괴물과 마법과 기적으로 가득 차 있다고 말한 것을 기억하고 있는가?

그렇다. 드리피는 그 기적에 의해서 목숨을 건지게 되었다. 드리피가 완전히 사라지려는 순간에 접시 닦는 기계는 작동을 중지해 버렸다. 이것이 기적이 아니고 무엇이겠는가!

때마침 천둥 번개를 동반한 무시무시한 뇌우가 그 도시를 강타했다. 그 번개 중 하나가 송전탑에 명중해서 시내의 모든 전기가 나가 버린 것이다. 그래서 접시 닦는 기계도 작동을 중지하게 되었고, 드리피는 목숨을 건질 수 있게 되었다.

술집 주인이 주방으로 뛰어 들어와서 접시 닦는 기계의 손잡이를 열었다.

"내일 다시 닦아야겠군."

주인은 혼잣말을 했다.

문이 열린 순간 드리피는 기계에서 미끄러져 나와서 싱크대 위로 떨어졌다. 드리피는 다시 자유를 찾은 것이다! 그러나 드리피는 과연 그것을 감사하게 생각했을까? 목숨을 건진 것에 대해서 감사하고 있었을까? 전혀 그렇지가 않았다.

드리피는 이렇게 중얼거렸다.

"나를 좀 보라고. 그 지진 속에서도 살아나온 용감한 나를!"

드리피는 마루로 미끄러져 내려갔다. 그런데 갑자기 위쪽에 그림자가 하나 나타났다. 고개를 들어보니 커다란 구두가 그를 짓밟으려고 하고 있지 않은가!

드리피는 재빨리 공중으로 뛰어 올라갔다가 구두끈 위에 내려앉았다. 구두는 저벅저벅 소리를 내며 밖으로 나갔다. 드리피는 구두끈에 매달려서 함께 밖으로 나갔다.

폭풍우는 멎어 있었다. 그래서 드리피가 매달려 있는 구두를 신은 바텐더는 구두를 닦기로 마음먹었다. 조그만 소년이 구두닦이 통을 들고 길모퉁이에 서 있었다.

"구두 닦으세요, 아저씨."

"그래, 닦아다오."

바텐더는 말했다.

드리피가 미처 빠져나오기도 전에 그가 매달려 있던 구두는 구두닦이 통 위에 얹히고, 구두닦이 소년의 구두약을 묻힌 손이 드리피에게 와 닿았다. 드리피는 구두약으로 온몸이 새카매졌다. 눈, 얼굴, 코, 전부가 검게 변한 것이다. 더욱 난처한 것은 광을 내는 천이 구두를 문지르면서 자꾸만 드리피에게로 다가오고 있었다.

"아이, 안 돼!"

드리피는 비명을 질렀다.

천이 다가오기 직전에 드리피는 운 좋게 구두에서 뛰어내려 길가에 있는 물웅덩이로 몸을 날렸다. 그 물이 구두약을 말끔히 씻어 주었다. 드리피가 웅덩이에 자신의 모습을 비춰 보았을 때, 다시 희고 반짝이는 물방울이 되어 있는 자신을 발견했다.

드리피는 자신의 모습을 넋을 잃고 바라보며 그곳에 서 있었다.

(나는 얼마나 잘생겼는가! 얼마나 용감한가! 또 얼마나 영리한가!)

그러는 사이에 바람이 다시 돌아왔다. 바람은 드리피 위에 머물러 있으면서 그를 지켜보고 있었다. 바람은 실망한 듯이 고개를 절레절레 흔들었다.

(드리피는 아직도 아무런 교훈을 배우지 못했구나.)

바람은 안타깝게 생각했다.

바람은 다시 드리피를 땅에서 주워 올려 하늘 높이 그를 태우고 날아갔다.

"야, 신난다! 좀 더 빨리 갈 수 없어요?"

그러나 바람은 드리피가 신나는 것 따위에는 관심이 없었다. 바람은 드리피에게 뭔가 교훈을 가르쳐 주고 싶었다.

집으로 돌아가는 승객들을 가득 태운 제트 여객기가 하늘을 날아가고 있었다. 바람은 한 가지 아이디어를 생각해냈다. 바람은 비행기 옆으로 다가가서 드리피를 날개 위에 얹어 놓았다.

"그곳에서 실컷 재미를 보렴. 나중에 만나자."

"잠깐 기다려 줘요. 이 비행기는 지나치게 빨리 날아간다고요. 나를 좀 살려 줘요!"

드리피는 당황했다. 만일 여러분이 시속 60마일로 하늘을 가로질러 날아가는 제트 여객기의 날개 위에 앉아 본 적이 있다면, 그때 드리피가 느낀 기분을 정확히 알 수 있을 것이다.

드리피는 필사적으로 날개에 매달렸다. 그러다가 날개 위로 죽을힘을 다해서 기어 올라가 창 옆으로 갔다. 여객기 안에는 웃고 떠드는 행복한 사람들로 가득 차 있었다. 아이들과 즐겁게 노는 어머니와 아버지들도 보였다. 드리피는 갑자기 어머니와 함께 있고 싶다는 생각을 했다.

드리피는 곤경에 빠지지 않으면 절대로 어머니 생각을 하지 않는다는 사실을 여러분은 이미 깨달았으리라 믿는다. 드리피는 그 나머지 시간에는 재미있게 노느라 정신이 없었다.

비행기는 너무 빠르게 날아서 드리피는 그곳에 오랫동안 매달려 있을 수가 없다는 것을 잘 알고 있었다. 잠시 후 아니나 다를까, 드리피는 날개에서 떨어져 공중으로 내동댕이쳐졌다.

드리피가 떨어져 나가자 그것을 지켜보고 있던 바람이 드리피를 집어 올려 꽁무니에 얹었다. 바람은 드리피가 다치는 것을 원치 않았기 때문이다. 다만 드리피에게 교훈을 가르쳐 주고 싶었을 뿐이다.

"그래, 그만하면 만족할 정도로 빠르더냐?"

"네, 네, 그래요."

드리피는 대답했다. 하지만 얼마나 혼이 났었는지는 바람에게 얘기할 수 없었다.

"이제는 어디로 가 보고 싶지?"

바람은 드리피가 '어머니와 형제와 사촌들이 기다리고 있는 집'이라고 대답해 주기를 바랐으나, 엉뚱하게도 드리피는 이렇게 말했다.

"더 재미있는 것이 있는 곳으로 가 보고 싶어요, 바람 아저씨."

그때 그들은 동물원 위를 날고 있었다.

"너는 동물원에 가 본 적이 있니?"

"동물원이 뭔데요?"

"전 세계 여러 곳에서 동물들을 데려다 놓은 곳이란다. 내가 구경을 시켜 주마."

바람은 땅 위에 도착할 때까지 계속 아래로 내려갔다.

얼마 뒤, 드리피는 커다란 동물원 한가운데에 놓여졌다.

"나는 이만 가봐야겠다. 말썽에 끼어들지 말고 몸조심해라."

"네, 그렇게 하겠어요."

바람은 어디론가 급히 사라져 버렸다.

드리피 앞에 서 있는 것은 그가 지금까지 본 것 중에서 가장 아름다운 동물이었다. 나비보다도 훨씬 더 아름다웠다. 그것은 기다란 꼬리를 가진 커다란 새로, 그 꼬리 속에는 다이아몬드와 루비와 에메랄드와 온갖 상상할 수 있는 색깔들이 모두 들어 있었다.

"당신은 누구인가요?"

"나는 공작이란다."

그 새는 말했다. 그러고는 드리피가 그 아름다움을 볼 수 있도록 꼬리를 활짝 펴 보였다. 드리피는 입을 딱 벌렸다.

"나는 지금까지 이렇게 아름다운 것을 본 적이 없어요. 이런 것들을 뭐라고 부르죠?"

"색깔이라고 부른단다. 너는 색깔이 뭔지 알고 있니?"

공작새가 물었다. 드리피가 잠깐 생각을 했다.

"화요일."

"그것은 색깔이 아니지. 그건 요일이란다. 너는 도무지 아는 것이 없구나. 이건 빨간색이고……."

공작은 그렇게 말하면서 드리피에게 꼬리의 빨간 루비를 가리켰다.

"그리고 초록색, 파란색, 분홍색, 보라색, 검정색, 자주색……."

공작은 색깔의 이름을 말할 때마다 그 색깔을 가리켜 보였다. 공작새가 무지개 색깔을 모두 말해 주자, 드리피는 눈을 동그랗게 떴다.

"꼬마 물방울아, 이제는 모든 색깔 이름을 말할 수 있겠니?"

드리피가 모든 색깔 이름을 정확하게 알아맞히자, 공작은 무척 기뻐했다.

"너는 물방울치고는 정말 똑똑하구나."

"나도 알고 있어요. 나는 100까지 셀 수가 있으니까요. 또 요일도 알고, 이제는 색깔도 알고 있다고요."

그러나 드리피는 공작이 색깔을 가르쳐 준 것에 대해서 고맙다는 말은 하지 않았다.

드리피는 사방을 둘러보면서 말했다.

"나는 동물원에는 처음 와 봤어요."

"조심하거라. 이곳에는 커다란 짐승들이 많이 있으니까."

"나는 커다란 짐승들도 겁나지 않아요. 이 세상에서 가장 용감한 물방울이니까요. 아무도 나를 해치지 못해요."

그 말이 드리피의 입에서 떨어지자마자 거대한 코끼리가 옆을 걸어가다가 그 커다란 발로 드리피를 밟았다. 드리피는 어두운 땅속으로 깊이 파묻혀 버리고 말았다.

## 4

여러분이 땅을 내려다보면 그곳에 흙밖에는 없는 것처럼 보일 것이다. 하지만 그렇게 믿어서는 결코 안 된다. 드리피도 그렇게 알고 있었으나, 곧 자기가 잘못 알고 있었음을 깨달았다.

코끼리의 발이 드리피를 땅속 깊이 밟아 넣었을 때, 드리피는 갑자기 자신이 전혀 새로운 세계에 들어와 있음을 발견했다.

거기엔 동굴과 통로와 도로들이 있었고, 자신이 맡은 일들로 바쁜 동물들로 가득 차 있었다. 동물들은 수백만 마리나 되었다. 지렁이, 투구벌레, 개미, 진드기, 거미, 달팽이, 두더지, 금게…….

드리피가 보기에는 땅속에 살고 있는 동물이 굉장히 많아 보였다. 그들 중 일부는 바깥세상에서는 전혀 구경할 수도 없는 것들이었다. 그 동물들은 일생을 땅속에서 보내고 있었다.

모두가 무척 바쁘게 보였다. 땅속의 동물들은 기어서 왔다 갔다 하면서 식량을 운반하고, 집을 짓고, 알을 낳고 새끼들을 지키고 있었다.

드리피는 위쪽의 세계로부터 불과 몇 피트의 땅속에 그와 같이 많은 활동이 벌어지고 있다는 것을 도저히 믿을 수가 없었다. 드리피는 완전히 넋을 잃고 그들의 활동을 지켜보았다.

드리피는 종종걸음으로 기다란 풀잎을 운반하고 있는 개미 한 마리를 불러 세웠다.

"실례합니다. 얘기 좀……."

"너무 바빠서 얘기하고 있을 틈이 없어요."

개미는 그렇게 말하고, 풀잎을 짊어지고 서둘러 가 버렸다.

드리피는 땅속에서 열심히 거미줄을 치고 있는 거미를 보았다.

"안녕하세요? 잠깐만……."

"저리 비켜! 나는 이 거미줄 치는 걸 끝내야 하니까!"

드리피는 자기 앞에 놓인 작은 돌멩이를 밀고 있는 투구벌레에게 말을 걸었다.

"안녕하세요? 잠깐만……."

"너는 무엇 때문에 모두를 방해하고 있는 거냐? 우리가 바쁘게 일하고 있는 것이 보이지도 않니? 아무도 너와 얘기를 나눌 시간 같은 것은 없단다. 우리는 일을 하고 있으니까 말이다. 그런데 너는 왜 일을 하지 않는 거지?"

"나는 어떤 종류의 일을 해야 하죠?"

투구벌레는 자신의 귀를 의심하지 않을 수가 없었다.

"넌 그것도 모르고 있단 말이냐? 그렇다면 너는 내가 만난 그 누구보다도 가장 바보 같은 물방울이로구나."

"나는 얼간이가 아니라고요. 나는 숫자를 셀 줄도 알고, 요일도 모두 외우고, 색깔도 알고 있어요. 나는 모르는 것이 없다고요."

투구벌레는 드리피를 보고 웃음을 터뜨렸다.

"너는 그것이 전부라고 생각하니? 물방울이 무슨 일을 해야 하는지도 모르고 있잖아."

"나한테 말해줄 수 있겠어요?"

투구벌레는 드리피를 바라보았다. 그의 시선은 냉정하고 적의에 차 있었다.

"물론 말해줄 수 있지. 하지만 말하지는 않겠다. 너 혼자서 그 해답을 찾아내야 돼."

그러고는 투구벌레는 바쁘게 가 버렸다.

드리피는 무엇을 해야 하고, 또 어디로 가야 할지 몰라서 그곳에 우두커니 서 있었다. 다시 땅 위로 돌아가고 싶었으나 어디로 가야 땅 위로 나갈 수 있는지 전혀 알 수가 없었다.

너무 길들이 많아서 혼란스러울 뿐이었다. 드리피는 모두의 길을 방해하고 서 있는 것처럼 보였다.

갖가지 동물들이 그를 이리저리 밀치며 각기 서둘러 자기 길을 가고 있었다.

그때 갑자기 자기 쪽을 향해 달려오는 발소리를 들었다. 그것은 한 무리의 붉은 개미떼들이었다.

(저 개미들이 나를 죽이려고 달려오고 있나 봐.)

드리피는 등 뒤에서도 달려오는 발소리를 듣고 뒤를 돌아다보았다. 다른 방향에서 이번에는 한 무리의 검은 개미떼들이 달려오고 있었다. 전쟁이 시작되려 하고 있었는데, 드리피는 바로 그 한가운데에 서 있었다!

드리피는 두 군대가 돌격을 개시하자, 한쪽 구석으로 몸을 피하려고 애를 썼다. 검은 개미와 붉은 개미가 서로에게 공격을 가하면서 전투가 계속되었다. 그것은 참으로 끔찍한 광경이었다.

개미들은 서로에게 악착같이 달라붙어서 입과 다리를 사용해 상대방을 물고 뜯으려고 했다. 붉은 개미는 자기 개미집을 지키려고 하고, 검은 개미는 그들을 공격하려고 시도하고 있었다.

개미집의 입구에는 경비병이 서 있었는데, 검은 개미가 그곳에 접근할 때마다 붉은 개미 경비병들은 적을 덮치고 갈기갈기 몸을 찢어발겼다.

드리피는 자신이 목격하고 있는 끔찍한 광경에 소름이 끼쳤다. 드리피는 지금까지 한 번도 전투장면을 본 적이 없었다. 그의 주위에는 붉은 개미와 검은 개미의 시체가 너저분하게 널려 있었다. 개미들은 몸집이 작은 동물이었으나 마치 위대한 영웅처럼 싸웠다.

개미 한 마리가 드리피를 발견하고 소리쳤다.

"부상을 당하기 전에 이곳에서 떠나는 것이 좋을 거야!"

드리피는 붉은 개미의 보금자리 쪽으로 뒷걸음질을 쳤다. 문 앞에서 있던 경비병 하나가 드리피를 보고는 이렇게 말했다.

"꼬마 물방울아, 안에 들어가 있는 것이 더 안전할 거야."

드리피는 개미집 안으로 들어갔다. 그때 그는 자기가 본 광경에 깜짝 놀랐다. 개미집에는 새끼 개미들로 가득 차 있었는데, 모두 보병들의 보호를 받고 있었다. 일하는 개미들은 적들이 침입해 들어오지 못하도록 개미집 앞쪽에 진지를 쌓고 있었다. 또 한쪽 구석에서는 농부개미들이 진드기의 배설물을 아기개미들에게 먹이고 있었다.

(조그만 개미들도 저렇게 발달한 문명을 가지고 있다니, 참으로 놀라운 일이구나!)

드리피에게는 붉은 개미와 검은 개미 사이의 전투가 몇 시간이나 계속되는 것처럼 생각되었다. 부상당한 개미들의 비명 소리와 전투의 함성을 계속해서 들을 수 있었다. 드리피는 어느 쪽이 이길 것인가가 궁금해졌다.

(검은 개미들이 승리를 거둔다면, 그들은 개미집 안으로 몰려 들어가서 붉은 개미들을 모두 죽일 거야. 꼭 붉은 개미가 이겨야 할 텐데.)

드리피의 소원은 그대로 이루어졌다. 얼마 뒤에 드리피는 커다란 환호 소리를 들었고, 뒤이어 붉은 개미 군대들이 그들의 집으로 돌아오기 시작했다. 적은 격퇴되었고 전투는 끝났다.

드리피는 조용히 개미집을 빠져 나와 다시 길거리로 나섰다. 드리피는 아직도 어떻게 해야 땅속 세계에서 벗어나서 땅 위로 나갈 수 있는지 알 수가 없었다.

길을 따라 걸어가다가 드리피는 기다란 뿔들과 딱딱한 껍질을 가진 이상하게 생긴 동물이 느릿느릿 기어 와서 마주치게 되었다.

"안녕하세요? 한 가지 물어봐도 될까요?"

그 동물은 발길을 멈췄다.

"나는 지금 바쁘지 않단다. 그래, 뭘 알고 싶으냐?"

"어떻게 하면 이곳에서 빠져나갈 수 있을까요?"

그 동물은 드리피를 똑바로 쳐다보았다.

"너는 물방울 드리피지, 그렇지?"

드리피는 깜짝 놀랐다.

"저를 어떻게 알아요?"

"모두들 네가 누군지 알고 있단다. 너는 집에서 도망쳐 나왔지? 너는 네 엄마와 아빠와 가족들에게서 도망쳐 왔지?"

"당신은 누구신가요?"

"나는 달팽이란다."

"나를 좀 도와주시겠어요, 달팽이 아저씨?"

"그렇게 하자꾸나. 하지만 네가 서둘지 않았으면 좋겠다. 나는 워낙 걸음이 느리니까 말이야."

"상관없어요."

드리피가 원하는 것은 오직 한 가지, 땅속에서 바깥 세계로 나가는 것이었다.

"내가 느릿느릿 움직이는 이유는 달팽이이기 때문이란다."

"나도 알고 있어요."

드리피는 그렇게 말했으나 사실은 전혀 알지 못하고 있었다.

"내 등에 올라타거라. 땅 위로 올라가는 길이니 나와 함께 가자."

달팽이는 드리피가 "고맙습니다." 하고 말해 주기를 기다렸으나, 꼬마 물방울은 그냥 달팽이의 등에 올라타고는 말했다.

"자, 준비가 되었어요."

(요즘 젊은 세대들은 통 예의가 없단 말이야.)

늙은 달팽이는 그렇게 생각했다.

"꼭 잡아라."

달팽이의 말은 옳았다. 달팽이는 정말 느릿느릿 움직여 갔다. 드리피는 땅 위로 나가기가 소원이었으나, 이러다가는 언제 그곳에 갈 수 있을지 막막하기만 했다.

달팽이는 땅굴을 통해 경사를 오르기 시작했다. 그러다가 그들은 어느새 땅 위로 나와서 다시 동물원으로 돌아오게 되었다.

"자, 이제 다 왔다."

달팽이가 말했다.

"이제는 등에서 내려오렴."

달팽이는 다시 드리피가 고맙다는 말을 해주기를 기다렸다. 그러나 드리피가 한 말은 이것뿐이었다.

"달팽이들은 정말 모두 이렇게 느리게 움직이나요?"

드리피는 달팽이의 등에서 미끄러져 내려왔다.

달팽이는 서글프다는 듯이 고개를 흔들고는 천천히 걸어가 버렸다.

드리피는 땅 위에 다시 나오게 된 것이 무척 기뻤다. 땅속이 그다지 마음에 들지 않았기 때문이었다. 해나 달이나 별을 전혀 보지 못한 채 어떻게 수백만의 동물들이 그런 곳에서 일생을 보내고 있는지 알 수가 없었다.

바람의 꽁무니에 타거나 메뚜기 등에 타지 않더라도 이곳 땅 위는 그곳과는 너무나 달랐다.

드리피의 주변에는 수백 마리의 동물들이 있었다. 드리피가 보니 그 동물들은 모두 이상한 모습들을 하고 있었다. 희고 검은 줄무늬가 있는 얼룩말이 있었고, 기다란 목을 한 기린이 있었으며, 노란색 사자와 오렌지색 호랑이와 검은 표범과 회색 하마가 있었다.

드리피는 그들의 색깔을 알아맞힐 수 있는 자신이 자랑스러웠다.

(모든 색깔의 이름을 알고 있는 물방울은 이 세상에 둘도 없을 거야. 그러니까 나는 아주 특별한 물방울이야.)

얼마 전에 자신을 밟았던 코끼리가 자기 쪽으로 오고 있었다. 그래서 드리피는 재빨리 통로에서 물러났다. 두 번 다시 땅속으로 들어가고 싶지 않았다.

머리에 뿔이 2개 있는 새가 드리피 옆에 내려앉아서 그를 겁먹게 만들었다.

"안녕, 물방울아."

"당신은 누구신가요?"

"후후, 나는 올빼미란다. 뿔이 돋은 올빼미지. 너는 생전 처음 동물원에 왔니?"

"네."

올빼미가 드리피를 똑바로 보고 말했다.

"너는 동물원이 어떤 곳인지 알고 있니?"

드리피는 잠시 생각했다.

"물론 알고 있어요. 동물원은 이 동물들이 모두 태어난 곳이죠?"

올빼미는 '후후' 하고 울어댔다.

"너는 동물원에 대해서 아무것도 모르는구나. 이곳에 있는 동물들은 모두 이곳에서 태어난 것이 아니야. 모두 생포당해서 고향을 떠나 이곳으로 끌려온 것이란다."

"정말인가요? 그러니까 저 동물들이 모두 포로들이란 말이죠?"

"그렇단다. 그래서 동물들이 도망치지 못하도록 쇠창살과 해자들이 있는 거야."

드리피는 새로운 관심을 가지고 주위에 있는 동물들을 둘러보았다. 집과 부모를 떠나 먼 곳에 와 있는 저 동물들은 대체 무엇을 생각하고 있을까 궁금해졌다.

드리피는 올빼미에게 물어보았다.

"당신도 붙잡혀 왔나요?"

"아니다. 나는 형을 만나러 왔을 뿐이야. 그들은 형을 철망 속에 가둬 놓았단다. 형은 조류 사육장에 있지. 너는 조류 사육장이 뭔지 알고 있겠지?"

"물론이죠. 그것은 초록색이에요."

올빼미가 다시 '후후' 하고 소리를 냈다.

"초록색은 색깔 이름이야. 조류 사육장이란 새를 가둬 놓고 기르는 곳을 말한단다. 나와 함께 가자. 내가 보여줄 테니까."

"좋아요."

올빼미는 드리피를 들어 올려서 등에 태웠다. 그들은 하늘로 날아올라갔다. 얼마 뒤, 밑을 내려다보았을 때, 드리피는 거대한 새장 속에 갇혀 있는 수백 마리의 새들을 볼 수가 있었다.

"저것이 조류 사육장이란다."

올빼미가 말했다. 그러고는 땅을 향해 내려갔다. 그것은 거대한 새장으로, 세계 여러 곳으로부터 온 갖가지 크기와 모양의 새들이 수백 마리나 있었다. 파랑새와 핑크색 홍학과 초록색 앵무새도 있었다. 각

새장 앞에는 그 안에 있는 새들의 이름이 적혀 있는 표지판이 세워져 있었다.

올빼미가 드리피에게 설명을 해주었다.

"이 새들은 세계 각지에서 왔지. 일부는 아프리카에서 왔고, 또 일부는 아시아 지역에서 왔단다. 어떤 것은 사막에서 왔고, 어떤 것은 숲 속에서 왔지. 그들은 사람들이 동물원을 찾아와서 구경할 수 있도록 이곳으로 운반되어 온 거란다."

"그것은 좋은 일인가요?"

"네가 새라면 그렇지 않겠지."

현명한 올빼미가 대답했다.

올빼미는 형이 갇혀 있는 새장으로 날아갔다. 드리피는 두 형제가 얘기를 나누고 있는 동안 옆에서 귀를 기울였다.

"형, 어떻게 지내세요?"

"내가 자유롭다면 더 기분이 좋을 텐데."

"나도 형을 도와주고 싶어요. 사람들은 대우를 잘 해주나요?"

"매일 맛있는 것을 먹여주지만, 아이들이 내게 말을 걸고 뚫어져라 쳐다본단다. 나는 이곳이 싫어. 내가 태어나고 자라난 고향으로 돌아가서 마음껏 놀고 싶어. 새장 속에 있는 것은 싫단 말이야."

드리피는 그를 비난할 수가 없었다. 드리피도 새장 속에 갇혀 있는 것은 싫었기 때문이다.

두 마리의 올빼미가 서로에게 작별을 고할 때, 그들의 눈에는 눈물이 가득 고여 있었다.

"곧 다시 찾아올게요, 형."

드리피의 친구가 말했다.

"조심해라. 너도 나처럼 붙잡혀서는 안 되니까."

"난 안 붙잡힐 거예요. 이제 그만 가 볼게요."

올빼미가 드리피에게 말했다.

"나는 숲속으로 돌아가려고 하는데, 너는 이곳에 머물러 있을 생각이니?"

"아뇨. 이곳에 있을 생각은 없어요."

드리피는 동물원은 실컷 구경한 것 같았다. 갑자기 동물들이 불쌍하게 여겨졌다.

"나도 당신과 함께 이곳을 떠나고 싶어요."

드리피는 또다시 딴 소리를 하고 있었다. 왜냐하면, 여러분은 그가 바람에게 동물원에서 기다리고 있겠다고 약속한 것을 기억하고 있을 것이기 때문이다. 드리피는 바람과의 약속을 까맣게 잊고 있었다. 그래서 지금 그는 올빼미에게 이렇게 말하고 있었다.

"나를 다시 등에 태워 주겠어요?"

드리피는 부드럽고 흔들거리는 날개의 감촉이 좋았다.

"좋아. 그럼 너를 내가 살고 있는 숲속으로 데려다주마."

그렇게 해서 드리피는 올빼미의 등에 타고 다시 하늘로 날아 올라갔다. 하늘을 날아가는 동안, 드리피는 지금까지 자기가 보아 온 신기한 일들에 대해서 생각해보았다. 드리피는 땅속의 생활과 그곳에서 살고 있는 수많은 생물들에 대해서 생각했다. 지상에 있는 사자와 코끼리와 기린 같은 거대한 동물들에 대해서도 생각했다.

과연 드리피는 그런 것에서 교훈을 배웠을까? '그런 마법 같은 동물들이 살고 있는 이 지구는 얼마나 멋진 곳일까?' 하고 골똘히 생각해보았을까? 천만의 말씀이다.

드리피는 이렇게 생각했다.

"그들 중 어느 누구도 제트 여객기 날개를 타보지 않았을 거야!"

그들이 숲에 도착하자 올빼미는 땅 쪽으로 날아 내려갔다. 올빼미는 드리피에게 말했다.

"이곳이 우리 집이 있는 곳이란다. 그러니 너를 이곳에 내려놓아야겠다."

그들은 엄청나게 큰 숲 한가운데에 있었다. 그곳은 풀잎이 커다란 나무처럼 보이는 가짜 숲이 아니라, 나무들이 하늘을 향해 높이 솟아 있는 진짜 숲이었다.

"잎사귀들이 곧 나무에서 떨어지겠지. 이제 곧 10월이 되니까."

"10월이 뭔데요?"

올빼미는 믿을 수 없다는 듯이 드리피를 바라보았다.

"10월이 뭐냐고? 넌 아직 1년 중의 달도 모르고 있니?"

드리피로서는 자기가 모르는 것이 있다는 사실은 죽어도 인정할 수 없었다.

"1년의 달이란 하나, 둘, 셋, 넷……."

"그것은 숫자지 달이 아니야. 넌 도대체 알고 있는 것이 뭐니?"

"나는 모든 것을 다 알고 있다고요."

드리피는 대답했다. 그러고는 조그만 목소리로 덧붙여 말했다.

"1년 중의 달만 빼놓고요."

올빼미는 매우 현명했다. 그래서 올빼미는 이렇게 말했다.

"그것들은 대단히 중요하니 너에게 좀 가르쳐 줘야겠구나. 준비는 되었니?"

"네, 준비되었어요."

"1년에는 열두 달이 있단다. 1월, 2월, 3월, 4월, 5월, 6월, 7월, 8월, 9월, 10월, 11월, 12월……. 모두 알겠니?"

"네, 알았어요. 올빼미 아저씨."

올빼미는 드리피가 모르는 것을 가르쳐 준 데 대해서 고맙다는 말을 할 줄 알고 그냥 기다리고 서 있었다. 그러나 드리피는 "이제야 모든 것을 알게 되었군." 하고 말했다.

올빼미는 한숨을 지었다. 올빼미는 요즘 젊은이들의 태도가 한심스럽기 짝이 없다고 생각했다.

"이제는 너도 집에 돌아가야지?"

올빼미가 말했다.

그곳이야말로 드리피가 죽어도 돌아가기 싫은 곳이었다!

그토록 많은 모험을 즐기고 있는데 무엇 때문에 집으로 돌아간단 말인가?

드리피는 바람의 옷자락 위에도 타보았고, 허밍버드에게는 거의 잡아먹힐 뻔했고, 거대한 상어에게는 잡아먹히기도 했고, 동물원에 구경갔다가 코끼리의 커다란 발에 짓밟혀도 보았다.

(그럴 순 없지.)

드리피는 생각했다.

(나는 집에는 돌아가지 않을 테야. 이렇게 재미있는 것들을 놔두고 집에 돌아갈 수는 없지.)

"어때? 집으로 돌아가지 않을래?"

올빼미가 다시 물었다.

"아, 그래요. 물론 집으로 돌아가야죠."

드리피는 거짓말을 했다. 그 말을 할 때 드리피는 속으로 혀를 날름 내밀고 있었다.

"그건 잘한 일이다. 왜냐하면 이곳 숲속의 생활은 매우 위험하니까 말이다."

올빼미가 그 말을 끝내기도 전에 숲속을 뒤흔드는 듯한 요란한 소리가 들려오고, 올빼미가 땅바닥에 뚝 떨어졌다. 피가 가슴에서 흐르고 있었다.

드리피는 깜짝 놀라 올빼미에게 말했다.

"올빼미 아저씨, 어쩌다 이렇게 되었어요?"

올빼미는 대답을 하지 않았다. 올빼미는 이미 죽어 있었다.

얼마 뒤, 풀숲을 헤치고 걸어 나오는 소리가 들려오고 손에 사냥총을 든 사냥꾼이 나타났다. 그 사냥꾼은 누군가를 향해 소리쳤다.

"이봐! 난 올빼미를 잡았다고!"

그때서야 처음으로 드리피는 자기 친구인 올빼미가 죽었다는 사실을 깨달았다. 올빼미는 사냥꾼의 총에 맞아 죽은 것이다.

드리피는 사냥꾼에게 들키지 않으려고 나뭇잎 뒤에 몸을 웅크리고 숨었다. 드리피에게는 이제 친구가 하나도 없었다.

드리피는 위험하기 짝이 없는 넓은 숲속에 홀로 남겨졌다. 그는 어떻게 해야 숲속을 빠져나갈 수 있을지 전혀 모르고 있었다.

## 5

사냥꾼은 두 사람이었다. 두 번째 사냥꾼은 자신이 잡은 사슴을 어깨에 둘러메고 드리피의 눈앞에 나타났다.

"한 방에 이 녀석을 잡았네."

사냥꾼이 말했다.

"점심식사감으로 안성맞춤이군."

"불을 피우세."

"좋지."

드리피는 사냥꾼이 성냥을 꺼내서 나뭇잎 더미에다 불을 붙이는 것을 신기한 듯이 지켜보고 있었다. 나뭇잎이 타기 시작하자, 사냥꾼은 그 위에다 작은 나뭇가지를 얹었다. 그리고 불길이 더욱 강해질 무렵 굵은 가지들을 얹어 놓았다.

금세 불길이 활활 타올랐다. 사냥꾼은 불 위에 막대기를 가로질러 놓고 그것에 사슴을 올려놓고는 굽기 시작했다. 사냥꾼들은 배낭에서 맥주를 꺼내어 사슴 고기에 곁들여 맥주를 마셨다.

"여기서 사냥하길 잘했네. 이 숲에는 동물들이 꽤나 많은 것 같아."

"그래도 조심하지 않으면 안 되네. 지금은 사냥 시즌이 아니어서, 만일 사냥을 하다가 붙잡히면 교도소 신세를 져야 하니까 말일세."

드리피는 교도소란 동물원 같은 곳일까 하고 생각했다. 이유는 알 수가 없었으나, 그들이 나쁜 사람들이라는 느낌을 받았다.

"걱정하지 말게. 그들이 우리를 어떻게 잡을 수 있겠나? 이곳은 넓은 숲속인데. 일단 점심을 먹고 사슴이 더 있는지 찾아보세."

"좋아, 쓸 만한 새들이 있는지도 찾아보세. 나는 저 올빼미를 가져다가 박제를 만들 생각일세. 내 거실 벽난로 위에 장식해 놓아야지."

"나도 올빼미를 가져가고 싶군 그래."

"좋아, 그러니까 올빼미를 한 마리 더 잡아서 한 마리씩 집에 가지고 가세."

(저 사람들이 한 마리를 더 잡는다면, 두 마리의 올빼미를 잡는 셈이구나.)

드리피는 자기 자신이 무척 자랑스러웠다. 드리피는 하나 더하기 하나는 둘이라는 것을 알았기 때문이다. 그러나 드리피는 단 한순간도 올빼미에게 일어났던 일에 대해서는 걱정을 하지 않았다.

드리피는 그곳에 앉아서 사냥꾼들이 점심식사하는 것을 지켜보았다. 숲속은 조용하고 무더웠다. 그때 드리피는 바람은 어디에 있을까 하고 생각했다. 바람이 가까운 곳에 있을 때는 모든 것이 훨씬 선선했다.

그때서야 비로소 드리피는 자기가 동물원을 떠나지 않겠다고 약속했던 것을 기억했다. 바람이 자기를 다시 데리러 올 때까지 그곳에서 기다리고 있겠다고 약속한 것도 생각났다. 그러나 드리피는 조금도 걱정하지 않았다.

(바람이 나를 찾아줄 거야. 만일 바람의 말을 들었다면, 나는 땅속에서 그 멋진 모험도 경험하지 못했을 거야. 붉은 개미와 검은 개미 사이의 전투도 구경하지 못했겠지. 올빼미의 등에 타고 이곳까지 날아오지도 못했을 거야. 바람의 말을 들었더라면, 그런 것을 하나도 경험하지 못했을 거야. 그것은 내가 바람보다 많이 알고 있다는 것을 증명해 주는 거라고!)

사냥꾼들은 점심식사를 끝냈다.

"불을 끄고 가는 것을 잊지 말게."

"알았네."

한 사람이 흙을 발로 차서 불에 끼얹었다. 그러고 난 두 사람은 총을 집어 들고 다시 사냥을 했다.

드리피는 홀로 그곳에 남았다. 그때 숲속의 여기저기에서 울려오는 총소리를 들을 수 있었다. 새들은 노래를 하고, 모든 종류의 작은 동물들은 바쁘게 왔다 갔다 하면서 각자 맡은 일을 하고 있었다.

드리피가 그곳에 앉아 있으려니 뭔가 빨간 것이 그의 눈에 띄었다. 그것은 사냥꾼들이 피워놓았던 모닥불에서 꺼지지 않고 살아남은 조그만 불티였다. 사냥꾼들이 불을 완전히 끄지 않고 가 버린 것이다.

드리피는 나무에서 잎사귀가 한 개 떨어져 불티 위에 내려앉는 것을 지켜보았다. 잎사귀에 불이 붙었다. 또 다른 잎사귀가 떨어져서 역시 불이 붙었다. 잎사귀 근처에 작은 나뭇가지가 있었는데, 불은 그것에도 옮겨붙기 시작했다. 곧바로 풀숲에도 옮겨붙었다.

눈 깜짝할 사이에 풀숲의 불은 나무로 퍼져 나갔고, 나무 전체가 벌겋게 달아올랐다.

드리피는 불이 얼마나 빨리 번져 나가는지 도저히 자기 눈을 믿을 수가 없었다. 불은 삽시간에 숲 전체로 퍼져 나갔다.

그때 드리피는 그것을 걱정하고 있었을까? 천만의 말씀이다. 불은 그에게는 아름답게만 보였다. 그것은 그 속에 무지개 색깔을 가지고 있었다. 불길은 푸르고 초록색이고 희고 노랬다. 드리피는 자기가 그 색깔을 모두 알아맞힐 수 있는 것이 자랑스러웠다.

얼마나 똑똑한가. 드리피는 자기 자신을 칭찬하는 데 바빠서 숲속의 불이 얼마나 무서운 것인지, 혹은 그가 얼마나 위험한 지경에 빠져 있는지는 전혀 생각하지 않았다.

수백 가지 종류의 동물과 새와 곤충들이 전 세계의 숲속에서 살고 있었다. 그런 숲속에서는 불처럼 무서운 것은 없었다. 불은 눈 깜짝할 사이에 새들의 둥지와 동물들의 보금자리를 싹 쓸어버릴 수 있었다.

숲속의 불은 숲 근처에 있는 모든 것을 죽여 버릴 수가 있었으며, 몇 년 동안 시커멓게 탄 나무들만 남겨놓을 수가 있었다. 그것이야말로 동물들이 가장 두려워하는 일이었다. 그도 그럴 것이 그들은 불에 대해서는 전혀 방어할 방법이 없었다.

날쌘 사슴조차도 불길을 피할 수 있을 정도로 빠르지는 못했으며, 여우의 날카로운 이도 불과는 대적할 수가 없었다. 호랑이의 무시무시한 발톱도 불과는 싸울 수가 없었다. 숲속의 동물들에게 있어서 불은 끔찍한 죽음을 의미했다. 그러나 자꾸만 거세어져 가는 불길을 바라보고 있는 드리피는 그런 일들은 전혀 생각지 못하고 있었다.

(나는 지금 또 하나의 모험을 경험하고 있는 거야.)

드리피는 흐뭇한 기분으로 중얼거렸다.

먼 곳에서는 이슬방울 부인이 아직도 집 나간 아들을 찾고 있었다.

"누가 우리 드리피 못 보셨나요?"

그녀는 그렇게 묻고 다녔다.

새들과 동물들은 이슬방울 부인이 불쌍하다는 생각이 들었다. 그래서 그들은 부인을 도와주려고 애썼다. 그들은 계속 드리피에 대한 얘기를 퍼뜨리고 다녔다. 그러다가 마침내 그 뉴스는 달팽이에게까지 전해졌다.

"내가 그 애를 봤어요."

달팽이가 말했다.

"어디서요?"

"동물원에서요. 코끼리 점보가 드리피를 땅속으로 밟아 넣었는데, 그때 내가 구해서 등에 태우고 땅 위로 나왔어요."

이슬방울 부인은 흥분했다.

(드디어 찾았구나!)

"지금 그 애는 어디 있나요?"

"올빼미가 데리고 가는 것을 봤습니다. 아마 숲속으로 데리고 간 것 같아요."

그들은 먼 곳에 있는 숲을 돌아다보았다. 그때 하늘 높이 치솟아 오르는 불길이 보였다.

"숲에 불이 났어요!"

이슬방울 부인은 그 소리를 듣자 아들을 다시는 볼 수 없게 되었다는 생각에 소리 내어 울기 시작했다. 숲의 불 속에서 살아남을 수 있는 것은 아무것도 없었다.

깊은 숲속에서 드리피는 불이 번져가는 것을 지켜보고 있었다. 자신의 주위 전체가 불바다로 변했으며, 아주 빠른 속도로 사방으로 퍼져 나가고 있었다. 공기도 더할 수 없이 뜨거워지기 시작했다.

불꽃은 아직도 무지개 색깔을 가득 담고 있었으나, 드리피는 불꽃의 색깔에 대해서 더 이상 관심을 가지고 있을 수가 없었다. 드리피는 덜컥 겁이 났다. 그것은 숲속에 살고 있는 다른 동물들도 마찬가지였다.

숲속의 모든 부모들이 아이들을 불러 모아 안전한 곳으로 피신시키기 위해 분주히 돌아다니고 있었다.

뱀의 가족이 드리피 옆을 서둘러 지나갔다.

"빨리 기어가거라."

엄마 뱀이 독촉했다. 뱀들은 재빨리 기어갔다.

겁에 질린 토끼 가족이 나타났다.

"빨리 뛰어가거라!"

엄마 토끼가 말했다. 토끼들은 깡충깡충 뛰어갔다.

사슴의 가족들이 시야에 들어왔다.

"빨리 점프해라."

엄마 사슴이 말했다.

사슴들은 껑충껑충 점프하며 시야에서 사라져 갔다.

두더지 가족이 나타났다.

"빨리 땅을 파야 한다."

엄마 두더지가 말하자 어린 두더지들은 열심히 땅을 팠다.

산돼지와 영양과 거미와 얼룩 다람쥐가 뒤따라 왔는데, 모두들 공포에 떨고 있었다. 그들은 안전한 곳을 찾아 사방으로 달려가고 있었으며, 그들이 갇혀 있는 숲으로부터 도망칠 길을 찾기 위해 우왕좌왕하고 있었다. 부모들은 새끼들을 한곳에 모아놓고 그들을 보호하기 위해 혈안이 되어 있었다. 그러나 드리피를 보호해 주는 어른은 아무도 없었다.

멀리 떨어진 곳에서 이슬방울 부인과 그녀의 남편과 어린 물방울들은 벌벌 떨며 숲속으로부터 하늘 높이 치솟는 불길과 검은 연기를 지켜보고 있었다.

"드리피가 저 안에 있어!"

이슬방울 부인은 울면서 말했다.

"그 애를 구해 줄 어른이 아무도 없으니!"

그때 바람이 이슬방울 부인의 비명을 듣고 달려 내려왔다.

"부인은 왜 울고 있습니까?"

"내 아들이 저 불속에 갇혀 있어요."

바람은 고개를 흔들었다. 그러자 나무들이 마구 흔들렸다.

"아닙니다. 그 애는 동물원에 안전하게 있습니다. 내가 그곳에 그 아이를 놓아두고 왔으니까요."

"아니에요. 올빼미가 그 아이를 숲속으로 데려갔대요."

"그 녀석, 또 내 말을 어겼군. 그 아이는 그곳에서 꼼짝 않고 기다리겠다고 약속했답니다."

"그 아이를 좀 도와주세요! 죽도록 그냥 내버려 둬서는 안돼요!"

"난 모르겠어요. 그 애는 형편없는 말썽꾸러기니까요."

"제발 절 봐서라도 살려 주세요!"

그렇게 애원하자 바람은 이슬방울 부인이 너무 측은해서 할 수 없이 승낙했다.

"좋아요. 꼭 이번 한 번뿐입니다. 앞으로 그 애가 어떤 곤경에 처하더라도 나는 절대로 도와주지 않을 겁니다."

"정말 감사합니다."

바람은 윙 하고 소리를 내면서 무시무시한 숲속의 불 쪽을 향해 날아갔다.

드리피를 찾아서 숲 위를 돌아다니던 바람은 불타고 있는 풀숲 옆에 있는 드리피를 발견했다. 그때 드리피는 이런 생각을 하고 있었다.

(아, 이젠 죽을 때가 가까워졌구나.)

불길이 드리피를 말리기 시작해서 이제 조금밖에 물이 남아 있지 않았기 때문이다.

바람은 즉시 부드럽게 드리피를 양팔로 들어 올렸다. 드리피는 너무나 쇠약해져 있었기 때문에 눈조차 제대로 뜰 수가 없을 정도였다.

바람은 숲으로부터 멀리 떨어져 차가운 하늘 속으로 급상승해갔다. 그러자 드리피는 기분이 좋아지는 것을 느끼기 시작했다. 바람은 드리피를 구름 속으로 데리고 들어갔다. 그러고 나서 얼마간의 습기가 드리피의 몸에 달라붙자, 드리피는 자기 몸이 다시 불어나는 것을 느꼈다. 그렇게 해서 드리피는 다시 온전한 크기의 물방울이 될 수가 있었다.

먼 숲속에서는 여전히 불길이 타오르며 연기를 뿜고 있었다.

집에 돌아갔을 때, 드리피는 사촌들에게 어떤 얘기를 해줘야 할까? 물론 일어난 그대로 정확하게 얘기할 수는 없었다. 그는 그 얘기 속에서 영웅이 되지 않으면 안 될 것이다.

드리피는 불을 끄기 위해 안간힘을 쓰다가 하마터면 죽을 뻔했다고 말하지 않으면 안 된다. 그러나 그것으로 끝나서는 안 될 것이다. 드리피는 도망치는 대신에 그곳에 남아서 동물의 목숨을 구해 주고, 나무를 보존하기 위해 무진 애를 썼다고 얘기할 것이다. 모두들 공포에 떨면서 숲을 빠져나갔으나 용감한 드리피는 다른 동물들이 모두 안전한 곳으로 피하는 것을 확인할 때까지 그곳에 남아 있었던 것이다.

그의 상상은 너무도 진실해 보여서 그 자신이 그것을 믿어버릴 정도였다.

바람은 드리피가 다시 정상으로 회복된 것을 보고 매우 기뻐했다. 바람은 또다시 꼬마 물방울의 생명을 구해 준 것이다.

(이번에는 '나를 구해줘서 고맙습니다.' 하고 말하겠지.)

바람은 그렇게 생각했다. 그러나 드리피가 한 말이라고는, "정말이지 엄청나게 큰 불이었어요." 할 뿐이었다.

바람은 드리피에게 굉장히 화가 났다.

(이번에는 꼭 집으로 끌고 가야겠다. 하지만 아직 그럴 때가 아니다. 또다시 도망쳐 나올 테니까. 쯧쯧, 저 아이는 먼저 기본부터 배워야겠어.)

그들은 커다란 도시 위를 지나가고 있었다. 그때 바람이 말했다.

"너를 다시 내려놓고 가야겠다. 이번에는 꼭 나를 기다리고 있기 바란다. 내 말 알겠지?"

"네, 알았어요. 바람 아저씨."

"다시는 너를 찾으러 다니고 싶지 않다."

"다시는 안 그럴게요."

"그럼, 좋다."

바람은 드리피를 꽁무니에 태우고 땅으로 급강하해서 조각상과 사람들과 비둘기들로 가득 찬 공원에 드리피를 내려놓았다.

"잠시 뒤에 다시 만나자."

바람은 하늘 높이 상승해 갔다.

(바람 아저씨가 말한 대로 이번에는 이 자리에서 꼼짝 않고 앉아 있어야지.)

드리피는 자신에게 타일렀다. 드리피는 공원의 벤치에 걸터앉았다. 1분이 지나고 2분이 지나자 점점 따분해졌다.

(재미가 하나도 없군. 내가 비둘기와 논다고 해도 바람 아저씨는 꾸짖지 않을 거야.)

드리피는 벤치에서 미끄러져 내려와 비둘기가 놀고 있는 곳으로 다가갔다.

"안녕, 꼬마 물방울? 내 등에 올라타고 싶지 않니?"

드리피는 공원의 벤치로 돌아가서 바람을 기다려야 한다는 것을 잘 알고 있었다. 그러나…… 비둘기 등에 타볼 수 있다니!

"꼭 타보고 싶어요, 비둘기 아저씨."

"좋아, 내 등에 올라타거라."

드리피가 비둘기의 등에 올라타자 비둘기는 하늘 높이 날아올라 갔다가 성모 마리아 조각상 꼭대기에 내려앉았다.

아래쪽의 땅에서는 조그만 소녀가 비둘기들을 위해 땅에 옥수수를 던져 주고 있었다.

"나도 내려가서 옥수수를 얻어먹고 와야겠다."

드리피의 비둘기 친구가 그에게 말했다.

"여기서 잠시 기다리고 있거라."

그렇게 말하고 비둘기는 드리피를 성모상 꼭대기에다 내려놓았다.

드리피는 비둘기가 아래로 날아 내려가서 옥수수를 쪼아 먹는 것을 지켜보았다. 좀 더 자세히 보려고 몸을 앞쪽으로 기울였다가 드리피는 갑자기 몸의 균형을 잃었다. 드리피는 비명을 지르면서 성모상의 머리가 갈라진 좁은 틈 사이로 미끄러져 내려가는 자신을 발견했다. 어둠 속을 통해 자꾸만 추락해 가던 드리피는 결국 거대한 성모상의 내부에 갇혀 버렸다.

(아무도 나를 구해줄 수 없다. 바람 아저씨도 이곳에 있는 나를 찾아낼 수 없을 거야. 아, 왜 나는 공원의 벤치에 그냥 앉아 있지 않았을까? 왜 약속을 지키지 않았을까?)

# 6

드리피에 대해서 꼭 한 가지 말해둘 것이 있다. 드리피가 말썽꾸러기이고 이기적이고, 눈 뜨고 못 볼 정도로 자만에 빠져 있는 것은 사실이지만 용감한 물방울이기도 했다.

드리피는 결코 포기하지 않았다. 거대한 성모상 밑바닥에 갇혀 있으면서도 드리피는 이렇게 생각했다.

(이곳에서 빠져나갈 길을 꼭 찾아내지 않으면 안 된다.)

성모상의 내부는 너무 캄캄해서 드리피는 아무것도 볼 수 없었다. 상어의 뱃속에 들어가 있을 때보다 더 난감했다. 이번에는 아무도 성모상의 배를 갈라서 그를 꺼내줄 수가 없었기 때문이었다.

이번에야말로 드리피는 자신의 힘으로 이 난국에서 빠져나가지 않으면 안 되었다. 자신이 너무도 중요한 존재여서 그는 죽을 수가 없었다. 이 세상에서 그가 가장 중요한 존재라고 여왕벌과 바람이 말하지 않았던가. 세상은 자신이 없으면 살 수가 없다고 말하지 않았던가.

(전 세계가 나 하나에 의지하고 있는 거야. 나를 구할 수 있다면 난 세계를 구하는 것이 되는 거야.)

갑자기 자기 주위의 암흑이 조금도 무섭게 느껴지지 않게 되었다.

드리피는 성모상에서 밑으로 굴러 떨어졌기 때문에 그 자신을 구할 수 있는 유일한 방법은 다시 기어 올라가는 것뿐이었다.

드리피는 가파른 벽을 타고 조금씩 기어 올라갔다. 그것은 결코 쉬운 일이 아니었다. 벽은 굉장히 미끄러워서 드리피는 계속 떨어졌다.

떨어질 때마다 드리피는 다시 올라갔다. 그래서 조금씩 꼭대기를 향해 거리를 좁혀갈 수가 있었다. 하지만 드리피는 기진맥진해졌고 이젠 1인치라도 더 올라갈 수 있을 것 같지가 않았다. 자신을 구하는 것이 영원히 불가능한 것이 아닐까 하는 생각이 들었다.

밖의 공원에서는 바람이 드리피를 데리고 가려고 돌아와 있었다.

"내가 돌아왔다, 꼬마 물방울아. 자, 그만 놀고 이제 가자."

바람은 공원의 벤치 위에 드리피가 없다는 것을 알았다.

"드리피야! 어디 있니?"

바람은 공원 안을 빙글빙글 돌아다녔다. 그러자 나뭇잎과 종잇조각들이 공중으로 날아 올라갔다.

바람은 드리피를 찾으려고 모든 곳을 다 뒤져 보았다. 그러나 드리피의 모습은 보이지 않았다. 바람은 성모상 옆도 스치고 지나갔으나 드리피가 그 속에서 벽을 기어오르려고 안간힘을 쓰고 있으리라고는 꿈에도 생각지 못했다.

마침내 바람도 포기하고 말았다.

(불쌍한 드리피, 이번에야말로 영원히 사라진 모양이구나.)

그렇게 생각하면서 바람은 슬픈 얼굴로 다른 곳으로 날아가 버리고 말았다.

한편 성모상의 내부에서는 드리피가 용감하게 기어오르다가 미끄러지기를 반복하고 있었다. 드리피는 점점 더 지쳐갔다. 그렇게 포기하려고 했을 때였다. 갑자기 위쪽에서 빛이 환하게 비쳐드는 것이 보였다. 그 빛은 그가 떨어진, 성모상의 머리 부분에 생긴 틈새에서 비쳐들고 있었다. 다시 희망이 생긴 드리피는 더욱 빨리 기어오르기 시작했다.

그렇게 거의 꼭대기에 이르렀을 때 눈앞에 갈라진 틈새가 보였다. 그래서 드리피는 그곳으로 해서 성모상의 밖으로 나갔다. 드디어 드리피는 바깥세상에 나온 것이다!

드리피는 아래를 내려다보았다. 공원에 있는 사람들이 보였다. 그 옆에 비둘기와 그가 앉아 있었어야 할 벤치까지 한눈에 내려다보였다.

드리피가 땅위에 있는 사람들을 볼 수 있다는 것은 사람들이 위를 쳐다봤을 때 드리피를 볼 수 있다는 것을 의미하기도 했다. 드리피가 서 있는 틈새는 성모상의 눈 바로 밑이었다.

공원에서 놀고 있던 소녀가 우연히도 고개를 들어 위를 쳐다보다가 드리피를 보게 되었다. 그것은 마치 성모님의 눈에서 흘러내린 한 방울의 눈물처럼 보였다.

소녀의 입이 딱 벌어졌다.

"저것 좀 봐, 엄마! 성모님이 울고 있어."

"웃기는 소리 작작해라. 성모상이 어떻게 울 수가 있니?"

"정말 울고 있다니까요!"

"말도 안 되는 소리 하지 마!"

소녀의 어머니는 꾸지람을 했다. 그러다가 눈을 들어 성모상을 쳐다보고는 역시 입이 딱 벌어졌다. 성모상이 꼭 울고 있는 것처럼 보였던 것이다. 그녀는 남편을 불렀다.

"여보, 내가 보기에는 저 성모상이 꼭 울고 있는 것처럼 보여요."

그녀의 남편 해리가 말했다.

"농담 좀 그만해. 성모상이 어떻게 운다고 그래."

하지만 해리도 얼굴을 들어 쳐다보고는 입이 딱 벌어졌다.

"성모상이 진짜 울고 있는데? 그래! 기적이 일어났어!"

그의 옆에 서 있던 여자가 물었다.

"무슨 기적이 일어났다고 그래요?"

해리는 자기가 꼭 눈물처럼 보인다는 것을 꿈에도 모르고 있는 드리피를 손가락으로 가리켰다.

그때쯤 사람들이 제법 많이 모이기 시작했다.

"무슨 일인데 그래요?"

"기적이 일어났어요. 성모상이 눈물을 흘리고 있다고요!"

모두들 드리피를 올려다보고 말했다.

"저것은 눈물이 틀림없어요. 성모님이 울고 있는 거예요."

금세 군중은 100여 명으로 불어났다. 그 소문이 퍼져 나가자 모든 곳에서 더 많은 사람들이 몰려들었다. 이윽고 광장은 사람들로 가득 메워졌다.

사람들은 모두 위를 올려다보고 드리피를 가리키며 소리쳤다.

"성모님이 울고 있다! 성모님께서 울고 계신다!"

드리피는 아래쪽 공원에 모인 사람들을 지켜보았다. 그는 아우성을 들었으나 그 사람들이 무슨 소리를 하고 있는지 알아들을 수가 없었다. 어쨌든 사람들은 자신이 올라가 있는 성모상 때문에 매우 흥분하고 있는 것이 확실해 보였다.

(이 성모님은 특별한 분인 모양이구나.)

드리피는 자신이 사람들을 흥분하게 하는 원인이라는 것을 까맣게 모르고 있었다.

(큰일이구나. 여기서 어떻게 밑으로 내려가지? 비둘기 친구가 와서

나를 데려다주면 좋을 텐데. 그럼 내가 약속을 어긴지 모르도록 바람 몰래 공원의 벤치로 돌아갈 수 있을 텐데.)

물론 드리피는 자기가 약속을 어겼다는 사실을 바람이 이미 알고 있다는 것을 모르고 있었다.

그러나 비둘기는 드리피를 구해 주러 오지 않았다. 한편 비둘기들은 광장에 모여 서서 성모상을 손가락질하며 소리를 지르는 수백 명의 사람들 때문에 겁을 집어먹고 있었다.

사제에게 사람이 달려갔다. 사제는 대단히 경건한 사람이었으며 하느님을 믿고 있었지만, 지금까지 한 번도 기적 같은 것은 본 일이 없었다. 시내의 광장에서 기적이 일어나고 있다는 얘기를 들었을 때, 사제는 이렇게 말했다.

"당신이 잘못 봤을 것입니다. 요즘 같은 시대에는 기적이 일어나지 않습니다."

부인은 그것이 기적이라고 끝까지 우겼다. 그녀의 완강한 말에 못 이겨 사제도 마침내 직접 가보는 것이 좋겠다고 마음먹었다.

사제가 광장에 도착해 보니 수천 명의 사람들이 모여 서서 성모님의 동상을 손가락질하며 커다란 소리로 떠들어대고 있었다. 사제는 도대체 왜 그렇게들 흥분을 하고 있는지 이해할 수가 없었다.

사제는 지금까지 수백 번 그 성모상을 봐왔으나 기적 같은 것은 일어난 적이 없었다.

사제가 도착한 것을 보자 사람들은 그를 위해 길을 비켜주었다. 사제는 좀 더 가까이 성모상으로 다가가서 위를 올려다보았다. 그때 사제는 드리피를 보았다! 의문의 여지가 없었다. 바로 성모님의 눈에 커다란 눈물이 한 방울 맺혀 있지 않은가!

"이것은 기적이다!"

사제는 깜짝 놀라 소리쳤다. 그러자 사람들 사이에서 커다란 함성이 일어났다. 모든 사람들이 무릎을 꿇고 합장을 한 채 기도를 드리기 시작했다.

"성모님은 우리에게 하느님의 말씀을 전하시러 오셨습니다. 하느님께서 우리를 지켜보고 계시다는 것을 말씀하시기 위해 오셨습니다. 그분은 우리가 지은 죄를 위해 눈물을 흘리고 계십니다."

사람들의 고함소리가 너무 커서 드리피도 이번에는 그들이 하는 말을 알아들을 수가 있었다. 드리피는 성모님의 눈물이 어디에 있을까 하고 두리번거리다가 갑자기 그 눈물이 바로 자기를 가리킨다는 사실을 깨달았다.

"내가 기적이다! 하느님이 저 사람들을 보살피라고 나를 이곳에 보내셨구나."

드리피는 자기가 얼마나 중요한 존재인가 하는 것을 한시도 잊을 수가 없었다. 지금 아래쪽의 광장에 모여 있는 수많은 사람들이 자신에게 환호를 보내고 있었다.

"나는 언제나 내가 중요하다는 것을 잘 알고 있었어. 그것이 지금 증명된 거야."

드리피는 군중들에게 손을 흔들어 보이려고 했다. 그때 하마터면 몸의 균형을 잃어 떨어질 뻔했기 때문에 양손으로 성모상을 꽉 움켜잡았다. 드리피는 또다시 성모상 안으로 떨어지고 싶지는 않았다.

(바람 아저씨의 말을 듣지 않은 것이 차라리 잘됐어. 약속을 지켰더라면 나는 지금도 저 벤치에 앉아 있었을 거야. 그럼 저 사람들은 내가 기적이라는 것을 몰랐을 것이고, 나에게 환호하지도 않았을 거야. 그러니까 약속은 지킬 필요가 없는 것이 증명된 셈이야.)

드리피는 얼마나 그릇된 생각에 사로잡혀 있었는지 모른다!

군중 속에서 누군가가 사제에게 말했다.

"이제 우리는 어떻게 하면 좋습니까?"

참으로 좋은 질문이었다. 사제는 오랫동안 생각하더니 말했다.

"우리는 기적을 길이길이 간직해야 합니다. 성모상의 눈물을 보관해 두지 않으면 안 됩니다."

"그러기 위해서는 어떻게 해야 합니까?"

"누군가가 저 위로 올라가서 눈물을 걷어 와야겠지요."

그 말을 들었을 때, 드리피는 가슴이 뛰었다. 자신이 애써 내려갈 길을 찾지 않아도 된 것이다.

사람들이 올라와서 자신을 구해 준다는 것이었다. 물론 그래야만 옳았다. 자신은 기적이 아닌가. 아, 집에 돌아가면 얼마나 할 얘기가 많을까? 드리피는 모두에게 시내의 군중들이 어떻게 무릎을 꿇고 기도를 했는가를 얘기해줄 생각이었다.

사제가 한 젊은이에게 말했다.

"사다리를 가져오게나. 성모님의 눈물을 걷어가지고 내려와야 하니까."

젊은이는 사다리를 가지러 달려갔다.

"그 눈물을 어떻게 하실 생각입니까?"

"로마의 교황청으로 보내야 합니다."

(내가 로마에 간다고? 이 얼마나 신나는 일인가!)

드리피는 교황청이 무엇인지는 잘 몰랐지만 재미있는 곳 같았다.

"교황님은 기적을 어떻게 다뤄야 하는지 잘 알고 계실 테니까요."

사제는 사람들에게 말했다.

"오늘 일어난 기적의 소문이 온 세상에 퍼져 나가면 이 도시는 세계에서 가장 유명한 곳이 될 것입니다. 모든 사람이 이곳을 찾아와 성모님의 동상 앞에서 기도를 드리려고 할 테니까요."

(나한테 기도를 한다는 뜻이로구나. 성모상이 기적이 아니라 내가 기적인 거야.)

드리피는 그렇게 생각했다.

"우리는 이곳에 성당을 세울 것입니다. 전 세계에서 가장 큰 성당을 말입니다."

군중 속에 있던 한 식당 주인이 말했다.

"수만 명의 관광객들이 이곳을 찾아온다면 그 사람들이 식사를 할 곳이 더 필요하겠군, 우리 식당을 더 크게 확장해야지."

그러자 호텔 주인이 말했다.

"기도를 드리러 오는 많은 사람들이 잠을 잘 장소가 필요하겠군. 우리 호텔에다 방을 더 많이 지어야겠는걸."

이번에는 버스 회사 사장이 말했다.

"그 사람들을 위해 정거장에서 공원까지 다니는 버스가 더 필요하겠군. 당장 버스를 더 많이 사야겠는걸."

사업을 하는 사람들도 모두 왁자지껄 떠들어댔다. 기적이 일어난 도시로 찾아올 수많은 사람들을 상대로 해서 사업을 확장하는 문제에 관해 들떠 있었고, 자신들이 얼마나 큰 부자가 될 것인가를 생각하고 흐뭇해했다.

드리피는 그런 얘기를 모두 듣고 있었다.

(이 도시는 세계에서 가장 큰 도시로 변하겠구나. 모두 나 때문이야. 저 사람들이 나를 위해서 동상을 세워 준다고 해도 나는 결코 놀라지 않을 거야. 사람들은 그것을 용감하고 아름답고 영리한 물방울의 동상이라고 부를지도 몰라.)

드리피는 이런 생각을 하자 무척 기분이 좋아졌다.

아래쪽에서는 젊은이가 굉장히 높은 사다리를 가져오고 있었다. 그 젊은이는 군중들 사이를 비집고 사다리를 성모상에 기대 세웠다. 사다리는 드리피가 있는 머리 꼭대기까지 와 닿았다.

사제는 젊은이에게 조그만 금속 상자를 건네주었다.

"자, 여기에다 눈물을 담아가지고 내려오게. 아주 조심해야 하네. 눈물에 어떤 이상이 생겨도 안 되니 말일세."

"염려 마십시오."

젊은이는 약속했다.

군중들이 지켜보는 가운데 젊은이는 상자를 조심스럽게 들고 사다리를 올라가기 시작했다.

성모상의 눈에 가까이 다가간 젊은이는 상자를 천천히 드리피의 바로 밑에 갖다 댔다. 그러고는 드리피가 상자 속으로 떨어지도록 조심스럽게 성모상의 얼굴에 대고 상자를 밀었다.

철썩!

그것은 아주 간단한 점프였다. 드리피는 편안한 자세로 상자 바닥에 누웠고, 아래쪽으로부터 환호성을 들을 수가 있었다.

(내게 환호를 하다니! 오, 유명하다는 건 이렇게 신나는 일이구나!)

드리피는 젊은이가 상자를 조심스럽게 들고 사다리를 내려가는 것이 느껴졌다.

(그래, 나는 지금 보석과 같은 존재가 된 거야.)

상자에는 뚜껑이 없었기 때문에 드리피는 지면으로 가까워져 갈수록 푸른 하늘을 똑똑히 올려다볼 수 있었다. 조그만 상자 속은 무척 편안했다.

(로마로 가기 전에 여기서 낮잠을 조금 자두는 게 좋겠다.)

젊은이는 땅으로 내려서서 상자를 사제에게 건네주었다. 그때 군중 속에서 환호성이 터져 나왔다. 사람들은 모두 성모상에서 흘러내린 눈물을 한 번이라도 보려고 앞으로 밀려왔다. 사제가 그들을 말렸다.

"이 눈물을 성당으로 가져갈 테니 보고 싶은 사람은 성당에 와서 보십시오."

그렇게 말하고 사제는 상자를 들고 성당 쪽으로 걸어갔다. 사람들은 줄줄이 그 뒤를 따라갔다.

성당에 도착하자 사제는 제단으로 걸어가서 조심스럽게 상자를 그 위에 내려놓았다. 지금은 너무 힘든 하루였기에 드리피는 곤히 잠이 들고 말았다. 사람들은 그런 드리피를 보기 위해 한 줄로 서서 걸어가면서 그 앞에서 발을 멈추었다.

"너무나 아름답구나!"

"나는 평생에 이렇게 사랑스러운 눈물을 본 적이 없어요."

그렇게 행렬은 계속되었다. 수천 명의 사람들이 상자 속에서 천진난만하게 잠들어 있는 드리피를 보기 위해 제단 앞을 지나갔다. 그리고 자신들이 기적을 보고 있다는 것을 믿어 의심치 않았다.

물론 어떤 면에서는 그들은 옳았다. 왜냐하면 물방울이 태어나기까지는 기적의 연속이므로. 그러고 보면 이 세상의 모든 생명은 그대로 모두 기적이 아닌가.

마지막 한 사람이 제단 앞을 떠나갔을 때, 사제는 성당 문을 잠그고 드리피를 제단에 남겨둔 채 사제관으로 돌아갔다.

(눈물을 내일 로마로 보내야지.)

그러나 사제의 생각은 실현이 되지 않았다. 한밤중, 모두가 깊이 잠들었을 때, 어떤 사나이가 기적의 눈물을 훔쳐가기 위해 성당 안으로 들어왔다.

(이 눈물이 그토록 귀중한 것이라면, 그들에게 돈을 지불하게 만들어야겠어. 몸값을 받고 난 다음에 돌려줘야지.)

그는 살금살금 제단으로 기어가서 조심스럽게 상자로부터 드리피를 흔들어 끄집어내어 쇠 상자에 옮겨 담았다. 그때 충격으로 드리피는 잠에서 깨어났다. 그는 자신에게 무슨 일이 일어나고 있는지 알았지만, 미처 비명을 지르기도 전에 쇠뚜껑이 찰칵하고 닫혀 버렸다.

드리피는 유괴를 당하고 있는 중이었다.

# 7

쇠 상자 속에 갇힌 드리피는 교회 밖으로 나와서 자동차 안으로 옮겨졌다.

드리피는 지금까지 자동차를 타본 적이 없었다. 그래서 엔진의 시끄러운 소리가 그를 벌벌 떨게 만들었다. 자동차는 길거리를 쏜살같이 달려갔다.

드리피는 자기 몸이 튕겨 올라갔다가 쿵 하고 떨어지곤 하는 것을 느끼며 더욱 겁이 났다.

바람의 꽁무니에 타고 마구 흔들렸을 때는 재미가 있었지만, 이번에는 재미가 없었다. 물론 그 이유 중의 하나는 그가 겁에 질려 있기 때문이기도 했다. 드리피는 유괴당하는 것이 처음이었다. 이제 그는 로마로 가서 유명해지기는 틀렸다는 생각이 들었다.

쇠 상자 속에는 공기가 없어서 드리피는 숨을 쉴 수가 없었다.

(나는 이 속에서 죽으려나 봐. 왜 바람 아저씨의 말대로 공원의 벤치에 얌전히 앉아 있지 못했을까?)

항상 그런 것처럼 드리피는 너무 늦게 깨달은 것이다. 자기가 얼마나 나쁜 아이인가 하는 것을 깨닫는 것은 항상 자신이 곤경에 처해 있을 때뿐이었다.

자동차는 멈춰 설 줄 모르고 무한정 달리는 것처럼 느껴졌다. 물론 무한정 달리는 것은 아니었지만, 물방울에게는 그렇게 느껴졌다.

마침내 자동차는 어디에선가 멈춰 섰다. 드리피는 쇠 상자가 들려서 자동차 밖으로 운반되어지는 것을 느꼈다. 그러고는 어떤 집의 거실 안으로 옮겨져 테이블 위에 놓였다.

드리피는 자기가 어디에 와 있는지, 혹은 어떻게 하면 이곳을 빠져나갈 수 있는지 전혀 알 수가 없었다. 모든 사람들이 유명해진 자기를 보기 위해 찾아오는 성당으로 돌아가고 싶었다. 그는 사람들의 얼굴에 떠오른 행복한 표정을 생각했다. 그것이 모두 자기 때문이었다!

얼마 전엔 영웅이었는데, 지금은 상자 속에 갇힌 포로 외에 아무것도 아닌 것만 같았다.

그때 어떤 사나이의 목소리가 들려왔다.

"그것을 훔쳐 오는 데 힘든 장애라도 있었나?"

"아니 전혀 없었어. 모두 얼간이들이어서 이것을 지키는 수위가 한 명도 없더라니까."

(이 사람 말이 옳다. 누군가가 나를 지켰어야 했다. 나는 대단히 소중한 존재니까.)

"그건 어디 있지?"

"바로 이 상자 속에 들어 있어."

"잘됐군. 자네는 값이 얼마나 나갈 것이라고 생각하나?"

"내 생각에는 교회 측에서 이것을 되찾기 위해서 수백만 달러라도 서슴지 않고 내놓을 것 같아."

드리피는 '수백만 달러'가 정확히 얼마나 많은 돈인지 알 수가 없었지만, 꽤 많은 돈인 것은 분명했다.

"어디 나도 한번 볼까?"

"그러게나."

잠시 후, 상자의 뚜껑이 열리고 드리피는 자기를 들여다보는 사나이를 볼 수 있었다. 그 사나이의 얼굴에 나타난 표정은 그다지 행복한 것 같지 않았다.

"내가 보기에는 그만한 값어치가 있는 물건 같아 보이지는 않는데 그래."

(도대체 이 사람은 무슨 얘길 하는 거야? 난 엄청난 값어치 있는 존재라고. 진짜 기적을 보고 있다는 것을 모르는 모양이지?)

드리피는 자만심에 빠져서 자기가 성모상에서 흐른 눈물이 아니라 단순한 물방울에 지나지 않는다는 사실을 까맣게 잊고 있었다.

"빨리 뚜껑을 닫게나."

그 순간, 그 사나이가 상자의 뚜껑을 닫기 직전에 초인종이 울렸다. 그러자 그 사나이가 말했다.

"누가 왔는지 나가서 보고 오게."

그러고는 상자 뚜껑을 열어 놓은 채 방에서 나가는 것이 아닌가!

(지금이야말로 도망칠 수 있는 좋은 기회다!)

두 사람이 모두 방을 나갈 때까지 기다렸다가 방에 혼자 남게 된 드리피는 상자의 옆벽을 움켜쥐고 기어오르기 시작했다.

언제 유괴범들이 돌아올지 알 수가 없었다. 그렇게 되면 다시 상자 속에 갇히는 신세가 되고 마는 것이다.

상자는 드리피의 체구에 비해서 너무 큰 것처럼 생각되었다. 그래서 드리피는 꼭대기까지 기어 올라가는데 애를 먹었다. 그러나 가까스로 꼭대기에 도달해서 재빨리 테이블 위로 미끄러져 내려갔다.

"이제는 어떻게 해야 하지?"

드리피는 혼잣말로 중얼거렸다.

그는 자신이 지금 어디에 와 있는지, 또 어떻게 그곳에서 도망쳐 나가야 할지 막연하기만 했다. 바람도 자기를 도와주기 위해 이곳으로 올 수는 없을 것이다. 사실 이곳에는 그를 도와줄 수 있는 것이 아무것도 없었다.

유괴범들은 드리피가 도망치려고 했다는 사실을 알게 되면 무척 화를 낼 것이다. 그들은 드리피를 찾아내어 상자 안에 다시 가둘 것이고 이번에는 단단히 자물쇠로 잠가 버릴 것이다.

그때 갑자기 어떤 목소리가 들려왔다. 드리피는 들키지 않으려고 테이블 가장자리에 납작 엎드렸다. 그들을 보니 엄청나게 커 보였다.

드리피는 그들의 얼굴을 찬찬히 살펴보았으나 하나도 마음에 드는 사람이 없었다. 하나같이 악의에 찬 눈과 표정과 목소리를 가지고 있었기 때문이다.

그 중 수염을 기른 사람이 있었다. 그가 말했다.

"모든 준비는 끝났네. 어서 은행을 털러 가세."

허, 은행을 털다니! 법률에 어긋나는 짓 아닌가?

드리피는 그들을 경찰에 알릴 수 있는 방법이 없을까 생각해 보았으나, 물론 그런 방법은 있을 리가 없었다.

그들 중 한 사람이 말했다.

"저 상자 속에 있는 눈물은 어떻게 하지?"

"저건 우리에게 한 밑천이 되는 엄청난 값어치가 있는 물건이야. 은행 일이 끝날 때까지 이곳에 두었다가 나중에 몸값을 요구하는 편지를 보내기로 하세."

드리피는 몸값이 무엇인지 알 수가 없었지만, 아무튼 좋은 일 같지는 않았다.

드리피는 수염 난 사나이가 쇠 상자가 있는 곳으로 다가오는 것을 지켜보았다. 드리피는 숨을 죽였다. 만일 그 사나이가 상자 속을 들여다보고 눈물이 없어진 것을 알게 되면, 그들은 당장 수색을 시작할 것이고, 금세 그는 잡히고 말 것이다. 그리고 그를 찾아낸 다음 그에게 무슨 짓을 할지는 오직 하느님만이 알 일이었다.

하지만 드리피는 운이 좋았다. 그 사나이는 안을 확인해 보지도 않고 상자를 잠가 버렸다. 그래서 아무도 드리피가 탈출한 것을 모르고 있었다.

(나는 이제 안전하다. 저들이 떠나는 즉시 이곳을 빠져나가서 바람 아저씨나 비둘기나 달팽이를 찾아야지. 그들은 틀림없이 나의 탈출을 도와줄 거야.)

그러나 일은 그렇게 간단하지가 않았다. 수염 난 사나이는 주머니에서 한 장의 지도를 끄집어내더니 드리피가 숨어 있는 바로 옆에 그것을 펼쳐 놓았다.

"이것이 은행의 배치도야. 이곳을 통해 금고로 내려가는 거야."

모두가 지도를 자세히 보기 위해 몸을 구부렸다. 그들 중 한 사람이 말했다.

"별로 문제 될 것이 없겠군그래."

"모두들 권총을 가지고 왔겠지?"

네 사람은 무시무시하게 보이는 권총을 끄집어냈다.

(저것을 쓰지 않았으면 좋으련만.)

드리피는 총의 위력을 알고 있었다. 자기 친구인 올빼미가 총에 맞았던 일이 생각났다. 숲속에서 두 명의 사냥꾼이 사슴을 쏘았던 일도 생각났다. 총을 쏘려고 생각하는 이 사람들은 도대체 누구일까?
"각자 돈 넣을 가방을 가져가야 할 거야. 돈을 가지고 이곳으로 돌아와서 분배한 뒤, 각자 다른 방향으로 흩어져야 할 테니까."
수염 난 사나이가 말했다.
"나는 내 몫을 가지고 플로리다로 가겠어. 그곳에서 커다란 배를 사서 임금처럼 살 거야."
첫 번째 사나이가 그에게 말했다.
"나는 돈을 가지고 알래스카로 가겠어. 남은 인생을 사냥과 낚시를 하면서 살 거야."
두 번째 사나이가 그렇게 말했다.
"나는 내 몫을 가지고 파리로 갈 거야. 그곳 여자들은 모두들 아름답다고 하더군."
세 번째 사나이가 말했다.
그들은 모두 수염 난 사나이를 돌아보면서, 그는 무엇을 할 것인지 궁금한 표정을 지었다. 이윽고 수염 난 사나이는 이렇게 말했다.
"나는 아직 마음을 정하지 못했네."
드리피는 그가 거짓말을 하고 있다는 것을 알았다. 그는 자기가 어디로 갈 것인가를 잘 알고 있었으나, 다른 사람들에게 그것을 얘기할 만큼 어리석지는 않았다. 그는 그들 가운데 가장 위험한 인물이었다.
(저 사람에게서 멀리 떨어져 있어야겠다.)
"자, 출발하세."
수염 난 사나이가 말했다.
(저 사람들과 함께 가지 않게 되어 얼마나 다행스러운가. 만일 경찰에 잡힌다면 저들은 평생을 교도소 안에서 지내게 될 거야.)
드리피가 그런 생각을 하고 있을 때, 수염 난 사나이가 테이블에서

지도를 집어 들기 위해 몸을 구부렸다. 그때 드리피가 그의 수염 속에 파묻혀 들어가 버리고 말았다! 미처 빠져나오기도 전에 수염 속에 갇혀 버린 드리피는 그들과 함께 자동차 쪽으로 가고 있었다.

(안 돼요, 안 돼! 아이고, 나도 은행을 털러 가고 있는 셈이군.)

드리피는 자동차를 탄 사나이의 수염 속에서 죽은 듯이 조용하게 앉아 있었다. 만약 조금이라도 움직이다가 그곳에 숨어 있는 것이 발각되면 어떤 끔찍한 일이 일어날지 모른다고 생각하고 있었다. 그래서 숨을 죽이고 그들의 대화를 가만히 들었다.

그중 한 사람이 말했다.

"우린 경찰의 수배를 받고 있는 몸이야. 절대로 체포당해서는 안 돼. 잡힐 것 같으면 경찰을 죽이고서라도 탈출해야 돼."

그때 드리피는 총을 무엇에 쓰려고 하는지 알았다. 그들은 경찰을 쏘려고 하는 것이다.

드리피는 온몸이 떨렸다. 그러나 자신이 할 수 있는 것은 아무것도 없었다.

수염 난 사나이가 말했다.

"우리가 두 명의 청원경찰을 쏘아 죽이고 털었던 시카고 은행을 기억하고 있겠지?"

"그래. 우리를 방해하려는 놈들은 모조리 없애버려야 돼."

드리피는 은행 강도의 수염 속에서 공포에 떨었다.

수염 난 사나이가 고개를 움직일 때마다 드리피는 올라갔다 내려갔다를 반복했다. 드리피는 너무도 불안에 떨고 있었기 때문에 그런 것쯤은 아무렇지도 않았다. 드리피가 원하는 것은 오직 이 무시무시한 강도들로부터 멀리 도망치는 일뿐이었다.

자동차는 드리피가 불과 몇 시간 전만 해도 영웅 취급을 받았던 공원 앞을 지나갔다.

드리피는 창문 밖을 내다보면서 무릎을 꿇고 자기에게 기도를 드리던 수천 명의 사람들을 생각했다. 그들이 지금 은행을 습격하러 가고 있는 사실을 안다면, 자기를 어떻게 생각할까 궁금했다. 드리피는 바야흐로 흉악범이 되려 하고 있었다.

(그래도 나를 은행 강도로 만들지는 못할걸. 이들이 은행 안에 들어가기 전에 꼭 탈출하고 말 거야. 어떻게 해서든 경찰에게 알려야지.)

드리피는 고개를 들어 성모상을 올려다보았다. 드리피에게는 성모님이 몹시 화가 나 있는 것처럼 보였다.

자동차는 은행 앞에서 멈춰 섰다. 밤늦은 시간이라 거리는 어두웠고, 다니는 사람도 없었다. 드리피는 경찰이 순찰을 하다가 강도들을 보고 체포해 주기를 기도했다. 그러나 사람들이 필요로 할 때는 절대로 모습을 나타내지 않는 것이 경찰이다.

수염 난 사나이가 말했다.

"안전한 것 같군. 자, 시작하세."

각자 돈을 집어넣을 가방을 한 개씩 들고 차에서 내렸다.

(드디어 내가 탈출할 기회가 왔다.)

드리피는 그렇게 생각하면서 그 사나이의 수염에서 미끄러져 내려왔다. 그때 그의 동작이 사나이를 간지럽게 만들었는지 그는 수염을 벅벅 긁었다. 그 때문에 드리피는 오히려 더 깊이 수염 속으로 밀려들어갔다.

수염 난 사나이는 은행 쪽을 향해 걸어갔다.

그들 중 한 사람이 와이어 절단기를 끄집어냈다.

"경보장치를 절단해야지."

드리피는 숨을 죽이고 그 사람이 실패해서 경보장치가 울리게 되기를 바랐다. 그러나 아무 일도 일어나지 않았다.

"모두 끊었네."

"잘했어."

수염 난 사나이가 이상하게 생긴 도구를 꺼내어 뒷문을 열었다. 또다시 드리피는 수염 밖으로 나오려고 시도했다. 그러나 사나이가 너무 빨리 걸어가서 드리피는 죽을힘을 다해 수염에 매달려 있지 않으면 안 되었다.

불과 2, 3분 만에 강도들은 모두 은행 안으로 들어갔다.

"모두들 조용하라고."

그들 중 한 사람이 주의를 주었다.

은행 안은 텅 비어 있었고, 으스스 추웠다. 드리피는 부르르 몸을 떨었다. 그것이 추위에서 오는 것인지, 공포에서 오는 것인지 알 수가 없었다. 게다가 한 번도 은행 강도를 해본 적이 없어서인지 무서워서 견딜 수가 없었다.

강도들은 은행의 넓은 홀을 가로질러 건너갔다. 그러자 수염 난 사나이가 말했다.

"금고는 이쪽으로 가야 돼."

그들은 살금살금 은행의 돈과 금을 넣어 둔 금고 쪽으로 걸어갔다.

(아, 나는 강도짓을 하고 있구나.)

드리피는 절망감에 사로잡혔다.

(드디어 은행을 털고 있구나. 경찰이 나를 체포하면 교수형에 처할 텐데.)

강도 중 한 사람이 작은 검정 가방을 열고 몇 개의 플라스틱 폭약을 끄집어냈다. 물론 드리피는 그것이 플라스틱 폭약이라는 것을 모르고 있었다. 드리피는 그것이 무엇인지 전혀 알 수가 없었다.

그 사나이는 폭약을 거대한 금고에다 붙이고 그것에 기다란 전선을 연결시켰다.

"빨리해. 여기서 한시라도 빨리 나가고 싶으니까."

드리피도 마찬가지 심정이었다. 그러나 드리피에게는 전혀 기회가 찾아오지 않았다.

플라스틱 폭약을 장치하고 있던 사나이가 몸을 일으키며 말했다.

"모두 끝났네."

(무엇이 끝났단 말인가.)

드리피는 영문을 알 수가 없었다. 그러나 곧바로 알게 되었다.

수염 난 사나이가 전선 끝에 불을 붙이고 나서 말했다.

"모두들 이곳에서 물러나! 빨리!"

그러자 모두들 옆방으로 서둘러 물러가서, 벽에 바짝 달라붙었다. 전선줄은 자꾸만 타 들어갔다. 드리피는 영문을 알 수가 없었다. 무슨 일이 일어날 것인지 전혀 짐작도 할 수가 없었다.

저 강도들은 은행을 모조리 불태우려고 하는 것일까? 은행을 불태워 버리면 돈도 모조리 타 버릴 것이 아닌가.

드리피는 전선줄이 타들어 가는 것을 지켜보고 있었다. 그 불이 플라스틱 폭약에 다다르자, 갑자기 커다란 폭발이 일어나면서 금고문을 날려 보냈다.

강도들은 환호성을 지르면서 금고 안으로 뛰어 들어갔다. 드리피는 수염 사이로 얼굴을 내밀고 밖을 내다보았다. 그리고 거짓말 같은 광경을 목격했다.

드리피의 눈이 미치는 곳마다 금이 있었고, 은 덩어리와 산더미같이 쌓인 지폐 뭉치가 있었다.

(저것이 200만 달러라고 하는 돈의 부피인 모양이로구나.)

"이곳에 있는 것을 모두 합치면 1천만 달러는 되겠는걸."

"아니야. 2천만 달러는 될 거야."

"천만에, 2천만 달러도 넘을 거야."

"우리는 모두 부자가 됐다!"

은행 강도들은 어린애들처럼 깔깔거리고 웃으며 돈을 공중으로 집어 던지거나, 그 속에 몸을 파묻고 마구 소리를 질러댔다.

드리피는 하나도 즐겁지가 않았다. 은행을 턴다는 것은 범죄 중에서도 아주 형량이 무거운 범죄에 해당되는 것이다.

(우리가 체포당한다면 경찰은 내가 무고하다는 것을 결코 믿어주지 않을 거야. 나를 맨 먼저 교수형에 처하지 않는다면, 다른 죄수들과 함께 나를 평생 교도소에 가둬둘 거야.)

강도들은 각자 가져온 가방 안에 차곡차곡 돈을 집어넣었다. 가방들은 꼭대기까지 돈으로 꽉 채워졌다. 어떤 사나이는 금과 은괴만 집어넣었다.

"빨리 서둘러!"

수염 난 사나이가 재촉했다.

드리피도 단 한 번 그와 의견을 함께 했다. 드리피는 경찰이 도착하기 전에 이곳에서 빠져나갈 수 있도록 그들이 서둘러 주기를 절실하게 바랐다.

마침내 모든 가방이 꽉 찼다.

"떠날 준비가 되었나?"

수염 난 사나이가 모두에게 물었다.

"오케이."

"그럼, 이곳을 어서 빠져나가세."

돈과 금과 은을 가득 담은 가방을 든 강도들은 금고실에서 빠져나가기 시작했다. 가방을 가지고 들어왔을 때는 무척 가벼웠지만, 이젠 너무 무거워서 자기 가방을 거의 운반할 수 없을 정도였다.

(이제 나는 어떻게 한다지? 갑자기 범죄자가 되어 버렸으니, 경찰은 나를 찾아낼 때까지 계속 추적의 손길을 늦추지 않을 거야. 내 생활은 끝장이 난 거라고.)

그 순간 은행을 둘러싼 사방에서 사이렌 소리가 시끄럽게 들려왔다. 강도들은 혼비백산해서 그 자리에 우뚝 멈춰서 버렸다.

"경찰이다! 누가 경찰에 신고한 것이 틀림없다. 어서 빠져나가자!"

강도들은 일제히 은행의 정문 쪽으로 달려갔다. 하지만 그곳에 도착해서 드리피가 수염 사이로 밖을 내다보았을 때는, 바깥 거리는 이미 경찰들로 가득 차 있었다.

"총격을 가하면서 포위망을 뚫고 나갈 수밖에 없겠군."

드리피가 겁에 질려 몸을 움츠리는 사이에 강도들은 모두 총을 빼들고 경찰들을 향해 사격하기 시작했다. 총소리는 드리피의 귀에는 마치 대포 소리처럼 크게 들렸다. 드리피는 지금까지 그렇게 큰 소음은 들어본 적이 없었다.

붉은 개미와 검은 개미 사이의 전쟁은 이것에 비하면 아무것도 아니었다. 경찰은 은행 강도들을 향해 총을 쏘았고, 은행 강도들은 경찰을 향해 총을 쏘았다. 그것은 마치 전쟁이 계속되고 있는 것 같은 소리처럼 들렸다.

은행 강도들 중 2명이 부상을 입고 마루에 쓰러졌다. 그제야 나머지 2명도 탈출할 길이 없다는 것을 깨달았다. 수염 난 사나이가 총을 집어 던지고는 양손을 높이 쳐들고 외쳤다.

"항복하겠소!"

"두 손을 머리 위에 얹고 천천히 문으로 걸어 나와라!"

경찰 한 명이 소리쳤다.

강도들은 거리로 순순히 걸어 나갔다.

"너희들을 체포한다."

경찰이 수염 난 사나이에게 말했다. 그러고는 강도에게 수갑을 채웠다.

"너는 앞으로 일평생 교도소에서 보내야 돼."

(나도 마찬가지겠지.)

불쌍한 드리피는 마음속으로 그렇게 생각했다.

(내 일생도 이것으로 끝장이구나.)

## 8

강도들은 빨간 불을 번쩍이고 사이렌 소리를 울리면서 달리는 경찰차에 실려 교도소로 끌려갔다. 드리피는 모든 사람이 자기를 노려보면서 말하는 것처럼 느껴졌다.

"저 녀석이 은행 강도짓을 하다가 붙잡힌 드리피라는 물방울이야."

드리피는 이제는 집에도 돌아갈 수 없다는 것을 잘 알고 있었다. 아마도 나머지 생애를 교도소에서 보내게 될 것이다. 자기가 무고하다는 것을 증명할 길이 없었다.

설사 언젠가 경찰이 석방해 준다고 해도 드리피는 평생 전과 기록을 가지고 살아가야 할 것이다.

그의 어머니와 아버지와 사촌들은 모두 그 때문에 창피를 당하게 될 것이다. 아무도 은행 강도를 가족으로 갖고 싶지는 않을 것이다.

게다가 경찰이 그가 성모상이 흘리는 진짜 눈물방울이 아니고 성모님의 눈물인 체한 단순한 물방울이라는 사실을 알았을 때 어떻게 될까? 이 세상에 그처럼 지독한 곤경에 빠진 존재가 또 있을까?

드리피는 이 세상 누구도 그런 힘겨운 일을 겪는 일은 절대로 없을 것이라고 생각했다. 그래서 신음소리를 냈다.

"무엇 때문에 나는 집에서 도망쳐 나온 걸까?"

여러분은 드리피가 다시 집 생각을 한다는 사실을 미루어 보아 그가 곤경에 처해 있다는 것을 알 수 있을 것이다.

경찰차가 경찰서에 도착했을 때, 수염 난 사나이는 차에서 내려 경찰서 안으로 끌려 들어갔다. 물론 말할 것도 없이 드리피도 수염 속에 갇힌 채 그와 함께 끌려 들어갔다. 경찰서는 체포되어 와서 심문을 받고 기소되는 사람들로 가득 차 있었다.

(저 사람들도 나와 같이 모두 범죄자들이로구나.)

수염 난 사나이와 드리피는 테이블로 끌려갔다.

"지문을 채취해야지."

경찰이 말했다.

경찰은 판에다 잉크를 붓고 은행 강도의 손가락을 잉크에다 적셨다. 드리피는 마치 자기가 지문을 채취당하는 것처럼 느꼈다.

아, 이 얼마나 창피스러운 일인가!

지문 채취가 끝나자 경찰이 말했다.

"자, 이리 오시오. 이번에는 사진 촬영을 해야 하니까."

경찰은 수염 난 사나이와 드리피를 카메라 앞에 세우고 서류에 붙이기 위해 사진을 찍었다. 불행하게도 드리피가 무슨 일인가 보기 위해 목을 내민 순간 카메라에 찍혔기 때문에 사진에서도 드리피의 모습을 분명하게 볼 수 있었다.

"이제는 당신이 갇힐 곳으로 데려다 주겠소."

경찰이 은행 강도에게 말했다.

강도와 드리피는 위험한 범죄자들로 가득 차 있는 방이 늘어서 있는 기다란 복도를 지나 그중 하나의 방으로 들어갔다. 그때 뒤에서 철문이 쾅 하고 닫혔다.

경찰이 은행 강도를 창살 너머로 보면서 말했다.

"당신은 아침에 판사의 심문을 받게 될 것이오. 그런데 판사는 수염을 기른 사람을 좋아하지 않으니 수염을 깎는 게 좋을 거요."

그렇게 말하고 은행 강도에게 전기면도기를 건네주었다.

(판사가 수염을 싫어하다니 다행이로군. 나도 수염을 좋아하지 않으니까. 보기에도 흉한데 수염을 왜 기르는지 모르겠어.)

드리피는 그렇게 생각했으나 갑자기 뒤늦게 자기가 그 수염 속에 있음을 깨달았다.

수염 난 죄수는 감방에 있는 조그만 세면대로 가서 전기 코드를 꽂고 수염을 깎기 시작했다.

드리피에게 어떤 일이 일어날지 여러분은 충분히 상상할 수 있을 것이다. 전기면도기의 수백 개의 칼날이 사방에서 드리피를 물어뜯으려고 덤벼드는 것 같았다.

드리피는 수염 주위를 껑충껑충 뛰어 다니면서 칼날을 피하려고 애썼지만, 은행 강도가 계속해서 수염을 깎아댔기 때문에 드리피가 숨을 수 있는 곳은 점점 더 줄어들기만 했다. 어느 순간에 전기면도기가 그를 두 동강 낼지 알 수가 없었다.

곧 은행 강도의 턱에는 몇 가닥의 털만 남게 되었다. 드리피는 그 몇 개 남지 않은 수염에 필사적으로 달라붙어 있었다.

드리피는 면도기의 칼날이 점점 자기를 향해 다가오자 초조해졌다.

(지금 빠져 나가지 않으면 죽는다.)

마침내 드리피는 수염을 잡은 손을 놓았다. 그러고는 세면대 안으로 한없이 떨어져 갔다. 다행스럽게도 세면대에 수건이 놓여 있어서 그 위에 떨어졌기 때문에 별로 다친 곳은 없었다.

드리피는 수건 위에 잠깐 누워 있었다. 그러나 채 숨도 돌리기 전에 경찰이 들어와서 죄수에게서 면도기를 빼앗아갔다.

"훨씬 보기가 좋군 그래."

경찰은 죄수를 잠깐 살펴보고는 말했다.

드리피가 누워 있는 수건을 집어든 경찰은 밖으로 나갔다. 드리피는 기다란 복도를 걸어가는 동안 수건에 열심히 매달려 있는 자신을 발견했다. 그는 그곳이 강도의 수염 속보다는 낫다고 생각했다. 그러나 곧 밝혀지겠지만, 드리피는 지금 완전히 잘못 생각하고 있었다.

집에서는 이슬방울 부인이 아직도 드리피를 찾고 있었다. 자기 자식을 잃어버렸을 때, 어머니들은 쉽게 포기하지 않는다. 이슬방울 부인도 예외는 아니었다. 그녀는 숲의 불 속에서 살아남은 토끼로부터 바람이 드리피를 구해 주었다는 얘기를 들었다.

"바람 아저씨, 우리 아들은 어디에 있습니까?"

바람은 슬픈 표정을 지으며 대답했다.

"나도 모릅니다. 숲속에 불이 났을 때, 그 아이를 구하기는 했지만, 그 뒤 공원의 벤치에 내려놓고 그곳에서 나를 기다리라고 말해 두었습니다. 하지만 나중에 가보니 어디론가 사라져 버렸더군요."

"어디 있는지 짐작이 갈 만한 곳도 없나요?"

"전혀 모르겠습니다. 나도 여러 곳을 다 찾아봤습니다만."

"아, 이를 어쩐담!"

이슬방울 부인은 몹시 슬펐지만 아직도 포기할 생각은 조금도 없었다. 아니 포기하기는커녕 그녀는 자기가 알고 있는 동물들에게 계속 묻고 돌아다녔다. 그래서 그 말은 세계 전체로 퍼져나갔다.

"이슬방울 부인이 아들 드리피를 찾고 있대요."

개미는 귀뚜라미에게 전했고 귀뚜라미는 메뚜기에게 전했다. 메뚜기는 꽃에게, 꽃은 벌에게 전했다. 그리고 벌은 파랑새에게 전했다.

어떤 일이 일어났는지 추측해 보라. 한 마리의 비둘기—드리피의 친구 비둘기가 아니라 그의 사촌이었다—가 우연히 경찰서 밖에 있다가 은행 강도가 끌려 들어가는 것을 보았는데, 그때 은행 강도의 수염에서 밖을 내다보고 있던 드리피를 발견했다.

"내가 드리피를 봤어!"

비둘기는 파랑새에게 흥분해서 소리쳤다.

파랑새는 벌에게 말했고, 벌은 꽃에게 말했다.

그리고 꽃은 메뚜기에게 말하고, 메뚜기는 귀뚜라미에게 말했다. 귀뚜라미는 개미에게, 개미는 이슬방울 부인에게 말했다.

이슬방울 부인은 그 말을 듣고 정신이 번쩍 들었다. 그녀는 너무 흥분해서 마구 노래하고 춤을 추며 돌아다녔다. 아들은 무사히 살아 있었던 것이다!

"하지만 그 애는 교도소에 있어요."

개미가 그녀에게 일깨워 주었다.

"상관없어요. 나는 드리피가 나쁜 짓을 했으리라고는 생각지 않으니까요. 우리는 그 아이를 구해내야 해요."

"어떻게요? 우리가 어떻게 드리피를 교도소에서 구해낼 수 있단 말인가요?"

"그 방법을 생각해내야지요."

이슬방울 부인은 남편과 다른 모든 자녀들과 드리피의 숙모, 사촌들과 함께 모여 앉아서 어떻게 하면 드리피를 교도소에서 구해낼 수 있을까에 관해서 의견을 나누었다. 그때 드리피의 아버지가 멋진 아이디어를 생각해냈다.

"바로 그거예요!"

이슬방울 부인이 흥분해서 소리쳤다.

"그대로 실행하면 틀림없이 성공할 거예요!"

그 계획은 매우 기발한 것이었다. 그것은 복잡하지만 단순하고, 쉽고도 어려운 것이었다.

귀뚜라미가 드리피를 등에 태우고 교도소에서 탈출하는 방법이었다. 물론 가장 큰 문제는 교도소가 드리피의 집에서 멀리 떨어져 있다는 것이었다. 그들은 교도소에 들어가 줄 귀뚜라미가 한 마리 필요했다. 이슬방울 부부는 모든 것을 교묘하게 계획했다.

교도소를 부수고 나오기란 쉬운 일이 아니었고, 어떤 사고가 일어나는 것도 그들은 원치 않았다. 어쨌든 그 계획은 빨리 실천에 옮기지 않으면 안 되었다.

이슬방울 부인은 그 계획을 가까운 벌에게 얘기했다. 그리고 벌은 꽃에게 날아가서 말했고, 꽃은 나비에게, 나비는 울새에게 말했다.

울새는 그 교도소가 있는 도시로 날아가서 거기서 귀뚜라미 한 마리를 찾아냈다. 울새는 귀뚜라미에게 그 계획을 말했다.

"네가 좀 도와줄 수 있겠니?"

"물론 도울 수 있고말고."

"붙잡혀서는 안 돼."

"걱정하지 말라고. 조심할 테니까."

그 계획은 귀뚜라미가 교도소 안으로 숨어 들어가서 드리피가 갇혀 있는 곳을 찾아낸 다음, 드리피를 등에 태우고 밖으로 도망쳐 나오는 것이었다.

교도소 밖에는 드리피를 고향 집과 가족이 있는 곳으로 태워다 줄 울새가 대기하도록 했다.

"걱정할 것 없어."

귀뚜라미가 울새에게 말했다.

"일이 잘못될 게 없으니까."

그러나 결과가 말해주듯이 모든 일이 뒤죽박죽이 되어버렸다.

드리피는 자신이 귀뚜라미에 의해 구출을 받으리라는 것은 꿈에도 모르고 있었다.

드리피는 세탁실의 수건 위에 누워서 다음에는 또 무슨 일이 일어날지 걱정을 하고 있었다. 그러나 그것을 발견하는 데는 그다지 오래 걸리지 않았다.

한 대의 트럭이 더러운 세탁물을 가져가기 위해 교도소로 들어왔다. 귀뚜라미가 그를 구하기 위해 드리피가 있는 방으로 다가가고 있을 때, 세탁소 직원은 시트와 수건과 베갯잇 등과 함께 드리피가 누워 있는 수건을 트럭 뒤에다 던져 넣었다. 그러자 트럭 문이 닫히고 트럭은 교도소를 빠져나갔다.

(잘됐군. 하여간 나는 그곳을 벗어났으니까 말이야.)

드리피는 매우 기분이 좋아졌다. 그는 그곳에서 몇 분만 더 머물러 있었어도 귀뚜라미의 구출을 받아 어머니에게 돌아갈 수 있었다는 것을 까맣게 모르고 있었다.

드리피는 세탁 트럭이 어디를 향해 가고 있는지는 모르고 있었지만, 될 수 있는 대로 경찰서로부터 멀리 떨어진 곳으로 가기를 바랐다. 만일 경찰이 그를 은행 강도로 체포하지 않는 대신에 성모상에서 흘러

나온 눈물 행세를 했다는 사기죄로 그를 체포할지도 모를 일이었다.

(어느 쪽이든 나는 경찰서 신세를 지게 되어 있는 거야.)

세탁 트럭이 시속 40마일의 속도로 널따란 고속도로를 달려가고 있을 때, 기상천외한 일이 벌어졌다. 트럭이 천천히 공중으로 떠오르기 시작한 것이다.

여러분 중에 회오리바람에 대해서 들어본 사람이 있다면, 그 트럭에게 일어난 일에 대해서 그다지 놀라지는 않을 것이다. 왜냐하면 회오리바람은 매우 특별한 악마와 같은 바람으로, 미친 듯이 원을 그리고 돌면서 그곳의 모든 것을 들어 올려 공중으로 높이 집어 던지는 성질을 가지고 있기 때문이다.

세탁 트럭의 운전기사는 미친 듯이 트럭을 조종해서 다시 지상으로 내려가려고 안간힘을 썼다. 그러나 이 세상의 그 누구도 회오리바람을 조종할 수는 없는 일이었다.

트럭은 빙글빙글 어지럽게 돌면서 하늘로 솟구쳐 올라갔다.

트럭 뒤에 타고 있는 불쌍한 드리피는 자신에게 무슨 일이 일어나고 있는지 전혀 알 길이 없었다. 드리피는 창문으로 기어 올라가서 밖을 내다보았다. 그리고 눈앞에서 벌어지는 광경에 넋이 나가버렸다.

하늘 높이 날아오르는 물건들 중에는 별의별 것이 다 있었다. 집 한 채가 드리피 옆을 지나 날아갔다. 그리고 한 대의 자동차가…….

새들과 비행기는 무시무시한 회오리바람에 휩싸여 뒤쪽으로 날아가고 있었다.

공중에는 상점과 헛간과 노새와 의사와 변호사와 테이블과 의자들로 꽉 차 있었다. 그것은 드리피가 지금까지 본 것 중에서 가장 놀라운 광경이었다.

"아무도 이런 일이 일어났다는 것을 믿지 않을 거야. 내가 만약 여기서 살아남는다면 아마 지금까지 겪은 것 가운데서 가장 멋진 모험이 될 거야."

그러나 드리피가 과연 이 재난 속에서 살아남을 수 있을까?

(틀림없이 내 친구인 선량한 바람 아저씨가 나를 구해줄 거야.)

"바람 아저씨, 바람 아저씨!"

바람은 아주 먼 곳에 떨어져 있어서 드리피가 도와달라는 소리를 들을 수가 없었다.

회오리바람이 다음에 무슨 짓을 할지 아무도 예측할 수가 없었다. 회오리바람은 빙글빙글 돌면서 모든 것을 휩쓸며 공중을 날아다니고 있었다.

갑자기 세탁 트럭이 떨어지기 시작했다. 회오리바람이 그쳐서 그 힘이 약화된 것이다.

하늘을 날아다니던 모든 물건이 다시 지상을 향해 천천히 떨어지기 시작했다. 말과 노새와 테이블과 의자들이 떨어져 내렸다.

(오, 하느님 감사합니다.)

세탁 트럭은 어찌나 세게 떨어졌던지 뒷문이 활짝 열렸다. 그래서 드리피는 밀밭 속으로 굴러 떨어졌다.

"이제 살았구나."

그렇게 중얼거리며 하늘을 보니 한 채의 커다란 집이 막 그의 머리를 향해 떨어지고 있었다.

## 9

한편 교도소에서는 귀뚜라미가 뒷문으로 몰래 숨어 들어가 드리피를 찾아다니고 있었다.

귀뚜라미는 방마다 빼놓지 않고 뒤지고 다녔으나, 조그만 물방울의 모습은 보이지 않았다. 귀뚜라미는 은행 강도가 갇혀 있는 방 앞도 지나갔으나 은행 강도가 수염을 깎아 버렸기 때문에 그를 알아보지도 못했다.

마침내 귀뚜라미는 포기할 수밖에 없었다. 그래서 밖으로 나와 울새가 기다리고 있는 곳으로 갔다.

"나쁜 소식이야. 이슬방울 부인에게 드리피가 교도소에서 사라졌다고 전해 주게."

그래서 울새는 이슬방울 부인에게 날아가서 드리피가 교도소에서 사라졌다는 얘기를 해주었다.

"불쌍한 내 아들은 아마 죽었을 거예요."

그러나 이슬방울 부인의 말은 맞지 않았다.

드리피는 결과가 말해주듯이 대단히 운이 좋았다. 집과 가구들이 모두 드리피 위로 떨어졌으나, 마침 그의 머리 위에 테이블이 떨어졌기 때문에 박살이 나는 대신 드리피는 무사했다.

집 위로 가구들이 떨어지면서 요란한 소리를 냈으나, 몇 분이 지나 회오리바람이 사라지자 모든 것이 쥐 죽은 듯이 조용해졌다.

드리피는 테이블 밑에서 일어나 또다시 자신에게 어떤 무시무시한 일이 일어나지 않을까 하고 기다리고 있었다. 그러나 아무런 일도 일어나지 않았다.

(나는 또 한 번 멋진 모험을 경험한 셈이야.)

드리피는 자신이 바람 아저씨의 말을 듣지 않은 것을 잘한 일이라고 생각했다.

(바람 아저씨의 말을 들었더라면, 나는 지금도 공원 벤치에 앉아 있을지도 몰라. 그랬으면 그 도시에 사는 사람들은 내 앞에서 무릎을 꿇

지 않았을 거야. 나는 유괴도 당하지 않았을 것이고, 은행 강도들과 함께 은행에도 들어가 보지 못했을 것이며, 교도소에서 도망쳐 나오는 일도 없었을 거야. 이런 기상천외한 일도 겪지 못했을 거라고.)

드리피는 자기가 얼마나 겁에 질려 떨고 있었으며, 어떻게 바람 아저씨에게 도움을 청했으며, 얼마나 가족들에게 돌아가고 싶어했는가를 까맣게 잊어버리고 말았다.

그렇다. 지금은 이미 곤경에 빠져 있지 않기 때문에 드리피는 오로지 자기 자신에 관해서만 생각하고 있었다.

"다른 곳에 가서 또 다른 모험을 즐겨야지."

드리피는 테이블 밑에서 기어 나와 자기가 있는 곳이 어딘가 하고 사방을 둘러보았다. 그곳은 어떤 사람의 침실이었다. 드리피는 한 번도 침실을 구경해본 적이 없었다.

그곳은 매우 아름다웠다. 벽은 핑크색이었고 가구들도 전부 핑크색이었다. 드리피가 방패로 삼고 있던 작은 테이블도 핑크색이었다.

그곳은 어린 소녀의 침실이었다. 테이블 밑에서 기어 나왔을 때, 드리피는 그곳에 살고 있는 어린 소녀를 볼 수 있었다.

그녀는 핑크색 나이트가운을 입고 침대에 누워서 잠들어 있는 것 같았다. 8세쯤 된 소녀로, 부드럽고 섬세한 얼굴을 하고 있었다. 하지만 소녀의 얼굴은 몹시 창백했다.

흰옷을 입은 간호사가 발소리를 죽이며 방 안으로 들어와서 소녀의 이마를 짚어 보았다.

"머리가 뜨겁구나. 열이 무척 높은 것 같아."

소녀의 어머니와 아버지가 의사와 함께 방으로 들어왔다. 의사가 잠시 소녀를 진찰했다.

"병이 상당히 중한 것 같습니다."

"나을 수 있을까요?"

의사는 고개를 흔들었다.

"우리도 여러 가지로 손을 써 보았습니다만, 해리스 부인."

"선생님께서 꼭 저 애를 살려 주셔야 합니다. 저 애를 저대로 죽게 해서는 안 됩니다."

소녀의 아버지가 말했다.

간호사가 소녀의 침대 옆에 놓인 음식 쟁반을 가리켰다. 음식은 손도 대지 않고 그대로 있었다.

"벌써 며칠째 아무것도 먹지를 않았어요. 저 아이는 더 이상 살고 싶은 의지를 잃은 것같이 행동합니다."

"오, 안 돼요!"

소녀의 어머니가 비명을 질렀다.

방 한쪽 구석에 숨어 있던 드리피는 그 얘기를 모두 들었다. 소녀의 부모가 어린 딸이 죽어가는 것을 얼마나 슬퍼하는지를 알 수 있었다. 하지만 여러분은 그때 정작 드리피의 소원은 무엇이었는지 아는가?

드리피는 그 방에서 도망쳐 나가는 최선의 방법이 무엇인가에 관해 생각하고 있었다.

그렇다. 드리피는 어린 소녀나 그의 부모에 대해서는 조금도 관심이 없었다. 그가 생각하는 것은 오직 자기 자신뿐이었다. 드리피는 그 집을 얼른 빠져나가 다른 곳에 가서 재미있게 놀고 싶을 뿐이었다.

드리피는 주위를 돌아다보았다.

"아, 창문이 있었지! 저 창문을 통해 빠져나가면 되겠구나."

창문은 열려 있었기 때문에 그것은 무척 쉬운 일이었다.

"창문 쪽으로 기어나가자. 밖에 나가면 바람 아저씨부터 불러야지. 그럼 아저씨가 나를 찾아와서 등에 태우고 신나는 곳으로 데려다줄 거야. 그때 내가 겪은 모험에 관해서 모조리 얘기해 줘야지."

그렇게 중얼거리면서 드리피는 침대에 누운 소녀에게서 몸을 돌리고 유리창 쪽을 향해 기어갔다.

창문에는 커튼이 달려 있었기 때문에 드리피는 창턱에 도달할 때까지 천천히 기어 올라갔다.

그때까지는 어둡고 음산한 날씨였다. 회오리바람이 검은 구름들로 하늘을 가득 채워서 해는 구경도 할 수가 없었다. 그러나 회오리바람이 지나갔기 때문에 드리피가 창틀에 올라섰을 때, 갑자기 햇빛이 구름을 뚫고 환하게 지상을 비췄다.

햇빛은 창문을 통과해서 드리피의 몸을 통해 비춰 들어왔다. 그 때문에 드리피의 몸은 아름다운 푸른색으로 변했다.

"얘야, 나한테 얘기를 좀 해보렴."

병든 어린 소녀는 아버지의 목소리에 눈을 떴다. 그리고 햇빛이 통과하고 있는 창틀의 아름다운 푸른색 물방울을 숨을 죽이고 바라보았다. 그것은 지금까지 그녀가 본 것 중에서 가장 아름다운 것이었다. 소녀는 팔을 들어 드리피를 가리키면서 말했다.

"어머나! 저것 좀 보세요!"

모두들 고개를 돌려 소녀가 가리키는 곳을 보았다. 소녀가 자기에 대해서 얘기하고 있다는 것을 꿈에도 모르는 드리피는 무엇이 그렇게 아름다울까 하고 뒤를 돌아다보았다. 드리피가 몸을 돌리자, 그를 통해 비치던 햇빛의 반사가 드리피를 빨간색으로 보이게 만들었다.

그러자 소녀가 소리쳤다.

"어머나, 이번에는 빨간색으로 변했어요!"

그래서 드리피는 무엇이 빨간색일까 하고 다시 돌아섰다. 드리피가 몸을 돌리자, 이번에는 햇빛이 그를 초록색으로 보이게 만들었다.

"이번에는 초록색이다!"

모두가 소리쳤다.

드리피는 그들이 무슨 말을 하는지 도무지 알 수가 없었다. 드리피는 모두가 얘기하고 있는 아름다운 색깔을 자기도 보고 싶었다. 그래서 다시 몸의 방향을 바꿨다.

소녀는 너무 흥분해서 아예 침대 위에 벌떡 일어나 앉아 있었다. 그 순간, 소녀의 얼굴에는 불그스름하게 화색이 돌았다.

"이번에는 황금색이에요, 황금색!"

그러자 모두들 말했다.

"그래, 황금색이로구나."

드리피는 궁금해서 미칠 지경이었다.

그는 또다시 몸을 틀었다. 그러자 이번에는 그를 통해서 비치는 햇빛은 드리피를 조그만 무지개로 보이게 했다. 그러자 소녀가 놀라서 소리쳤다.

"와! 무지개예요!"

"저것은 하느님께서 너한테 병이 나으라고 보내주시는 징표란다!"

어머니가 소녀에게 설명해 주었다.

그러자 소녀가 대답했다.

"네, 알아요. 엄마, 하느님께서 나한테 무지개를 보내주신 거야."

그들은 모두 자기를 손가락으로 가리키고 있지 않은가! 그제야 드리피는 그들이 자기에 관해서 얘기하고 있다는 것을 알았다.

(저 사람은 나에 관해서 얘기하고 있었구나. 나는 무지개야. 아마 나는 이 세상에서 가장 아름다운 무지개일지도 몰라.)

의사가 소녀의 체온을 재보았다. 어느새 체온은 정상으로 돌아와 있었다. 그래서 의사는 행복에 찬 어머니와 아버지에게 자신 있게 말했다.

"이 아이는 이제 곧 낫게 될 것입니다."

그들은 너무나 기뻐서 딸을 힘껏 껴안았다.

(나는 영웅이다! 내가 저 소녀의 목숨을 구해준 거야!)

드리피는 거울에 비친 자신의 모습을 바라보았다. 정말로 아름다운 무지개를 만들어내고 있었다.

(그래. 여왕벌과 바람 아저씨가 나에게는 특별한 임무가 있고, 중요한 존재라고 말한 이유가 바로 이런 걸 거야. 그들은 내가 무지개라는 뜻으로 그 말을 했던 거야.)

그러나 그 순간, 햇빛이 사라지고 드리피가 다시 거울을 바라봤을 때는 그는 평범한 작은 물방울로 되돌아가 있었다. 그렇다면 그들이 말한 것은 이것이 아니었다.

(그럼 나는 또 다른 이유로 중요한 존재란 말인가?)

드리피는 곰곰이 생각했다.

그는 소녀를 바라보며 말했다.

"하지만 나는 그래도 영웅이야!"

이제는 이곳을 떠나야 할 시간이었다. 또다시 밖으로 나가 뛰어놀 시간이었다. 그리고 또 다른 모험을 경험할 시간이었다.

드리피가 다시 창문을 향해 기어오르기 시작했을 때, 그는 굵직한 밧줄로 짜인 그물에 사로잡히고 말았다. 그 밧줄은 여러분에게는 가늘기 짝이 없겠지만, 드리피에게는 그렇지 않았다. 그것은 바로 거미줄이었다.

드리피는 거미줄의 한가운데에 잡혀 있었다. 밧줄은 너무 강해서 도저히 끊고 도망갈 수가 없었다. 드리피는 힘껏 몸을 아래위로 흔들어 봤으나 꿈쩍도 하지 않았다.

"언제까지 이곳에 잡혀 있어야 한담?"

"잠깐이면 돼."

어떤 목소리가 대답했다.

깜짝 놀라서 고개를 들어보니 그의 머리 위에 거대한 거미 한 마리가 있었다. 결코 우호적인 태도가 아닌 데다 검은 몸체에 털이 많고 표독스런 빨간 눈을 가지고 있었다.

"목이 마르던 참에 마침 잘 왔다."

공포에 질려 드리피가 지켜보고 있으려니, 그를 마시기 위해 거미는 줄을 타고 그가 있는 쪽으로 내려오고 있었다.

드리피는 간담이 서늘해졌다. 그로서는 어떻게 탈출해야 할지 짐작도 할 수가 없었다.

"당신은 나를 마실 수는 없을 걸요? 나는 영웅이라고요. 조금 전에도 소녀의 목숨을 살려 주었어요."

거미는 악마와 같은 미소를 띠며 말했다.

"그렇다면 이번에는 내 목숨을 살려 줘야 하지 않겠니?"

그러면서 거미는 드리피에게 엉금엉금 다가왔다.

거미의 움직임이 방 건너쪽에 앉아 있는 소녀의 어머니의 주의를 끌었다. 어머니는 거미와 거미줄을 보고 말했다.

"도우미 아줌마는 청소를 대충대충 하는 모양이로구나. 이번에는 내가 따끔하게 일러둬야겠다."

그러고는 창문 앞으로 와서 거미가 드리피를 잡아먹기 직전에 거미줄을 몽땅 거둬 버렸다. 드리피는 마루 위에 나동그라졌다. 드리피에게는 거미가 어떻게 되었는지 보고 있을 여유가 없었다.

드리피는 될 수 있는 대로 빨리 마루를 가로질러 뛰었고 소녀의 침대를 지나 복도로 빠져나갔다. 가능한 한 거미로부터 멀리 떨어진 곳으로 가고 싶었다.

복도 끝에는 닫혀 있는 문이 하나 있었다.

(거미가 저곳까지는 쫓아오지 못할 거야.)

그것은 조그만 새장들이 여러 개 있는 이상한 방이었다. 새장 속에는 토끼들이 들어 있었다. 드리피는 자기 집에 새장을 두고 그 속에 토끼를 기르는 사람이 있으리라고는 상상도 할 수 없었다.

드리피는 어떤 소리를 듣고 뒤를 돌아다보고는 깜짝 놀랐다. 거미가 문 밑으로 기어 들어와서 그를 향해 다가오고 있지 않은가!

거미의 얼굴에는 무시무시한 표정이 담겨 있었다.

(나를 죽일 생각이구나.)

드리피는 고개를 돌리고 토끼가 들어 있는 새장 속으로 얼른 기어 들어 갔다.

(아마 무서워서 여기는 못 들어올 거야.)

드리피는 토끼의 귓속으로 기어 올라갔다.

드리피의 생각이 옳았다. 거미는 무서워서 토끼 근처에는 다가오지 못했다.

"다음번에는 네 녀석을 꼭 잡아먹고 말 테다."

거미는 몸을 돌려 다시 문 밑으로 모습을 감췄다.

토끼의 귓속은 매우 부드럽고 포근했다. 드리피는 무척 피곤했다. 오늘은 자기 평생에 몹시 피곤한 하루를 보냈고, 가장 힘든 모험을 겪은 것 같았다.

(집 밖으로 나가서 또 다른 모험을 하기 전에 잠시 낮잠이라도 자 두는 게 좋겠어.)

드리피는 곧바로 눈을 감고 깊은 잠에 빠져들었다.

침실에서는 소녀가 역시 잠을 자려 하고 있었다. 이번에는 건강한 잠이었다. 소녀의 부모는 딸이 이제 건강을 되찾으리라는 것을 알고 있었다. 그들은 그런 모든 것이 잠깐 동안 무지개로 변했던 조그만 물방울 때문이라는 것을 전혀 모르고 있었다.

해리스 씨는 아내에게 이렇게 말했다.

"우리 아이는 이제 걱정이 없어졌구려. 나는 일하러 나가야겠소. 시간에 늦어서는 안 되니."

그는 아내에게 작별의 키스를 하고 토끼들이 있는 방으로 들어가서 드리피가 토끼 귓속에 잠들어 있는 새장을 들고 밖으로 나가 자동차에 실었다.

잠시 후, 해리스 씨는 일을 하러 자동차를 몰고 집을 떠났다.

비교적 짧은 거리였으나 드리피는 아무것도 알 수가 없었다. 드리피는 토끼의 귓속에서 깊이 잠들어 있었다.

해리스 씨는 시내의 상업 지구에 있는 극장 앞으로 차를 몰고 갔다. 극장 앞에는 커다란 간판이 걸려 있었는데, 그곳에는 [10가지의 버라이어티 쇼, 출연—지상 최대의 마술사 해리스]라고 크게 쓰여 있었다.

해리스 씨는 간판을 힐끗 보고는 극장의 뒷문 쪽으로 돌아갔다. 그러고는 조심스럽게 토끼가 든 새장을 집어 들고 무대 출입구를 통해 안으로 들어갔다.

수위가 그에게 인사를 했다.

"안녕하십니까, 해리스 씨?"

"안녕, 샘?"

해리스 씨가 말했다.

새장을 든 해리스 씨는 곡예사들과 곤봉 곡예사들, 춤추는 여자들이 연습하는 곳을 지나 자신의 분장실로 걸어갔다. 그들도 모두 잘했으나 해리스 씨는 그 쇼의 스타였다. 그는 정말로 세계에서 가장 뛰어난 마술사였다.

해리스 씨는 새장을 분장실로 가지고 가서, 마술사 복장으로 갈아입었다. 쇼는 몇 분 뒤면 시작될 예정이었다.

해리스 씨의 조수가 방안으로 들어와서 말했다.

"토끼를 무대로 가지고 나갈까요?"

"그렇게 해주게."

조수가 새장을 집어 들고 무대 뒤로 가서 관중석에서는 보이지 않는 커튼 옆에 내려놓았다. 극장 안은 사람들로 꽉 차 있었다.

드리피의 단잠을 깨운 것은 오케스트라가 음악을 연주하는 소리였다. 음악소리가 너무 커서 그는 도저히 잠을 잘 수가 없었다.

드리피는 일어나 앉아서 자신이 도대체 지금 어디에 와 있는 것일까 하고 졸린 눈으로 사방을 두리번거렸다. 그러다가 그제야 자신이 토끼의 귓속에 있었다는 것이 생각났다. 소녀와 무지개와 거미의 모습도 떠올랐다.

드리피는 토끼의 귀에서 미끄러져 나와 새장 밖으로 나갔다.

(이곳에서 빨리 떠나야겠다. 또 다른 모험을 할 시간이 된 것 같아.)

그때 드리피의 눈에 기다랗고 좁은 방 같은 것이 보였다. 왠지 그곳을 가로질러 가야 할 것 같았다. 절반쯤 갔을 때, 갑자기 육중한 커튼이 열리고 관객들이 박수를 치기 시작했다.

드리피는 까맣게 모르고 있었지만, 그는 무대의 한가운데에 서 있었다. 바로 쇼가 시작되려고 하는 순간이었다.

드리피는 깜짝 놀라서 그곳에 얼어붙은 듯이 서 있었다. 그가 보기에는 수천 명의 사람들이 자기만을 응시하고 있는 것 같았다.

(저 사람들이 내게 박수를 보내고 있구나. 내가 이 쇼의 스타인 모양이야.)

하지만 드리피는 자기가 무엇을 해야 하는지 전혀 모르고 있었다.

(저 사람들은 나를 보기 위해 돈을 내고 이곳에 온 거야. 만일 내가 여기서 멍청히 서 있기만 한다면 나를 잡아 죽이려 들 거야.)

그러나 드리피는 그곳에 가만히 선 채 아무것도 하지 않았다.

# 10

물론 관객들이 드리피에게 박수를 보낸 것은 아니었다. 사실, 사람들은 드리피가 그곳에 있는 것조차 모르고 있었다. 무대는 엄청나게 넓었고, 또 드리피는 너무 몸집이 작았기 때문에 관객들은 그를 볼 수도 없었다.

관객들은 쇼에 나오는 연예인들에게 박수를 보내고 있었다. 이것이 쇼라는 것인가!

그곳에는 곤봉 곡예사와 줄타기 곡예사와 춤추는 여자들이 있었다. 그리고 위대한 마술가 해리스 씨가 나왔다.

드리피는 생전 처음으로 무대 위에 서 보았다. 그는 입을 딱 벌리고 연예인들이 무대에 나와서 연기를 펼치는 것을 지켜보았다. 맨 처음 줄타기 곡예가 시작되었다.

드리피는 곡예사가 2개의 장대 꼭대기에 쳐 놓은 줄 위로 기어 올라가서 신중하게 균형을 잡으면서 줄 위를 걸어가는 것을 신기한 눈으로 지켜보았다. 곡예사가 반대편 끝에 도달했을 때 관객들은 열렬한 박수갈채를 보냈다.

(저 사람이 하는 것은 아무것도 아니야. 나는 저것보다 훨씬 더 높은

곳까지 올라갔었는걸. 나는 바람 아저씨와 함께 하늘을 날았다니까.)

드리피는 관객들이 자신에게도 박수를 쳐주었으면 하고 바랐다.

줄타기 곡예가 끝나고 곡예사가 무대에서 내려가자, 다음번에는 곤봉 곡예사가 나타났다. 그는 인디언 곤봉을 공중에 높이 던지고는 몸을 비틀고 다시 다른 것을 집어 던지고 먼저 것을 받으면서 또 한 개를 던지고 있었다. 3개의 곤봉을 한꺼번에 집어 던지기도 했다.

(저렇게 하는 것은 아무것도 아니야. 나는 높다란 성모상 위에도 올라갔었으니까.)

드리피는 곡예사가 무대 마루 위에 놓아둔 몇 개의 인디언 곤봉 옆에 서 있었다. 그는 관객들을 좀 더 자세히 보기 위해 곤봉 위로 올라가기로 마음먹었다. 갑자기 곡예사가 손을 뻗어 드리피가 올라가 있는 곤봉을 집어 들었다. 그 순간 그는 공중에 던져지고 있었다.

드리피는 죽을힘을 다해 곤봉에 매달렸다.

(나는 곡예의 한 부분이 되고 말았구나.)

드리피는 슬퍼해야 좋을지 기뻐해야 좋을지 알 수가 없었다. 공중으로 던져질 때마다 드리피는 다시 마룻바닥으로 돌아가기를 애타게 원했다. 그러나 매번 곡예사는 곤봉을 정확하게 받았고, 그때마다 관객들은 우레와 같은 박수를 보냈다. 드리피는 자기가 쇼 흥행에 끼어들게 된 것을 기쁘게 생각했다.

(나는 스타다!)

드리피는 그 생각이 마음에 들었다. 사실 드리피는 박수갈채를 받는 것이 즐거웠다.

곤봉 곡예사가 연기를 끝내고 박수에 답해서 절을 할 때 드리피도 똑같이 답례를 했다. 드리피는 자기 몸이 너무 작아서 사람들이 그를 볼 수가 없다는 사실을 전혀 생각지 않고 있었다.

다음 쇼는 동물 곡예였다. 조련사는 6마리의 훈련된 개를 데리고 나왔다. 드리피가 아직도 곤봉에 매달린 채 무대를 떠나려고 할 때였다. 개 한 마리와 스치다 떨어져서 그는 그만 개털 속으로 들어가 버렸다.

관객들은 개를 보자 또 박수를 보냈다. 그래서 드리피는 생각했다.

(저 사람들이 나한테 또 박수갈채를 보내는구나.)

개 조련사가 명령했다.

"점프!"

그러자 드리피가 타고 있는 개가 굴레 속을 점프해서 통과했다. 관객들은 또 박수를 보냈다.

"기다려요. 아직 진짜는 보지 못했으니까."

물론 드리피는 다음에 어떤 연기가 나올지에 대해서 아무것도 모르고 있었다. 그러나 그가 만일 그것의 일부분에라도 낀다면 얼마나 신날까라는 생각이 들었다.

그때 조련사가 말했다.

"신사 숙녀 여러분, 여러분은 지금부터 역사상 가장 흥미진진한 연기를 구경하시게 될 겁니다. 이것은 지금까지 전 세계의 모든 왕들 앞에서 보여드린 것입니다. 여러분에게 프린스를 소개합니다."

그러자 무대 위로 예쁘게 생긴 흰 푸들이 뛰어나왔다. 드리피는 부러워서 미칠 지경이었다.

"나는 개를 잘못 골랐구나."

푸들은 쇼의 스타가 되려하고 있었다. 드리피는 푸들이 무엇을 하려는 것인지는 자세히 알 수 없었지만, 만일 그가 왕과 여왕 앞에서 연기를 할 정도로 훌륭하다면 드리피도 그 연기에 한몫 끼고 싶었다.

드리피는 자기가 올라가 있던 개로부터 재빨리 미끄러져 내려와서 서둘러 푸들에게로 다가가 그의 목으로 기어 올라갔다.

조련사가 관중을 향해 말하고 있었다.

"이 연기는 대단히 위험하기 때문에 저는 여러분에게 프린스가 연기에 집중할 수 있도록 절대적인 침묵을 지켜 주실 것을 부탁드리는 바입니다."

그러자 사람들은 물을 뿌린 듯이 조용해졌다. 모든 사람의 눈은 예쁜 푸들에게 집중되어 있었다. 그러나 푸들의 목에 매달려 있는 드리피는 다른 생각을 하고 있었다.

(저것 좀 봐. 모두들 나를 지켜보고 있잖아. 이번 연기가 끝나면 내 사진이 신문에 크게 실리겠지?)

드리피는 어떤 연기가 벌어질까 하고 매우 궁금해졌다.

"준비가 끝났으면 한 번 짖어라, 프린스야."

그러자 프린스가 한 번 짖었다. 그 소리가 어찌나 큰지 하마터면 그의 목에 매달려 있던 드리피가 떨어질 뻔했다.

"겁이 나면 한 번 짖고, 겁이 나지 않으면 두 번 짖어라."

그러자 푸들은 두 번 짖었다. 그때 또다시 드리피는 목에서 떨어질 뻔했다.

"좋아, 프린스. 어디 시작해 볼까?"

조련사는 무대 한가운데에 놓여 있는 굴레가 있는 곳으로 걸어갔다. 그것은 커다란 굴레로, 가장자리가 종이로 싸여 있었다. 드리피가 지켜보는 앞에서 조련사는 굴레의 가장자리 종이에 휘발유를 뿌린 다음, 성냥을 켜서 불을 붙였다. 그러자 굴레는 온통 불길에 휩싸이고 있었다.

(왜 저 사람은 저런 짓을 하고 있을까? 나는 푸들과 함께 연기를 하고 싶은데.)

그때 갑자기 가슴이 철렁 내려앉으면서 드리피는 그 연기가 무엇인지를 깨달았다.

조그만 흰 푸들은 불타는 굴레를 향해 달려가기 시작했다.

(안 돼! 저 불길 속으로 뛰어 들어가면 안 돼! 나를 태우고 달려가다니 어쩜 좋지!)

그 순간, 푸들은 굴레 앞에 도달해서 공중으로 몸을 날려 불길 한가운데로 뛰어 들어갔다.

"내 몸이 녹는다고요!"

뜨거운 불길이 몸에 닿자, 드리피는 비명을 질렀다. 다음 순간, 그들은 안전하게 불길을 통과했다. 관객들은 흥분에 휩싸여 함성을 질러댔다. 사람들은 소리를 지르고 박수갈채를 보내고 발을 동동 굴렀다.

푸들은 무대의 중앙에 나가서 관객들에게 답례를 했다.

"잘한다, 잘해!"

관객 중 누군가가 소리쳤다.

"감사합니다. 대단히 감사합니다!"

(와, 스타가 되어 모든 사람들로부터 사랑을 받는 것도 멋진 일이구나! 나도 쇼 흥행을 평생의 직업으로 삼아야겠다. 나는 타고난 재주꾼이니까. 어머니와 아버지와 형제들과 사촌들에게 내가 무대에 서서 스타가 되어 관객들로부터 박수갈채를 받았다는 얘기를 해줄 때까지 기다리라고 해야지. 모두들 부러워서 미치려고 할 거야.)

푸들이 조련사와 함께 무대에서 달려 나가자, 드리피는 프린스의 목에서 미끄러져 내려왔다.

드리피는 무대에 남아서 쇼의 나머지 부분을 보고 싶었다.

다음 차례는 춤추는 여자들이 맡았다. 그들은 12명이었는데, 모두 리본과 번쩍거리는 금속 조각이 달린 아름다운 무대 의상을 입고 있었다. 드리피는 무대의 옆쪽에 서서 그녀들을 지켜보면서 춤과 음악을 즐겼다.

(바람 아저씨의 말을 안 듣기를 정말 잘했어. 시키는 대로 공원의 벤치에 앉아 있었더라면, 쇼의 스타도 될 수가 없었을 거야.)

무용수들은 아주 이상한 스텝을 밟고 있었다. 드리피는 좀 더 자세히 보기 위해 앞으로 나갔다. 그 순간, 무용수의 발이 그를 공중으로 차 올렸다. 드리피는 오케스트라가 연주하고 있는 악단 석으로 날아 들어가서 트롬본 위에 내려앉았다.

트롬본은 안으로 들어갔다가 밖으로 나갔다 하는 악기이기 때문에 드리피는 트롬본이 연주되는 동안 계속 앞뒤로 움직여야만 했다. 따라서 드리피는 힘껏 매달려 있지 않으면 안 되었다.

그러나 트롬본은 무척 미끄러워서 드리피는 공중으로 날아가 튜바 속으로 들어가 버렸다. 그것은 거대한 미끄럼틀 같아서 자꾸만 미끄러져 내려갔다. 음악소리도 너무 크게 들려서 드리피는 자신이 귀머거리가 되지 않을까 하는 생각이 들었다.

"붐파, 붐파!"

튜바 소리가 크게 울렸다.

연주자가 그것을 볼 때마다 공기가 드리피를 조금씩 위로 들어 올려 주었다.

"붐파, 붐파!"

그렇게 해서 드리피는 다시 위로 올라오게 되었다.

연주가가 힘을 주어 불어야 할 음부가 나타났을 때, 드리피는 튜바의 나팔 구멍에서 튀어나와 피아노 위에 날아가 앉았다. 피아노 주자는 너무 빨리 연주를 해서 드리피는 쉴 새 없이 건반 위를 튕겨 다니지 않으면 안 되었다. 도저히 몸의 균형을 잡을 수가 없었다.

연주자가 저음 코드를 때리자 드리피는 다시 공중으로 날아가서 바이올린의 활 위에 내려앉았다. 바이올린 주자는 활을 밀어 올렸다가 밑으로 당기기를 반복했기 때문에 드리피는 매달려 있느라 안간힘을 써야 했다.

드리피는 그다지 힘이 세지 못했다. 그래서 다시 무대 위로 날아가서 무용수의 발 위에 내려앉았다.

무용수는 다리를 높이 들고 힘껏 찼다. 그래서 다시 공중으로 날아올라갔다. 계속 솟구쳐 올라가다가 다음에는 계속 떨어졌다. 드리피는 무대 뒤에 있던 매우 괴상하게 생긴 동물의 등 위에 떨어졌다.

"당신은 누구신가요?"

드리피가 물었다.

"나는 물개다."

"물개가 뭐죠?"

"내가 바로 물개야."

"당신은 무엇을 하죠?"

"나는 짖는단다. 공을 가지고 놀기도 하지."

물개는 드리피를 위해 짖어 보였다.

"어디서 공을 가지고 논다는 거예요?"

"무대 위 관객들이 보는 앞에서. 사람들은 나를 무척 좋아하거든."

물론 드리피 역시 관객에게 사랑받는 것을 좋아했다.

"당신과 함께 공놀이를 해도 되겠어요?"

"아무렴 좋고말고. 곧 내 차례가 될 거야."

물개의 코트는 너무도 반짝였기 때문에 드리피는 그것을 거울 대신 사용했다. 관객에게 잘 보이기 위해 자기가 얼마나 잘생기고 얼마나 반짝이는가를 다시 한 번 확인한 것이다.

무용수들의 연기가 끝이 났다. 이제는 물개가 무대로 나갈 차례가 되었다. 물개와 조련사가 무대로 걸어 나갔다. 드리피는 물개의 등에 올라타 있었다. 조련사가 커다란 비치볼을 공중으로 높이 던져 올렸다. 그러자 물개가 그것을 코로 받아냈다.

"좋아!"

"너도 공을 가지고 놀고 싶으면 공 위로 기어올라라."

물개가 드리피에게 말했다.

(야! 이건 꽤나 재미있겠는걸!)

드리피는 공의 꼭대기까지 기어 올라갔다. 드리피가 꼭대기에 도달하자 물개는 목을 돌리기 시작했다. 그러자 공도 따라서 빙글빙글 돌기 시작했다.

"잠깐만 기다려요! 너무 어지럽다고요!"

"네가 공놀이를 하고 싶다고 했잖아. 재미있게 놀려무나."

그러고는 물개는 더욱 빨리 공을 돌리기 시작했다.

불쌍한 드리피!

공 위에 달라붙어 있기란 여간 힘든 일이 아니었지만, 드리피는 악착같이 붙어 있기로 마음먹었다. 또다시 악단 석으로 날아가고 싶지는 않았던 것이다.

(스타가 되기란 여간 힘든 일이 아니구나. 너무 힘이 드는걸.)

극장의 맨 뒤쪽 구석에서 한 마리의 쥐가 웅크리고 숨어 있었다.

쥐는 사람들에게 들키고 싶지 않아서 구석에 움츠리고 있었다. 아무도 쥐가 극장 안에 들어오는 것을 좋아하지 않았기 때문이다.

쥐는 만약 사람들이 자기를 보면 틀림없이 잡으려고 할 것이라는 걸 잘 알고 있었다. 그래서 사람들의 눈에 띄지 않는 곳에서 쇼를 훔쳐

보고 있었다.

그런데 쥐는 대단히 날카로운 눈을 가지고 있었다. 관객들은 드리피가 워낙 작기 때문에 무대 위에 있는 그를 볼 수 없었지만, 물개가 돌리는 공 위에서 드리피가 함께 돌고 있을 때, 쥐는 그의 모습을 발견할 수가 있었다. 그가 드리피라는 것도 금방 알아보았다.

"저 애가 바로 가출한 물방울 드리피구나. 온 세상의 동물들이 모두 저 애를 찾고 있는데! 아, 내가 저 아이를 찾아냈어. 문제는 어떻게 저 아이를 그의 어머니한테 데려다주느냐 하는 거야."

쥐는 어떻게 해야 좋을지 알 수가 없었다. 그래서 한참 동안 골똘하게 궁리를 했다. 그러다가 마침내 한 가지 아이디어를 생각해냈다.

아주 조용하게, 사람들에게 들키지 않도록 쥐는 아래층으로 기어 내려가서 지하실로 갔다. 그곳에는 그의 친구인 귀뚜라미가 있었다. 쥐는 귀뚜라미에게 말했다.

"드리피를 찾아냈어!"

귀뚜라미는 깜짝 놀랐다.

"드리피를 찾았다고? 그 아이는 지금 어디에 있지?"

"위층의 무대 위에 있어."

"우리는 그 아이를 그의 어머니에게 데려다줘야 돼."

"어떻게 하면 될까?"

그들은 그곳에서 한참 동안 생각했다. 그때 귀뚜라미가 말했다.

"나한테 아이디어가 떠올랐어."

귀뚜라미는 길거리로 서둘러 나가 그곳에 있는 파랑새에게 말했다.

"드리피를 찾아냈어!"

"잘됐구나. 그 애 어머니가 얼마나 좋아할까. 지금 어디에 있는데?"

"극장의 무대 위에 있어. 네가 극장으로 들어가서 드리피를 데리고 나올 수 있겠니?"

파랑새는 한참 동안 생각하다가 대답했다.

"안 돼. 사람들은 파랑새가 극장 안으로 들어가도록 가만 놓아두지 않을 거야."

"그럼, 어떻게 하면 좋을까?"

파랑새가 말했다.

"내가 이슬방울 부인한테 가서 이 소식을 전할게. 부인이 그 애를 집으로 데려오는 방법을 생각해낼지도 몰라."

파랑새는 이슬방울 부인이 있는 곳으로 재빨리 날아갔다.

이슬방울 부인은 파랑새가 날아오는 것을 보았다. 마음속으로 좋은 소식을 갖고 온 것이 틀림없다고 생각했다. 파랑새는 항상 좋은 소식만 전해주는 새였기 때문이었다.

"우리가 아드님을 찾아냈어요. 그 아이는 안전합니다."

이슬방울 부인은 눈물을 흘리면서 기뻐했다.

"모두들 너무 고마워요. 지금 그 아이는 어디 있습니까?"

"극장의 무대 위에 있습니다."

이슬방울 부인은 의아스러운 듯이 물었다.

"아니, 도대체 무대 위에서 무엇을 하고 있습니까?"

"물개와 함께 공놀이 연기를 하고 있어요."

"당신이 그 아이를 데려다주면 안 되나요?"

"나는 할 수가 없어요. 파랑새는 극장에 들어갈 수가 없으니까요."

"그렇다면 어떻게 그 아이를 구해 오죠?"

그들은 그곳에 앉아서 궁리를 했다. 그러자 이슬방울 부인이 드리피의 친구를 기억해냈다.

"바람이 그 애를 구해줄지도 몰라요. 바람은 어느 곳이든 마음대로 갈 수가 있으니까요."

그녀는 바람을 큰 소리로 불렀다. 그러자 바람이 그녀 옆으로 달려 내려왔다.

"드디어 드리피를 찾아냈어요."

"공원의 벤치에 돌아가 있었나요?"

"아니에요. 그 아이는 극장의 무대 위에 있습니다."

파랑새가 말했다.

"그 아이를 집으로 데려다 주실 수 있겠어요?"

바람은 뭐라고 말해야 좋을지 알 수가 없었다. 바람은 드리피가 아직 집으로 돌아올 준비가 되어 있지 않다고 믿고 있었다.

드리피에게는 아직도 배워야 할 교훈이 남아 있었다. 그러나 바람은 이슬방울 부인을 실망시키고 싶지 않았다. 그녀는 드리피의 경솔한 행동 때문에 이미 너무 많은 고통을 겪고 있었다.

"제발 부탁입니다!"

"무엇을 할 수 있는지 일단 가보기는 하겠습니다."

그렇게 대답하고 바람은 날아갔다. 극장으로 가는 동안에도 바람은 무척이나 바빴다. 비를 애타게 바라는 농장에 비를 날라다 주고, 꽃이 만발한 들판에서 다른 곳으로 꽃씨를 날라다 주었다. 비좁은 집에 살고 있는 가난한 가족에게는 선선한 바람을 가져다주기도 했다.

마침내 바람은 극장에 도착했다.

앞문은 잠겨 있었다. 바람은 문 안으로 들어가 보려고 입김을 세게 불었으나 헛일이었다. 드리피는 극장 안에 있었지만 바람은 그에게 가까이 갈 수가 없었다.

(기다려보자. 쇼가 끝나면 사람들이 나오기 위해 문이 열릴 테니까.

사람들이 몰려나올 때 그들의 머리 위로 들어가서 드리피를 데리고 나와야지.)

바람은 문밖에서 기다리기로 했다.

극장 안에서는 아직도 쇼가 계속되고 있었다. 드리피는 충분히 쇼를 즐기고 있었다.

"쇼가 이렇게 재미있는 것인 줄은 미처 몰랐어. 스타가 되는 것이 이렇게 멋진 것인지도 몰랐어."

쇼의 진짜 스타인 세계 최대의 마술사 해리스 씨가 무대로 나왔다. 그의 조수가 토끼가 들어 있는 새장을 들고 나왔다.

(잠시 토끼의 귓속에 다시 들어가서 쉬어야겠다.)

드리피는 토끼 위로 기어 올라가 귓속으로 들어갔다.

한편, 해리스 씨는 갖가지 놀라운 마술을 보여주고 있었다. 그는 병에 있는 빨간 물을 다른 병에 부었다. 그러자 물이 푸른색으로 변했다.

다시 줄을 꺼내어 가위로 토막토막 잘랐다. 그러나 눈 깜짝할 사이에 그것은 흠집 하나 없는 완전한 밧줄로 변했다.

해리스 씨는 신기한 마술들을 차례로 보여주었고, 그때마다 관객들은 그에게 박수갈채를 보냈다.

"그럼, 지금부터 가장 멋진 마술을 보여드리겠습니다!"

해리스 씨는 토끼가 들어 있는(물론 드리피도 들어 있었다) 새장을 집어 들어 탁자 위에다 올려놓았다.

(와, 신난다! 나는 또 이 마술의 스타가 되는구나!)

마술사는 보자기를 집어다 새장 위에 씌웠다.

"자, 여러분. 눈을 똑바로 뜨고 보십시오."

해리스 씨는 보자기를 휙 벗겼다. 그러자 새장도, 토끼도, 드리피도 모두 어디론가 사라져 버리고 없었다.

# 11

드리피는 자기가 어디에 있는지 전혀 알 수가 없었다. 조금 전까지 분명히 그는 많은 관객이 보고 있는 무대 위에 있었다.

그러나 다음 순간 무대도 관객도 모두 사라져 버리고 말았다. 아니 적어도 드리피에게는 그렇게 보였다.

마술사가 토끼를 얹어 놓았던 탁자는 지하실로 통하는 문 바로 위에 놓여 있었다. 따라서 마술사가 보자기로 새장을 씌웠을 때, 위장했던 문이 열리고 새장과 토끼와 드리피는 지하실로 내려 보내졌다.

그곳은 무척 캄캄했다. 그래서 드리피는 "빨리 여기를 빠져 나가야겠군!" 하며 토끼의 귀에서 기어 나와 계단을 올라가기 시작했다.

한편, 무대에서는 쇼가 끝나가고 있었다. 마술사 해리스 씨는 관객들의 박수에 감사의 인사를 했고, 관객들은 모두 일어나서 극장을 나가기 시작했다.

바람은 쥐와 귀뚜라미와 파랑새와 모임을 가졌다.

"문이 열리자마자 극장 안으로 들어가서 드리피를 찾을 테니, 여러분은 내가 보지 못할 경우를 대비해서 눈을 크게 뜨고 드리피를 놓치지 않도록 해주시오."

그들은 그렇게 작전 계획을 세워 놓았다.

직원이 사람들이 나올 수 있도록 문을 활짝 열자, 바람은 날쌔게 극장으로 들어가서 드리피가 있었다는 무대 위로 쏜살같이 달려갔다.

바람은 무대 위를 구석구석 찾아보았으나 드리피의 모습은 아무 곳에도 없었다.

쥐는 구석에 웅크리고 앉아 드리피가 지나가지 않나 하고 조심스럽게 지켜보고 있었다. 그러나 드리피는 보이지 않았다.

귀뚜라미는 무대 출입문 옆에 서서 눈을 커다랗게 뜨고 있었다. 그곳에도 드리피의 모습은 보이지 않았다.

극장 밖에서는 파랑새가 사람들이 나오는 것을 지켜보았으나, 역시 드리피의 모습은 보이지 않았다.

바람이 말했다.

"드리피는 이 극장 안 어딘가에 틀림없이 있을 거예요. 찾아낼 때까지 샅샅이 뒤져 봅시다."

그 짓궂은 운명의 손길이 뻗치지만 않았더라도, 아마 그들은 드리피를 찾아냈을 것이다.

극장의 수위에게는 워싱턴에서 일하는 컴퓨터 전문가인 아들이 있었다. 그 수위는 드리피가 지하실에서 나와 계단을 올라가기 시작했을 때, 마침 아들에게 보낼 편지를 쓰고 있었다. 모든 연예인들은 극장을 떠나고 있었다. 드리피는 해리스 씨와 토끼를 보았다.

"다시는 나를 사라지게 하지 않을 거야."

드리피가 말했다.

드리피는 수위가 편지를 쓰고 있는 책상 위로 기어 올라갔다. 드리피가 편지지 위에 발을 얹어놓았을 때, 마침 편지 쓰기를 끝마친 수위가 편지지를 접어서 봉투 안에 집어넣고 풀로 봉해 버렸다.

"나를 여기서 꺼내 줘요!"

그러나 아무도 그의 비명 소리를 들을 수는 없었다. 드리피는 편지 봉투 속에 갇힌 신세가 되었다.

수위는 봉투에다 우표를 붙이고, 그것을 우편함에 던져 넣었다. 그 편지는 그곳에서 다음날 아침까지 머물러 있었다. 그것이 바람과 쥐와 귀뚜라미와 파랑새가 드리피를 찾아내지 못한 이유였다.

드리피는 또다시 행방불명이 되어 버렸다.

다음날 아침 일찍, 집배원이 드리피가 들어 있는 편지를 꺼내 우편 가방에 집어넣고 그것을 우체국에 가져갔다. 우체국은 수백 명의 직원이 일하고 있는 엄청나게 큰 건물이었다.

드리피가 든 편지는 다른 수천 통의 편지와 함께 거대한 테이블 위에 내려놓아졌다. 직원들이 지역 번호가 적힌 대로 그것을 분류하기 시작했다.

드리피는 자신이 공중으로 내던져지고 칸막이 속에 들어갔다가 몇 분 후에 다시 트럭에 실려 공항으로 운반되어 가는 과정을 일일이 경험했다.

물론 편지봉투 안에 갇힌 드리피는 그곳이 어디인지는 전혀 알 길이 없었다.

공항에서는 수백 통의 편지가 들어 있는 부대가 화물수송기에 실려지고, 몇 시간 뒤 드리피는 워싱턴에 도착했다.

드리피가 들어 있는 편지가 극장 수위 아들의 책상 위에 놓인 것은 이튿날 아침이었다.

아들은 아버지로부터 온 편지가 무척 반가운지 당장 뜯었다. 그리고 만 이틀 만에 드리피는 드디어 신선한 공기를 마실 수 있었다.

드리피는 봉투 밖으로 잽싸게 뛰쳐나와 심호흡을 한 다음, 주위를 둘러보았다. 그는 무척 괴상한 방에 와 있었다. 방에는 수십 대의 거대한 기계들이 늘어서 있었다. 모두 컴퓨터들이었으나, 드리피로서는 그것이 무엇인지 알 길이 없었다. 그의 주위에는 제복을 입은 사람들이 우글거리고 있었다.

(도대체 여기가 어딜까?)

드리피는 궁금하기 짝이 없었다.

드리피가 와 있는 곳은 바로 미국 국방성의 기밀실이었다.

기밀실이란 이 세상에서 가장 비밀스러운 장소 중 하나였다. 그 방에 있는 수십 대의 거대한 컴퓨터는 북미 대륙의 모든 전투 미사일과 핵무기를 컨트롤하고 있었다. 컴퓨터는 적의 잠수함과 전투 폭격기와 미사일을 추적하고 있었다.

컴퓨터는 만일 적이 미국 본토를 공격해 온다면 미사일이 즉각 적에 대해 반격을 가하도록 프로그램화 되어 있었다.

기밀실은 극비에 속하기 때문에 그곳에 들어가려면 7곳의 검문소를 거치지 않으면 안 되었다.

컴퓨터는 너무 민감해서 컴퓨터가 작동하는 방은 낮이나 밤이나 겨울이나 여름이나 항상 일정한 온도를 유지하도록 되어 있었다. 또한 어떤 음료수도 컴퓨터실 안에서는 마실 수가 없었다.

음료수의 습기가 조금이라도 기계에 들어가면 컴퓨터가 오작동할 수 있기 때문이었다. 이제 여러분도 그러한 사실을 알게 되었고, 나도 알게 되었지만, 드리피만은 그런 사실을 까맣게 모르고 있었다. 드리피가 아는 것이라고는 자신의 주위에 많은 기계가 있다는 사실 뿐이었다.

드리피는 편지봉투 안에서 긴 여행을 했기 때문에 무척 피곤했다. 그래서 잠깐 낮잠을 자기로 했다. 주위에서 사람들이 너무 시끄럽게 떠들어대서 두리번거리며 조용한 장소를 찾았다.

그때 제복을 입은 직원 한 사람이 잠깐 컴퓨터의 문을 열었다.

(저곳이 조용해 보이는군!)

드리피는 컴퓨터 안으로 들어갔다.

드리피가 선택한 컴퓨터는 그 건물 안에 있는 다른 모든 컴퓨터를 컨트롤하는 것이었다. 이미 우리도 알고 있는 것처럼, 습기는 컴퓨터에 영향을 주어 제대로 작동하지 못하도록 방해를 한다.

따라서 드리피가 마스터 컴퓨터의 내부에 들어가자, 컴퓨터는 엉망이 되어버렸다. 계기의 바늘들이 제멋대로 움직이기 시작했고, 불들은 멋대로 깜빡거렸으며 경보 벨이 요란스럽게 울리기 시작했다.

"이게 도대체 어떻게 된 일이야!"

제복을 입은 직원이 비명을 질렀다.

아무도 그 원인을 알 수가 없었다. 마스터 컴퓨터는 다른 모든 컴퓨터들을 컨트롤하기 때문에 건물 내의 모든 컴퓨터가 제멋대로 작동하고 있었다.

"우리가 적의 공격을 받고 있는 것 같다!"

장군이 소리쳤다.

모든 장군들과 대령들과 소령들이 자신의 컴퓨터를 살펴보기 위해 달려갔다.

"러시아의 폭격기가 접근해 오고 있는 것 같습니다."

"아닙니다. 그것은 잠수함입니다."

"아닙니다. 내가 보기에는 미사일 같습니다."

뒤범벅이 된 컴퓨터들은 미국이 북쪽과 남쪽과 서쪽과 동쪽으로부터 공격을 받고 있다는 것을 나타내고 있었다. 그것들은 또한 공격이 공중과 지상과 해상으로부터 가해지고 있음을 보여주고 있었다.

여러분은 두 번 다시 그런 혼란상을 구경할 수는 없을 것이다!

장군이 백악관 직통 전화를 집어 들고 대통령에게 보고했다.

"우리 미국이 현재 공격을 받고 있습니다."

"누가 공격하고 있단 말이오?"

"그것은 아직 확실치 않습니다, 대통령 각하. 컴퓨터들이 매우 이상하게 작동하고 있습니다. 우리 미사일을 발사할까요?"

대통령은 잠시 생각을 했다.

"그렇다면 적색경보를 발령하고, 미사일 부대에게 발사 준비를 시키시오. 더 상세한 정보를 입수할 때까지는 발사하지 마시오. 당장 그곳으로 달려가겠소."

일본과 영국과 프랑스와 이탈리아로 통하는 직통 전화를 들고, 장교들은 현재 일어나고 있는 비상사태를 동맹국들에게 통고했다.

문제는 그들도 누가 공격해 오고 있는지 정확히 모르고 있다는 사실이었다.

"그것이 러시아군의 공격이라는 것이 확실합니까?"

일본 대사가 물었다.

"아닙니다. 그것은 중국일 수도 있고, 인도일 수도 있고, 알바니아일 수도 있습니다. 컴퓨터는 계속 다른 대답을 내놓고 있습니다."

컴퓨터는 뒤죽박죽이 된 메시지를 내보내는 것을 중지하려고 안간힘을 쓰고 있었으나, 마스터 컴퓨터가 명령하는 대로 따르지 않을 수 없었다. 그리고 마스터 컴퓨터는 드리피가 내부에 들어와 있었기 때문에 제대로 작동을 할 수가 없었다.

그런데 그 난리 통에 드리피는 도대체 무엇을 하고 있었을까? 그는 깊은 잠에 빠져서 바람의 꽁무니를 타고 하늘을 날아다닌 일이며, 수백 명의 사람들이 그에게 절을 한 일이며, 무대의 유명한 스타로서 갈채를 받는 꿈을 꾸고 있었다.

미합중국 대통령이 기밀실에 도착했다. 그는 모든 컴퓨터가 미친 듯이 작동하는 것을 보고 말했다.

"이것은 매우 심각한 사태요. 내 생각에도 우리가 공격을 받고 있는 것 같소. 미사일을 탑재한 폭격기들을 발진시키시오. 러시아가 우리를 강타하기 전에 우리가 먼저 러시아를 때려야 하오."

"알았습니다. 대통령 각하."

장군은 수화기를 집어 들고 말했다.

"A비행단, 즉각 폭격기를 출동시키시오."

그는 수화기를 내려놓고 말했다.

"폭격기는 3분 내에 러시아를 향해 출격할 것입니다."

"나는 러시아군이 우리를 공격해올 줄은 꿈에도 생각지 못했소. 이것은 바로 제3차 세계대전을 의미하는 것이오."

"저도 알고 있습니다, 각하."

기밀실에 있는 모든 사람들은 무척 심각해졌다.

러시아의 모스크바 교외에 있는 러시아 국방성 기밀실에서는 모든 러시아 장성들이 모여서 그들의 컴퓨터를 들여다보고 있었다. 그때 장군 한 사람이 소리쳤다.

"저것 좀 보시오! 미국 폭격기가 우리나라를 향해 오고 있습니다!"

그것은 도저히 믿을 수 없는 사실이었다.

"미국인들이 우리에게 선전 포고를 한 것이오."

그들은 곧바로 다른 컴퓨터로 달려갔다. 모든 컴퓨터가 같은 대답을 나타내고 있었다. 불과 몇 분만 있으면 러시아는 미군의 공격을 받게 되는 것이다.

러시아 육군 사령관이 말했다.

"즉각 적에게 우리 미사일을 발사하지 않으면 안 될 것입니다!"

다른 장성들도 고개를 끄덕였다.

"그것은 이 세계의 종말을 의미하겠지만, 미국인들이 러시아를 파괴하는 것을 내버려둘 수는 없소. 우리도 공격을 가합시다!"

장군은 전화기에 대고 명령했다.

"미국인들이 우리를 공격해 오고 있다. 즉각 폭격기를 발진시켜라. 뉴욕과 시카고와 로스앤젤레스를 폭격하도록 하라."

장군은 전화기를 내려놓았다.

"이것은 제3차 세계대전의 시작을 의미하는 것이오."

제3차 세계대전!

그런데 이 소동을 일으킨 장본인은 도대체 누구란 말인가? 바로 드리피였다.

드리피는 생애 최대의 모험을 경험하고 있었지만, 그 자신은 전혀 그것을 깨닫지 못하고 있었다. 드리피는 그동안 태평스럽게 잠을 자고 있었다. 그의 주위에서는 소령들과 대령들과 장군들이 방을 들락날락하면서 명령을 내리고 공격 준비를 서두르고 있었다.

모스크바와 연결되어 있는 직통 전화도 있었다.

"대통령 각하, 직통 전화로 러시아 대통령과 얘기를 해보면 어떻겠습니까? 그들의 공격을 중지시키기에는 너무 늦었는지도 모르지만 말입니다."

"그 말이 옳은 것 같군. 이런 파국을 방지할 수만 있다면 어떤 노력이라도 아끼지 말아야지."

대통령은 빨간색 전화기를 들었다. 그러자 즉각 러시아 측에서 응답이 있었다.

"당신네들은 왜 우리나라에 공격을 가하고 있소?"

대통령이 물었다.

"당신네들이 먼저 공격하니 우리도 반격을 할 수밖에 없지 않소?"

러시아 대통령이 대답했다.

"하지만 당신네들이 먼저 공격을 하지 않았소?"

"우리는 먼저 공격을 한 적이 없습니다. 당신들의 폭격기가 우리나라를 폭격하기 위해 오는 것을 우리 컴퓨터가 확인해 주었습니다."

"아니오, 우리 컴퓨터가 당신들의 비행기가 먼저 공격해 오고 있다고 확인해 주었소."

"그것은 사실이 아니오."

"우리는 3차 대전을 원치 않소!"

미합중국 대통령이 외쳤다.

"우리도 마찬가지요. 만일 당신네가 폭격기를 불러들인다면, 우리도 폭격기를 불러들이겠소."

러시아 대통령이 말했다.

"안 됩니다. 당신네가 먼저 불러들여야만 우리 것을 불러들이겠소."

미국 대통령이 말했다.

그들은 서로를 믿지 못하고 있었다.

"그렇다면 할 수 없소."

러시아 측에서 말했다.

미국 대통령은 폭격기의 현재 위치를 나타내는 벽에 걸린 거대한 지도를 바라보았다. 장군이 종종걸음으로 다가왔다.

"대통령 각하, 앞으로 2분만 있으면 폭격기를 불러들이려고 해도 불러들일 수가 없게 됩니다. 우리는 어쩔 수 없이 러시아를 폭격하지 않을 수 없게 되는 것입니다. 이것들이 러시아 폭격기들입니다. 앞으로 2분 뒤면, 그들도 우리나라를 폭격하게 될 것입니다. 어떻게 하실 생각입니까?"

미국 대통령은 슬픈 표정으로 고개를 흔들었다.

"우리가 할 일은 아무것도 없소. 2분 후면 우리는 전쟁 상태에 돌입

할 것이오. 그리고 그것은 세계의 종말이 될 것이오."

여러분은 누가 제3차 세계대전이 일어나는 것을 방지했는지 아는가? 그렇다. 그것은 바로 드리피였다. 주위의 고함소리와 장군들이 이리저리 뛰어다니는 소리에 그는 잠에서 깨어났다.

"도대체 이곳에서는 시끄러워서 잠을 잘 수가 없군."

드리피는 투덜거리며 일어나 앉아서 주위를 돌아다보았다.

"도대체 무슨 일이 일어났기에 모두들 흥분해서 저렇게 떠들어대는 거야? 왜들 모두 미친 사람처럼 뛰어다니고 아우성을 치는 거지? 잠을 잘 수 있는 조용한 장소를 다시 찾아봐야지 도저히 안 되겠군."

드리피는 컴퓨터의 갈라진 틈새로 살며시 미끄러져 나왔다.

드리피가 컴퓨터에서 빠져나온 순간, 마스터 컴퓨터는 다시 정상적으로 작동하기 시작했다. 경고의 벨 소리도 멎고, 사이렌 소리도 멎었다. 그리고 컴퓨터도 동서남북으로부터 가해 오는 공격을 더 이상 나타내지 않게 되었다.

"저것 좀 보시오! 우리는 러시아군에게 공격을 받고 있지 않았었소. 컴퓨터가 고장이 났었던 모양이군. 대통령에게 즉시 전화를 걸어야겠소."

장군이 벽에 걸린 시계를 쳐다보며 말했다.

"너무 늦었습니다, 공격 개시 시간이 1분밖에 남지 않았습니다."

미국 대통령은 직통 전화를 집어 러시아 대통령에게 말했다.

"대통령 각하, 우리는 폭격기를 즉각 소환하겠소. 각하도 소환하시겠소?"

"미국이 소환하는 즉시 우리도 소환하겠소."

대통령이 대답했다.

벽에 걸린 지도를 모두가 지켜보고 있는 가운데, 미군 폭격기들이 먼저 방향을 바꿔서 미국 쪽으로 돌아오는 것이 보였다. 잠시 뒤, 러시아 폭격기들도 러시아 쪽으로 돌아갔다.

방 안에 있던 사람들이 일제히 환호성을 지르며 서로를 끌어안고 상대방의 등을 마구 두들겼다.

"대통령 각하께서 해내셨습니다!"

장군이 대통령에게 말했다.

"각하께서 3차 대전을 막으셨습니다."

하지만 여러분은 3차 대전을 막은 것이 드리피라는 것을 잘 알고 있을 것이다.

## 12

"이제는 또 다른 모험을 시작할 때가 되었군."

드리피가 말했다.

물론 드리피는 자기 생애에서 가장 큰 모험을 조금 전까지 경험했다는 것을 꿈에도 모르고 있었다.

드리피는 마룻바닥으로 미끄러져 내려가서 컴퓨터실을 나가려고 했다. 그때 경비병이 대통령이 나가도록 문을 활짝 열었다. 그 순간, 드리피는 대통령의 구두 위에 뛰어 올라가서 함께 방을 나갔다.

기밀실에서 일어났던 사건이 바깥세상에 알려져서, 대통령이 길거리로 나갔을 때는 질문을 하기 위해 수십 명의 기자와 카메라맨들이 기다리고 있었다.

카메라맨들은 사진을 찍기 시작했다. 대통령의 구두 위에 올라타고 있던 드리피는 생각했다.

(기왕 내 모습을 찍으려면 사진이 잘 나오는 쪽으로 찍어 주면 좋겠는데.)

"대통령 각하."

기자 한 사람이 질문했다.

"러시아와 하마터면 충돌을 할 뻔했다는 것이 사실입니까?"

"그렇소. 하지만 지금은 문제될 것이 없습니다. 약간의 문제가 있었지만, 모두 해결되었습니다."

"러시아가 우리를 먼저 공격하려고 했다는 것이 사실입니까?"

"약간의 오해가 있었던 것은 사실입니다만, 지금은 모든 것이 잘 되어가고 있습니다."

"우리도 러시아를 공격하기 위해 폭격기를 보냈습니까?"

"어떻게 사건이 시작되었습니까?"

"컴퓨터가 고장을 일으켰습니다."

그런 식으로 질문은 계속되었다.

대통령의 기자회견 장면이 텔레비전에 생중계되고 있었다. 그것은 바람이 진열장에 텔레비전 수상기를 진열해 놓은 전파상 위를 지나갈 때 우연히 보게 되었다. 바람은 잠시 기자회견 장면을 지켜보고 있다가 갑자기 대통령의 구두 위에 있는 드리피를 보았다.

"저기 있구나! 이제야 저 녀석을 붙잡을 수 있게 되었군."

바람은 기자회견이 어디서 열리고 있는지 몰랐기 때문에, 하늘 높이 치달아 올라가서 도시 전체를 구석구석 내려다보았다.

그때 자신이 있는 곳으로부터 동쪽에 대통령과 기자들이 서 있는 것이 보였다. 바람은 쏜살같이 내려갔다. 거기에 드리피가 있었다.

"드디어 너를 찾았구나!"

"안녕하세요, 바람 아저씨?"

"내가 너한테 공원 벤치에서 기다리라고 말했잖느냐?"

바람의 목소리가 너무 화가 난 듯이 들렸기 때문에 드리피는 겁을 집어먹었다. 드리피는 사실을 말하기가 무서웠다.

"벤치에서 굴러 떨어졌어요."

드리피는 거짓말을 했다.

바람은 드리피를 노려보았다. 그래서 드리피는 자기 말을 믿는지 아닌지를 알아볼 길이 없었다.

"하여간 여기서 떠나자. 나는 기자회견 같은 건 싫어하니까."

바람은 드리피를 옷 끝에 태우고 하늘 높이 날아 올라갔다.

(야, 기분 좋다! 이제 또 다른 모험이 시작되겠지.)

한편 멀리 떨어진 지상에서는 드리피가 너무 오랫동안 소식이 없었기 때문에 이슬방울 부인은 슬피 울고 있었다.

그녀는 아들이 죽지나 않았을까 하고 애를 태우고 있었다.

커다랗고 아름다운 눈물이 이슬방울 부인의 눈에서 넘쳐 나와 뺨을 타고 흘렀다. 눈물이 흘러내리자, 이슬방울 부인은 물로 만들어졌기 때문에 그들과 뒤섞여 함께 길거리를 흘러 내려갔다. 그것은 마치 조그만 시냇물 같았다.

바람은 이슬방울 부인의 울음소리를 듣자, 그녀가 몹시 불쌍했다.

이슬방울 부인은 드리피가 집에 돌아와 주기를 몹시 바라고 있었다. 그러나 바람은 드리피가 또다시 집을 뛰쳐 나가 어머니의 마음을 아프게 하리라는 것을 잘 알고 있었다.

"너 집에 돌아가고 싶지 않니?"

바람은 드리피에게 물어보았다.

드리피는 코웃음을 쳤다.

"싫어요. 좀 더 재미있는 장난을 해보고 싶어요."

"네가 생각하는 것은 고작 그것뿐이냐? 재미있는 장난이라고?"

"그럼 그 밖에 또 무엇이 있겠어요?"

서글픈 일은 드리피가 진심으로 그 말을 하고 있다는 사실이었다.

"너한테 보여줄 것이 있다. 그리고 교훈을 한 가지 가르쳐줄 테다. 잘 있어라."

바람은 그 말을 하고 나서 양쪽 뺨을 잔뜩 부풀렸다가 푸 하고 입김을 내뿜었다. 드리피는 그 입김에 날려 하늘로 곧장 솟아 올라갔다. 자꾸 올라가니 옆으로 별들이 스쳐 지나갔다.

지구에서 멀리 떨어져서 별에 가까워질수록 공기는 점점 차가워져서 곧바로 드리피의 몸은 얼어붙기 시작했다. 드리피는 지금까지 한 번도 그렇게 추위를 느껴본 적이 없었다.

매우 이상한 일이 일어나기 시작했다. 몸이 갑자기 가벼워진 것처럼 느껴졌다.

바로 그때, 놀라운 일이 일어났다. 드리피는 호수 위를 지나가게 되었는데, 밑을 내려다보다가 자신의 모습을 비쳐 보게 되었다. 드리피는 이미 옛날의 물방울이 아니었다. 그는 눈송이였다. 커다랗고 멋진 눈송이였다!

온몸이 희고 부드럽게 반짝였다. 드리피는 마치 얼어붙은 달빛으로 만들어진 것처럼 보였다.

"어쩌면 내가 이토록 아름다울까!"

드리피는 지금까지 눈송이가 되었던 일은 한 번도 없었다. 그래서 자기 자신에 대해서 매우 만족했다.

(물방울이었을 때는 뚝뚝 흘렀지만, 지금은 눈송이니까 날아다닐 거야.)

드리피는 너무도 기뻐서 여기저기서 춤을 추며 하늘 위를 마음껏 떠돌아다녔다.

가는 곳마다 아래쪽에 호수나 바다가 있어서 드리피는 자신의 모습을 감상하기 위해 잠시 멈춰 섰다. 드리피는 자기가 그처럼 희고 부드럽고 멋지게 생겼다는 사실을 그냥 넘겨 버릴 수가 없었다.

"나는 아마 이 세상에서 가장 아름다운 눈송이일 거야."

그때 바람이 드리피의 말을 들었다. 그러자 바람은 양쪽 뺨을 잔뜩 부풀려서 힘껏 입김을 불었다.

드리피는 그 입김에 불려 다시 더 높은 곳으로 날아 올라갔다. 그곳은 더욱 추웠다. 곧바로 이상한 일이 그의 몸에서 일어났다.

드리피는 자기 몸이 무겁고……미끈미끈하고……이상하게 느껴졌다. 반짝이는 별의 옆을 지나갈 때, 드리피는 자신을 그곳에다 비쳐 보았다. 그는 이미 눈송이가 아니라 우박이었다. 크고 무거운 우박으로 변해 있었다.

드리피의 몸은 딱딱하게 얼어붙어 있었다.

드리피는 우박이 되었기 때문에 불행했다. 그는 이제 멋지게 생기지도 않았고, 날아다니거나 춤을 출 수도 없었다. 그때 드리피는 자신의 모습을 다시 보고 얼마간 마음이 누그러졌다. 날아다니거나 춤을 출 수 없는 것은 사실이었지만, 튀어다닐 수는 있었다.

"나야말로 이 세상에서 가장 크고 가장 잘 튀는 우박일 거야."

우박은 점점 더 눈송이보다 커지고 무거워졌다. 그러다가 드리피는 너무 무거워져서 하늘에서 거꾸로 떨어지기 시작했다. 별을 지나, 달을 지나, 구름을 지나, 지면을 향해 곤두박질쳤다.

꽝!

드리피는 커다란 도시의 길 위에 추락했다.

다행히 우박이기 때문에 다시 튀어 올라가서 창 위에 내려앉았다. 그것은 어느 집의 유리창으로, 가족이 모여서 저녁 식사를 하는 모습이 보였다.

드리피가 너무 세게 창문에 부딪쳤기 때문에 갓난아기가 그 소리에 놀라서 울기 시작했다. 드리피는 자신이 그렇게 크고 용감한 우박이 되었다는 사실이 무척 기뻤다.

(모두들 나를 무서워하는구나. 내가 이렇게 크고 강해서일 거야.)

드리피는 밤새껏 뛰어다니고 점프하면서 놀았다. 새벽녘이 가까워지자 드리피는 피로를 느끼기 시작했다. 하늘이 핑크빛으로 변하고 달은 하늘의 모든 별들을 챙겨서 밤을 위해 간직해 두었다.

드리피는 외로웠다. 그와 놀아줄 상대는 아무도 없었다. 모든 아이들은 집으로 돌아가서 잠자리에 들어갔고, 길거리에는 사람들의 그림자가 하나도 없었다. 드리피 혼자만이 외롭게 남아 있었다.

'좋아. 내 친구 바람 아저씨가 또 다른 모험의 세계로 데려가 줄 테니 기다려 보자.'

"바람 아저씨, 더 재미있는 걸 보여주세요."

아무런 대답이 없었다. 바람은 드리피를 혼자 남겨 두고 어디론가 가 버리고 없었다.

"바람 아저씨, 바람 아저씨!"

텅 빈 거리에는 드리피의 목소리만 울려 퍼지고 있었다.

(나와 함께 놀아줄 친구가 있으면 좋으련만.)

드리피는 다시 껑충 튀어 올라 어린 소녀의 유리창으로 갔다. 그 소녀는 드리피가 무지개가 되어 목숨을 살려준 바로 그 소녀였다. 그녀의 얼굴은 건강한 핑크색이었고 깊이 잠들어 있었다.

(저 소녀를 구해 주어서 참 기쁘다.)

드리피는 다른 모험들에 대해서도 생각했다.

그는 자기를 햇빛으로부터 구해주고 셈하는 법을 가르쳐준 메뚜기를 생각해냈다.

(비록 내가 지금은 우박이지만, 아직 숫자를 셀 수 있어. 1, 2, 3, 4, 5, 6, 7, 8, 9, 10. 정말 메뚜기는 좋은 일을 해주었어. 메뚜기한테 감사를 해야지.)

드리피는 자신의 목숨을 구해준 여왕벌에 대해서도 생각했다.

(여왕벌도 나에게 고마운 일을 해주었어. 여왕벌에게도 감사를 해야지.)

그는 허밍버드에게서 자신을 구해준 바람에게도 감사하다는 말을 한 번도 한 적이 없음을 알았다.

(바람은 나에게 1주일의 요일을 가르쳐 주었어. 아마 요일을 알고 있는 우박은 나 하나뿐일 거야.)

자신과 함께 테니스 게임을 한 나비도 있었다. 또 그를 삼킨 상어도 있었다.

(나는 술에 취한 유일한 물방울일 거야.)

드리피는 자기가 얼마나 어지러워했었는지 기억해냈다. 비행기의 날개를 탔을 때는 또 어땠는가?

드리피는 코끼리와 공작도 기억해냈다. 공작은 친절하게도 그에게 색깔을 구별하는 것을 가르쳐 주었다. 그는 동물원에 있던 모든 동물들에 대해서도 생각했다.

(달팽이도 나를 구해 주었지. 그런데 나는 누구에게도 감사하다는 인사를 하지 않았어.)

(올빼미도 있었다. 그 올빼미는 내게 1년의 달을 가르쳐 주었는데.)

(그래. 올빼미는 죽었어. 다시는 만날 수 없을 거야.)

그때 드리피는 슬픔을 느꼈다. 그것은 기묘한 느낌이었다. 왜냐하면 드리피는 이전에는 슬프다고 느껴본 적이 없었기 때문이다. 드리피는 오로지 자기 자신만을 생각해 왔고, 자신이 얼마나 훌륭한 존재인지만을 생각해 왔다.

그러나 지금 낯선 도시의 한가운데에 있으면서 드리피는 다른 존재들에 관해서 생각을 했다. 모두들 자기에게 얼마나 친절하게 대해 주었는가를…….

(그 올빼미에게 감사하다는 말을 꼭 했어야 하는데……. 하지만 지금은 너무 늦었어.)

난생 처음으로 드리피는 얘기할 시간이 있을 때 감사하다는 말을 해야 한다는 것과, 누군가가 친절을 베풀었을 때는 그에게 감사하다는 마음을 표시해야 한다는 것을 깨달았다.

드리피는 은행 강도 사건과 회오리바람과 거미와 마술사에 대해서도 생각했다.

(바람과 여왕벌과 메뚜기는 내가 이 세상에서 가장 중요한 존재라고 말했었지.)

그러나 자신이 중요하다고 생각해본 적은 없었다. 그는 자기가 무슨 일을 해야 할지 몰라서 외로워졌다.

드리피는 어떤 집 유리창으로 튀어 올라가서 안을 들여다보았다. 한 어머니가 요람에 몸을 구부리고 담요로 갓난아기를 감싸주고 있었다. 그때 옆집에서 나는 소리가 들려서 그는 그곳으로 가보았다.

그 집에서는 어머니와 아버지와 4명의 아이들이 아침식사를 하고 있었다.

(모두가 자신을 돌봐주는 사람을 가지고 있구나. 나만 빼놓고는.)

드리피는 너무도 슬퍼서 더 이상 그곳에 있을 수가 없었다.

어머니와 아버지와 형제들과 사촌들이 보고 싶어졌으나 그들은 모두 멀리 떨어진 곳에 있었다. 어디를 가야 그들을 찾을 수 있는지도 알 수 없었다.

새벽이 되자 태양이 하늘로 솟아올랐다. 태양은 아래를 내려다보다가 드리피를 발견했다.

태양이 말했다.

"저 우박은 나에게서 도망쳤던 꼬마 물방울이로구나. 나를 속일 수는 없지. 저것은 드리피야. 좋아, 이번에는 도망치지 못할걸?"

그때 드리피도 고개를 들어 태양을 보았다. 그러나 드리피는 도망치려고 하지 않았다. 드리피가 태양에게 말했다.

"나를 잡아 마신다고 해도 상관없어요. 나는 죽어도 싸다고요. 모두에게 나쁜 짓을 해왔으니까요."

드리피는 울기 시작했다. 그러자 그는 녹기 시작해서 곧바로 아름답게 무지개 색깔이 가득한 반짝이는 물방울로 되돌아갔다.

태양이 드리피를 들이마시려고 했지만 바람이 그때까지 그 광경을 지켜보고 있었다. 그리고 드리피가 집에서 도망친 것을 후회하고, 자신이 저지른 잘못에 대해 후회하고 있는 것을 보자, 바람은 날쌔게 땅으로 내려와 드리피를 양팔로 안아 들어 올렸다.

"자, 이번에는 어디로 가고 싶으냐?"

그러자 드리피가 대답했다.

"집으로요."

바람은 무척 기뻤다. 드디어 드리피가 자신의 교훈을 깨달은 것이다. 바람은 드리피를 조심스럽게 안고 캘리포니아주 로스앤젤레스로 날아갔다.

숲속으로 내려가 이슬방울 부인의 품에 드리피를 안겨 주자, 그녀는 행복에 겨운 채 눈물을 흘렸다.

드리피의 아버지와 숙부와 숙모와 사촌들이 그를 둘러싸고 말했다.

"우리에게 네 모험담을 들려주겠니?"

드리피는 그들을 둘러보며 곰곰이 생각했다.

(만약 이들에게 내가 겪은 멋진 일들을 얘기해 준다면, 이들은 그런 모험을 하지 못한 것을 무척 아쉽게 생각할 거야.)

드리피는 간단하게 "나는 모험이라는 것을 전혀 해보지 못했어요."라고 말했다.

드리피가 돌아왔다는 소식이 숲속에 전해지자 모두들 안도의 숨을 내쉬었다.

개미는 귀뚜라미에게 말하고, 귀뚜라미는 새에게 말하고, 새는 나무에게 말했다. 숲 전체가 드리피의 이름을 합창했다. 그러나 한 가지 아직도 드리피의 마음에 걸리는 것이 있었다.

"바람 아저씨는 내가 이 세상에서 가장 중요한 존재라고 말했어요. 내가 없으면 아무도 살 수가 없다면서……."

그때 드리피의 아버지가 말했다.

"바람의 말이 옳단다. 왜냐하면 너는 물로 만들어진 존재니까 말이야. 물이 없으면 아무것도 살아갈 수가 없지. 너는 작은 물방울에 지나지 않지만, 온가족이 합치면 그 이상 중요한 것은 이 세상에 없단다."

드리피는 다시는 가출을 하지 않았다.

여러분이 이따금 그를 만나보고 싶으면 비가 올 때 밖으로 나가기만 하면 된다. 그러면 언제든지 드리피를 만나볼 수가 있다. 그의 어머니도 아버지도 형제자매들도 사촌들도 말이다.

드리피는 열심히 풀을 무성하게 자라도록 만들고, 목마른 꽃에 물을 주고, 누런 밀을 크고 강하게 자라도록 한다.

모든 착한 물방울들이 그렇게 하듯이 말이다.

# 행운의 동전

The Adventure of a Quarter

# 프롤로그

25센트짜리 동전(쿼터)이 사람의 운명을 바꾸어 놓을 수 있을까?

사람을 부자로 만들기도 하고 감옥에 보내기도 하며 또 생명을 구할 수가 있을까? 그렇다.

이 이야기는 이 모든 일을 해낸 어느 '동전'에 관한 것으로, 이 동전은 다른 수십만 개의 동전과 함께 콜로라도 주 덴버의 조폐국에서 태어났다. 이 동전은 동전 모양을 찍어내는 거대한 프레스 사이를 지나던 1만 파운드짜리 검정 금속 코일의 일부분으로 처음 비롯되었다.

그 후 두 번째 프레스를 통과하는 동안, 호퍼가 그 위에 조각을 새겨 놓았다. 동전의 한쪽 면에는 '자유'라는 글자가 새겨져 있었고, 또 한쪽 면에는 '우리는 하나님을 믿는다' 라는 말이 쓰여 있었다.

컨베이어 벨트를 타고 내려온 동전들은 플라스틱 가방 속에 모아졌다. 가방마다 4천 개의 동전이 들어 있었다.

오늘날 전 세계에는 110억 개의 미국 '쿼터' 동전이 사용되고 있지만, 우리의 관심은 오로지 단 한 개, 즉 많은 사람들의 삶을 바꾸는 숙명을 타고난 이 '쿼터' 동전뿐이다.

# 1

"이봐, 얼른 주문받아!"

"잘 익힌 스테이크로 시켰잖아."

"감자가 아니라 토마토를 시켰다고."

저녁 러시아워가 시작되자 음식점엔 시장기를 못 이기는 손님들로 가득 찼다.

이 할리우드 커피숍에는 6명의 웨이트리스가 일하고 있었는데 그 중에서도 로즈마리 머피가 단연 최고였다.

로즈마리는 20대 후반으로 멋진 몸매와 깨끗한 피부, 그리고 지적인 잿빛 눈동자를 가진 매력적인 여성이었다. 그녀는 6개의 테이블을 담당했는데 언제나 쾌활하고 유능했다. 단골손님들은 늘 그녀의 담당 구역에 앉고 싶어 했다.

그녀는 마치 그들이 자신의 손님이라도 되는 양 그들로 하여금 대접을 받는다는 느낌을 갖게 해주었다. 그러나 로즈마리는 그 직장을 끔찍이도 싫어했다. 심지어는 바깥쪽 도로변에 새겨져 있는 별자리 이름이 달린, 청동으로 만든 별까지도 끔찍스러울 정도였다.

그녀가 로스앤젤레스로 온 것은 고향인 오리건 주의 살렘에서 열린 미인대회에서 우승을 차지했기 때문이었다.

"넌 대스타가 될 수 있어."

모두들 그녀에게 말했다.

"넌 다른 글래머 여왕 못지않게 예쁘고, 재능도 더 많아."

"그 이상이지."

"널 보면 모두들 기절할걸."

그녀는 그 말을 믿었다. 그녀는 인기와 명성을 꿈꾸었다.

'내로라하는 스타들과 함께 공연하겠지. 돈을 벌어 멋진 자동차와 하트 모양의 수영장이 딸린 아름다운 저택도 가지게 될 거야. 유명해져서 모두들 내 사인을 받고 싶어 할 거라고.'

로즈마리는 할리우드 행 비행기 표를 사기 위해 상금을 거의 모두 써버렸다. 처음에는 가슴 설레는 모험이기도 했다.

그녀는 할리우드 길모퉁이에 서서 제작자나 프로듀서가 그녀의 어깨를 갑자기 두드리며 이렇게 말을 건네주기를 기다렸다.

"아가씨, 혹시 배우가 될 생각 없으세요?"

그런 일은 일어나지 않았다. 하지만 로즈마리는 실망하지 않았다.

'시간문제야.'

그녀는 그렇게 중얼댔다.

차이니즈 극장에 가서 배우들의 발자국들을 구경한 그녀는 다음날 오후에는 산타모니카 거리를 내려가던 유명 배우들도 직접 보았다.

이 모든 일이 첫 주일에 있었던 일이었다. 그때만 해도 꿈같은 한 주일이었다. 그 이후는 온통 내리막길이었으니…….

로즈마리가 지금부터 할 일은 스튜디오로 찾아가서 자신이 미인대회에서 우승했음을 밝히고 캐스팅 담당 감독과 면회를 요청하는 것이었다. 감독은 즉석에서 계약서를 작성해줄 것이다. 그러나 현실은 사뭇 달랐다.

그녀는 유니버설 시티로 가는 버스를 타고 스튜디오의 접수계로 찾아갔다.

"저는 로즈마리 머피라고 합니다. 캐스팅 담당 감독님을 뵙고 싶은데요."

그녀는 접수계에 앉아 있던 제복 차림의 안내원에게 말했다.

"약속이 되어 있습니까?"

"아뇨."

"약속 없이는 만날 수가 없습니다."

"이해를 못하시는군요. 저는 미인대회에서 우승한 데다……."

안내원은 한심하다는 듯이 말했다.

"축하합니다. 하지만 미리 약속을 정하셔야 합니다."

"하지만 전……."

"사진과 연기 경험을 적은 이력서를 제출해야 합니다."

그는 그녀의 얼굴을 올려다보며 그리 불친절하지는 않게 말했다.

"연기 경험은 있으시겠죠?"

로즈마리는 주저주저했다.

"오리건의 플레이하우스에서 까밀 역을 맡아봤어요. 그리고……."

안내원은 정성들여 다듬은 머리카락이 땀방울로 축축이 젖어드는 예쁘장하고 순진해 보이는 소녀의 모습을 찬찬히 뜯어보았다.

"아가씨, 이 도시엔 미인들이 꽉 차 있어요. 버스나 비행기, 기차로 세계 각지에서 매일 모여들고 있단 말이오. 그들 모두 똑같은 걸 원하고 있죠. 청동반지를 움켜쥐고 싶어 하거든. 하지만 그런다고 되는 게 아니오. 아가씨께 충고를 드리지! 괜히 쓸데없이 서류를 보낼 생각 말고 아이오와 행 다음 버스나 타시구려."

"오리건이에요."

"아무렴 어때. 집으로 돌아가요."

그러고 나서 그는 전화기를 집어 들었다.

"정문……."

'집으로 가라니. 아직 시작도 안했는데.'

로즈마리는 그렇게 중얼거렸다.

그녀가 다음으로 갔던 곳은 버뱅크 스튜디오였다.

"저는 로즈마리 머피라고 합니다. 캐스팅 담당 감독님을 뵙고 싶은데요."

그녀는 접수실의 제복을 입은 안내원에게 말했다.

"약속을 했나요?"

"아뇨, 하지만……."

똑같은 대화가 다시 시작되었다. 어딜 가나 그때마다 마찬가지였다. 컬버시에 있는 메트로 골드윈 메이어사도 가보았고 버뱅크의 디즈니 스튜디오, 할리우드의 파라마운트사, 그리고 웨스트 로스앤젤레스에 있는 20세기 폭스사도 찾아갔다. 한결같았다.

"사진하고 이력서를 보내세요."

그녀에게 무슨 일이 일어날지 말해준 사람이 아무도 없었기 때문에 그녀는 사진을 준비해놓지 않았다. 사람들은 이렇게 말했을 뿐이다.

"얘야, 그저 넌 들어가서 아름다운 얼굴과 몸매만 보여줘도 머리가 빙빙 돌 정도로 곧바로 계약 서명을 받게 될 거야."

그녀의 머리가 어지럽기 시작했으나 그건 허기 때문이었다.

고향친구가 그녀에게 전화를 했다.

"로즈마리, 어떻게 지내고 있니?"

"잘 있어."

"계약서 사인은 했니?"

"아직, 하지만 굉장히 낙관적이야."

그녀는 차마 사실대로 털어놓을 수가 없었다.

로즈마리는 마지막 남은 돈을 사진 찍는 데 써버리고, 그 도시 내의 캐스팅 담당 감독들에게 빠짐없이 사진을 보냈다.

그중 아무도 회신을 보내오지 않았다. 그녀는 전화를 해봤으나 역시 아무런 회답이 없었다.

그때 안내원이 한 말이 기억났다.

"아가씨, 이 도시엔 미인들이 꽉 차 있어요. 버스나 비행기, 기차로 세계 각지에서 매일 모여들고 있단 말이오. 그들 모두 똑같은 걸 원하고 있죠. 청동반지를 움켜쥐고 싶어 하거든. 하지만 그런다고 되는 게 아니오. 아가씨께 충고를 드리지! 괜히 쓸데없이 서류를 보낼 생각 말고 아이오와 행 다음 버스나 타시구려."

로즈마리는 점점 필사적이 되어갔다. 그녀는 하루 30달러짜리 작은 하숙방에 기거하고 있었는데 그것마저 형편이 여의치 않아 하숙비가 밀리게 되었다. 주인 여자는 동정심이 많은 여자였다.

"이봐, 아가씨. 내쫓고 싶지만……. 하숙비는 받아야겠어."

"얼마 안 있으면 스튜디오에서 연락이 올 거예요."

주인 여자는 그전에도 그런 소리를 수없이 들었다. 지난 몇 년 동안 그녀의 하숙집에서는 수백 명에 달하는 예비 스타들이 매춘부나 택시 운전기사, 웨이트리스, 그리고 하녀로 전락했었다. 언제나 한결같이 똑같은 꿈이었지만 결코 실현되지 않았다.

"곧 무슨 소식이 있겠지만 그동안 먹고 살아야 하잖수. 기회가 오기 전만이라도 입에 풀칠할 직장을 구해 봐야 하지 않겠수?"

"어떤 일자린데요?"

"6호실 여자가 그러는데 할리우드 커피숍에 여급자리가 하나 있다더군. 팁이 상당하다던데."

'웨이트리스라니!'

로즈마리는 생각만 해도 혐오스러웠다. 고작 웨이트리스나 되려고 할리우드에 온 것이 아니잖은가. 그녀는 그것이 천박한 일자리로 여겨졌다.

"주급 300달러를 준대."

그 말을 듣자, 순간 마치 횡재라도 한 것 같았다. 물론 대스타가 되어 버는 돈에 비하면 아무것도 아니지만 그 돈이면 의식주 문제는 해결될 것 같았다.

주인 여자는 그녀의 속마음을 읽기라고 한 듯 빤히 쳐다보았다.

"사진도 새로 찍을 수 있을 거야. 아마 지난번에 스튜디오로 보낸 사진들은 별로였던가 봐."

"맞아요."

로즈마리가 말했다.

'그때 싸구려 사진사한테 찍어서 사진이 형편없었던 거야.'

갑자기 기분이 한결 나아졌다. 사진을 새로 찍어서 실물처럼 아름답게 나오기만 한다면 캐스팅 담당 감독들이 당장 전화를 걸어올 것이다.

"그렇게 하죠. 어쨌든 몇 주간뿐일 테니까요."

그 몇 주가 몇 달이 되어버렸다.

그 몇 달은 또다시 2년째로 접어들고 있었다. 새로 찍은 사진을 캐스팅 담당 감독들에게 모두 보냈지만 단 한 사람도 연락을 해오지 않았다.

그녀는 간혹 부모로부터 안부를 묻는 편지를 받으면 이렇게 써 보냈다.

"모두 잘되어 가고 있어요. 저는 전도가 유망해요. 머지않아 멋진 일이 일어날 거예요."

그러나 그녀의 편지가 점점 생기를 잃기 시작하자 부모님은 집으로 돌아오라고 했다. 부모님은 그녀를 몹시도 보고 싶어 했고 그녀 또한 마찬가지였다. 그러나 그녀는 할리우드에 남아 성공하고 말겠다는 다짐만 계속했다.

처음엔 로즈마리를 만난 사람들이 그녀의 직업을 물었을 때만 해도 그녀는 "배우입니다."라고 말했다. 그러나 이제 그녀는 마음속으로 '난 웨이트리스입니다.' 라고 생각했다.

그녀의 꿈은 점점 퇴색되어갔다. 할리우드에는 아름답고 그녀보다 더 앳되고 재능 많은 여자들로 가득 차 있었다.

로즈마리는 비단 배우로서의 인기뿐만 아니라 단란한 가정을 이루는 꿈도 지니고 있었다. 그런데 그런 꿈이 이젠 하나도 이루어지지 않을 것만 같았다. 음식점에서 만난 사내들은 그녀를 그저 침대로만 끌고 가고 싶어 할뿐이었다.

"이봐, 손해 볼 게 뭐 있어. 재미 좀 보자고."

"고맙지만 관심 없어요."

"아가씨, 혹시 레즈비언 아냐?"

밤이 되면 그녀는 자신에게 일어났던 일들을 생각하며 홀로 쓸쓸히 침대에 누웠다. 그녀는 미인대회가 열리던 날 밤, 우승한 자신을 보고 사람들이 얼마나 열광했는지 기억해냈다.

'오리건 주 최고의 미인이었어!'

그녀는 자신이 주인공을 맡았던 연극과 그때의 그 벅찬 감정을 다시 한 번 생각해 보았다.

"당신은 훌륭한 배우야. 할리우드가 당신을 필요로 하고 있어."

로즈마리는 전율을 느꼈다.

"고맙습니다."

그녀는 그 말을 믿었다. 그러나 지난 2년 동안을 되돌아보면 어땠는가. 자신이 퇴짜를 당한 적이 얼마나 많았던가 말이다.

사실 로즈마리는 더 이상 배우가 되고 싶은 마음이 없었다.

'난 집에 가고 싶어. 너무 늦기 전에 오리건으로 돌아가고 싶어. 그래서 멋지고 점잖은 남자를 만나 결혼하고 아이도 갖고 싶어. 할리우드에 온 건 큰 실수였어. 집으로 가겠어.'

그녀는 그렇게 생각했다.

로즈마리 머피의 가장 친한 친구는 할리우드 커피숍에서 일하는 '힐다'라는 웨이트리스였다.

힐다는 꿈에도 배우가 되고 싶은 생각이 없었다. 그녀는 평범한 얼굴에 키가 작고 뚱뚱한 여자였지만 늘 남자친구가 많이 있어 보였다. 그녀는 지친 몸으로 직장에 나와 로즈마리에게 말하곤 했다.

"간밤에 한숨도 못 잤어. 탐은 동물이야. 하지만 굉장한 남자야. 그런 남자를 어떻게 거절하겠어."

며칠 후에 힐다는 로즈마리에게 다가와 말했다.

"잠을 좀 자야겠어. 이래가지곤 밤샘을 할 수 없잖아."

"그럼 탐한테 한동안 혼자 있게 해달라고 해봐."

"오, 탐이 아니야. 이번엔 알이야. 그는 지칠 줄을 몰라."

'힐다가 보고 싶어지겠지. 보고 싶은 사람은 힐다뿐일 거야.'

로즈마리는 생각했다.

그녀는 단골손님의 손길이나 술 취한 남자의 귓속말이라든가, 음식점의 고함소리 따윈 조금도 그립지 않을 것이다. 그녀가 원하는 건 하루 빨리 할리우드를 떠나 오리건의 평화와 정적 속으로 되돌아가는 것이었다.

그녀는 다음날 떠나게 되었다고 주인 여자에게 말했다. 음식점 주인인 톰킨스 씨에게도 그만두겠다고 말했다.

"로즈마리, 그만두면 곤란해. 당신이 최고거든."

"미안합니다만 톰킨스 씨, 전 집으로 돌아가겠어요."

"당신이 가고 나면 섭섭하겠군. 정말 최곤데. 내 개인적 의견을 말하자면 당신은 정말 스타감이야."

"고마워요, 톰킨스 씨."

그의 얼굴이 환해졌다.

"사실 말이야. 워너 브라더스 사에서 캐스팅을 담당하는 사람과 한 지붕 밑에서 사는 사촌 녀석이 있는데 말이야. 사촌더러 네 이야길 그 사람한테 부탁할 수도……."

"아뇨, 괜찮아요."

전에도 로즈마리는 그런 소리를 들은 적이 있었다. 제작자를 알고 있다거나 감독한테 말을 놓아줄 수 있는 운전기사를 아는 친구가 있다거나, 감독에게 영향권을 행사할 수 있는 배우의 비서를 알고 있다거나, 그럴싸한 대행인의 조카를 안다거나 하는 식이었다. 누가 누구를 안다고 늘 떠들어댔지만 아무런 결과가 나타나지 않았다.

게다가 이제 로즈마리에겐 상관없는 일이기도 했다. 그녀는 자신을 할리우드로 오게 한 것이 배우가 되는 것이 아니었고 다만 화려함과 명성, 그리고 돈이었다는 걸 깨닫게 되었다.

'허황된 이유 때문에 여길 왔던 거야.'

그녀는 혼자 중얼거렸다.

"전 오리건으로 가겠어요."

그녀는 다시 톰킨스 씨에게 말했다.

그날 오후 그녀는 고향 행 버스표를 마련했다. 지갑 속엔 200달러뿐이었지만 돈 문제는 걱정되지 않았다. 고향에 가면 그녀의 방이 기다리고 있을 것이고, 직장을 구하면 비서직 코스라도 밟을 수 있을 테니 말이다.

'그래, 그 일을 해봐야겠어.'

폐점 시간이 가까워서 그녀가 마지막 남은 손님에게 디저트를 봉사하고 있을 때, 힐다가 그녀를 한쪽으로 불러 세웠다.

"부탁 하나 들어줄래, 로즈마리?"

"뭔데?"

힐다는 당혹한 기색이었다.

"문제가 생겼어, 돈이 필요해."

"무슨 일이야?"

"사실은 말이야. 나…… 임신했어."

"알도 알고 있니?"

"알이라고? 아니 빌이야. 아직 말하지 않았어. 200달러가 부족한데 빌려주겠니?"

로즈마리는 얼른 생각했다.

'200달러면 내가 가진 돈 전부인데…… 하지만 이미 방세는 지불했고 버스표도 끊어놓았으니…….'

"빨리 갚을게."

"좋아, 난 내일 집으로 돌아가니까 아무튼 빨리 갚아야 돼."

"응. 정말 고마워, 로즈마리."

"괜찮아."

로즈마리와 힐다는 탈의실이 있는 음식점 뒤쪽으로 걸어갔다. 그곳에서 로즈마리는 지갑에서 200달러를 꺼내어 힐다에게 건네주었다.

"여기 있어."

"정말 고마워."

"괜찮아, 힐다. 아기는 정말 안됐어."

그녀는 다시 음식점 앞쪽으로 걸어 나왔다. 커피와 디저트를 먹고 있던 손님이 막 자리를 뜨려던 참이었다.

"받아둬요."

그 손님이 테이블 위에 25센트짜리 동전 한 개를 놓았다. 반짝반짝 윤이 나는 걸 봐서 새 동전처럼 보였다.

"행운의 동전이오. 당신한테 행운을 안겨줄 거야."

"고맙습니다."

로즈마리는 대답하고 나서 그 동전을 집어 자세히 살펴보았다. 어찌나 반짝거리는지 쓰고 싶은 생각이 없었으나 하숙집으로 돌아갈 버스비로 써야 될 것 같았다. 그녀는 동전을 지갑에 넣고 나서 유니폼을 청바지와 블라우스로 갈아입었다. 그리고 모두에게 작별을 고하고 나서 마지막으로 그 음식점을 나섰다.

바깥은 어두웠다. 산타모니카 거리에 도착했을 땐 인기척도 드문 데다 가로등마저 꺼져 있었다. 좋은 동네가 아니었다. 그곳에서는 종종 범죄사건이 발생했기 때문이었다.

"이런 거리를 혼자 걷는 건 싫어!"

그녀는 큰 소리로 말했다.

보통 때는 힐다와 함께였지만 오늘밤은 로즈마리 혼자였다. 버스정류장은 두 블록 떨어진 곳에 있었다. 로즈마리는 캄캄한 거리를 걸으며 아무 일도 없을 거라고 생각했다.

플로머 공원 사이로 지름길이 나 있어서 그녀는 그 길로 가기로 했다. 멀리서 버스를 타는 장소인 페어팩스 거리의 환한 불빛이 보였다. 그녀는 어두컴컴한 나무들이 늘어선 길을 지났다. 어둠이 그녀를 두렵게 만들기 시작했다.

'1주일 전에 여기서 강간 사건이 일어났었지. 이런 동네는 영원히 작별이야.'

로즈마리는 그렇게 생각했다.

그때 수풀 뒤에서 갑자기 무슨 소리가 났다. 로즈마리는 깜짝 놀라 비명을 지를 뻔했다. 그러나 그건 고양이였다.

"바보 같아. 아무도 널 해치지 않을 거야."

그녀는 그렇게 중얼거렸다.

그때 뒤쪽에서 발자국 소리가 들리더니 점점 빨라지는 것 같았다. 그녀는 뒤돌아보기가 겁이 났다. 그녀가 빨리 걷기 시작하자 그 발소리도 빨리 움직이는 것 같았다.

'아마 서둘러 버스를 타려는 사람일 거야.'

그 순간, 누군가가 그녀를 뒤쪽에서 꽉 붙잡았다.

"소리 내지 마. 그렇지 않으면 죽이겠어."

소리를 낮춘 음성이 들려왔다.

로즈마리의 심장이 잠시 박동을 멈추었다. 그러더니 다음엔 어찌나 쿵쾅거리는지 심장이 터질 것만 같았다.

"제발 해치지 말아요. 돈은 없어요."

그녀가 말했다.

그녀는 사내가 지갑을 움켜쥐는 걸 느꼈다. 사내는 그녀의 지갑을 열면서 한 손으로는 그녀의 손목을 꽉 움켜잡았다.

"이런, 25센트짜리 동전이잖아! 재수 더럽게 없군!"

사내는 그녀를 홱 돌려 세웠다. 그녀는 그의 얼굴을 정면으로 보게 되었다. 작고 반짝이는 노란 눈동자에 부러진 이를 가진 못생기고 키가 큰 남자였다. 숨을 쉴 때마다 술 냄새가 풍겼다.

로즈마리는 그가 권총을 가지고 있다는 걸 알았다.

"개 같은 년, 싸구려 동전이라니…… 널 죽이고 말겠어."

그가 총을 들어 올렸다.

'죽는구나, 동전 때문에 죽게 되는구나.'

로즈마리는 앞이 깜깜했다.

## 2

"고민이군."

닥터 찰스 윌슨은 중얼거렸다. 사실 그에겐 몇 가지 문제가 있었다.

그가 문제를 처리하는 방법은 바로 조깅을 하는 것이었다. 신선한 공기 속을 달리면, 특히 초저녁의 상쾌한 길을 달리노라면 정신이 맑아졌다.

그는 신체 리듬에 정신을 집중시켰다. 팔다리 동작, 심장의 고른 박동 소리…….

35세의 찰스 윌슨은 마운트 시다즈 병원에서 가장 유능한 외과의사였다. 그러나 그것이 그의 고민이었다.

그날 아침 병원장인 알렉산더 폭스웰 박사로부터 만나자는 전화가 걸려왔다.

"찰스, 외과 팀을 맡을 사람을 찾고 있었는데 자네로 결정했어. 얼마나 명예로운 자리인지는 설명하지 않겠네. 물론 수입도 두 배 이상이나 늘 걸세."

솔깃한 제의였다. 하지만 거기엔 올가미가 씌워져 있었다. 찰스는 폭스웰 박사의 딸 엘렌과 데이트 중이었는데, 두 사람 다 자신이 그녀와 결혼해 주기를 바라고 있었다.

그는 엘렌을 좋아하고는 있지만 그녀를 사랑하고 있는지는 확신이 서지 않았다.

찰스 윌슨은 아이오와의 작은 마을인 에임즈에서 자랐다. 그가 로스앤젤레스로 온 건 그 분야에 기회가 많을 것 같아서였다. 하지만 그는 기회가 있을 때마다 고향으로 돌아가려고 노력했다. 사실 그는 대도시를 별로 좋아하지 않았다. 보스턴, 시카고, 뉴욕 등지의 병원에서 여러 번 좋은 조건으로 와달라는 제의를 받았으나 그는 모두 거절해 버렸다.

그날 아침, 그는 폭스웰 박사에게 말했다.

"제의는 고맙습니다. 우쭐해진 기분이군요. 하지만 생각을 좀 더 하고 싶습니다. 중요한 문제니까요."

"천천히 생각하게나."

폭스웰 박사가 말했다. 그러나 그 말 속엔 너무 시간을 끌지 말라는 뜻이 포함되어 있었다.

"자네하고 엘렌은 잘 되어가나?"

"네."

"좋은 사이야."

압력이었다. 어딘지 꼬집어 말할 수는 없으나 어쨌든 그랬다.

"그럼요."

찰스 윌슨은 대답했다.

로스앤젤레스 공원길을 조깅하면서 그는 그 대화를 곰곰이 생각해 보았다. 그의 인생에 전환점이 온 것이다.

이제 중요한 결정을 내려야 했다. 엘렌 폭스웰과 결혼해서 마운트 시다즈 병원의 외과과장이 되든지, 아니면 에임즈로 돌아가서 고향마을의 의사로 일하든지.

고향 사람들에겐 의사가 필요했다. 마을에서 하나뿐인 존슨 박사가 점점 노쇠해가고 있기 때문이었다.

한참 생각에 빠져 있을 때 닥터 윌슨은 비명소리를 들었다. 밤공기를 타고 울려 퍼진 그 소리에 어찌나 놀랐는지 그는 그만 넘어질 뻔했다. 그때 다시 비명소리가 들려왔다.

"안돼요, 제발."

그것은 공포에 사로잡힌 여자 목소리였다. 닥터 윌슨은 소리 나는 쪽을 향해 있는 힘껏 달려갔다. 어떤 남자가 젊은 여자의 머리에 권총을 겨눈 채 여자를 꽉 안고 있는 모습이 눈에 들어왔다.

"이봐!"

윌슨이 소리쳤다.

깜짝 놀란 그 사내가 뒤돌아보았다. 건장한 남자가 자신을 향해 달려오는 모습을 본 그 사내는 잠시 망설이더니 로즈마리의 지갑을 움켜쥐고는 숲속으로 사라졌다.

찰스 윌슨이 로즈마리에게 다가왔을 때 그녀는 공포로 부들부들 떨고 있었다.

"괜찮아요?"

윌슨이 물었다.

"그…… 그런 것 같아요."

그는 그녀의 모습을 좀 더 자세히 들여다보았다. 뺨 위에 멍든 상처가 나 있었다.

"무슨 일이오?"

"그…… 그가 총으로 날 때렸어요. 죽인다고 했어요."

그녀는 마음을 가라앉히려고 무진 애를 썼다.

"이제 괜찮아요. 그는 갔어요."

의사가 그녀를 안심시켰다.

"당신이 없었으면 지금쯤 죽었을 거예요. 이건 기적이에요."

그녀의 두 다리가 어찌나 심하게 떨고 있는지 찰스가 그녀를 부축하지 않으면 곧장 쓰러질 것 같았다.

"기적이 아니에요. 난 매일 밤 이 공원에서 조깅을 하고 있죠."

그는 그녀의 부은 뺨을 다시 한 번 바라보았다.

"병원에 가야겠어요. 부은 곳을 치료하고 나서 진정제를 놓아야죠. 그건 그렇고, 난 닥터 윌슨이라고 합니다."

"전 로즈마리 머피예요."

병원으로 가는 택시 안에서 찰스 윌슨은 옆자리에 앉은 여자에 대해서 곰곰이 생각했다.

'내가 지금까지 본 여자 가운데 제일 아름다운 여자야.'

그는 그 여자에게서 설명하기 힘든 매력을 느꼈다. 위험에 처한 그녀를 구해 주었기 때문일까? 그는 확신이 서질 않았다. 다만 엘렌에게선 한 번도 느껴보지 못한 감정이라는 것만은 확실했다.

닥터 윌슨은 병원에 도착하자마자 로즈마리를 응급실로 데려가서 보기 흉한 상처를 치료받게 해주었다. 그는 매우 노련하고 친절한 사람이었다.

로즈마리는 비로소 그가 얼마나 매력적인 남자인가를 깨달았다. 그는 그녀가 할리우드에 와서 만난 남자들과는 전혀 다른 종류의 사람이었다.

그는 그녀를 자신의 사무실로 데려가 알약과 물이 든 종이컵을 건네주었다.

"잠시 앉아 계세요. 그럼 효과가 나타날 겁니다. 그러고 나서 집으로 모셔드리겠습니다. 좋아질 겁니다. 걱정 마세요."

로즈마리는 젊은 의사의 친절한 눈동자를 바라보며 "고마워요. 정말 고맙습니다."라고 되풀이해서 말했다.

"무슨 일을 하시죠?"

그가 물었다.

로즈마리는 '배우'라고 말할 뻔했으나 어찌된 일인지 이 남자에게는 거짓말하고 싶은 기분이 아니었다.

"웨이트리스예요."

"힘든 일이군요. 제가 당신이라면 2, 3일 쉬겠어요."

"그럴 생각이에요. 내일 아침이면 오리건으로 떠나거든요. 그곳이 제 고향이에요."

로즈마리는 눈물이 고여 오는 것 같아 두 눈을 깜빡거렸다.

젊은 의사는 궁금한 표정을 지으며 그녀를 바라보았다.

"전 여기가 싫어요."

로즈마리가 조그맣게 말했다.

"나도 그래요."

찰스 윌슨이 말했다.

문득 그는 자신의 목소리가 너무 컸던 것에 깜짝 놀랐다. 마치 갑작스런 결정이라도 내리는 것 같은 음성이었기 때문이었다.

아닌 게 아니라 그녀의 말을 듣고 그는 결심하게 되었다. 할리우드는 한 번도 그에게 어울리는 곳이 아니었잖은가! 내로라하는 부자들이나 사는 곳, 의사라는 사람들이 돈 버는 일에만 관심을 쏟는 그런 도시인 것이다.

그에 반해 시골은 전혀 딴판이었다. 환자들이 지불할 수 있는 금액 내에서만 청구하게 된다. 그들은 환자라기보다는 친구요 이웃인 셈이었다. 그는 그것이 가장 그리웠다.

로즈마리와 닥터 윌슨은 그곳에 앉아서 밤늦게까지 이야기를 나누었다. 두 사람은 서로 공통점이 많은 데 대해 무척 놀랐다. 고향이야기를 주고받다 보니 마치 초등학교 동창생 같은 느낌이 들 정도였다.

"아이오와는 멋진 곳이에요. 당신도 돌아가실 건가요?"

그는 잠시 그녀의 얼굴을 바라보며 "네."라고 대답했다. 하고 싶은 말이 많았으나 그는 감히 용기가 나지 않았다. 마음속에 있는 말을 털어놓는다면 그녀가 자신을 미친 사람이라고 생각할 것 같았다.

닥터 윌슨은 첫눈에 반하는 사랑 따윈 결코 믿지 않고 살았으나 그런 일이 자신에게 일어난 것이다. 그는 자신과 결혼해서 아기를 낳고 아이오와에서 함께 사는 로즈마리의 모습을 그려보았다. 그녀를 이대로 보낼 수는 없었다. 하지만 무슨 말로 그녀를 붙든단 말인가.

그때 멋진 생각이 떠올랐다.

그는 태연한 척 말했다.

"그 상처는 계속 치료해야 합니다. 지금 여길 떠나선 곤란해요."

그는 마지막 말을 얼른 덧붙였다.

"다시 만나고 싶군요. 상태가 좋은지 봐야 하니까요."

로즈마리는 그의 눈동자를 들여다보며 그 생각을 읽을 수가 있었다. 그녀 또한 같은 생각이었다.

"그러시다면 남아 있겠어요."

그녀가 순순히 말했다. 그러자 닥터 윌슨은 심장이 부풀어 오르는 것만 같았다.

"좋아요. 그럼 경찰을 불러 신고를 합시다. 그 도둑 녀석이 당신 돈을 많이 훔쳐갔어요?"

그녀는 그를 바라보며 미소 지었다.

"25센트짜리 동전 한 개예요."

대니 콜린스는 손에 든 25센트짜리 동전을 바라보며 기분이 나빠졌다.

"시시한 동전 나부랭이라니! 도대체 이걸로 뭘 한담?"

그는 동부 로스앤젤레스에 있는 어느 작은 호텔 방에서 폭주를 하고 있었다. 방으로 돌아온 이후부터 계속 술만 마시면서 공원에서 있었던 일에 대해 두려움을 삭이려고 애썼다.

그는 그 여자를 죽일 마음은 없었고…… 다만 가볍게 때리고 겁만 주려고 했을 뿐이었다. 그런데 어디선가 멍청한 자식이 뛰어들었다.

"도대체 이놈의 도시에선 돈벌이가 안 되니, 여길 떠나야겠어!"

대니는 큰소리로 떠들어댔다.

재수 없는 한 주일이었다.

네 사람을 털었는데 건진 거라곤 고작 몇십 달러뿐이었다.

"내 잘못이 아니라고."

대니는 천장을 향해 내뱉었다.

"경제 사정 때문이야. 돈 있는 사람이 없단 말이야."

대니는 자신을 인생의 승자라고 생각했다. 최근 들어서 재수가 나쁠 뿐이라고 계속 우겨댔다.

사실 그는 인생의 패자였다. 손대는 일마다 실패를 거듭했지만 그것이 자신의 잘못 때문이라고는 한 번도 생각하지 않았다. 그에겐 언제나 위안거리가 있었다.

'풋내기 열 놈보다 내가 더 나을걸.'

그는 밤새 침대에 누워 술을 들이키면서 다음에 할 일을 궁리했다. 공원에서 있었던 일은 생각보다 큰 충격을 주었다.

"필요한 건 휴식이야. 그 다음에 다시 사업을 시작해야겠어. 난 일류가 될 거야. 동전 따위가 탐나 털진 않는다고. 이런 쓰레기 같은 곳에선 살 필요가 없어."

로스앤젤레스를 떠나야겠다고 생각하면 할수록 그 생각이 점점 마음을 지배했다.

'어디로 가지? 라스베이거스, 그래 그곳으로 가야겠다. 그곳에 가면 건수가 많을 테니까. 나처럼 영리한 사람이 가면 큰돈을 만지게 될 거야. 한몫 잡으면 일류 호텔에 묵을 수 있겠지. 원하는 미녀마다 다 차지하고 좋은 차를 타고 돌아다니며 관광이나 즐겨야겠어.'

그는 5년 동안 라스베이거스에 가지 않았다. 그곳을 서둘러 떠나온 건 호텔 방으로 침입해서 손님의 지갑을 털었기 때문이었다. 호텔 CCTV를 사람들이 확인하기 전에 대니는 그곳을 재빨리 빠져나와야 했다.

'빌어먹을, 벌써 5년 전 일이잖아.'

대니는 생각했다.

'나를 아무도 기억하지 못할 거야. 1주일 후에 여길 떠나겠어. 라스베이거스여, 내가 가겠다.'

그로부터 1주일 후, 대니 콜린스는 라스베이거스 행 버스에 몸을 실었다. 옆자리에 앉은 남자가 신문을 보고 있었다. 하지만 대니는 귀찮아 거들떠보지도 않았다. 만약 그가 신문을 보았다면 찰스 윌슨 박사가 마운트 시더즈 병원을 그만두고 로즈마리 머피와 약혼발표를 했다는 작은 기사를 발견했을 것이다.

대니 콜린스가 라스베이거스에 있는 플라자 호텔로 들어서는 순간, 그는 그곳이 그에게 적격임을 깨달았다.

"나한테 어울리는군! 벌써 오래전에 왔어야 하는데."

불빛과 사람들, 그리고 열기가 그의 피를 들끓게 만들었다. 다이스테이블과 블랙테이블엔 도박을 하는 사람들로 꽉 차 있었다. 주사위가 구를 때마다 값비싼 옷을 걸쳐 입은 여자들이 수백 달러씩 걸고 있었고, 그 옆에는 또 허름한 옷차림을 한 가정주부들이 몇 달러짜리 도박을 하고 있었다.

'내게 안성맞춤이군. 한밑천 잡을 수 있을 거야.'

대니는 생각했다.

그가 카지노 쪽으로 걸어 들어가려는데 회색 머리카락의 나이 지긋한 여자가 그와 부딪혔다. 그 여자는 슬롯머신이 있는 쪽으로 그만 넘어지고 말았다.

"죄송합니다."

대니가 말했다.

그녀는 그를 향해 미소를 보냈다.

"괜찮아요. 나는 앨리스 짐머라고 해요."

그녀는 쾌활해 보이는 얼굴에다 깨끗하고 푸른 눈동자에 매력적인 미소를 지니고 있었다.

문득 대니에게 한 생각이 떠올랐다.

'라스베이거스는 여자를 만나기엔 아주 좋은 곳이야. 돈 쓸 줄 모르는 돈 많은 늙은 과부들이 아마 득시글득시글할걸. 그렇다면 그들에게 돈 쓰는 법을 가르쳐 줘야지.'

그는 앨리스 짐머의 얼굴을 좀 더 자세히 보았으나 자신이 찾고 있는 여자가 아니라는 대번에 알 수 있었다.

대니는 비싼 물건과 싸구려 물건을 구별할 줄 알았다. 그가 볼 때 그녀의 드레스는 오래된 데다 많이 입은 탓에 반질거렸고 신발도 엄지발가락 있는 쪽이 터져 있었다. 그러니까 이름 따위가 무슨 상관있겠는가.

그는 일부러 자신을 소개하지 않았다. 고개만 까딱하고는 그녀를 밀치며 걸어갔다.

두 사람이 황급히 그녀 쪽으로 달려왔다. 한 사람은 살찐 얼굴을 한 뚱뚱한 중년남자였고 또 한 사람은 매력이라곤 없어 보이는 말라깽이 여자였다. 그 여자는 앨리스 짐머에게 다가가 타이르듯이 말했다.

"어머니, 카지노 주위를 돌아다니면 안돼요!"

남자도 맞장구를 쳤다.

"방안에 계시라고 말했잖아요."

"미안하구나. 사람 구경이 하고 싶어서."

대니는 그들의 대화 일부를 듣긴 했으나 자신과는 상관없는 일이었다. 그 남자가 앨리스 짐머에게 말했다.

"이층에 가 계세요. 알겠어요? 내일 먼 길을 가야 하니까. 마리하고 난 저녁을 먹을게요."

두 사람은 그 할머니를 세워둔 채 그 자리를 떠났다.

앨리스 짐머는 딸과 사위가 걸어가는 모습을 지켜보았다.

'왜 나한테는 저녁먹자는 소리를 안 하는 거지?'

그녀는 궁금하게 생각되었다. 사위인 샘의 말은 사실이었다. 내일은 먼 길을 떠날 것이다. 그들은 다른 노인들과 함께 갇혀 살아야 하는 양로원에 자신을 집어넣을 것이다. 오늘밤이 그녀에겐 마지막 자유의 밤이었다.

"방으로 돌아가지 않을 거야. 오늘이 마지막으로 즐길 수 있는 시간인지도 모르니 좀 더 재미있게 보내야지."

대니 콜린스는 카지노 주위를 어슬렁대면서 어떻게 작전을 시작할까 하고 연구했다. 테이블에는 거액의 돈을 놓고 도박하는 아랍인들과 다이아몬드로 치장한 여자들이 앉아 있었다.

저런 정도의 여자라면 쓸 만하지. 하지만 그보다는 먼저 자신이 부자인 것같이 꾸며야만 했다.

대니 콜린스는 태연한 표정을 짓는 일이 얼마나 중요한지 잘 알고 있었다.

'궁한 티를 내면 돌아서는 법이야. 인상적이어야 돼. 거물이라는 인식을 해야 하거든.'

이 트릭은 온갖 것을 다 누리고 있다는 생각을 그들에게 심어주기 위한 것이었다.

그럴듯한 치장을 하기 위해선 돈이 필요했지만 대니에게는 돈이 별로 남아 있지 않았다. 그러나 그는 돈을 구하는 방법을 잘 알고 있었다.

이런 종류의 호텔은 방문을 따기가 수월했다. 사람들은 현금과 보석들을 방안에 아무렇게나 두고 다녔다. 저녁식사 시간까지 기다렸다가 대부분의 손님들이 저녁을 먹거나 라스베이거스의 유명한 쇼를 보러 나가면 몰래 방에 들어가 일을 시작하기로 했다. 아마 상당한 현금과 보석을 저당 잡히면 새 양복과 구찌 구두쯤은 거뜬히 장만할 수 있을 것이다. 여자들이란 멋쟁이 남자를 좋아하는 법이니까.

그는 그 옛날, 원하는 여자마다 다 차지할 수 있었던 시절을 생각해 보았다.

물론 그때는 지금보다 더 젊고 성공했었다. 당시엔 돈을 물 쓰듯 낭비했다. 감옥에도 두 차례나 갔다 왔으므로 이젠 신중을 기해야만 했다. 다시 한 번 붙들린다면 영원히 감옥에서 썩을 테니까. 하지만 이제 그런 일은 없을 것이다.

'내가 너희들보다 더 영리하다고.'

대니는 그렇게 생각했다.

그는 화려한 호텔 주변을 둘러보았다.

'이곳이 내가 있을 곳이야, 그 옛날처럼.'

그는 데스크로 걸어가 접수를 했다.

"큰방이 좋겠군."

그가 말했다.

혹시 돈 많은 여자라도 만나게 된다면 그가 묵고 있는 곳을 물을 것이고, 그는 아무렇지 않은 듯 대답할 것이다.

"오, 이 호텔에 묵고 있소."

그럼 그 여잔 틀림없이 놀라고 말 것이다. 그에겐 방값을 치를 돈은 없었으나 훔친 돈으로 충분할 거라고 생각했다.

대니 콜린스는 체크인을 끝내고 나서 건수가 없을까 하고 카지노 안으로 들어갔다. 돈 많고 외로운 여자들이 우글거리리라 그는 확신하고 있었다.

거울 앞을 지나면서 자신의 모습을 본 그는 생각에 잠겼다.

'난 상당한 미남이니까 늙은 여자쯤은 식은 죽 먹듯 낚아챌 수 있겠지. 애정에 굶주린 여자들일 테니까. 술 한 잔 사주면서 달콤한 말을 건네면 그 다음엔 술술 잘 풀리겠지. 진작 라스베이거스로 돌아올걸 뭐가 무서웠지?'

그는 5년 전 CCTV에 걸려들 뻔했던 날 밤을 생각하고 몸을 떨었다.

아직까지도 "저 도둑 잡아라!" 하고 외치던 소리가 들리는 듯했다.

라스베이거스는 험한 곳이어서 절도범들을 매우 엄하게 다스리고 있었다. 그러나 그 모두가 지난 일이었다. 이제부터는 앞날이 환할 테니까.

지금 해야 할 일은 오로지 돈 많고 외로운 과부를 찾아내는 일뿐이었다.

앨리스 짐머는 화려한 라스베이거스 거리를 마지막으로 둘러보고 나서 카지노 안으로 들어갔다. 그녀는 자기를 쓰러뜨려 넘어지게 할 뻔했던 그 남자를 보았다. 그는 슬롯머신 앞에 걸음을 멈추고 서 있었다. 기계 위에는 '잭팟으로 50만 달러의 상금을 타십시오'라는 커다란 표지판이 걸려 있었다.

대니는 그 표지판을 보고 이렇게 생각했다.

'얼간이나 하는 게임이야. 잃을 확률이 어마어마하게 높을걸.'

그런데 문득 공원의 그 여자에게서 빼앗은 25센트짜리 동전이 생각났다. 그는 호주머니에서 그 동전을 꺼내 바라보았다. 윤이 반짝반짝 나는 그 동전은 재수가 가득 붙어 있는 것처럼 보였다.

'재수 있는 동전일지도 모르니 한번 해볼까?'

그는 동전을 슬롯머신 속에 떨어뜨리고 나서 손잡이를 잡아당겼다. 기계 위에 조그마한 심벌 표시가 나타났다. 체리 하나가 나타나면 쿼터 동전 20개를 받을 것이고 오렌지가 3개면 10만 달러, 그리고 바가 4개면 잭팟을 의미했다. 만일 레몬이 나타나면 돈을 잃었다는 뜻이다.

그는 숨을 죽이고 휠이 돌아가는 모습을 지켜보았다.

"어서 잭팟이나 나와라!"

큰소리로 그가 말했다.

휠이 멈추자 레몬이 나타났다. 돈을 잃고 만 것이다.

'아무 의미가 없어. 하지만 오늘 밤은 재수가 좋을 거라는 예감이 드는걸.'

대니 콜린스가 기계에서 발걸음을 옮기려 하는 순간 2명의 건장한 남자들이 그의 길을 가로막았다.

그 가운데 하나가 말했다.

"안녕, 대니. 자넬 오랫동안 찾아다녔어. 조용히 가자고. 자넨 체포

된 거야."

# 3

앨리스 짐머는 대단히 불행한 여인이었다. 딸과 사위가 내일이면 양로원으로 그녀를 집어넣을 거라는 생각이 들자 끔찍스러웠다.

앨리스는 겨우 65회 생일을 맞이한 여인이었다.

"난 늙지 않았어. 기분은 젊다고. 싱싱하단 말이야. 젊은 것들은 사람이 나이를 먹으면 몸은 달라지지만 마음은 여전하다는 걸 몰라. 나이는 밖으로 먹는 거지, 안으로 먹는 게 아니거든."

그녀는 늙은이들이 자식들의 짐이 될 때가 있다는 걸 알고 있었으므로 그렇게 되지 않으려고 노력했다. 정말 무척 애를 썼다. 딸 마리가 택시운전사 샘 베이커와 결혼했을 때 그녀는 딸 내외더러 함께 살자고 말했다. 그리고 아름다운 집에서 그들과 함께 살게 되어 그녀는 무척 기뻤다.

처음엔 모든 것이 순조로웠다.

샘은 매우 사려 깊은 사위였다. 그는 장모 소유의 멋진 집에서 살게 되어 정말 좋다며 두고두고 앨리스에게 말했다. 그는 장모의 젊은 시절 이야기를 들을 때마다 정말 재미있어하는 눈치였다.

"자네 장인은 조그마한 제조업체를 갖고 있었다네."

앨리스가 사위에게 말했다.

"뭘 만드셨는데요?"

"구두지, 하지만 평범한 구두가 아니었네. 아름다운 구두였어. 폴은 그 일에 자부심을 갖고 있었지."

"그럼요."

존경스런 어투로 샘이 말했다.

"좋은 사람이었지. 자네도 좋아했을 걸세. 아주 친절하고 점잖으신 분이었거든. 나를 사랑했지만 그 못지않게 일도 사랑하셨어. 사실은 일벌레인 셈이었지. 폴은 완벽주의자였어. 토요일과 일요일은 공장에서 보내면서 나더러 함께 있어 달라고 부탁하곤 했어. 난 가끔 샌드위치를 만들어 가지고 가서 공장에서 조촐한 피크닉을 즐겼다네."

"무척 로맨틱하군요. 정말 자상하셨네요."

"우린 늘 여행에 관한 이야길 했다네. 세상엔 구경거리가 많거든. 하지만 왜 여행을 못 갔는지 아는가?"

"왜죠?"

"폴이 회사를 떠나고 싶어 하지 않아서였어. 휴가를 가는 법이 없었거든. 항상 사소한 문젯거리가 생기는 바람에 말이야. 그는 직접 해결하기를 원했어. 이해하겠나, 샘?"

"이해하고말고요. 장인은 정말 대단하신 분이셨군요."

"오! 그럼. 우린 아주 행복했다네. 폴이 은퇴한 후 할 일에 대해서도 많은 이야길 했지. 그럴듯하게 한번 살아보자고 했었어. 우린 세계 일주를 떠날 생각이었네. 이집트의 피라미드나 중국의 만리장성도 구경하고 말일세."

앨리스의 두 눈이 추억에 젖어 꿈을 꾸는 듯했다.

"일본의 후지산, 런던 탑, 로마의 콜로세움에도 갈 생각이었다네. 동전을 던지면 소원이 이루어진다는 요술 샘이 로마에 있잖나. 그곳에도 가보고 싶었지."

앨리스는 자신이 한 말에 샘이 웃어줄 줄로 알았는데, 그는 고개만 끄덕거릴 뿐이었다.

"그럴 테죠. 그런 기적이 일어날지도 모르죠."

"그러다가 몇 년 전에 폴이 그만 심장마비에 걸렸지. 심각하진 않았지만 전처럼 열심히 일할 수가 없었어. 아마 무척 괴로웠을 게야. 공장에다 시간을 많이 할애할 수가 없게 되었거든. 그런데 어느 날 심장마비가 재발했다네. 이번엔 아주 심각했어. 병치레를 오래 하게 된 거야. 그동안 얼마간 저축해 놓은 돈이 있었지만 병으로 죄다 날려버렸다네. 전문 간호사도 고용해야 했고 보충수술도 받았으니까. 끝나고 나니 한 푼도 안 남았더군. 경영할 사람도 없어서 공장도 문을 닫게 된 거지."

샘은 동정심이 많았다.

"안됐군요."

"오, 신세타령하는 게 아니야. 아름다운 이 집이 있잖아."

그녀의 눈동자엔 눈물이 고여 흐려졌다.

"물론 폴이 있을 때와는 다르지만 말일세. 그분을 사랑했거든."

사위는 앨리스의 손등을 가볍게 두드리며 위로했다.

"그분도 어머님을 사랑하셨을 거예요."

"그럼, 그렇고말고."

폴이 죽고 난 후 앨리스의 인생은 변했다.

그녀는 폴을 무척 사랑했으므로 친구들의 설득에도 불구하고 다른 남자를 만나는 것에는 아무런 관심이 없었다. 폴이 가고 없는 세상은 모든 것이 허전할 뿐이었다.

어쨌든 이제 꿈같은 시절은 사라져버렸고, 그녀는 홀로 그 꿈을 간직하고 살아왔다.

'하지만 난 혼자가 아니야. 귀여운 딸 마리와 사위인 샘이 있잖아.'

앨리스는 그런 생각을 하며 그런대로 살 만했다.

앨리스의 딸 마리는 비서로 일하고 있었으므로 앨리스는 집안일을 도맡아 했다. 그래도 아무런 상관이 없었다. 그녀는 집안일 하는 것을 좋아했다. 옛날에 폴을 위해 그랬던 것처럼.

마리와 샘도 그녀가 하는 일을 무척 고마워하는 것 같았다.

'행복하게 살아야지.'

그녀는 늘 그렇게 생각했다.

그런데 상황이 바뀌기 시작했다. 마리가 어머니에게 작은 골방으로 옮기고 자기네들 부부가 넓은 안방을 쓰겠노라고 제안해왔다.

"어머니 혼자 큰 방이 필요 없잖아요, 샘과 제가 쓰겠어요."

"네 말이 맞는 것 같구나, 얘야."

"고마워요, 어머니. 샘도 기뻐할 거예요."

앨리스는 처음에는 무척 언짢았지만 마음을 고쳐먹었다.

'공평한 게 좋잖아. 저렇게 넓은 방은 나한텐 필요 없어. 햇볕 잘 드는 넓은 방은 사위 내외한테나 어울리지.'

그녀는 마리와 샘에게 자기 방을 비워주고 뒤쪽 골방으로 거처를 옮겼다.

그런 일이 있은 지 얼마 안 되어 마리와 샘이 그녀에게 다시 이런 말을 했다.

"어머니, 이 집을 저희에게 양도해주시면 좋겠어요."

깜짝 놀란 앨리스가 그들을 바라보았다.

"아니, 왜? 너희들만 좋다면 여기서 함께 살면 되잖니."

"그게 아니고요. 세금 때문이에요. 어머니께서 언젠가 돌아가시게 되면 마리와 전 어마어마한 상속세를 내야 합니다. 지금 이 집을 저희에게 물려주시면 그런 세금은 물 필요도 없고, 또 어머니도 지금처럼 여기서 지낼 수가 있는 거죠. 단지 서류상 문제에 불과합니다. 변하는 건 아무것도 없어요."

앨리스 짐머는 사위의 말을 그대로 믿었다. 그녀는 변호사를 찾아가 명의를 이전시켜 주었다.

그녀가 그토록 아끼던 그 집은 이제 마리와 샘의 수중에 들어가고 만 것이다. 샘의 말대로 단지 서류상의 변화에 불과하니까.

그런데 어느 날 앨리스는 딸 내외가 쓰는 침실 문 앞을 지나가다가 그들이 나누는 이야기를 엿듣게 되었다.

"당신 어머니가 여길 나가주시면 좋겠어. 너무 늙으셨으니 양로원으로 가시는 게 좋겠다고."

앨리스는 충격을 받아 침실 문 밖에 가만히 서 있었다. 그녀는 딸이 항의해줄 것을 기다리고 있었으나 마리는 맞장구를 쳤다.

"그래요 여보, 어머닌 어머니 또래의 노인들과 함께 지내야 해요. 그쪽이 훨씬 행복할 테니까."

'행복하다고!'

두 사람은 그녀를 집에서 쫓아내는 일에 관한 이야기를 하고 있었다. 그런데 이젠 그녀의 집이 아니라 그들의 집이었다.

앨리스는 노인들과 함께 갇혀 살아야 한다는 생각이 들자 끔찍했다. 평생을 이 아름다운 집에서 살아왔고 남편과 행복했던 추억이 어려 있는 곳이기도 했다.

폴이 죽었을 때 앨리스는 먹고사는 데 충분한 금액을 보험회사에서 받았다. 그러나 몇 번씩이나 샘과 마리가 돈을 축내는 바람에 이제 남은 돈은 한 푼도 없었다.

앨리스가 새 드레스나 구두를 살 돈이 필요해서 사위에게 부탁하면 그는 언제나 따지고 들었다.

"새 드레스가 왜 필요하죠? 아무 곳도 가실 데가 없으면서."

옳은 말이긴 했다.

샘과 마리는 종종 연극이나 영화를 보러 나가곤 했지만, 그녀를 한 번도 데리고 가는 법이 없었다. 그녀가 갈 데라곤 아무 데도 없었던 것이다. 그러더니 결국 두 내외가 합세해서 그녀를 내쫓을 계획을 세우고 있었다.

"그렇게는 안될걸. 끝까지 싸우겠어. 절대 양로원에 갇혀 살진 않을 거야."

다음날 샘이 앨리스에게 말했다.

"마리와 제가 의논한 일인데요, 여기선 어머니가 행복하지 못하실 것 같아서요. 어머니에겐 어머니 또래의 친구들이 필요해요. 제 말뜻을 아시겠어요? 그래서 저희가 멋진 선물을 하나 할까 하고요. 멋진 곳을 찾아냈어요. 애리조나에 있는 곳인데 제 친구가 소개해줬죠. 자기 어머니도 그곳에 있는데 무척 좋아하신다더군요. 거기 가면 좋은 노인들도 많고 온갖 게임도 할 수 있어요. 빙고나 그런 것 있잖습니까. 토요일 밤에는 춤을 추고 일요일에는 영화도 보여준대요. 멋지죠?"

앨리스에겐 끔찍스러운 소리로 들렸다. 아주 끔찍스러운…….

"가고 싶지 않아. 여기 있겠어."

"어머님을 위해서예요."

샘이 고집을 부렸다. 결국 앨리스가 지고 말았다. 어쩔 도리가 없었다. 이젠 그들의 집이니 수중엔 돈 한 푼 없고 갈 데도 없었다.

그들이 하라는 대로 할 수밖에 없었다.

'처음부터 계획적이었어. 그애들이 원한 건 바로 이 집이었다고.'

그녀는 슬픈 생각이 들었다.

결정이 내려졌다.

"언제 떠나는 거야?"

앨리스가 샘에게 물었다.

"며칠 후에요. 제가 모든 조치를 취해놓았어요. 정말 마음에 드실 겁니다. 훌륭한 양로원이니까요."

'죽으러 가는 그런 곳이야. 나한테도 그런 일이 일어날 테지. 시들시들하다가 죽고 말겠지.'

며칠 후 그들은 앨리스를 자동차에 태워 길을 떠났다.

앨리스는 그토록 사랑했던 그 집을 마지막으로 뒤돌아보았다. 다시는 못 볼 것 같은 생각이 들어서 서러웠다.

"너무 멀어서 하루만엔 못갑니다. 라스베이거스에서 하룻밤 묵어야겠어요."

'정말 멀긴 먼가 보군.'

앨리스는 생각했다.

샘과 마리가 애리조나를 택한 건 먼 곳이라는 이유에서일 거라는 의심이 일었다. 물론 두 사람은 면회 따윈 오지도 않을 것이다. 그녀는 여생을 낯선 사람들 속에서 갇혀 살아야 하는 것이다.

'내가 죽든 살든 샘과 마리는 상관하지 않을 테지.'

앨리스는 슬픈 생각이 들었다.

이제 그녀는 마지막 자유의 밤을 라스베이거스에서 보내게 되었지만 아무 할 일이 없었다. 마리와 샘은 호텔 식당에서 기분 좋게 웃으며 저녁을 먹고 있었다.

'방안에나 처박혀 있어야겠어.'

'아니, 안 갈 테야. 아직은 안 돼.'

'지금이 사람들과 함께 불빛과 웃음과 즐거움을 누릴 수 있는 마지막 기회야. 즐거웠던 시간을 보낸 것도 벌써 오래전 일이군.'

북적대는 테이블에서 도박을 하고 있는 멋쟁이들을 보며 앨리스는 신기해하면서 카지노 안으로 들어갔다. 라스베이거스엔 몇십 년 전 신혼여행 때 한번 와 본 적이 있었다. 그녀와 폴은 행복한 시간을 보냈었다. 이제 모두가 과거의 일이 되고 말았다.

그녀는 자신이 원하는 일을 다시는 하지 못할 것이다. 배를 타고 낯선 나라로 세계 일주를 하려던 그녀의 꿈은 이제 결코 이루어지지 못하리라.

'너무 늦었어. 내일이면 양로원에 가 있을 텐데.'

웨이트리스가 앨리스에게 다가왔다.

"한 잔 드릴까요?"

그녀가 물었다.

잠시 앨리스는 유혹을 느꼈다.

"아니, 괜찮수. 샘이 싫어할 테니까."

앨리스는 문득 피곤함을 느꼈다.

'방에 올라가야겠어. 샘이 여기서 날 보면 화를 낼 테니까.'

그녀는 샘이 고함을 질러대는 일이 지긋지긋했다. 그것이 너무나도 무서웠다.

앨리스는 방으로 가기 위해 카지노 쪽으로 발걸음을 옮겼다. 카지노에는 슬롯머신으로 가득 차 있었다. 그녀는 슬롯머신으로 된 숲속의 한가운데에 서 있는 셈이었다.

'폴과 신혼여행 때 슬롯머신을 해봤지. 또 해보면 재미있을 거야.'

그녀는 즐거웠던 순간을 기억해냈다.

"해볼까? 마지막인데."

그녀는 가진 돈이 있는지 보려고 낡은 지갑을 뒤져보았다. 오래되어 찌그러진 25센트짜리 동전밖에 없었다.

그녀에게는 마지막 남은 동전이었다.

'내가 가는 곳에서는 이 돈이 필요 없잖아.'

그녀는 중얼거리며 슬롯머신 앞에 발걸음을 멈췄다. 그건 우연히도 대니 콜린스가 이용했던 바로 그 슬롯머신이었으나 앨리스로서는 알 수 없는 일이었다.

그녀는 낡은 동전을 기계 속에 넣은 다음 손잡이를 잡아당겼다. 작은 화면 위에 체리 2개가 나오더니 쿼터 동전 2개가 튀어나왔다.

"땄구나."

그녀는 기분이 흐뭇했다.

기계 속에서 튀어나온 동전 가운데 한 개가 그녀의 눈길을 끌었다. 방금 막 만들어져 나온 것처럼 반짝반짝 윤이 나는 예쁜 동전이었다.

'행운의 동전으로 간직해야지. 하지만 무슨 소용이 있담? 운이라곤 하나도 안 남았는데.'

그래서 그녀는 윤기 나는 그 동전을 다시 슬롯머신 속에 집어넣고 손잡이를 잡아당겼다. 그녀는 휠이 멈추는 것조차 기다리지도 않았다. 이제 가서 잠 잘 시간이 된 것이다.

그녀는 몸을 돌려 통로 쪽으로 걸어가기 시작했다. 갑자기 그녀의 뒤에서 카지노장 전체를 뒤덮을 만큼 요란한 알람벨 소리가 울렸다.

사람들이 환호성을 지르고 있었다. 앨리스 짐머는 도대체 무슨 영문인지를 몰랐다.

뒤쪽에서 한 남자가 그녀의 팔을 붙들며 말했다.

"부인, 잭팟이에요!"

앨리스는 잘못 알아들은 걸로 생각했다.

"뭐라고 했수?"

"잭팟이라니까요!"

아직도 납득이 가질 않았다.

그는 그녀를 기계 쪽으로 끌고 갔다. 앨리스가 보니 작은 유리 화면에 4개의 바가 나란히 줄지어 있었다.

"아이고, 이런."

앨리스는 100달러라고 생각했다. 그 돈만 있으면 양로원에서 필요한 물건을 살 수도 있을 것이다.

벨소리를 들은 카지노의 매니저가 기계가 있는 쪽으로 달려왔다.

"잭팟이군요! 축하드립니다!"

사람들이 앨리스의 주위에 모여 서서 그녀의 손을 흔들며 축하를 보냈다.

"고맙수. 그런데 이젠 뭘 하죠?"

"아무것도 안하셔도 됩니다. 저희가 다 해드리겠습니다."

매니저가 그녀를 안심시켜 주었다.

앨리스는 겨우 100달러를 가지고 사람들이 왜 이토록 법석을 떠는지 이해가 되지 않았다.

사실 카지노 측에서도 손님 가운데 누군가가 잭팟을 딴다는 것은 더없이 기분 좋은 일이었다. 큰 선전효과를 주기 때문이었다. 카지노 측은 상금 받는 사람의 사진을 전국 각지의 신문에 실리도록 해놓고 있었다. 그렇게 되면 다른 수천 명의 사람들을 자기네 카지노에서 끌어당기는 미끼가 되어 그들도 잭팟을 따낼 수 있다는 희망을 심어주게 되는 셈이었다.

카지노 매니저가 앨리스에게 말했다.

"사진을 찍어드리고 싶은데요. 이리로 오시겠습니까?"

그는 벌써 사진기자들이 대기하고 있는 구석진 자리로 그녀를 모시고 갔다.

"환하게 웃으세요."

기자들이 말했다. 그들은 그녀를 몇 시간이고 세워둔 채 앨리스가 기진맥진할 때까지 사진을 찍어댔다.

한참 있다가 그녀가 말했다.

"미안합니다만 약간 피곤하구려. 100달러만 주면 내 방으로 자러 올라가겠어요."

카지노의 매니저가 그녀를 물끄러미 쳐다보았다.

"100달러라뇨? 상금이 얼마인 줄 모르세요?"

앨리스는 100달러보다 적은 액수라고 짐작해보았다.

"아뇨. 몰라요."

그녀가 수줍게 말했다.

"부인께선 50만 달러를 버셨어요."

그녀는 그 말을 잘못 들었다고 생각했다.

"미안하지만 뭐라고 했수?"

"50만 달러라고 했어요."

실내가 빙빙 돌기 시작했다.

'50만 달러라고!'

믿을 수가 없었다. 아니, 평생 꿈도 못 꾸어보던 돈이 아닌가. 50만 달러라면 그녀가 원하는 무엇이든지, 또 어떤 꿈도 이룰 수 있을 만큼 충분한 돈이었다.

그녀가 그 자리에 서서 정신을 차리고 있을 동안 마리와 샘이 달려 나왔다.

"소문이 사실이에요? 50만 달러짜리 잭팟을 터뜨렸다고요?"

"그래."

샘이 두 팔로 마리를 껴안으며 소리쳤다.

"우린 부자가 되었어!"

샘의 얼굴에 노골적으로 드러난 탐욕스러운 표정이 엘리스를 질리게 만들었다.

## 4

"믿을 수가 없어요!"

앨리스 짐머가 소리쳤다.

모든 게 꿈만 같았다. 그녀는 자신에게 많은 사람들의 시선이 집중되고 있음을 느꼈다.

"이제부터 부인께선 듄스의 귀빈이십니다. 부인을 신혼부부용 방으로 모시겠습니다."

카지노의 매니저가 말했다.

"샴페인으로 건배합시다."

샘이 말했다.

그녀는 혼자 쓸쓸한 방으로 되돌아가는 대신 식당으로 에스코트되었다. 그녀가 들어서자 사람들이 일제히 일어나서 박수갈채를 보냈다. 소문이 빨리도 퍼졌던 것이다. 마리와 샘은 그녀와 함께 테이블에 앉았다.

"굉장하군요! 50만 달러라니, 그렇게 많은 돈으로 무얼 할 수 있는지 어머니께선 아세요?"

앨리스 짐머는 아무 생각이 없었다. 그녀가 감을 잡기엔 너무 엄청난 돈이었기 때문이다.

"우선 택시를 새로 장만해야겠어. 지금 타는 건 너무 낡았다고."

"난 밍크코트를 살래요."

"그럼 두 사람 다 새 것을 장만하자고."

앨리스는 마리가 남편에게 주의를 주는 모습을 보았다.

샘이 얼른 앨리스에게 말했다.

"물론 어머니께도 많이 사드려야지. 진짜로 드레스를 장만해 드릴게요."

앨리스가 어색하게 대꾸했다.

"양로원에서 입을 것으로?"

"양로원은 이제 잊으세요. 거긴 부자들이 가는 곳이 아니에요. 우린 부자라고요. 어머닌 다시 저희들 집으로 돌아오셔야죠. 우리도 실은 어머니가 떠나서는 걸 원치 않았다고요."

'그럼 무엇 때문에 그런 조치를 취했지?'

앨리스는 그 이유가 궁금해졌다.

"네, 지금부터 유쾌한 시간을 보내기로 합시다."

웨이터가 샴페인을 빈 술잔에 부어주었다.

"상금에 축배를 듭시다."

그들은 술잔을 들고 축하주를 마셨다. 앨리스는 가벼운 두통을 느꼈다. 저녁을 안 먹은 탓인지 주위가 뿌연 안개처럼 흐리게 보였다.

"아침에 호텔에서 나가 집으로 돌아갑시다."

샘은 앨리스에게 샴페인을 한 잔 더 부어주었다.

"자, 그럼 그 행운에 대해 말씀해주시죠. 어떻게 해서 그런 잭팟을 터뜨리게 된 거죠?"

"다 재수 좋은 그 쿼터 동전 때문이야. 반짝반짝 윤이 나는 동전이었어."

불현듯 그녀는 그 재수 좋은 동전에 대해 생각해 봤다. 그 동전 덕택으로 그녀가 샴페인을 마시게 되었고 사람들이 몰려와서 사인을 요청하게 되었으며 또 몇 년 만에 처음으로 딸 내외와 저녁을 먹을 수도 있었다.

'그래, 정말 행운의 동전이야.'

앨리스는 그 동전을 다시 찾아야겠다는 생각이 들었다. 그 슬롯머신 속 어딘가에 아직 들어 있을 것이다.

카지노의 매니저가 테이블로 다가왔다.

"흡족하십니까? 혹시 필요한 거라도?"

앨리스가 그를 올려다보았다.

"부탁 하나 해도 되겠수?"

"그럼요, 말씀만 하십시오, 짐머 부인. 무슨 부탁인지요?"

"잭팟을 따낸 동전 말인데요, 되찾고 싶군요."

그가 소리 내어 웃었다.

"그건 곤란합니다. 머신 속에 수백 개의 동전이 들어 있거든요. 알아볼 수도 없을 겁니다."

앨리스가 완강하게 고집을 부렸다.

"할 수 있어요. 보면 알아요."

매니저가 망설였다.

"그렇게 찾고 싶으시다면 기계를 비워드리겠습니다. 식사 후에 제 사무실로 오십시오."

한 시간 후에 매니저의 사무실에 들어갔을 때 책상 위에는 수백 개의 쿼터 동전들이 흩어져 있었다. 어떤 동전은 더럽고 닳아 있었으며 또 찐득찐득한 것도 있었고, 약간 휘어진 동전들도 있었다.

앨리스는 첫눈에 그녀의 동전을 찾아냈다. 그 동전은 다른 동전들 사이에 섞인 채 마치 윤기 나는 베이컨처럼 금방 눈에 띄었다. 반질반질 윤이 나면서 빛을 발하고 있었다.

"이거예요. 이 동전이라오."

카지노의 매니저가 앨리스에게 그 행운의 동전을 건네는 모습을 사진기자들은 계속해서 찍어댔다.

그날 밤 그녀는 매니저가 에스코트해준 아름다운 호텔 방의 신혼부부용 킹사이즈 침대에 누워서 기적 같은 그날 저녁 일을 생각했다.

"폴과 함께라면 얼마나 좋았을까! 그이도 무척 기뻐했을 텐데."

중요한 사실은 이제 그녀는 양로원으로 가야 하는 일에서 해방되었다는 점이었다. 샘과 마리가 그녀를 다시 집으로 데리고 갈 테니까.

앨리스가 침대에서 이런 생각들을 하고 있는 동안 샘은 아래층에서 카지노의 매니저와 이야기하고 있었다.

"제 장모님은 연세가 많으세요. 수표를 제 앞으로 끊어주시면 좋겠습니다. 그녀는 돈을 제대로 간수하지 못하니까요."

카지노의 매니저가 고개를 흔들었다.

"미안합니다. 규칙을 따라야 합니다. 댁의 장모님께서 잭팟을 따셨기 때문에 그분 이름 앞으로만 수표를 만들어드립니다."

샘이 웃었다.

"좋소. 그럼 됐소이다."

수표는 앨리스를 집으로 데려간 다음 알아서 하면 될 것이다. 집을 양도받을 때처럼 상금도 넘겨주도록 서명을 하게 만들면 되니까. 그러고 나서 2, 3주쯤 기다렸다가 그녀를 다시 양로원으로 되돌려 보낼 것이다.

샘은 새 택시를 몰고 거리를 다니는 자신의 모습을 그려보았다. 어쩌면 택시를 2대 더 사서 일할 사람을 고용할지도 모른다.

또 누가 알게 뭐람? 어쩌면 이건 시작에 불과할지도 모른다. 조만간 택시회사를 세워 군림할 수도 있을 것이다. 그래, 정말 재수 좋은 동전이었다!

다음날 그들은 집으로 돌아왔다. 앨리스는 현관에 들어서면서 행복한 생각에 잠겼다.

'다시는 못 돌아올 줄 알았는데.'

그 동전은 그녀의 지갑 깊숙한 곳에 조심스럽게 보관되어 있었다. 그녀는 두고두고 그 동전에 대해 고마움을 느낄 것이다.

마리가 말했다.

"이층에 올라가서 좀 쉬세요, 어머니. 오늘은 좀 바쁘실 테니까요."

"내가?"

"네, 변호사를 오시라고 해놓았어요."

한순간 앨리스의 심장이 멈추었다. 그들이 자신의 집을 되돌려주려고 하는구나!

샘이 말을 이어받았다.

"그 잭팟 건 말씀인데요. 마리와 제가 그 돈을 저희 통장 안에 넣을 수 있도록 변호사가 처리해주실 겁니다."

"아니, 왜?"

"그래야 어머니께서 안심하실 게 아닙니까. 저흰 온갖 세금 문제 때문에 어머니께서 속을 썩는 걸 원치 않아요. 어머닌 그 돈을 어떻게 처리해야 할지 모르실 겁니다. 투자나 금융시장 같은 것도 고려해……저희들에게 맡겨만 주세요. 잘 알아서 처리할 테니까요. 장모님."

점심식사가 끝난 직후 변호사가 도착했다.

앨리스는 처음 보는 얼굴이었다. 그는 무척 엄하게 생긴 인상에 매우 활달하고 사무적인 사람이었다.

그들이 식당 테이블에 모두 둘러앉자 변호사가 말문을 열었다.

"여기, 부탁하신 서류 등을 작성해 왔습니다."

"좋습니다."

샘이 말을 받으면서 앨리스를 쳐다보았다.

"여기에 서명하고 나시면 기분이 한결 든든하실 겁니다."

샘이 앨리스에게 펜을 건네주며 서류를 그녀 앞에 찌르듯이 놓아주었다.

"여기에 서명하세요."

앨리스는 펜을 든 채 망설였다.

"서명하게 되면 어떻게 되오?"

그녀가 변호사에게 물었다.

"아무 일도 없습니다, 짐머 부인. 부인께선 그 돈을 사위와 딸에게 주는 것입니다. 두 사람이 세금을 내고 나면 부인께선 아무 걱정할 일이 없을 겁니다."

앨리스는 불과 얼마 전에 마리와 샘에게 집을 양도해주는 서류에 서명했던 일을 기억했다. 그들은 그녀에게서 집을 빼앗고서는 자신을 양로원에 보내려고 했다. 그녀는 샘이 한 말이 생각났다.

'우린 부자야. 새 택시도 사고…….'

마리가 한 말도 생각났다.

'밍크코트를…….'

'그들은 이 돈을 그렇게 써버릴 것이다. 그리고 돈을 다 쓰고 나면 아마 나를 다시 양로원으로 보내겠지.'

앨리스는 펜을 내려놓았다.

"서명하지 않겠어요."

그녀가 말했다.

그들은 깜짝 놀라 모두 그녀를 노려보았다.

"서명하지 않다니요? 해야 합니다."

"아니, 난 하지 않겠어. 이건 내 돈이야. 내가 갖고 있겠어."

"어머니는 그 돈을 어떻게 해야 할지 모르잖습니까!"

샘이 큰소리로 외쳤다.

앨리스는 그들의 얼굴을 차례차례 뜯어보며 기분 좋게 말했다.

"나에게도 생각이 있어."

퀸엘리자베스 2호는 상상했던 것보다 훨씬 아름다웠다. 그 배는 어마어마하게 거대한 배로서 친절한 사람들로 꽉 차 있었다. 뉴욕에서 사우샘프턴으로 가는 동안 그녀는 수많은 친구들을 사귀었다. 물론 마리와 샘은 앨리스가 유럽여행을 가기로 했다고 말했을 때 극구 만류했다.

"어머닌 노인이세요. 혼자서 여행을 해선 안 된다고요."

"난 늙지 않았어, 아직 젊다고."

그녀는 당당하게 대꾸했다.

"하지만 엄청나게 비쌀 텐데요."

"그래요, 낭비라고 한번 생각해 보세요."

"행복하게만 된다면야 낭비라곤 생각 안 해."

무슨 말로도 그들은 앨리스를 설득할 수가 없었다. 하느님께서 그녀에게 두 번째 행복한 기회를 주셨으므로 그녀 또한 그 기회를 붙잡을 생각이었다.

퀸엘리자베스 2호는 다만 시작에 불과했다. 아마 알고 나면 충격에 빠질 수도 있었다.

'내 꿈을 실현하기 위해 내 생각대로 할 거야.'

앨리스는 그렇게 다짐했다. 그녀는 실천에 옮겼다. 사우샘프턴에서 런던까지 열차를 타고 가면서 그녀는 영국 시골의 아름다운 초록빛 풍경에 감탄을 금치 못했다.

사보이 호텔에 여장을 푼 그녀는 평생 처음 보는 커다란 욕조에서 목욕을 즐겼다.

'영국 사람들은 사는 법을 좀 아는구먼.'

앨리스는 생각했다.

그녀는 그날 밤 연극인들로 붐비는 화려한 음식점 '미라벨'에서 저녁을 먹었다. 웨이터에게는 후한 팁도 주었다.

그만한 여유쯤은 되니까.

그녀는 집을 떠나오기 전―마리와 샘에게는 알리지 않고―거래하던 은행을 찾아가 오랜 친구인 부사장에게 자문을 구했다.

"이자가 제일 많은 예금에 그 돈을 넣어드리겠소. 당신이 유럽에서 멋진 휴가를 보낼 동안 돈이 계속 불어날 거예요. 매달 당신에게 보고서를 보내드리겠소이다, 앨리스."

"고마워요."

"사위한테도 복사해서 한 부 보낼까요?"

"아뇨, 됐어요. 이제부터 내 문제는 내가 알아서 하고 있어요."

웨이터에게 팁을 줄 동안에도 그녀는 집에 있는 돈이 쉬지 않고 붙고 있다는 것을 잘 알고 있었다. 만약 신중하게 처신해서 돈을 몽땅 써버리지만 않는다면 살아 있을 동안 다시는 가난해지지 않으리라. 참으로 흐뭇한 일이었다.

그녀는 극장으로 가서 로열 셰익스피어 오페라단의 연극을 보았고, 새들러 웰스 발레도 관람했다. 또 런던의 화려한 상점에도 가보았다. 벌링턴 아케이드에서 그녀는 마리에게 줄 예쁜 실크 스카프와 샘에게 줄 손목시계를 샀다. 사위는 언제나 자기 시계를 불만스럽게 여기고 있었다.

다음은 파리였다. 그녀와 폴은 언제나 파리에 오고 싶어 했었다. 폴은 젊었을 적에 한번 파리에 온 적이 있어서 앨리스에게도 구경을 시켜 주고 싶어 했다.

"에펠탑을 보게 될 때까지 기다려요. 개선문과 샹젤리제도……."

폴은 그렇게 말했었다.

이제 그녀는 그것들을 바라보고 있었다. 꿈인 줄로만 알았는데 그 꿈이 이루어진 것이다.

"폴, 당신이 말한 것보다 더 아름다워요."

그녀는 마치 남편과 함께 바라보고 있는 것 같은 착각을 느꼈다.

샹젤리제는 난생처음 보는 가장 아름다운 거리로, 상상할 수조차 없을 정도였다. 앨리스는 공원들을 돌아다녔으며 루브르 박물관도 가서 밀로의 비너스상과 모나리자를 구경했다. 그녀는 시간을 초월한 그 아름다움에 넋을 잃은 채 한참 동안 그 그림들을 바라보았다.

사교적인 그녀는 많은 친구들을 사귀었다. 그녀는 호텔 로비나 박물관, 그리고 음식점에서 그들과 만났다. 그녀는 온화하고 인상이 좋았으므로 사람들의 호감을 샀고, 덕분에 결코 외롭지 않았다.

그녀는 마리와 샘에게서 걸려온 전화를 받았다.

"어머니, 괜찮으세요?"

"그럼, 물론이지. 괜찮고말고."

"샘과 저는 어머니가 걱정돼요. 나이가 지긋하신 분이 혼자 세계여행을 하시다니……."

앨리스는 그들이 나이 운운하는 수작을 그만해 주기를 바랐다. 마치 자신이 박물관에 있는 화석 취급을 당하는 느낌이 들었다.

'이렇게 싱싱한 자신을 두고 무슨 말이람.'

"난 외롭지 않아. 친구들을 많이 사귀었다고."

앨리스가 전화에다 대고 말했다.

"언제 오실 건가요?"

'나에겐 집이 없어.'

앨리스가 생각했다.

"모르겠구나."

"잠깐만요, 어머니. 샘이 통화하고 싶대요."

그녀는 수화기 너머로 사위의 음성을 들었다.

"안녕하세요, 어머니!"

"응, 그래. 샘."

"마리와 전 어머니가 보고 싶어요. 그만 돌아오세요. 지금쯤 여행으로 피곤하실 테니까요."

"아닐세. 여행이 재밌기만 한 걸?"

침묵이 흘렀다.

"정말 그곳이 좋으세요?"

"그렇다네."

"그럼 너무 오래 계시지 마세요. 기다리고 있겠습니다."

"또 연락하겠네."

그녀는 그렇게 말하고 전화를 끊었다.

파리 구경을 실컷 하고 난 엘리스는 다음 목적지를 이탈리아로 정했다. 그녀와 폴은 전에도 종종 베니스에 대해 이야기한 적이 있었다. 남편은 베니스를 마법의 도시라고 불렀다.

“물 위에 지어진 도시라 거리 대신 운하들이 있지. 어디든 곤돌라나 모터보트로 다닐 수 있거든.”

그 말을 듣고 그곳이 아주 멋진 곳으로 여겨졌었다.

다음날 아침 앨리스는 베니스로 가는 에어프랑스기에 탑승했다.

“좌석벨트를 매십시오.”

그녀가 좌석벨트를 매자 잠시 후 거대한 비행기가 하늘을 날았다.

베니스에 도착한 그녀는 산마르코 광장 바로 옆 다니엘리 호텔에 여장을 풀었다. 폴이 한 말이 사실이었음을 깨닫는 데는 오랜 시간이 걸리지 않았다.

베니스는 정말 신비로운 도시였다. 몇 세기의 역사를 지닌 그곳 건물들은 한결같이 황금 타일로 아로새겨진 느낌을 주었다. 산마르코 광장 도즈 궁에는 거대한 종탑이 있었다. 그녀는 ‘해리스 뉴욕바’에서 점심을 들면서 퀸엘리자베스 2호와 런던, 그리고 파리에서 알게 되었던 친구들을 만났다. 그들은 참으로 좋은 사람들이었으므로 앨리스 역시 그들과 함께 어울리는 걸 좋아했다. 부부사이인 그들이 손을 잡고 서로 즐거워하는 모습을 본 그녀는 자신에게도 그런 사람이 있으면 얼마나 좋을까 하는 생각을 하게 되었다.

‘여생을 특별한 사람과 함께 보낼 수 있다면 참으로 좋을 텐데.’

‘내 욕심이 지나쳐. 나에게 이런 두 번째 기회를 준 것도 어딘데.’

그녀는 베니스에서 5일을 보냈다.

‘다음엔 어디로 갈까?’

그녀는 혼자 묻고 대답했다. 그때 좋은 생각이 떠올랐다.

‘로마야.’

그날 밤 그녀는 짐을 꾸리며 그 행운의 동전이 지갑 속에 잘 들어있는지 확인했다. 아침이 되자 그녀는 베니스에서 로마로 가는 열차인

라피도를 탔다.

로마는 베니스보다 더 신나는 곳이었다. 볼만한 구경거리가 많이 있었다.

앨리스는 콜로세움에 갔다. 그곳은 몇 세기 전 벌거벗은 투사들이 사자와 호랑이와 맞서 싸울 동안 객석에 안전하게 자리 잡은 로마인들이 고함을 질러대며 그 유혈의 장면을 구경하던 장소였다. 이제는 차츰 붕괴되어 가고 있는 어마어마하게 큰 건물이었다.

그녀는 전 세계 가톨릭교회를 지배하고 있는 바티칸에도 가보았다. 그곳은 값을 매길 수 없을 만큼 귀중한 조각과 그림으로 가득 차 있었다. 전 세계 예술품을 다 모은 것보다도 더 값진 예술품이 그 지붕 아래에 보존되어 있었다.

가족을 데리고 나온 이탈리아 노동자들로 붐비는 어느 작은 선술집에서 그녀는 저녁을 먹었다. 그들은 모두 음악소리 같은 사랑스럽고도 경쾌한 음성으로 말하고 있었다. 그녀는 베니스에서 만난 친구들과 엑셀시오르 호텔 내 근사한 음식점에서 저녁을 먹었다.

앨리스는 점점 외로움을 느끼기 시작했다. 주위에 있는 부부들이 행복하게만 느껴졌다. 그녀를 식사에 초대해서 참으로 매력적이라고 말해주는 남자들은 많이 있었다. 그들은 "멋집니다."라고 칭찬을 연발했다. 하지만 그녀는 그들에게 아무런 관심을 느끼지 못했다. 그녀에게는 매우 특별한 존재의 남자가 필요했다. 더구나 인생이란 유쾌한 모험이므로 그녀는 매순간을 철저히 즐기고 싶었다.

'다음엔 어디로 갈까? 스페인, 그래 거기가 좋겠어.'

그런데 로마를 떠나기 전 한 가지 할 일이 있었다. 그것은 요술 샘인 분수를 찾아가는 일이었다.

폴이 언젠가 이렇게 말했었다.

"동전을 던지면 소원이 이루어질 거야."

다음날 아침 앨리스는 당장 그 분수를 찾아갔다. 그녀가 지갑을 열자 그 속에 동전이 가득 들어 있었다. 하지만 동전 하나가 유난히 그녀의 눈길을 끌었다. 바로 그 빛나는 행운의 동전이었다.

그녀는 그 동전을 분수 속에 집어 던지기 전에 잠시 망설였다.

그러다가 그녀는 이렇게 말했다.

"해보는 거야. 그럼 내 소원이 이루어질 테니까."

그녀는 눈을 감고 그 자리에 서서 소원을 생각해본 다음, 그 동전을 수면이 잔잔한 물속에 집어 던졌다.

어떤 남자가 그녀 곁에 서서 그 모습을 지켜보았다. 키가 크고 회색 머리카락을 가진 미남이었다.

그 남자는 앨리스를 바라보며 '정말 사랑스러운 여인이구나.' 라고 생각했다. 그는 어떻게 해서든지 그녀를 만날 길이 없을까 궁리하며 그녀의 뒷모습을 지켜보고 있었다.

그 사이 앨리스는 호텔로 되돌아가고 있었다. 그녀는 자신이 동전을 엉뚱한 분수에 집어 던진 줄은 꿈에도 생각지 못했다.

## 5

로마인들은 소원이 꼭 이루어지길 바라면서 분수에 동전을 던져 넣는다. 하지만 그들이 모르는 사실이 있다면 그것은 밤마다 가난한 사람들이 분수에 들어와 동전을 모아간다는 점이었다. 그들은 희망에 부푼 여행객들이 던지고 간 세계 각국의 동전들을 찾았다. 페니와 페소도 있고 리라나 엔화도 있었다.

그러던 어느 날 밤, 앨리스 짐머가 던진 그 윤기 나는 동전이 어느 로마의 거지에 의해 물속에서 건져졌다.

그는 근처 술집에 들어가 그 동전으로 싸구려 포도주를 사 마셨다.

그 동전을 받은 바텐더는 그날 저녁 집으로 가던 길에 석간신문을 샀다.

신문판매인은 구두닦이 소년에게 그 윤기 나는 동전을 주었으며 그 소년은 거스름돈으로 어느 미국인 손님에게 그 동전을 건네주었다. 그 미국인의 이름은 도널드 애덤스로 건축가였다.

도널드 애덤스는 엑셀시오르 호텔에 묵고 있었다. 그는 식당의 저녁식사는 매우 훌륭했지만 별로 내키지가 않았다. 그는 그날 들었던 이야기를 생각하고 있었다.

"이런 말 하고 싶진 않지만, 도널드 자네 동업자인 피트 터켈은 나쁜 녀석일세."

"무슨 소릴 하고 있나?"

"그는 공금을 착복한 자일세."

"믿을 수 없어."

그러나 그건 사실이었다. 피트 터켈은 수년 동안 회사의 공금을 횡령하고 있었다. 도널드 애덤스는 뉴욕에 돌아가서 그를 만날 것이다. 두 사람은 함께 학교를 다녔으며 여행도 함께 하면서 즐거운 시간을 누려온 사이였다.

그런데 피트가 결혼하자 상황이 바뀌었다. 두 사람의 교제가 뜸해지기 시작한 것이다. 그는 피트 터켈의 아내 에이미가 별로 마음에 들지 않았다. 도널드에게는 차갑고 계산적인 여자로 여겨졌다.

두 사람은 만나는 순간 서로를 싫어하게 되었으므로 자연히 두 남자들의 관계도 어렵게 되고 말았다. 그들은 건축회사에서 동등한 관계의 동업자였으나 도널드 애덤스 쪽이 좀 더 이름이 알려져 있었다. 그는 피트의 아내가 피트를 조종하고 있다고 확신했다. 두 사람이 나누는 대화가 마음속에서 들려오는 것 같았다.

"당신은 회사의 브레인이에요, 피트. 그런데 어째서 도널드 혼자 모든 영광을 차지하는 걸 보고만 있죠? 당신은 그 사람 없이도 잘할 수 있다고요."

실제로는 그렇지 않았다. 피트는 그를 많이 의지하고 있었다. 그러나 최근에 두 사람 사이엔 이런저런 일로 불화가 심했다. 그러던 중 도널드 애덤스가 동업자의 횡령 사실을 눈치 채게 된 것이다.

'어째서 돈을 빼돌렸을까? 욕심 많은 아내에게 선물을 사주려고? 아마 그럴 거야.'

애덤스는 그렇게 생각했다.

그러나 그 동기는 아무 문제가 되지 않았다. 피트 터켈이 잘못을 저지른 이상 그에 대한 벌을 받아야 했다.

'더 이상 동업할 순 없어. 둘 중 한 사람이 회사를 그만두어야 돼.'

도널드 애덤스는 결심했다.

그는 너무 골똘히 생각에 잠긴 나머지 웨이터의 말소리도 듣지 못했다.

"애덤스 씨?"

그가 고개를 들었다.

"미안합니다. 뭐라고 했소?"

"음식에 손을 대지 않으셨다고요. 맛이 좋지 않은가요? 다른 걸로 드릴까요?"

"아니오. 괜찮소. 배가 고프지 않군요."

도널드 애덤스가 말했다.

그는 휴가를 보내러 로마에 왔으나 그 사실을 알게 된 이후 모든 것이 엉망진창인 기분이었다. 그곳에 있는 사람들도 즐거운 휴가를 보내고 있는가에 대해 그는 의문을 가졌다.

주위를 살펴보니 유쾌한 얼굴을 한 어느 부인이 테이블에 혼자 앉아 있었다. 전에 한번 본 적이 있는 여인이었다. 누군가가 그녀의 이름을 부르는 소리를 들은 적이 있었다.

'뭐였더라? 앨리스, 그래 앨리스 짐머였어.'

그녀도 미국이었고 혼자 여행하고 있는 중이었다.

도널드 애덤스가 지켜보고 있는데 어느 회색 머리카락을 한 매력적인 남자가 다른 테이블에서 일어나더니 앨리스 짐머 쪽으로 갔다.

도널드는 그의 말소리를 들었다.

"실례합니다. 제 이름은 마크 휘트니라고 합니다. 오늘 분수에서 소원을 비는 모습을 봤는데, 소원이 이루어졌는지 궁금하군요."

그녀는 얼굴이 달아오르는 것을 느꼈다. 사실 그는 자신이 원하던 타입의 남자였다.

"아직 모르겠어요."

마크 휘트니가 미소 지었다.

"소원이 이루어지기까지는 시간이 걸릴 때가 종종 있는 법이죠. 혼자라면 합석해도 되겠습니까?"

"네."

그는 남편인 폴을 많이 생각나게 하는 사람이었다.

"로마엔 사업차 오셨는지요?"

"아뇨. 전 은퇴했습니다. 아내가 죽고 나서 집에 붙어 있기가 싫어서 세계 일주에 나섰죠."

'나랑 똑같아.'

앨리스는 설레는 마음으로 생각해 보았다.

"혼자서 여행을 하시는군요?"

"네."

그녀는 말을 많이 할 의도가 아니었으나 그가 어쩌나 이해심이 깊어 보이는지 말이 술술 튀어나왔다. 그녀는 마리와 샘, 그리고 양로원, 또 잭팟에 대한 이야기를 그에게 들려주었다. 마치 옛 친구에게 이야기하는 기분이었다.

"그 모두가 쿼터 동전 때문이지요. 기적의 동전이랍니다."

두 사람 다 그 순간, 그 동전이 그들로부터 얼마 떨어져 있지 않은 테이블에 앉아 있는 남자의 호주머니 속에 들어있다는 건 전혀 모르고 있었다.

"카라칼라 목욕탕엔 가보셨소?"

"아뇨, 그게 뭔데요?"

"옛날 로마의 목욕탕으로 몇 세기 내려온 것이오. 지금은 오페라도 열리곤 하는데 정말 장관이죠. 오페라를 좋아하시오?"

"무척이나요."

"내일 밤 시간이 있으면 당신을 모셔가고 싶군요. 지금 '파우스트'가 공연 중이오."

"시간 있고말고요. 가고 싶군요."

그녀는 미소를 지었다. 아침에 스페인으로 가기 위해 이미 예약을 해놓았다는 말을 그녀는 하지 않았다. 대신 앨리스는 마크 휘트니에게 작별인사를 한 다음 호텔 지배인을 찾아갔다.

"죄송합니다만 예약을 변경할 수 있겠어요?"

"물론이죠, 짐머 부인."

"내일 아침 스페인으로 떠날 예정이었는데 로마에 며칠 더 있고 싶어서요."

"좋습니다."

지배인이 그녀를 안심시켜 주었다.

"기꺼이 조치해 드리죠. 언제 떠나시겠습니까?"

앨리스는 우물쭈물했다.

"잘 모르겠어요."

언제 떠날지는 마크 휘트니에게 달려 있는 문제였다.

"나중에 알려드릴게요."

다음날 저녁은 아름답고 상쾌했다. 오페라 또한 장관이었으며 유쾌했다. 실로 완벽한 저녁이었다.

끝나고 나서 마크 휘트니는 앨리스를 저녁 식사에 데리고 갔다. 두 사람은 오페라와 연극, 그리고 영화, 음악에 관한 이야기를 나누었다. 두 사람 다 끊임없이 할 얘기가 많이 있는 것처럼 보였다. 그들은 서로 닮은 점이 너무나도 많았다. 마치 오래 떨어져 있다가 다시 만난 옛 친구처럼 여겨졌다. 앨리스는 폴이 죽고 난 후 한 번도 남자에게 편안한 느낌을 가져본 적이 없었다.

마크 휘트니가 말했다.

"피아자 델 포폴로 근처 멋진 식당을 알고 있는데, 내일 계획이 없으시면 함께 점심식사 어떠세요?"

"좋아요."

앨리스가 대답했다.

다음날 아침 샘과 마리가 호텔로 전화를 걸어왔다.

"어머니, 어떠세요?"

샘이 안부를 물었다.

"좋아, 샘."

"마리와 저는 정말 어머니가 걱정되어 전화를 걸었습니다. 사실은 여행이 그리 좋을 것 같지 않아서요."

'어머니처럼 연세든 분에게는'이라고 말할 뻔했으나 나이 운운하는 걸 좋아하지 않는다는 것을 상기했다.

"우리는 어머니가 당장 집으로 오셔야 한다고 생각하고 있습니다."

"그래?"

"정말입니다."

"그렇겠지, 샘."

그들이 무슨 짓을 하려고 하는지 궁금하기도 했지만 지금까지 그래 왔듯이 자신을 힘들게 하는 것밖에 뭐가 더 있을까. 그녀는 새 드레스나 혹은 구두를 살 돈을 달라고 했던 일을 언제나 기억하고 있었다.

'필요한 것이 별로 없고 어머닌 갈 곳도 많지 않잖아요.'

샘이 그렇게 말하곤 했었다.

그녀가 다시 샘에게 말했다.

"너희들은 내 걱정할 필요 없어. 평생 이렇게 행복한 건 처음이다."

사위에게 새 택시를, 딸에게는 밍크코트를 사주기 위해 그녀가 지금 만끽하고 있는 즐거움을 도저히 맞바꿀 수는 없는 일이었다.

샘이 말했다.

"아무래도 제 생각엔……."

"미안하다. 나 지금 나가야 돼. 누가 날 기다리고 있다네. 마리에게 안부 전해주게나."

그러고 나서 그녀는 전화기를 내려놓았다.

그녀는 마크를 만나러 가는 길이었다. 그녀의 마음속 어디에선가 지금이 다만 시작에 불과하다는 것을 말해주고 있었다. 분수 속에 던져 넣은 그 행운의 동전이 그녀의 소원을 들어준 것이다.

도널드 애덤스는 초음속 여객기 콩코드를 타고 뉴욕으로 돌아왔다. 그는 피트 터켈과의 불유쾌한 일을 매듭지으려고 서두르고 있었다. 그들의 건축회사는 몇 가지 큰 프로젝트를 시작하고 있는 중이었으므로 그는 동업자와의 문제로 그 일을 질질 끌고 싶지가 않았다.

뉴욕에 도착한 애덤스는 곧장 사무실로 갔다. 피트 터켈이 그를 기다리고 있었다.

"휴가는 어땠나? 재밌었나?"

도널드 애덤스는 얼굴이 굳어졌다.

"할 얘기가 있네, 피트."

"그래, 무슨 일인가?"

"회사를 그만두게."

피트가 놀란 얼굴로 그를 바라보았다.

"무슨 말인가? 난 자네 동업자일세. 이 회사의 절반은 내 것이야."

"자넨 회사 돈을 빼돌리고 있었어. 몇 년씩이나 말일세."

"잠깐, 이보게……."

"난 자네 친구가 아닐세. 자네가 그런 짓을 한 이상."

"무슨 말을 하고 있는지 모르겠어. 하지만…… 좋아, 가끔 돈을 빌려간 적은 있었지만 갚을 생각이었네."

"내가 화를 내는 건 비단 돈 문제뿐만이 아니야. 최근의 자네 행동일세. 내가 알기론 내가 없는 사이에 우리가 짓기로 한 새 주택사업을 자네가 거절했다더군."

"맞아. 우리에겐 필요 없는 일이야. 똑같은 돈으로 임대료를 많이 받을 수 있는 고층건물을 지을 수 있는데 무엇 때문에 가난한 사람들을 위한 주택사업을 맡는단 말인가?"

"이 도시엔 집 없는 사람들이 수도 없이 많기 때문일세. 그들에겐 값싼 주택이 필요한 거야."

"우린 자선사업을 하는 게 아니야. 돈을 버는 사업을 하고 있단 말일세."

"잘 듣게나. 이제 동업관계는 끝났네, 피트. 난 오랫동안 불편했다네. 언제쯤인지는 몰라도 우리 가운데 한 사람의 마음이 변한 걸세. 우리는 매사에 서로 의논했잖나. 그런데 지금은 서로 다른 생각을 하고 있는 것 같네."

"내 잘못이 아니야."

피트 터켈이 말했다.

"좋아. 어쩌면 내 탓일 수도 있어. 그건 문제가 안 되네. 내가 아는 거라곤 우리가 동업관계를 끝내면 더 나아질 거라는 사실일세. 자네가 나가줬으면 좋겠어."

"천만에. 내가 그냥 순순히 물러나기엔 너무 아까워. 회사를 일으켜 세우는 데 내 힘도 컸다고. 내가 자네를 돈으로 사겠어."

"나도 포기할 수 없네."

"그럼 어떻게 할까?"

도널드 애덤스는 잠시 생각에 잠겼다.

"그럼 이렇게 하지. 동전을 던져서 이기는 사람이 회사를 차지하고, 지는 사람한테 돈을 줘서 나가게 하세."

도박에 능한 피트 터켈이 말했다.

"좋아."

그는 호주머니를 뒤졌다.

"동전이 없군."

"나한테 있네."

그가 호주머니를 뒤지더니 반짝거리는 쿼터 동전을 꺼냈다. 로마에서 받았던 바로 그 동전이었다.

"자네가 정하게. 앞쪽으로 하겠나, 아니면 뒤쪽인가?"

"뒤쪽일세."

도널드 애덤스가 동전을 공중으로 높이 던지자 동전이 카펫 위로 떨어졌다. 앞쪽이었다. 피트 터켈은 절망에 빠진 얼굴로 동전을 쏘아보았다.

"자네가 졌어. 변호사에게 서류작성을 맡기겠어. 책상을 정리하고 내일까지 여길 나가주기 바라네."

피트 터켈은 분노에 사로잡혔다.

'동전 던지기에 찬성하지 않는 건데.'

그는 생각했다. 자신이 지리라곤 생각지도 못했다. '애덤스 앤드 터켈'사는 세계에서 가장 성공적인 건축회사 중 하나였다. 그런데 이제 그가 쫓겨나게 된 것이다. 그는 다른 곳에서 다시 시작해야만 한다.

도널드 애덤스 없이 그 일을 해낼 수 있을지 그는 확신이 서질 않았다. 애덤스는 재능이 넘치는 창업자였다. 피트 터켈은 회사 밖에 나가 사람들로 하여금 애덤스의 디자인에 호감을 갖도록 하는 세일즈맨이었다. 그는 회사를 떠날 수가 없었다. 그러나 달리 방법이 없었다.

"이런 바보! 멍청한 바보 같으니라고!"

에이미 터켈이 어찌나 큰 목소리로 남편에게 고함을 질렀던지 온 동네 사람이 다 들을 수 있을 정도였다.

"도널드 애덤스는 당신을 해고시킬 수 없어요. 그건 당신의 회사이기도 해요."

"날 해고하는 게 아니야. 동전을 던졌는데 내가 진 거지."

"동전을 던졌다뇨. 어린애 장난 같은 짓 따위는 어떻게 생각해냈어요? 그건 그렇고, 왜 당신더러 나가라는 거죠?"

피트 터켈은 자신의 공금 유용 사실에 대해 아내에게 말해줄 수가 없었다. 그 이유는 날로 돈이 많이 들어가는 정부를 위해 그 돈을 낭비한 데다 레이스 경기에서 돈을 잃었기 때문이었다. 그래서 그는 "아마 날 질투하고 있었나 봐, 에이미."라는 말밖에 할 수가 없었다.

"물론 그럴 테죠. 그런데 그 이유는 알아요? 당신이 사무실에서 제일 재능 있는 사람이기 때문인 거예요. 당신이 없으면 그 회사도 아무것도 아니라고요. 당신은 지난 몇 년간 그를 위해 회사에 몸 받쳐 왔어요. 그런데 이제 와서 당신을 내쫓으려고 한다고요? 우린 가만있지 않을 거예요."

피트 터켈은 바로 가서 위스키 한 잔을 따라 단숨에 들이켰다. 그의 아내 말이 옳았다. 그가 없다면 회사는 아무것도 못할 것이다. 자신의 피땀을 회사에 바쳤던 곳이었다. 도널드 애덤스는 분명 훌륭한 건축가이긴 하지만 그의 아이디어를 판매해줄 사람이 없는 한 그도 별 볼 일 없어질 것이다. 피트 터켈이 없는 애덤스란 끝장일 테니까.

그는 술을 한 잔 더 따라 마셨다. 애덤스는 언제나 이상주의자였다. 가난한 사람들을 위해 집을 짓겠다는 그의 미친 생각은 우스꽝스럽기 짝이 없는 것이었다.

"다른 사람들이나 가난한 사람들을 걱정하라고 해. 이 세상은 말이야, 자기 일은 자기가 알아서 해야 한다고."

이제 피트 터켈은 자기 일을 스스로 알아서 처리할 생각이었다.

"당신이 해야 할 일을 알았어요. 도널드를 찾아가서 말하세요. 어쨌든 두 사람은 오랜 동업자니까. 그 사람도 그만한 이치쯤은 알 거예요.

아침에 그를 만나서 이야기해 봐요. 두고 봐요. 일이 잘 풀릴 테니."

그러나 피트 터켈은 도널드가 자신의 횡령 사실을 안 이상 소용없다는 걸 잘 알고 있었다.

그는 밤새 잠을 못 이루며 그동안의 일을 생각해 보았다. 그 회사는 곧 추진하게 될 몇 가지 큰 규모의 계약을 확보해둔 상태인데, 이제 모두가 도널드 애덤스 차지가 될 것이다. 피트는 푸대접 받는 신세가 될 것이다.

'빌어먹을 그놈의 동전만 없었다면 회사가 내 것이 되었을 텐데.'

그는 그 하잘것없는 동전 때문에 자신의 인생을 망치게 내버려두지 않기로 했다. 회사를 되찾으려면 오로지 한 가지 방법밖에 없었다.

도널드 애덤스를 살해해야만 했다.

# 6

도널드 애덤스를 살해하려면 매우 치밀한 계획을 세워야만 했다.

피트 터켈은 이렇게 생각했다.

'나에게 유리한 상황은 내가 그와 싸웠다는 사실을 에이미 외엔 아무도 모르고 있다는 점이야. 다른 사람이 알기엔 우린 여전히 동업자이자 친구지간이니까.'

피트 터켈은 부엌에서 연거푸 커피를 마시며 살인을 계획하느라 꼬박 새벽까지 앉아 있었다.

두 가지 중요한 요건이 있었다.

첫째, 도널드 애덤스는 반드시 죽어야 하며 둘째, 아무도 자신을 의심해선 안 된다는 사실이었다.

'옛 동료 도널드 애덤스는 사라질 것이다. 경찰이 시체를 발견하지

못할 것이므로 아무런 단서가 없을 것이다.'

그는 앞으로 해야 할 일의 세부 계획을 골똘히 연구했다.

'제일 먼저 할 일은 권총을 구하는 일이야. 그 다음에는…….'

그는 계획을 하나씩 치밀하게 검토했다. 그 계획이 너무 완벽했으므로 피트 터켈은 만족했다. 그는 일어나서 도널드 애덤스에게 전화를 걸었다.

"애덤스, 그동안의 일을 곰곰이 생각해 보았네. 자네 말이 옳았어. 내가 잘못했네. 다만 기분이 울적하다는 걸 자네에게 말해주고 싶을 뿐이라네."

"그 말을 들으니 나도 기쁘군."

"사실은 말일세, 오늘 아침에 제의를 하나 받았다네. 꽤 좋은 회사에서 동업자로 일해 달라고 하더군."

"그것 잘됐군, 피트. 정말 기쁜 일일세."

"먼저 자네와 의논하고 싶어. 난 언제나 자네 의견을 따랐지 않나. 수락해야 할지 어떨지 자신이 서질 않아."

"오늘 밤 6시쯤 여기서 기다리겠네."

"고마워, 애덤스. 정말 고맙네."

피트 터켈은 흡족하게 수화기를 내려놓았다.

그는 6시에 사무실로 가지 않고 6시 30분까지 기다릴 생각이었다. 그때가 되면 사람들이 모두 사무실을 나가고 없을 테니까. 애덤스는 그때까지 자기를 기다릴 것이라고 생각했다.

그는 고개를 들었다. 에이미가 곁에 서 있었다.

"도널드죠?"

"응. 나와 얘기하고 싶대. 생각을 고쳐먹었나 봐."

"그래야죠. 언제 만날 거예요?"

"오늘은 바빠. 내일 점심 때 만나기로 했어."

"사과 받도록 해요."

"오, 그럼."

피트 터켈은 아내를 안심시켜 주었다.

그날 오후, 피트 터켈은 밖에 나가서 카펫을 구입했다. 그 다음에 철물점에 들렀다.

"캠핑용구를 묶을 것 좀 주세요."

점원이 여러 가지 크기의 밧줄이 걸려 있는 벽으로 그를 안내했다. 터켈은 튼튼해 보이는 밧줄을 하나 골랐다.

"이걸로 하겠소."

그는 다시 생각해 보더니 "아, 삽도 하나 필요하겠군. 쓰레기를 묻어야 하니까요. 요즘 화재가 너무 많이 일어나서."라고 말했다.

"이리로 오십시오."

점원이 삽이 있는 곳으로 데리고 가자 피트는 신중하게 그 가운데 하나를 골랐다.

마지막으로 들른 곳은 전당포였는데, 거기서는 권총과 탄환을 구입했다.

그날 저녁 6시 30분에 피트 터켈은 '애덤스 앤드 터켈'사의 사무실이 있는 15층으로 올라가는 엘리베이터를 탔다. 그는 기다란 카펫을 들고 있었다. 예상했던 대로 건물 안은 텅 비어 있었다.

그가 사무실로 들어가자 도널드 애덤스가 말했다.

"30분이나 기다렸어. 무슨 일이야?"

"늦어서 미안하네, 도널드. 자네에게 줄 약소한 선물을 사느라고 말일세. 자네 사무실이 약간 환해지면 좋겠다고 생각했거든. 옛 친구한테 작별 선물을 받은 걸로 생각하게나."

그는 카펫 위의 종이를 뜯어내고 그것을 바닥에 펼쳤다. 그곳과 어울리지 않았으나 도널드 애덤스는 싫은 내색을 보이지 않았다.

'나중에 걷어내야지.'

그는 생각했다.

그가 큰소리로 말했다.

"정말 자넨 생각이 깊군."

"천만에."

도널드 애덤스는 시계를 쳐다보았다.

"다음 약속시간에 늦겠네. 빨리 끝낼 수 있겠지?"

"잠깐이면 돼. 날 만나줘서 정말 고맙네. 매우 중요한 일이거든."

"사실 난 우리 둘 사이에 있었던 일을 무척 유감스럽게 생각하고 있었네. 자네가 가져간 그 돈에 대해 당국을 찾아갈 의도는 전혀 없었다는 걸 알아주면 좋겠어. 기분상하는 건 원치 않으니까."

"그럼, 그렇고말고. 사실 나도 이러는 쪽이 더 좋아. 모두 잘됐어."

'사실이야. 전에는 회사의 50퍼센트가 내 것이었지만 이제 모두 내 독차지란 말일세.'

터켈은 그렇게 마음대로 생각했다.

"어떤 회사에서 제의가 들어왔다고?"

"그래, 하지만 자네 의견을 먼저 듣지 않곤 받아들이기가 싫더군. 앞으로 두고 보면 알겠지만, 내가 회사 전체를 인수하게 될 거야."

"그것 재미있군. 그 회사 이름이 뭐지?"

"애덤스 앤드 터켈사야."

도널드 애덤스가 그를 노려보았다.

"뭐라고 했나?"

"애덤스 앤드 터켈사라고."

피트 터켈은 곧장 호주머니에서 권총을 꺼냈다.

"무슨 짓이야?"

"말했잖나, 도널드. 내가 이 회사를 인수하겠다고."

"미쳤군."

"내가?"

"자넨 결코 허튼 짓을 할 사람이 아니야."

피트 터켈은 권총을 겨눈 채 말했다.

"앞으로 한 발자국 나와."

"뭐라고?"

"내 말 들어. 어서 움직엿!"

도널드 애덤스는 앞으로 걸어 나왔다. 그는 피트 터켈이 가지고 온 그 카펫 위에 서 있었다.

"바보짓은 그만두게, 피트."

그 순간 터켈은 동업자의 가슴에 두 발을 쏘았다. 생명을 잃은 애덤스의 시체가 카펫 위에 쓰러지는 순간, 그의 얼굴에 어이 없어하는 불신의 표정이 어려 있었다.

"잘 가게, 친구."

터켈이 말했다.

그는 호주머니에 권총을 집어넣고 애덤스의 시체를 곧게 편 다음, 카펫으로 둘둘 말았다. 사무실 안에는 아무런 단서를 남기지 않았다. 경찰은 절대로 그를 추적하지 못할 것이다.

"자넨 행방불명이야."

터켈이 동업자의 죽은 시체를 향해 말했다.

"내일 아침 난 아무 일 없었다는 듯이 걸어들어 올 걸세. 자네가 행방불명된 걸 알면 다른 사람보다 더 큰 충격을 받을 테지. 충격이 가시면 내가 회사를 인수할 생각일세."

터켈은 카펫 속에 시체를 단단히 싼 다음 호주머니에서 두꺼운 밧줄을 꺼내어 그것으로 카펫 주위를 단단하게 묶었다. 시체는 생각보다 무거웠으므로 그는 있는 힘을 다해서 카펫을 사무실 밖으로 끌어냈다. 엘리베이터를 타고 건물 뒤쪽에 주차해놓은 자동차로 내려오는 동안 온 몸의 힘이 소진되는 것 같았다.

그는 자동차의 트렁크를 열고 시체를 그 속에 집어넣었다. 아무리 오랜 세월이 흘러도 경찰은 절대로 그를 의심치 않을 것이며 또 설령 의심을 해서 자동차를 조사한다고 해도 아무런 단서를 찾지 못할 것이다. 카펫이 핏자국을 죄다 흡수해버릴 테니까.

'애덤스는 자기가 꽤 영리하다고 생각했지. 하지만 이제 진짜 영리한 쪽은 누구지?'

그는 그렇게 생각했다.

트렁크를 꽉 닫은 그는 뉴욕의 산기슭을 향해 맨해튼 북쪽 길로 달리기 시작했다.

시간은 충분했다. 에이미에게는 사업약속이 있어서 늦게 귀가할 것이라고 말해두었기 때문이었다.

'거짓말이 아니야.'

서쪽 고속도로를 타고 달리면서 그는 중얼거렸다. 틀림없이 사업약속이 있었기 때문이었다.

'오래간만에 멋진 사업을 해냈어. 어제만 하더라도 회사의 절반이 내 것이었지만 이제 전부 내 차지라고. 난 부자야. 애덤스가 욕심만 안 부렸어도 이런 일은 없었을 텐데.'

그는 속도제한을 초과하지 않으려고 신경 쓰면서 쉬지 않고 차를 몰았다. 지금까지 만사가 완벽했으므로 경찰한테 적발당하는 건 원치 않았다. 트렁크 속에 시체가 들어 있는 이상 원치 않는 일이었다. 이제 자유의 몸이 된 완전 범죄를 깨끗하게 해치운 것이다.

길 양옆에 공원길이 나 있는, 나무가 우거진 시골길로 접어들고 있었다. 터켈은 그 다음번 출구에서 차를 멈추고 두 번째 사잇길까지 계속 달려가서 거기서 차를 오른쪽으로 꺾었다. 캄캄한 밤하늘에 떠 있는 달빛이 쓸쓸한 시골길을 밝혀주고 있었다.

유난히 나무가 우거져 있는 곳에 닿은 터켈은 눈에 띄지 않도록 도로변에 자동차를 세웠다. 그는 엔진을 끄고 숲속으로 들어갔다. 원하던 장소를 찾기까지 약 5분이라는 시간이 걸렸다. 발밑 바로 아래 깊은 골짜기가 나 있었다. 그런 골짜기에 사람이 내려갈 이유가 없었으므로 시체를 묻기에 안성맞춤이었다.

회심의 미소를 지으며 피트 터켈은 다시 자동차로 돌아와 트렁크를 열었다. 그는 트렁크에서 동업자의 시체를 끌어내어 숲속까지 질질 끌고 갔다. 시체는 이미 딱딱하게 굳어 있었다.

'이제 거의 끝났어.'

피트 터켈은 생각했다.

계곡에 이른 그는 카펫을 쥔 손을 놓고 시체가 굴러 떨어지는 모습을 지켜보았다.

"굴러도 상관없겠지, 친구."

그는 낄낄 웃으며 삽을 가지러 자동차로 돌아왔다. 다시 계곡 꼭대기에 이른 그는 삽을 쥔 채 계곡 아래로 내려갔다.

"이제 자네를 풀어주겠네, 친구."

'바보라면 시체를 말아놓은 상태로 남겨둘 테지.'

터켈은 생각했다. 그러나 그럴 경우 시체가 부패하는 데 더 많은 시간이 걸릴 것 같아 그는 애덤스의 시체를 카펫 속에서 꺼낸 다음 땅을 파기 시작했다.

땅은 많이 굳어 있어서 파기가 무척 힘들었다. 터켈은 땀을 흘려야 했다.

"날 힘들게 하는군, 친구. 하지만 이것도 마지막이야."

그는 계속 땅을 파나갔다. 만족스러운 깊이까지 파기에는 2시간이나 걸렸다.

땅을 다 파고 나자 도널드 애덤스의 시체를 묻기에 충분할 만큼 커다란 구덩이가 나타났다. 그는 삽으로 시체를 무덤 속에 밀어 넣고는 그 옆에다 총을 던져 넣었다.

"아무도 자네나 총을 발견하지 못할 거야."

피트 터켈이 큰소리로 말했다.

"100년쯤 지나면 또 모르지."

그는 흙으로 시체 위를 덮은 다음 계곡에서 올라왔다. 아래쪽을 내려다본 피트 터켈은 흡족한 미소를 지었다. 위에서 보면 아무런 표시도 나지 않으므로 동업자는 이제 영원히 그곳에서 잠들게 될 것이다.

피트 터켈은 자동차로 돌아와 몇 마일 더 차를 몰고 나왔다. 그곳 깊은 숲속에 카펫을 던져버린 다음 1마일쯤 더 떨어진 곳에서는 삽을 던져버렸다. 이제 모든 증거품은 다 처분한 셈이었다. 남은 건 집으로 돌아가 몸을 씻는 일이었다. 지금쯤 에이미는 잠이 들어 있을 것이므로 옷을 벗고 샤워하고는 더러운 셔츠는 세탁할 때까지 옷장에 감춰놓을 수 있을 것이다.

집으로 오면서 그는 자신이 얼마나 영리했던가를 생각해 보았다. 마음속으로 여러 번 검토했기에 완벽하게 처리할 수 있었다.

경찰은 카펫, 밧줄, 그리고 삽이나 권총을 결코 찾아내지 못할 것이다. 설령 그렇다 하더라도 무엇 때문에 그러길 바라겠는가? 도널드 애덤스는 단순히 실종됐을 따름이었다. 경찰이 만약 애덤스와 최근에 무슨 마찰이라도 있었는지를 물어온다면 당연히 그는 "아니오."라고 대답할 생각이었다. 최근 들어 도널드의 행동이 약간 이상했노라고 말할 것이다. 어딘지 불안해 보였지만 자신은 그의 고민을 모른다. 자신에게 말해주지 않았으니까.

그는 로마에서 돌아와 거기서 어떤 여자를 만났다고 했는데, 어쩌면 그 여자한테 간 건지도 모른다고.

도널드 애덤스에겐 아내와 가족이 없었으므로 피트 터켈의 회사인수 건에 대해 물어볼 사람은 아무도 없을 것이다. 그래, 정말 영리하군. 좋았어.

'완전범죄를 저지를 수 있을 만큼 똑똑한 사람이 얼마나 될까?'

그는 그렇게 생각했다.

모든 것이 피트 터켈이 예상한 그대로였다. 도널드 애덤스가 사무실에 모습을 나타내지 않고 몇몇 약속 건을 어기게 되자 경찰에 신고한 사람은 바로 피트 터켈 자신이었다.

"출근도 하지 않고 집으로도 연락이 되질 않소. 걱정이 되는군요."

경찰은 조사에 나섰으나 물론 아무것도 알아내지 못했다. 피트 터켈이 그들에 비해 훨씬 똑똑했기 때문이었다.

"도널드 애덤스는 이렇게 사라질 친구가 아닌데, 제발 아무 일 없었으면 좋겠소."

"오, 그런 일이 있으면 저희가 알아내겠소."

경찰이 그를 위로했다.

'아니, 당신네들은 못해낼걸.'

피트 터켈은 생각했다.

이제 회사는 그의 차지가 되었다. 원하는 대로 돈을 꺼내 쓸 수 있었고 도널드 애덤스처럼 눈치 챌 사람도 이젠 사라지고 만 것이다. 인생은 아름다운 것이다.

가을로 접어들자 뉴욕의 사냥 시즌이 시작되었다. 다른 사냥꾼들에게 사슴으로 오인되지 않기 위해서 붉은 재킷과 모자를 착용한 수백 명의 사냥꾼들이 뉴욕 주 북부 숲 지대로 몰려들었다. 그 가운데 어떤 사냥꾼 하나가 발자국을 따라가다가 이상한 물체에 눈길이 쏠리게 되었다. 깊은 골짜기 속에서 햇빛을 받아 윤기 나는 어떤 물체가 빛을 발하고 있었다. 호기심이 생긴 그 사냥꾼은 걸음을 멈추고 아래를 내려다보았다.

사냥꾼은 그 물체에서 너무 먼 거리에 있었으므로 잘 보이지가 않았다.

'누가 병뚜껑을 던진 모양이군.'

그런데 주위 어디에도 병이 떨어져 있는 표시가 나지 않았으며 또 그곳은 보통 때는 사람들이 출입하지 않는 구역이기도 했다.

그는 당장 살펴봐야겠다고 작정하고 그 빛나는 물체를 향해 골짜기 밑으로 내려가 그것을 집어 들었다. 그것은 반짝반짝 윤이 나는 쿼터 동전이었다.

'이상한데, 어째서 이런 것이 여기에 떨어져 있지?'

그가 생각했다. 그런데 그 사냥꾼이 막 돌아서려 하는데 그의 눈에 잡히는 물체가 있었다. 그것은 흙더미 위로 삐죽 튀어나온 사람의 손이었다.

그날 저녁 피트 터켈과 에이미는 집에서 저녁을 먹고 있었다. 그때 문에서 노크 소리가 났다.

"내가 나가볼게요."

문 쪽으로 걸어간 그녀가 잠시 후 돌아왔다.

"웬 형사가 당신에게 할 말이 있대요."

"형사가?"

터켈의 심장이 박동을 멈추었다.

형사가 무엇 때문에 자신을 보자고 하는 걸까? 아마 사소한 문제일 거라고 그는 생각했다. 동업자가 행방불명된 마당에 경찰은 당연히 그에게 질문을 해올 것이다. 거기에 대해 그는 만반의 준비를 갖춰놓고 있었다.

그는 미소를 지으며 테이블에서 일어나 문 쪽으로 걸어갔다. 몸집이 크고 건장한 중년의 사내가 서 있었다. 수염을 깎고 햇볕에 잘 그을린 얼굴이었다.

"터켈 씨죠?"

"그렇소."

"난 로저 벤슨 형사라고 하오. 잠깐 시간을 내실 수 있는지요?"

"물론이죠, 무슨 일입니까?"

"옛 동업자 도널드 애덤스에 관한 일입니다."

"그래요. 어떻게 되었습니까?"

"나쁜 소식입니다, 터켈 씨. 그의 시체를 찾았습니다. 살해됐어요."

터켈은 깜짝 놀라서 그 형사의 얼굴을 쳐다보았다. 어떻게 해서 그렇게 빨리 찾아냈을까? 해골만 남을 때까지 몇 년이고 땅속에 묻혀 있을 줄 알았는데…….

형사는 그를 노려보았다.

"끔찍하군요! 누가 쏘았는지 아십니까?"

터켈이 말했다.

"총에 맞았는지 당신이 어떻게 알죠?"

벤슨 형사가 말했다.

터켈이 우물쭈물했다.

"저…… 당, 당신이 그랬잖소."

"아뇨, 난 다만 살해되었다고만 했소. 우린 그를 쏜 총을 찾아냈소. 지문이 묻어 있더군요. 총은 시체와 함께 파묻혀 있었소. 조금 전에 애덤스 씨의 비서에게 물어보았더니 그 비서는 당신과 애덤스 씨가 서로 다투던 소리와 또 그 사람이 당신한테 회사를 나가라고 위협했다는 걸 들었다고 하더군요."

"말도 안돼요. 우린 친구였다고요."

"네, 알고 있습니다. 하지만 증거가 필요하니 터켈 씨, 잠시 선생의 지문을 조사해 봐도 괜찮겠죠?"

# 7

"그러니까 동전 덕분에 피트 터켈을 잡았단 말인가?"

"네, 그렇습니다."

로저 벤슨 형사는 자기 호주머니 속의 동전을 만져보았다. 그는 그 동전을 행운의 선물로 간직할 생각이었다. 벤슨 형사는 고메즈 반장과 이야기하던 중이었다.

"잘했네. 자백은 얻어냈나?"

"그럼요. 운이 없어서 권총에 지문을 남겨놓았다고요."

"스스로 똑똑하다고 자처하는 놈들이 알고 보면 제일 붙잡기 쉬운

법이거든."

로저 벤슨 형사는 20년 동안 뉴욕경찰국에 근무해왔다. 처음엔 그 일이 마음에 들었지만 시간이 흐를수록 아내와 자식들처럼 따분해지기 시작했다. 그의 아내 수지는 창백한 안색의 말라깽이 여자였다. 그녀는 언제나 불만투성이에다 넋두리가 심했으며 딸들도 그녀와 마찬가지였다.

지난 몇 년간 벤슨 형사는 출근도 하기 싫고 집에도 들어오기 싫을 정도였다. 단 한 가지 피난처가 있다면 취미인 사진뿐이었다. 그는 밤늦게 도시의 야경을 찍거나 이른 아침 안개로 뒤덮인 고층건물과 맨해튼 거리의 강을 찍는 걸 무척 좋아했다. 그는 점점 실력 있는 사진쟁이가 되어갔다. 전시회에 사진을 출품한 적도 있었고, 상은 타지 못했지만 사람들이 그의 작품을 좋아하는 것 같았다.

그가 캐나다인 사진작가 케이트 듀 로를 만난 것도 바로 사진전시장에서였다.

화랑에 걸려 있는 그녀의 작품을 본 벤슨은 화랑 주인을 찾아가서 이렇게 말했다.

"저 사진을 찍은 주인공은 틀림없이 대단한 사람일 거요."

"그녀를 만나고 싶소?"

화랑 주인이 말했다.

그는 곁에 서 있는 어느 매력적인 젊은 여성을 소개시켜 주었다.

"이분이 케이트 듀 로입니다."

그녀는 30대의 늘씬한 미인으로 지적인 얼굴과 반짝이는 검은 눈동자를 갖고 있었다.

"정말 감명 깊었소."

"고마워요. 저도 당신 작품을 본 적이 있어요. 인상적이었어요."

벤슨은 우쭐해졌다.

"정말 고맙소."

일은 그렇게 해서 시작되었다.

그들은 커피숍으로 가서 사진에 관한 이런저런 이야기를 나누었다. 둘 다 열정적인 사람들이었다. 로저 벤슨에게는 케이트 듀 로가 이끌릴 만한 야성적이고도 완숙한 기질이 있었다.

"전 플라자 호텔에 묵고 있어요. 오늘밤 들러주시면 제 사진을 보여드릴게요."

벤슨 형사는 조금도 망설이지 않았다.

"좋아요, 그렇게 하리다."

"결혼은 하셨나요?"

케이트가 물었다.

그는 하마터면 사실대로 털어놓을 뻔했다.

"아뇨."

"왜 안하셨죠?"

"임자를 못 만나서겠죠."

"8시가 어떻겠어요?"

로저 벤슨 형사는 결혼한 이후 한두 번 유혹을 느낀 적이 있었지만 아내를 속인 적은 한 번도 없었다. 그런데 지금 그는 조금도 망설이는 기색이 없이 이렇게 중얼거렸다.

"가겠소."

그는 집으로 전화했다.

"오늘밤 특별교대가 있어, 수지. 저녁식사를 집에서 못할 것 같아."

"하지만 벌써 스위스 스테이크를 만들어 놓았는데……."

지긋지긋한 그 바가지가 또 시작되었다.

"어떻게 할까, 내다 버릴까!"

그는 그렇게 하라고 하고 싶었으나 자신을 자제했다.

"이봐, 난 이 도시를 위해 일한다고. 난 시키는 대로 하고 있어."

"몇 시에 올 거야?"

"나도 모르지."

그는 수화기를 세차게 내려놓았다.

그는 이발을 한 다음 케이트에게 줄 장미꽃을 샀다. 호텔을 걸어가면서 그는 다소 어색한 기분이 들었다. 이런 일은 난생처음 겪는 일이라 어떻게 처신해야 할지 자신이 없었다.

호텔 방문을 노크하자 케이트가 환하게 웃으며 그를 반겨주었다.

"들어오세요, 로저."

그녀가 꽃을 보았다.

"어머, 예쁘기도 해라. 고마워요."

그 방은 무척 인상적이었다. 벽에는 케이트가 찍은 사진들이 걸려 있었다. 로저 벤슨 형사는 위압감을 느꼈다.

"멋지군. 정말 대단하오."

그는 방안을 걸어 다니며 사진을 한 장 한 장 보면서 그 구성과 선명도에 찬탄을 아끼지 않았다. 캐나다의 황무지를 찍은 것도 있었고 강인한 얼굴을 한 개척자들과 눈망울이 초롱초롱한 어린아이들 사진도 걸려 있었다.

"당신 재능의 반이라도 내게 있으면 좋겠어."

"당신도 무척 재능이 많아요. 자신감을 가지세요."

'아내와 자식에게 끊임없이 시달리고 있는 내가 어떻게 자신감을 가지겠어. 내가 하는 일은 언제나 형편없다고.'

벤슨은 침통한 기분이 들었다.

사진에 처음 손대기 시작할 무렵, 그는 수지에게 사진을 몇 장 보여주었다.

"어때?"

그가 진지하게 물었다.

그녀는 사진을 보고, "좋아. 하지만 할 일 없는 사람들이나 하는 취미잖아. 안 그래?"라고 말했다.

그 후 그는 다시는 사진이야기를 입 밖에 꺼내지 않게 되었다.

주말이 되면 벤슨은 교외나 시골에 가서 사진촬영을 하면서 시간을 보냈다.

수지의 불평은 대단했다.

"저 잘나빠진 카메라만큼 아내와 자식하고 시간을 보내봐. 나대신 카메라하고 결혼할걸 그랬어."

'나도 그렇게 생각해.'

벤슨 형사는 우울했다. 그럴수록 그는 사진촬영에 열중했다. 사진에 시간을 할애하면 할수록 더욱 그 일이 좋아졌다.

케이트의 사진을 보면서 그는 생각에 잠겼다.

'평생 하고 싶은 일이야.'

그녀는 사진을 바라보고 있는 그의 모습을 지켜보았다.

"정말 마음에 드세요?"

그가 고개를 돌렸다.

"그렇소."

그건 진심이었다. 사진에 어려 있는 순수한 예술적 기교가 그의 눈물을 자아내게 했다. 한 번도 느껴본 적이 없었던 나약하고 절실한 감정이었다. 그는 이 아름다운 젊은 여인을 안고 싶어졌으나 그녀가 비웃을까 봐 두려웠다.

"한잔 하시겠어요?"

"고맙소."

그녀는 두 사람이 마실 술을 만들었고 둘은 의자에 나란히 앉았다.

"생활에 대해 말씀해 주세요. 형사라는 직업이 마음에 드세요?"

"이젠 아니오."

그는 자신이 뱉은 말에 스스로 깜짝 놀랐다. 한 번도 다른 사람에게 고백한 적이 없는 말이기 때문이었다. 수지에게조차 털어놓은 적이 없었는데 처음 보는 사람한테 지금 고백을 하고 있는 것이다.

"나는 경찰이 싫소."

"그럼 왜 그만두지 않죠?"

"먹고 살아야 하니까."

"사진작가가 되면 되잖아요."

"그걸로는 생활할 수가 없어요."

"전 퀘백에 사진업체를 하나 갖고 있는데 꽤 잘되고 있어요. 사실은 다른 사업체도 있어요. 선생님 같은 분을 쓰고 싶어요."

그는 그녀를 바라보았다.

"진심이오?"

"네, 관심 있으세요?"

"그럼요."

그녀가 술잔을 높이 치켜 올렸다.

"우리 축배를 들어요."

그들은 축하주를 마셨다.

케이트는 몇 시간 동안 그녀의 회사 이야기와 지난 몇 년간 어떻게 성장해 왔는지를 벤슨에게 들려주었다.

벤슨은 넋을 빼앗긴 채 열심히 듣고 있었으나 내내 마음속으로는 이런 생각을 하고 있었다.

'미친 짓이야. 사실대로 말해야겠어. 난 퀘백에 갈 수 없어. 어린 두 딸이 딸린 유부남인걸.'

그러나 케이트의 이야기를 듣고 있을수록 벤슨은 그 이야기에 더욱 빨려들어 갔다.

두 사람은 함께 여전히 의자에 앉아 있었다. 그러다가 나중에 기억을 더듬어보니 두 사람 중 누가 먼저 시작했는지는 모르지만 그들은 서로 껴안은 채 키스를 했고, 잠시 후 잠자리에 들었다는 사실을 알 수 있었다.

그는 그날 밤을 케이트와 함께 보냈고 그것은 그의 생애 가운데 가장 달콤한 하룻밤이었다.

케이트가 부엌에서 두 사람이 먹을 아침식사를 만들 동안 벤슨은 집으로 전화를 했다.

"어디에 있었어? 밤새 기다렸는데……."

"집에 못 들어갈 거라고 했잖아. 비상이었어."

"다음에 또……."

그는 케이트가 주방에서 나오는 소리가 들렸다.

"나중에 얘기합시다."

서둘러 말한 다음 그는 전화를 끊어버렸다.

그녀는 오렌지 주스가 담긴 잔을 그에게 건네주었다.

"어떻게 하면 하루빨리 직장을 그만두고 퀘벡에 오실 수 있죠?"

이젠 진실을 말할 순간이 다가왔다. 퀘벡에는 가지 못하며 직장도 그만둘 수 없고 자신은 결혼한 몸이라는 사실을 털어놓아야만 했다.

그러나 그는 그녀를 보며 "경찰국에 퇴직통고를 해야 해요."라고 말했다.

"어떻게요?"

'내가 왜 이럴까? 왜 사실대로 털어놓지 못하고 이러는 걸까?'

벤슨은 자문했다.

그러나 그는 자신의 팔에 안긴 그녀의 따뜻한 감촉을 기억하고 그녀를 절대 포기하기가 싫었다. 스스로 올가미에 걸려든 것이다. 자신이 결혼했다는 걸 알게 되면 그는 그녀를 잃게 될 것이다. 그것 못지않게 중요한 사실은 평생 자기가 좋아하는 일을 할 수 있는 기회를 놓치게 된다는 점이었다. 그렇게 되면 여생을 경찰서에 파묻혀 지긋지긋한 아내와 자식과 함께 살아야만 하는 것이다.

그는 얼른 생각을 고쳐먹었다.

"2주 정도 걸릴 거요."

"그럼 됐어요, 로저. 난 오늘 오후 퀘벡으로 돌아가야 해요. 하지만 2주는 그리 길지 않아요. 그곳이 마음에 드실 거예요. 우린 멋진 시간을 보내게 될 거고요."

지금이 그로선 사실을 털어놓을 수 있는 마지막 기회였다.

"기다리게 할 수가 없군."

그 순간 그의 새로운 인생 계획이 탄생되었다.

해마다 미국 내에는 수백 가지의 실종사건이 생겨났지만 해결되는 사건은 아주 극소수에 지나지 않았다. 로저 벤슨 형사는 경찰관 생활 중에 상당히 많은 실종사건을 담당해 왔다. 그 가운데 상당수가 배우자에게서 뛰쳐나온 불행한 남편, 아내들이었는데 대개가 찾고야 말았다. 벤슨 형사는 달아날 궁리를 이리저리 해봤다. 형사인 그는 아무도 찾는 이 없이 여생을 케이트와 안전하게 살 수 있는 완벽한 방법을 잘 알고 있었다.

그에겐 퇴직 통고를 할 마음이 없었다. 좀 더 좋은 생각이 떠올랐던 것이다.

다음날 아침 그는 계획에 착수하기 시작했다.

첫 번째 단계로 그는 가명으로 중고차를 한 대 구입했다. 차고를 임대해서 그 안에 차를 세워두고 그날 오후 일찍 귀가했다.

"이 시간에 웬일이야?"

수지가 물었다. 그는 얼굴을 찌푸리며 말했다.

"요즘 몸이 좋지 않아."

"아마 음식 때문일 거야. 하루 종일 싸구려 음식만 먹어대더니."

수지가 퉁명스럽게 쏘아붙였다.

그는 화를 삭였다.

"그럴지도 모르지. 아무래도 진찰을 받아봐야겠어."

"리온즈 박사와 약속을 해놓을까?"

"아니야, 사실은 말이야. 그 의사 별로인 것 같아. 동료 하나가 다른 의사를 소개해줬어. 거기로 갈까 봐."

다음날 저녁, 수지가 저녁을 챙겨줄 동안 로저 벤슨이 말했다.

"입맛이 없어."

"하지만 당신이 제일 좋아하는 음식이잖아."

"알아. 고마워. 몸이 불편해서 자야겠어."

"그 의사와는 약속했어?"

"응, 금요일에 만나기로 했어."

아침이 되어 출근할 시간이 되자 벤슨 형사가 말했다.

"나 대신 전화해줘. 오늘 몸이 아파서 출근하지 못한다고."

매일 그런 식으로 계속해 나갔다. 벤슨 형사는 건강에 대해 투정을 늘어놓았다.

금요일, 수지가 침실로 들어왔다.

"좀 어때?"

"더 심하군. 의사한테 가봐야겠어."

그녀도 점점 염려가 되기 시작했다.

"의사가 뭐라고 하는지 전화해줘. 알았지?"

"그럴게."

로저 벤슨은 아내가 걱정스런 눈길로 그를 지켜볼 동안 느린 동작으로 천천히 옷을 입었다.

"정말 혼자 갈 수 있겠어? 저녁에 봐. 난 쇼핑하러 나가야 하니까."

그는 아내가 나갈 때까지 기다렸다가 아내가 사라지자마자 재빨리 벽장으로 가서 양복과 셔츠, 넥타이, 속옷, 구두, 양말 등을 꺼냈다. 그는 짐을 중고차가 있는 차고로 들고 가서 트렁크 속에 집어넣었다. 그러고는 서둘러 사무실로 나가 문을 닫고는 의자에 앉아 유서를 쓰기 시작했다.

〔사랑하는 수지, 진찰을 끝내고 나서 의사로부터 나쁜 소식을 들었어. 불치의 병이라더군. 점점 악화되고 있다고 하니…… 생각하면 견딜 수가 없어. 그래서 자살을 결심했어. 우리 집 내 책상 서랍에 보험증서가 있을 거야. 부디 아이들에게도 잘 말해줘. 날 용서해. 사랑하는 로저.〕

사무실을 나선 그는 중고차를 타고 맨해튼을 벗어나서 코니아일랜드 해변까지 달려갔다. 이맘때쯤이면 예상대로 바닷가에 사람의 발길이 없는 법이다.

그는 트렁크에서 옷가지를 꺼내어 구조소 옆 모래더미 위에 놓아두었다. 재킷 호주머니 속에는 지갑, 신분증, 그리고 경찰 배지와 함께 유서를 남겨놓았다. 그러고 나서 그는 다시 자동차를 타고 새로운 인생을 찾아 캐나다로 향했다.

맨해튼과 캐나다의 퀘백 간 거리는 411마일이었다. 먼 길이었지만 벤슨 형사로서는 생애 최고의 드라이브였다. 그는 이제 옛날을 뒤로 남기고 떠나고 있는 것이다.

바닷가에서 그의 유서와 옷가지를 발견하면 사람들은 그가 죽은 걸로 생각할 것이다. 아무리 찾아봐야 소용없을 것이다. 그에게 사형선고를 내린 의사를 찾아봐야 부질없는 일이었다. 그 의사의 이름을 입밖에 꺼낸 적이 없으니까.

"퀘벡에 가서 케이트와 결혼하겠어. 이중결혼이지만 누가 알겠어. 세상 사람이 아는 한 난 죽은 몸인데."

그는 큰 소리로 떠들어댔다.

눈앞에 펼쳐질 새로운 멋진 인생을 생각하며 그는 회심의 미소를 지었다. 사랑하는 여인과 함께 좋아하는 일을 하게 될 것이다. 이보다 더 행복할 수가 있을까?

그는 완벽한 계획을 세웠다. 곧 캐나다 국경에 닿게 된다. 신분증은 죄다 버리고 왔어도 미국인이므로 국경을 넘는 데 신분증이 필요하진 않았다.

그는 지도를 들여다보았다. 자유를 얻기까지 톨게이트를 하나만 더 건너가면 되었다. 그러고 나면 안전한 캐나다 땅이 나타난다.

눈앞에 톨게이트가 들어왔다.

'마치 탈옥하는 기분이군.'

벤슨 형사는 생각했다.

아주 깊은 밤이었으므로 도로에는 그가 탄 자동차뿐이었다.

톨게이트에 닿으니 '통행세는 25센트임'이라는 표지판이 있었다.

벤슨 형사는 잔돈을 찾느라 호주머니를 뒤져 쿼터 동전을 꺼냈다. 그것은 피트 터켈 사건 때 얻은 반짝이는 새 동전이었다.

'행운의 동전을 쓰게 됐군.'

그가 동전함에 동전을 던지자 게이트가 열리면서 그는 캐나다 영토로 건너가게 되었다. 다리 건너 쪽으로 다가가는데 갑자기 환한 불빛이 쏟아지더니 경찰차와 사람들이 모여 서 있는 모습이 보였다.

'사고가 났군.'

그는 자동차의 속도를 늦추면서 무슨 일인지 살폈다. 다리 건너 쪽에 이르자 제복 차림의 경찰관이 손짓으로 자동차를 멈춰 세웠다. 벤슨 형사는 창문 밖으로 고개를 내밀었다.

"무슨 일이오?"

"차에서 잠시 내려주시겠습니까?"

당황한 벤슨 형사는 차에서 내려 사람들을 바라보았다. 사진기자들이 그의 사진을 찍기 시작했다.

"무슨 일이오?"

벤슨 형사가 물었다.

한 민간인이 그에게 다가와 "축하합니다, 선생. 선생께선 이 다리를 건너는 500만 명째 인물이십니다."라고 말했다.

사진기자들은 당혹해진 그의 얼굴에다 대고 연신 사진을 찍어댔다.

"선생께선 힐튼호텔에서 2주간 휴가를 갖게 되었습니다. 이제 저명인사가 되신 셈이죠. 내일 선생의 사진이 전국의 모든 신문에 실리게 될 겁니다."

## 8

톨게이트에서 수거된 동전들은 매일 그 지방 은행에 모두 입금되었다. 로저 벤슨 형사가 떨어뜨린 그 동전은 은행에서 인출한 어느 가게 주인에게 넘어갔다.

그 가게 주인은 손님에게 거스름돈으로 그 동전을 거슬러주었다.

그 손님은 다시 시카고 행 버스요금으로 그 동전을 사용했다.

그 동전은 시카고의 어느 백화점 점원의 손으로 흘러 들어갔다.

제임스 매디슨의 비서는 사장님의 심부름으로 물건을 사면서 그 동전을 거스름돈으로 받았다.

"원하시던 목걸이를 사 왔습니다, 매디슨 씨. 여기 잔돈이 있습니다."

제임스 매디슨은 고맙다는 말 한마디 없이 영수증과 잔돈을 받아 호주머니에 집어넣었다.

그는 세계에서 가장 부유한 사람 중 하나였다. 그는 고용인들로부터 완벽한 봉사를 기대하는 사람이었고 또 그만한 월급을 주고 있다고 생각하고 있었다.

매디슨은 60대 초반으로 전 세계에 지점망을 보유하고 있는 기업의 사장이었는데 산전수전을 다 겪은 거친 인물이었다. 홀아비인 그에게 인생의 유일한 희망이 있다면 23세인 그의 딸 엘리자베스가 행복한 삶을 사는 것뿐이었다. 그녀는 어머니를 닮은 블론드머리의 아름답고도 따뜻한 마음씨의 소유자였다.

엘리자베스에게는 수많은 청혼자가 있었으나 그녀의 아버지는 어떻게 해서든지 그들을 떼어놓으려고 했다.

"순전히 돈을 보고 그러는 게야."

그는 엘리자베스에게 그렇게 말하곤 했다.

제임스 매디슨은 딸을 잃게 될까 봐 두려워서 그녀가 결혼하는 걸 원치 않았다. 그에게 그토록 사랑스런 딸이 있다는 것이 마치 기적처럼 느껴졌고, 그 기적에 변화가 생기는 걸 원치 않았다. 그녀는 아버지와 한집에 살면서 하인들로 하여금 그를 잘 보살피게 했으며 가정을 충실히 이끌어나갔다.

그날은 바로 엘리자베스의 생일이었으므로 매디슨은 비서를 시켜서 향수, 엘리자베스가 수집하는 골동품 박스와 밍크코트, 기다란 겹진주 목걸이, 그리고 그녀가 제일 좋아하는 작가가 쓴 소설책을 사오게 했다.

"일찍 퇴근할게."

매디슨이 비서에게 말했다.

"죄송합니다만 매디슨 씨, 6시에 이사회가 있고 또……."

"취소시켜!"

그는 엘리자베스에게 6시에 데리러 가겠다고 약속했다. 그는 어서 선물을 받고 기뻐하는 엘리자베스의 얼굴을 보고 싶었다. 밍크코트는 그녀의 마음에 들지 않을지도 모른다는 생각이 들었다. 값비싼 물건에는 별로 관심이 없기 때문이었다. 하지만 골동품 박스와 책은 무척 좋아할 것이다.

"립톤에게 차를 대기시키라고 해."

립톤은 그의 운전사였다.

"사장님께서 심부름 보내셨잖습니까, 매디슨 씨. 아직 돌아오지 않았는데요."

"알았어, 택시를 타지."

그는 그렇게 말하면서 예쁘게 포장되어 있는, 딸에게 줄 꾸러미들을 챙기기 시작했다.

'샴페인으로 축하를 한 뒤 외식을 하고 극장엘 가야지.'

멋진 저녁을 보내겠다는 생각은 바로 제임스 매디슨 자신의 아이디어였다.

그로부터 5분 후, 그는 두 팔에 선물꾸러미를 잔뜩 든 채 '스테이트 앤드 와비쉬' 거리 모퉁이에서 지나가는 택시를 잡으려고 안간힘을 쓰고 있었다.

오후 이맘때쯤의 시카고 루프 지역은 교통 체증이 무척 심한 데다 택시마다 전부 사람들이 타고 있었다.

제임스 매디슨은 그 자리에 서서 자기 운전기사에게 화가 나서 식식거리면서 분통을 터뜨리고 있었다.

매디슨은 실패에 익숙해 있는 사람이 아니었다. 평생을 마음먹은 대로 무엇이든지 수중에 넣고 마는 사람이었는데, 지금 택시가 없어서 딸과의 약속시간이 늦어지게 될지도 몰랐다.

택시 한 대가 거리 모퉁이 길에 멈춰서더니 손님을 내려놓았다. 옆에 서 있던 두 사람이 그 택시를 타려고 기다리고 있었다. 매디슨은 급히 그쪽으로 뛰어가 손님이 내리자마자 이미 기다리고 있던 다른 두 사람을 옆으로 제치며 "급한 일이오." 하고 말했다.

그들이 어이없이 쳐다볼 동안 그는 택시에 올라타서 운전기사에게 행선지를 알려주었다.

"빨리 가주시오."

"알겠습니다."

제임스 매디슨의 궁전 같은 저택은 시카고 북쪽 근교의 에반스턴에 자리 잡고 있었다.

집에 도착한 매디슨은 택시에서 내려 선물꾸러미를 낀 채, 호주머니에서 돈을 뒤적거렸다. 운전기사에게 요금을 주는 순간 꾸러미 중 한 개가 땅바닥에 떨어졌다. 매디슨은 지갑과 반짝거리는 쿼터 동전이 호주머니에서 떨어진 것도 모르고 꾸러미를 줍기 위해 허리를 굽혔다. 그는 딸에게 생일선물을 주고 싶어 안달이 나서 급히 집안으로 들어갔다.

5분 후, 어떤 행인이 지나가다가 가로등 밑의 길 위에 번쩍거리는 물체를 보게 되었다. 호기심이 생긴 그 사람은 다가가 자세히 살펴보았는데 그것은 다름 아닌 쿼터 동전이었다.

'오늘은 고작 이것뿐이군, 재수가 없어.'

리처드 스티븐스는 우울했다.

그가 허리를 구부리고 동전을 주우려는 순간, 바로 그 옆에 납작하고 검은 빛깔의 물건이 보였다. 그건 지갑이었다. 그런데 그는 서둘러 버스를 타러 가는 중이었으므로 그 지갑을 열어볼 시간이 없었다.

'나중에 보지. 아마 텅 비어 있을 거야.'

그는 그렇게 생각했다.

버스를 타고 집으로 오면서 리처드 스티븐스는 요즘 들어 자신이 당했던 불운에 대해 생각해 봤다. 그는 시카고에서 제일 규모가 큰 광고회사의 카피라이터로 매우 유능한 사람이었다. 그런데 두 달 전에 회사가 재벌회사인 이스턴 투자회사로 넘어가고 말았다. 새로운 경영진은 스티븐스를 포함한 모든 사원을 해고시키고는 자기네 사람들을 데리고 왔다.

처음에 그는 자신이 유능한 데다 평판도 좋았으므로 그다지 걱정을 하지 않았다. 다른 직장을 쉽게 구하리라고 자신하고 있었다. 그러나 상황은 예상 밖으로 어렵게 되고 말았다. 경기가 침체한 탓에 광고대행사들이 사람들을 채용하지 않았기 때문이었다.

실의에 빠진 그는 혼자 살고 있는 조그만 아파트로 들어가면서 길에서 주운 지갑이 생각나서 꺼내어 열어보았다. 놀랍게도 그 속에는 엔 돈이 가득 들어있었다. 100달러, 50달러, 20달러, 10달러짜리 지폐들이었다.

'4천 달러쯤 되겠군.'

지갑 속에는 명함도 한 장 들어 있었는데, '이스턴 투자회사 사장, 제임스 매디슨'이라고 적혀 있었다. 그는 믿기지 않아 명함을 한참이나 들여다보았다. 바로 그 자신을 해고한 사람이었다.

'그가 날 해고시킨 건 아니야. 회사가 그랬지.'

리처드 스티븐스는 생각했다.

그는 다시 돈을 들여다보았다. 그 돈만 있으면 몇 달간 집세와 생활비를 댈 수 있을 거라는 강한 유혹을 느꼈지만 그는 도둑이 아니었다.

다음날 아침 10시에 그는 버스를 타고 명함에 적힌 주소를 따라 이스턴 투자회사의 사무실로 찾아갔다. 그 회사는 건물 전체를 다 쓰고 있었다. 스티븐스는 제임스 매디슨의 집무실을 물어 긴 복도를 따라 아름답게 장식되어 있는 대기실로 들어갔다.

근엄해 보이는 중년부인이 책상 앞에 앉아 있었다.

"무슨 일이죠?"

"리처드 스티븐스라고 합니다. 매디슨 씨를 뵙고 싶은데요."

"약속은 하셨나요?"

"아뇨, 하지만……."

"미안합니다. 약속 없이는 매디슨 씨를 만날 수 없습니다."

"그의 지갑을 주웠는데 돌려드릴까 하고요."

그녀는 잠시 그를 훑어보았다.

"잠깐 기다리세요."

그녀는 책상에서 일어나 매디슨 씨의 집무실로 들어갔다. 제임스 매디슨은 엘리자베스와 담소를 나누던 중이었다.

"방해해서 죄송합니다. 지갑을 주웠다는 사람이 와서요."

"내 지갑을 주었다고! 소매치기를 당한 거야. 경찰을 불러."

엘리자베스가 만류했다.

"아빠, 소매치기를 당한 건지 아닌지 어떻게 아세요? 그는……."

"난 물건을 함부로 잃어버리는 사람이 아니야, 그는 도둑이야."

잠시 후 리처드 스티븐스가 기다리고 있는 동안 순찰대가 다가와 말했다.

"당신이 매디슨 씨의 지갑을 갖고 있는 사람이오?"

"그렇소."

"체포하겠소."

스티븐스는 자신의 귀를 의심했다.

"뭐라고요?"

"당신을 체포하겠어. 잠자코 따라오시오."

"당신 정신 나갔군! 여긴 죄다 미치광이들뿐이라고!"

경찰이 몸부림치는 그 젊은 남자를 끌고 가려고 할 때 엘리자베스가 밖으로 나와 그 광경을 지켜보았다.

'도둑 같진 않아.'

그녀는 그에게 미안한 생각이 들었다. 그녀는 다시 아버지의 집무실로 들어갔다.

"만일 저 사람이 소매치기라면 어째서 지갑을 돌려주는 거야?"

엘리자베스는 납득이 가질 않았다. 그 젊은 남자가 결백하다는 확신이 들었다. 하지만 그녀는 아버지가 얼마나 고집불통인가를 잘 알고 있었다.

'내가 직접 나서야겠어.'

그녀는 결심했다.

그날 오후, 엘리자베스 매디슨은 구치소로 가서 리처드 스티븐스의 면회를 신청했다. 그는 마치 성난 짐승처럼 감방 안을 서성거리고 있었다.

"나에게 이럴 순 없어. 난 결백하다고. 제임스 매디슨은 미치광이야. 무슨 일이 있더라도 복수하고 말겠어."

"스티븐스 씨……."

리처드 스티븐스는 고개를 돌려 엘리자베스를 쳐다보았다.

"당신은 누구죠?"

그가 물었다.

그녀는 자신의 이름을 말하려다가 생각을 고쳐먹었다. 이 젊은 남자의 기분을 생각해 보면 지금은 그럴 때가 아니었다.

"제 이름은, 버…… 버터필드라고 해요. 엘리자베스 버터필드."

"무슨 일이오?"

그가 으르렁거리듯 말했다.

그녀는 얼른 한 가지 꾀를 생각해냈다.

"저는 국선 변호사 사무실에서 일하고 있는데, 당신에 관해 듣고 왔어요. 곧 여기서 나갈 수 있도록 보석금을 넣어드리겠습니다."

"빌어먹을! 제임스 매디슨을 체포해야 한다고. 그 자를 기름에 튀기고 싶어. 그 자가……."

"스티븐스 씨, 조용히 하세요."

"싫소. 그자를 고소하겠어. 그자와 그 가족 모두를 망하게 하고 말거요."

"점심을 들면서 이야기해 봐요."

그녀가 보석금을 지불한 뒤 두 사람은 점심을 먹기 위해 어느 일식집에 들어갔다.

엘리자베스는 지금까지 만난 남자 가운데 리처드 스티븐스가 가장 매력적인 사람이라고 생각했다. 그는 어떻게 해서 매디슨의 지갑을 갖게 되었는지를 설명해 주었다.

"그 돈을 보았을 때 난 넋이 나갔었소. 사실은 그 돈을 써버릴 수도 있었지만 그러지 않았소. 난 도둑이 아니니까요."

"저도 알아요."

"고함을 질러서 미안하오. 하지만 정말 그 사람이 밉소."

"도대체 그 사람이 당신에게 무슨……."

"나 뿐만이 아니오. 수많은 사람이 제임스 매디슨 때문에 직장을 잃었소."

"무슨 말씀이시죠?"

"내가 일하던 '대버즈 앤드 쿠퍼즈' 광고회사가 매디슨의 회사인 이스턴 투자회사에 인수되었소. 그들은 우리를 보호해주기는커녕 자기들 사람을 데리고 와서 우릴 모두 길거리로 내쫓았단 말이오. 그 후 난 직장을 구할 수가 없었소."

그는 신세를 한탄하고 있는 게 아니라 다만 진실을 말하고 있을 뿐이었다. 그에게는 엘리자베스가 호감을 느낄 만한 강한 힘이 있었다.

그녀는 그가 정직하고 강직해 보이는 사람이었으므로 도와주고 싶었다. 결국 그가 입었던 피해는 그녀의 아버지가 저지른 실수 때문이었으므로…….

그들은 몇 시간 동안 이야기를 나누었다. 이야기를 나눌수록 엘리자베스는 그가 더욱 좋아졌다. 리처드 스티븐스 역시 그녀에게 마음이 끌렸다.

"다른 사건들에 관해서도 이야기해 주시죠."

"무슨 사건 말예요?"

"국선 변호사 사무실에서 있었던……."

그녀는 자신이 거짓말을 했다는 사실을 깜빡 잊고 있었다.

"오, 별로 재미없어요."

"오늘 저녁 시간 있으세요?"

"네."

"됐어요. 그럼 7시에 모시러 가겠소. 어디에 사시오?"

"저……."

그녀는 말을 할 수가 없었다.

"다른 곳에서 만나면 안 될까요?"

"좋소."

그날 저녁, 그들은 저녁을 먹고 나서 극장에 갔다. 엘리자베스는 그와 함께 있는 것이 참 좋았다.

"모셔다드리겠소."

리처드 스티븐스가 말했다.

엘리자베스로서는 곤란한 상황이었다. 자신의 신분을 알기라도 하면 다시는 그를 못 만날 것이다.

"혼자 가겠어요."

"바래다주고 싶은데……."

"아니에요. 정말 괜찮아요."

그녀는 스티븐스가 당황해하는 모습을 볼 수밖에 없었다.

"정 그렇다면 할 수 없죠. 내일 점심때 시간 있으시죠?"

"네."

엘리자베스는 그가 원하면 언제든 시간을 내리라 생각했다.

그날 밤, 엘리자베스가 집으로 돌아왔을 때, 그녀의 아버지가 그녀를 기다리고 있었다.

"재미있었어?"

"네, 즐거웠어요."

"누구와 저녁을 먹은 거냐?"

"'대버즈 앤드 쿠퍼즈'사의 카피라이터하고요."

그가 그녀를 쏘아보았다.

"누구라고?"

"적어도 전에는 그런 사람이었죠. 아버지께서 그 사람을 복직시켜 주세요."

"무슨 소릴 하고 있는 거냐."

엘리자베스는 그간의 사정을 아버지한테 설명했다.

"그 사람은 지갑을 훔친 게 아니에요. 그걸 주운 거죠. 그런데 아버진 그를 감옥에 집어넣으셨어요. 그러니까 피해 보상을 해줘야 돼요."

"엘리자베스……."

"다른 말씀 필요 없어요."

그녀 또한 아버지만큼 고집이 센 여자였다.

"하지만 복직시켜준 사람이 아버지라는 걸 그 사람이 모르게 해야 돼요."

제임스 매디슨은 딸을 위하는 일이라면 무슨 일이든 해주었다. 그래서 다음날 아침 리처드 스티븐스는 '대버즈 앤드 쿠퍼즈'사로부터 다시 출근하겠느냐는 전화를 받았다.

"그럼요!"

스티븐스는 환호성을 질렀다.

그날 점심 무렵, 엘리자베스를 만난 그는 그 좋은 소식을 그녀에게 말해주었다.

"당신이 나에게 행운을 가져다주었소."

"나도 기뻐요."

그 후 두 사람은 매일 저녁마다 만났다. 엘리자베스는 자신이 그를 사랑하고 있음을 깨달았고 스티븐스 역시 그것을 믿고 있었다. 그러나 그녀에겐 고민이 있었다. 그녀는 처음부터 그에게 거짓말을 한 것이다. 만일 그가 그것을 알게 되는 날이면 자신을 바보 취급했다고 생각할 것이다.

두 사람은 저녁을 먹고 극장엘 갔다가 공원으로 산책을 가는 일이 많았다. 하지만 엘리자베스에게는 그와 무엇을 하느냐가 중요하지 않았다. 그저 함께 있는 자체가 즐거울 따름이었다.

어느 날 저녁 그가 우울해 보였다.

"무슨 나쁜 일이라도 있나요?"

엘리자베스가 물었다.

리처드 스티븐스는 한숨을 내쉬었다.

"다음 주에 우리 부서에서 새로운 부장을 뽑을 거야. 나와 엔코트라는 사람이 후보자인데 소문에 의하면 그가 제임스 매디슨의 친구라 유력할 거라고 하더군. 나도 크게 기대하고 있는데……."

"아직 포기하지 말아요."

그날 밤 집으로 돌아온 엘리자베스는 아버지께 말씀드렸다.

"리처드 스티븐스는 승진을 앞두고 있어요. 그 사람이 승진하면 좋겠어요."

제임스 매디슨은 딸의 눈을 보고 싸울 엄두가 나지 않았다.

"알았다."

그가 말했다.

"당신과 결혼하고 싶어. 엘리자베스."

그들은 북쪽 교외에 위치한 아늑한 레스토랑인 '센'에 앉아 있었다. 그녀는 가슴이 부풀어 오르는 것 같았다.

"오, 저도 그래요."

그때 옷을 잘 차려입은 한 쌍이 테이블 옆을 지나갔다. 여자 쪽이 엘리자베스를 보더니 "어머, 이게 몇 년 만이냐!" 하고 말했다. 그녀는 함께 온 사람에게 "엘리자베스 매디슨이에요. 제임스 매디슨의 따님이죠."라고 소개했다.

리처드 스티븐스가 두 눈을 휘둥그레 뜨고 그녀를 바라보았다. 엘리자베스는 그녀의 말을 중단시키려고 미친 듯이 신호를 보냈지만 이미 늦어버렸다. 쏟아진 물이었다. 리처드 스티븐스는 벌떡 일어났다. 그의 얼굴은 분노로 가득 차 있었다.

"미안하지만, 매디슨 양, 당신과는 끝장이오."

그리고 나서 그는 음식점 밖으로 나가버렸다.

리처드 스티븐스는 가방에 옷가지들을 던져 넣었다. 그는 수치와 분노로 가득 차 있었다. 그녀가 자신을 완전히 바보 취급한 것이다.

'이런 멍청이 같으니라고. 더구나 청혼까지 하다니.'

그는 마지막 남은 물건까지 가방 속에 처넣고 잠가버렸다.

문에서 노크 소리가 났다. 문으로 열어보니 제복차림의 경찰관이 서 있었다.

"리처드 스티븐스죠?"

스티븐스는 무슨 영문인지 어리둥절한 채로 서서 그를 쳐다보았다.

"네. 그렇소."

"당신을 체포하겠소."

"뭐라고요?"

"여기 영장이 있소."

"영장이라니? 무슨 소릴 하고 있는 거요?"

"엘리자베스 매디슨이라는 여자가 지갑을 훔친 죄로 당신을 고발했어."

리처드 스티븐스는 다시 감옥에 갇혔다.

"악몽이야, 이럴 수가. 매디슨 집안 식구는 나를 평생 감옥에서 썩게 할 작정이구나. 내가 왜 이런 일을 당해야 하지?"

그때 복도에서 발자국소리가 나는 걸 들었다. 잠시 후 엘리자베스가 교도관과 함께 나타났다.

"이분이에요. 둘이서만 얘기하고 싶어요, 교도관님."

"못 들어와! 가까이 오지 마!"

교도관이 문을 열어주자 엘리자베스가 감방으로 들어왔다.

"다음엔 무슨 짓을 하려고? 날 교수형에 처할 셈인가?"

"당신을 떠나보낼 순 없었어요. 막아야만 했어요."

"왜?"

그녀는 스티븐스 앞에 서서 말했다.

"간단해요. 전 당신을 사랑하고 있으니까요."

"당신은 처음부터 나를 속였어."

"그 점은 미안해요. 난 다만 당신을 돕고 싶었어요. 우리 다시 그 레스토랑으로 돌아가요."

"어째서?"

"당신이 저에게 청혼했잖아요. 난 그렇게 하겠노라고 말했고요."

그녀는 두 팔로 그를 안았다.

"어떻게 하시겠어요?"

그때 변호사가 스티븐스의 감방으로 급히 들어왔다.

"스티븐스 씨, 당신은 이제 석방이오. 내가 보석금을 지불했소이다."

그는 엘리자베스를 포옹하면서 갑자기 큰소리로 웃기 시작했다.

"뭐가 그렇게 우스워요?"

"방금 생각한 건데, 어떻게 이런 일이 일어났는지 알아요? 모두가 다 그 길가에 떨어져 있던 반짝이는 25센트짜리 동전 때문이라오."

## 9

페르난도 곤잘레스는 몽상가였다. 그의 꿈은 큰 부자가 되는 것이었다. 곤잘레스의 고민은 박봉의 50대 회계사인 그가 앞으로 돈을 벌 수 있는 가능성이 거의 없다는 데 있었다.

그는 제임스 매디슨의 이스턴 투자회사에서 일하고 있었다. 그는 제임스 매디슨을 미워했다. 10년간 근무해 왔지만 그 사이 봉급 인상은 두 차례밖에 없었다.

지난번에 매디슨을 찾아간 그가 "성가시게 해서 미안합니다만, 매디슨 씨. 월급이 인상된 지도 몇 년이나 지났으니 월급을 올려주셔야 한다고 생각합니다."라고 말했다.

매디슨은 의자에 몸을 파묻은 채 그를 노려보며 물었다.

"어째서 그렇게 생각하나?"

"저…… 사장님, 다른 회사들은……."

"자넨 다른 회사에서 일하고 있는 게 아니야. 이 회사에서 일하고 있어. 자네 몇 살인가?"

"56세입니다, 사장님."

"정년까지 4년밖에 안 남았군. 내가 자네를 해고한다면 누가 채용할 것 같은가?"

곤잘레스의 두 눈이 두려움에 질려 크게 벌어졌다.

"절 해고하신다고요?"

"그래, 자넨 여기서 필요 없어. 불만이면 그만두게."

페르난도 곤잘레스는 부들부들 떨었다.

"불만이 있다고는 말씀드리지 않았습니다, 매디슨 씨."

"그럼 불평은 그만둬. 봉급 인상 운운하는 얘기는 더 이상 듣고 싶지 않네. 알겠나?"

"네, 사장님."

"그럼 가서 일이나 해. 잡담이나 늘어놓는 사람에겐 봉급을 줄 수 없으니까."

"그럼요, 사장님."

그래서 페르난도 곤잘레스는 얼른 밖으로 나왔다.

시간이 흐른 뒤 그때 있었던 일을 생각한 그는 치욕에 온몸이 떨려왔다. 응당 월급을 올려줄 것으로 생각하고 매디슨의 사무실로 찾아갔는데 결과는 직장을 잃게 될까 봐 비겁하게 부들부들 떨면서 나온 것이다.

제임스 매디슨의 말이 옳았다. 아무도 그를 채용하려 하지 않을 것이다. 너무 늙은 데다 정년도 얼마 안 남았고 달리 무슨 재주가 있는 것도 아니었다. 그가 모아놓은 돈이란 눈물겹도록 형편없을 정도였다. 집도 한 칸 없이 작은 아파트에 살면서 가진 것이라곤 10년 묵은 자동차 한 대뿐이었다. 그에겐 심지어 새 자동차를 살 만한 여유조차 없었다. 그러니 그가 제임스 매디슨을 증오하는 것도 나름대로 이유가 있었다.

처음에 곤잘레스의 생각으로는 자신이 멕시코 인이기 때문에 제임스 매디슨이 함부로 대우하는 걸로 알고 있었다. 그러나 그는 곧 매디슨이 아무한테나 다 그렇게 취급한다는 걸 알게 되었다.

그렇다고 해서 곤잘레스의 마음이 풀린 것은 아니었다. 그는 자랑스러운 멕시코 인이었으므로 제임스 매디슨의 모욕은 그에게 심한 마음의 상처를 입혔다.

회사의 모든 현금은 모두 곤잘레스의 손을 거쳤다. 그는 매달 수백만 달러를 취급했고 따라서 그 가운데 일부를 훔치고 싶은 유혹이 날로 심해지고 있었다. 드디어 곤잘레스로서는 그 유혹을 더 이상 이겨낼 수 없는 날이 다가왔다.

'손해 볼 게 뭐람? 내 인생은 사실상 이미 끝나버렸는데. 60세가 되면 매디슨은 날 해고시킬 거야. 그럼 나에겐 아무것도 남는 게 없지.'

페르난도 곤잘레스는 제임스 매디슨의 집무실에 있는 개인용 금고의 금고번호를 알고 있었다. 그 속에는 어마어마한 금액이 보관되어 있었다.

금요일 오후에 전국의 각 지점에서 들어온 현금이 월요일 아침, 은행에 입금되기 전까지 그 금고 속에 보관되고 있었다.

'난 돈을 훔칠 수 있어. 하지만 어디에다 감추지?'

곤잘레스는 생각했다.

좋은 생각이 떠올랐다.

'멕시코야.'

그의 부모는 멕시코 사막 내륙인 오악사카라는 곳에 살고 있었다.

'거기 가면 아무도 날 못 찾을걸. 큰길에서 한참 벗어난 곳이고 방문객도 없는 데니까. 난 마을에서 제일가는 부자가 될 거야. 부모님께 돈을 드리고 또 예쁜 신붓감도 사야겠어. 오악사카에서 왕처럼 살 수 있다고."

그런 생각을 하면 할수록 곤잘레스는 점점 더 마음이 설레 왔다.

15세 이후 그는 한 번도 고향에 내려간 적이 없었다. 매달 부모님께 얼마간의 돈은 송금해왔지만 지금까지보다 더 큰 선물을 안겨드릴 수 있을 것이다. 그리고 고향에 돌아가서 자신이 얼마나 출세한, 귀한 몸인지를 증명할 수 있을 것이다.

페르난도 곤잘레스는 주말에 그 돈을 훔치기로 작정했다. 그는 매우 치밀한 계획을 짜두었다.

월요일, 직장에 출근한 그는 이렇게 생각했다.

'오늘이 그 지긋지긋한 놈 밑에서 일하는 마지막 월요일이군.'

자동차에 문제가 생겨서 그는 수리공을 찾아갔다.

"내가 만약 선생이라면 새 변속기를 달겠소. 이건 아주 고물이오."

수리공이 말했다.

"비용은 얼마나 들죠?"

"4천 달러입니다."

곤잘레스는 너무 놀랐다.

"4천 달러가 없는데?"

수리공은 어깨를 한번 으쓱하더니 "맘대로 하시우."라고 말했다.

"그래도 움직이기는 하겠죠?"

"아, 네. 하지만 장담은 못해요. 낡은 변속기로 1, 2년 더 쓸 순 있지만 언제 고장 날지 모르니까. 선생은 위험천만한 도박을 하고 있소."

곤잘레스에게는 달리 방도가 없었다.

"멕시코로 가서 새 자동차를 사야겠어. 번쩍번쩍 윤이 나는 새 캐딜락으로 고향 친구들을 태워줘야지."

그런 생각을 하자 그의 마음이 한결 든든해졌다.

'며칠 안 남았어!'

그는 도저히 기다릴 수가 없을 지경이었다.

하루하루가 더디게 지나가는 것 같았다. 화요일은 하루가 100년 같았고 나머지 요일은 마치 천 년처럼 느껴졌다.

드디어 금요일이 찾아왔다. 그런 데서 근무한다는 것이 지옥 같았지만 이제 그만한 보상을 받게 될 것이다. 평생 백만장자처럼 살 수 있을 테니까.

토요일 아침, 페르난도 곤잘레스는 가방가게에 가서 싸구려 중고 가방을 하나 구입했다. 적당한 가방은 있었지만 거기엔 옷을 담을 생각이었고, 새로 산 가방은 보다 요긴한 일에 쓸 참이었다.

그는 토요일에 하루 종일 휴식을 취하면서 곧 착수할 모험에 대한 만반의 대비를 갖추고 있었다. 그는 자신이 하는 일을 도둑질이라고 생각하지 않았다.

'훔치는 게 아니야. 빚을 되찾는 거라고. 나한테 빚진 걸 말이야.'

그는 혼잣말로 중얼거렸다.

그것은 몇 년 동안을 사장 밑에서 참고 또 참아온 치욕에 대한 보답이었다.

내일은 중요한 날이 될 것이다.

오후 늦게 그는 주유소로 가서 자동차에 가스를 채웠다. 자동차는 아무 탈이 없어 보였다.

'새 변속기 따위 필요 없어. 그 수리공 녀석이 내 돈을 따먹으려고 괜히 그랬던 거야.'

곤잘레스는 그렇게 생각했다.

일요일 아침 일찍 곤잘레스는 헌 가방에 옷을 싼 다음, 새로 산 가방과 함께 자동차 트렁크 속에 집어넣었다. 그는 본사가 있는 매디슨 빌딩으로 차를 몰고 가서 트렁크에서 빈 가방을 꺼내고는 정문 쪽으로 들고 갔다. 생각했던 대로 정문은 잠겨 있었다.

유리문을 두드리자 제복을 입은 경비원이 곤잘레스를 보고는 문을 열어 주었다.

"안녕하시오, 곤잘레스 씨. 일요일인데 무슨 일입니까?"

페르난도 곤잘레스는 미소를 지으며 이렇게 말했다.

"휴가를 받아 산으로 떠나는 길인데 보고서를 작성해야 하는 걸 잊었소."

그는 가방을 내려다보았다.

"자동차에 놔두면 잃어버릴까 봐 옷가방을 들고 가는 겁니다."

경비원이 고개를 끄덕거렸다.

"어련하시겠습니까, 이 도시의 범죄율이 심각하니까요. 자, 사인이나 하고 들어가세요."

곤잘레스는 데스크 접수계에 사인을 한 다음 빈 가방을 들고 엘리베이터를 탔다. 제임스 매디슨의 집무실이 있는 꼭대기 층으로 간 그는 열쇠로 문을 열고 집무실 안으로 들어갔다. 구석자리의 큰 금고 쪽으로 가서 그는 무릎을 꿇고 천천히 손잡이를 돌려보았다.

"왼쪽으로 32, 오른쪽으로 4, 왼쪽으로 7, 오른쪽으로 19."

그는 손잡이를 돌려 금고문을 열었다.

금고 속에는 현금의 양도증서 등이 꽉 차 있었는데 양도증서란 은행에 갖고 가기만 하면 금방 돈으로 바꿀 수 있는 것이었다. 페르난도 곤잘레스는 엄청난 돈에 넋이 나간 채 한동안 그 자리에 무릎을 꿇고 앉아 있었다.

"다 내 거야. 다 내 거라고."

북받쳐 오르는 기쁨을 억제하며 그가 말했다.

그는 두 손으로 금고에서 돈을 꺼내어 가방 속에 차곡차곡 쌓기 시작했다.

가방이 차기까지 약 15분이 걸렸다. 어찌나 무거운지 들어 올릴 수 없을 정도였다. 감히 그 누구도 상상할 수 없을 만큼의 큰 액수였다.

'왕처럼, 아니 10명의 왕들을 합한 것처럼 살 수 있을 거야! 월요일 아침 출근한 제임스 매디슨이 금고가 비어 있는 걸 알게 되면 정신이 들겠지.'

그 생각을 하자 페르난도 곤잘레스는 더욱 쾌감을 느꼈다.

'아마 매디슨이 심장마비에 걸릴 거야. 아이고, 고소해라!'

물론 매디슨은 경찰을 풀어 그를 찾아 나설 거다. 하지만 아무런 단서도 찾지 못할 것이다. 그의 개인 신상카드에는 '출생지—멕시코시티'라고 적혀 있었다. 곤잘레스가 처음 이 회사에 근무하게 되었을 때 멕시코시티가 오악사카보다 더 그럴듯해 보일 거라고 생각했기 때문이었다. 그러니까 경찰이 오악사카까지 그를 찾아올 이유가 전혀 없었다. 이제 남은 일이라곤 돈 가방을 들고 빨리 이 건물을 빠져나가 마음 놓고 집으로 돌아가는 일 뿐이었다.

마지막으로 곤잘레스는 제임스 매디슨의 책상서랍을 뒤져보았다. 귀중품이라곤 아무것도 들어 있지 않았다. 맨 위 서랍에 있는 물건이 그의 눈길을 끌었다. 그것은 반짝거리는 25센트짜리 동전이었다.

얼마 전에 그 동전에 관한 이야길 들은 적이 있었다. 매디슨의 사위인 리처드 스티븐스가 매디슨의 딸과 결혼하면서 그 늙은이에게 준 바로 그 행운의 동전이었다.

'그들한테 행운을 주는 동전이라면 내게도 행운을 주겠지.'

그렇게 생각한 곤잘레스는 그 동전을 호주머니에 넣었다.

그는 무거운 가방을 들고 엘리베이터에 올라 아래층으로 가는 단추를 눌렀다. 그는 2, 3분 후 1층으로 내려왔다.

"벌써 끝났소, 곤잘레스 씨?"

"네."

"그럼 휴가를 즐길 수 있겠네요?"

"그렇소."

"어디로 갈 건가요?"

"북쪽으로요. 낚시질이나 할까 하고요."

"그럼 재미있게 지내다 오세요."

경비원은 정문을 열어주었다. 곤잘레스는 가방을 들고 자동차로 걸어갔다.

"도와드릴까요?"

"아뇨, 괜찮소."

경비원은 곤잘레스가 트렁크에 돈 가방을 넣는 모습을 지켜보았다.

"잘 가시오."

"안녕히 계시오."

곤잘레스가 말했다.

'해낸 거야!'

곤잘레스는 기뻐 어쩔 줄을 몰랐다.

그는 차를 남쪽으로 꺾어 집으로 가고 있었다.

엘 파소 국경에 닿은 곤잘레스는 무사히 멕시코로 들어갈 수 있었다. 멕시코로 들어오는 멕시코 인들은 검문을 받지 않았다. 멕시코를 빠져나가는 사람들만 검문을 받게 되어 있었기 때문이다.

곤잘레스는 거의 밤샘을 하다시피 차를 몰아 드디어 큰길을 벗어나 좁고 더러운 사잇길로 접어들고 있었다. 만일 제임스 매디슨이 멕시코 경찰더러 그를 찾아보라고 했다면 아마 큰 고속도로에서 기다리고 있을 것이다.

고향마을이 점점 가까워지고 있었다.

'몇 시간 후면 도착할 거야.'

그는 생각했다.

그가 가방을 열고 돈을 공중 높이 휘날릴 때의 가족과 친구들의 모습이 눈앞에 떠올랐다.

"어디서 이런 돈이 났어?"

그들이 물을 것이다.

"자금을 투자했죠."

그렇게 말할 것이다.

그럼 어여쁜 젊은 아가씨들이 부러운 얼굴로 그를 쳐다보며, "정말 현명하신 분이군요, 페르난도 곤잘레스 씨."라고 말할 것이다.

정말 그는 현명했다.

눈앞엔 아무것도 보이지 않고 오직 끝없는 사막뿐이었다. 그는 도로 안내지도를 보았다. 그가 있는 곳과 오악사카 사이엔 마을이라곤 하나도 없었다. 이 다음번 마을이 그의 고향집일 거라는 생각에 곤잘레스의 가슴이 두근거리기 시작했다.

그는 사막 위의 태양이 그 장밋빛으로 사방을 에워싸고 있는 풍경을 지켜보았다. 깊은 홈 자국과 바퀴자국이 나 있는 길은 갈수록 울퉁불퉁하기만 했다. 그는 시속 10마일 정도의 느린 속도로 차를 몰았다. 그때 자동차 하체 부분에서 갑자기 커다란 소리가 들리더니 차가 삐걱대면서 멈췄다. 스타트를 눌러 보았으나 소용이 없었다.

'뭐가 잘못됐지?'

문득 생각나는 게 있었다.

'변속기야!'

수리공이 한 말이 사실이었다. 변속기가 터져버린 것이다.

사방을 둘러보았으나 광활하고 텅 비어 있는 사막 한복판이었고 아무것도 보이지 않았다. 집도, 나무도, 숲도 없었고 게다가 태양은 점점 더 뜨겁게 달아오르기 시작했다.

곤잘레스는 그 자리에 앉아서 앞으로의 일을 궁리해보았다.

"어쩐담? 걸어가야겠군."

그는 트렁크에서 무거운 가방을 꺼낸 다음 오악사카 방향으로 걷기 시작했다. 한 손으로 가방 손잡이를 꼭 쥔 채 사막 길을 비틀거리며 걸어갔다.

30분쯤 후 그는 온통 땀범벅이 되어버렸다. 재킷과 넥타이를 벗어 사막 위에 던져버리고 그는 다시 길을 재촉했다. 태양은 더 이상 견딜 수 없을 정도로 뜨거웠고 그를 태워버리고 말 기세였다.

가방의 무게는 1톤쯤 되는 것 같았다. 더 이상은 들고 갈 수가 없어서 그는 가방을 질질 끌고 가기 시작했다.

'오악사카까지 갈 수 있어. 가야만 돼.'

그는 그 가방을 필사적으로 끌며 뜨거운 사막을 걸어갔다. 열로 푹푹 찌는 데다 햇빛이 눈부셔서 앞이 안 보일 지경이었으나 그는 억지로 걸음을 재촉해나갔다.

드디어 도저히 참을 수가 없는 갈증 때문에 기진맥진하고 말았다. 참을 수가 없어서 그는 소리를 질러보려고 했으나 입안이 말라버려서 소리가 나오질 않았다.

'사막에서 죽을 순 없어. 난 너무 부자니까.'

곤잘레스는 생각했다.

그래서 그는 오악사카 고향집에 닿아 시원한 우물물을 마실 것을 생각하며 계속 걸어갔다.

전에도 사람들이 사막에서 많이 죽었으므로 만약 물을 구하지 못한다면 그도 죽게 된다는 걸 알고 있었다. 그렇게 되면 돈 가방은 영원히 사막에서 잠들고 말 것이다.

그 순간 곤잘레스는 고개를 들고 멀리 보이는 건물 하나를 발견했다. 열기 속에 아른거리는 모습이었다.

'틀림없이 건물은 아니고 신기루일 거야. 빛이 아른거리는 걸로 봐서…….'

곤잘레스는 그렇게 생각했다.

그는 가방을 끌고 계속 걸어가다가 그 허깨비 같은 물체에 가까이 이르렀다. 그러자 진짜 모습이 드러나기 시작했다. 그것이 주유소라는 걸 알게 된 순간, 그는 불과 그곳으로부터 40야드 정도 거리밖에 떨어져 있지 않다는 것을 알았다.

'정말이야! 진짜였어!'

더 이상 걸을 수가 없어서 그는 무릎을 꿇었다. 쉴 새 없이 내리쬐는 태양열로 인해 그의 몸은 바싹 말라 있는 데다 빨갛게 그을려 있었다. 그는 손과 무릎으로 그 뜨거운 사막을 기어가기 시작했다.

'가스와 기름 팝니다'라는 표지판이 있었고, 건물 앞쪽에 펌프가 보였다.

"도와주시오!"

곤잘레스가 소리쳤으나 아무런 대답이 없었다.

그는 마지막 남은 힘을 다해 겨우 그 건물로 기어갔다. 문 위에 안내판이 걸려 있었으나 눈이 멀어서 제대로 읽을 수가 없었다. 그건 '영업 끝났음'이라는 글씨였다.

고개를 돌리고 보니 오른쪽에 조그마한 헛간이 하나 있었고, 왼쪽에는 기계 같아 보이는 물건이 놓여 있었다. 실눈을 뜨고 자세히 바라보니 그것은 청량음료수를 파는 자판기였다. 곤잘레스는 자신의 행운을 믿을 수가 없었다.

그는 자판기로 겨우 기어갔다. 두꺼운 유리 케이스 너머로 음료수가 몇 병 들어있었다.

'살았다!'

자판기에는 '25센트'라는 글자가 적혀 있었다.

그는 제임스 매디슨의 책상에서 집어온 그 행운의 동전이 생각났다. 아직도 있을까? 바지 주머니를 만져보니 그 속에 들어있었다.

'이젠 살았다!'

오악사카도 10마일밖에 남지 않았으니 시원한 음료수로 기운을 되찾을 수 있을 것이다.

그는 기운이 하나도 없어서 그 자판기를 붙들고 일어서야만 했다. 자판기 구멍 속으로 그 쿼터 동전을 집어넣으려고 하는 순간 그만 동전이 손에서 미끄러져 나가 모래 속으로 빠져버렸다. 그는 어이가 없어서 그 자리에 서 있었다. 주먹으로 유리를 두드려 보았지만 힘이 너무 달렸다. 그는 동전을 찾으려고 무릎을 꿇고 엎드려 모래 속을 뒤져나갔다. 그는 정신없이 모래를 파기 시작했지만 동전은 사라지고 없었다.

'오, 이런. 맙소사. 가방 속엔 돈 투성이인데 그놈의 쿼터 동전 하나 없어 죽게 되는구나.'

그는 계속 모래를 파보았지만 결국 기운이 다 빠져버렸다. 지글지글 타오르는 모래 속에 고개를 파묻은 그는 잠시 쉬었다 가야겠다고 생각했다.

그러고 나선 아무것도 기억나지 않았다.

## 10

다음날 이른 아침, 페드로라고 하는 한 멕시코 농부가 노새를 타고 오악사카로 가다가 주유소 근처까지 오게 되었다. 그는 페르난도 곤잘레스의 시체가 모래 위에 놓여 있는 걸 보고 걸음을 멈추고 노새에서 내려 시체를 살펴보았다.

페드로는 시체 주위를 조심스럽게 둘러보았다.

"죽었군. 탈 것이나 물도 없이 어떻게 이 사막을 건너려고 했지? 정신이 나갔군."

페드로는 시체를 어떻게 해야 할지 몰랐다. 만일 경찰에 신고를 한다면 자기가 죽인 걸로 의심할지도 모른다.

"미안하오. 난 빠지고 싶어. 주유소가 문을 열면 사람들이 경찰에 신고할 거요. 안됐소."

그는 중얼거리며 다시 노새를 타려고 할 때였다. 시체에서 20피트 쯤 떨어져 있는 곳에 놓인 가방을 보게 되었다.

"가방은 왜 들고 사막을 건너려 했을까? 물이나 식량이라면 몰라도 가방이라니!"

페드로는 큰소리로 말했다.

그는 그 가방 쪽으로 가서 살펴보았다. 평범한 싸구려 가방이었다.

'헌 옷가지나 들어있을걸. 하지만 누가 알아? 귀중품이라도 들어 있을지.'

페드로는 몸을 구부려 가방끈을 풀어 열어보았다. 그 속에 든 물건을 본 그는 한동안 꼼짝도 할 수 없었다. 평생 그렇게 많은 돈을 본 적이 없었기 때문이었다.

'200만 달러쯤 될 거야.'

그는 분명히 훔친 돈일 거라고 생각했다. 눈을 피해 도망 다니는 사람이 아니라면 현금 가방을 가지고 사막을 건너는 일은 없을 테니까.

"이제 죽고 없으니 이 돈은 누구 거지?"

한참 동안 생각에 빠져 있다가 페드로는 이렇게 말했다.

"내가 주웠으니까 내 돈이야. 공평하잖아. 주운 사람이 임자지. 로지타에게 새 드레스를 사주면 무척 기뻐할 거야. 노새도 새로 사야겠어. 이놈은 너무 지쳤거든."

그는 가방을 조심스럽게 잠근 다음 노새의 등에 묶었다.

해가 떠오르자 모래밭이 점점 뜨거워지기 시작했다. 페드로는 갈증을 느꼈다. 그는 물을 마시고 싶어어 청량음료 자판기를 쳐다보았으나 동전이 한 개도 없었다.

'자판기를 부숴버릴까? 하지만 그건 정직한 일이 아니야.'

그때 모래 속에서 어떤 금속 물체가 햇빛을 받아 반짝거리고 있는 모습이 그의 눈길에 잡혔다. 그는 그쪽으로 다가가 그것을 주웠다. 25센트짜리 동전이었다.

"정말 운이 좋은 날이군!"

페드로는 환호성을 질렀다.

그는 자판기에 그 동전을 넣고 버튼을 눌렀다. 얼음처럼 차가운 코카콜라가 나왔다. 콜라병 뚜껑을 따서 한참 동안 맛있게 들이킨 페드로는 다 마시고 나서 빈병을 모래 위에 던져버렸다.

"세상살이가 다 그렇다네, 여보게."

그는 발밑에 누워 있는 시체를 향해 말했다.

"운이 터진 사람이 있는 반면, 재수 없는 사람도 있는 법이거든."

그는 노새 위에 올라타고 다시 오악사카를 향해 사막을 건너가기 시작했다.

페르난도 곤잘레스의 시체는 한 시간 뒤 주유소 주인에 의해 발견되었다. 시체에는 신분증 같은 것이 하나도 없었다. 주유소 주인이 오악사카 경찰에 전화를 걸어서 잠시 후 경찰이 도착했다.

"식량이나 물, 혹은 탈 것도 없이 왜 사막에서 혼자 있었을까?"

경찰이 물었다.

그들은 그 시체를 오악사카로 가지고 가서 장의사에 안치시켰다. 페르난도 곤잘레스는 고향에 돌아오긴 했지만 아무도 아는 사람이 없었다. 경찰로서도 시체의 신원을 전혀 모르고 있었기 때문에 마을 사람들에게 확인시키지도 않았다.

곤잘레스의 장례는 간단하게 치러졌다.

월요일 아침, 사무실에 출근한 제임스 매디슨은 금고의 돈을 도난당한 걸 알고 화가 머리끝까지 치밀었다. 사원들 하나하나 빠짐없이 조사해 보았다. 페르난도 곤잘레스가 출근하지 않자 곧 그가 범인임이 명확해졌다.

"그놈을 잡아! 평생 감옥에서 비참하게 살도록 만들어주겠어. 내 돈을 찾아야 돼!"

제임스 매디슨은 고함을 질러댔다.

추적이 시작되었다. 집중적인 추적에도 불구하고 경찰은 범인에 대한 조그마한 단서도 찾을 수가 없었다. 그는 이미 지구 표면에서 사라지고 없었기 때문이었다.

곤잘레스가 땅에 묻힌 지 이틀 후 어떤 사람이 음료수 자판기에 들어 있는 동전을 수거하기 위해 주유소에 왔다. 그 동전들은 멕시코시티에 있는 어느 은행으로 실려 갔다.

관광객 한 사람이 아카풀코에 있는 어느 음식점에서 거스름돈으로 그 동전을 받아갔다.

그 다음엔 비행기로 뉴욕에 돌아가던 한 변호사의 손에 들어갔다. 그는 그 동전을 이발사에게 팁으로 주었고 그 이발사는 어떤 손님에게 주었는데 그 손님은 버몬트로 갔다.

버몬트에 시골 장이 열리고 있었는데 그곳에서 제닝스 랭이라는 어느 청년이 핫도그 장사에게 2달러를 주고 잔돈으로 그 쿼터 동전을 받게 되었다.

제닝스 랭은 21세였다. 대학을 갓 졸업한 그는 평생을 감옥에서 지내야 할 운명에 처해 있었다. 창살 있는 진짜 감옥은 아니었으나 제닝스에게는 집이 그보다 더 지독한 곳으로 여겨졌다. 그의 집안은 수백 년 동안 사우스캐롤라이나에서 커다란 가구공장을 운영하고 있었다. 제닝스가 아주 어렸을 적부터 그의 아버지는 "이 공장은 언젠가 모두

네 것이 될 거야."라고 말해왔다.

제닝스는 그 말이 정말 듣기 싫었다. 그는 사업 따위엔 털끝만큼도 관심이 없었다. 그의 인생에 있어서 한 가지 열정이 있다면 그건 바로 글을 쓰는 일이었다.

그는 작가가 되기를 열망했다.

"전 소설을 쓰고 싶습니다."

그가 아버지께 말했다.

거의 일자무식꾼인 그의 아버지는 비웃기만 했다.

"소설을 쓰는 일은 샌님들이나 하는 짓이야. 글을 읽을 줄도 쓸 줄도 모르는 네 할아버지께선 우리 주에서 제일가는 부자였어."

"난 부자가 되는 것엔 관심이 없어요. 제가 원하는 건 사람들을 울리고 웃기며 즐겁게 해주는 글을 쓰는 겁니다."

"바보 같은 소리군. 당장 네 머리에서 그 따위 공상을 몰아내라. 넌 랭 가구회사를 운영할 몸이야. 그렇게 태어났어!"

그의 아버지는 고래고래 고함을 질렀다.

제닝스는 어머니에게 애원을 했다.

"공장 운영이나 하면서 인생을 보낼 순 없어요. 정말 싫습니다. 아버지께 잘 좀 말씀드려 주세요."

"미안하구나, 너도 알잖니. 아버진 아주 완고하신 분이야. 네가 태어나던 날부터 자신이 은퇴하고 나면 네게 사업을 맡기겠다는 생각뿐이었어. 이제 은퇴하실 생각이니까, 제닝스. 어쩔 수가 없구나."

제닝스는 대학에 입학했다. 학년이 바뀔 때마다 사업을 맡아야 하는 시간이 더 가까워졌다는 생각에 그는 두려움을 느꼈다. 여가가 날 때마다 그는 미친 듯이 글을 써서 뉴욕에 있는 출판사로 보냈다. 그때마다 그가 쓴 소설은 퇴짜를 맞았다.

"난 재능이 있어. 누군가에게 그 증거를 보여줘야만 돼."

제닝스의 대학 영어 은사는 차터리스 교수였다. 몇 년 동안 교직에 몸담은 그는 학계에서 상당한 존경을 받고 있었다. 제닝스 랭은 말하자면 그의 수제자였다. 제닝스가 쓴 훌륭한 과제물을 읽은 차터리스 교수는 그를 연구실로 불렀다.

"자넨 재능이 있어. 위대한 작가가 될 걸세."

제닝스는 전신이 짜릿했다.

"고맙습니다, 교수님."

"물론 배워야 할 공부가 많네. 자넨 아직 젊으니까. 하지만 그 누구도 자네의 재능을 부인할 순 없다네."

제닝스는 키가 부쩍 커지는 것을 느꼈다.

"글을 쓴다는 건 쉬운 일이 아닐세. 상당히 힘든 일이지. 한 가지 기본적인 원칙이 있네. 결코 만족해서는 안 된다는 것일세. 위대한 작가에게는 무슨 작품이든지 훌륭한 것이 결코 될 수 없는 법일세. 더 좋은 작품을 써야만 하는 거야. 그러고 나서 갈고 닦고 다듬어서 더 훌륭하게 만들어야만 한다네! 내 말 알겠나?"

"네, 교수님."

그는 흥분되는 마음을 안고 집으로 돌아왔다. 너무 가슴이 벅차서 그는 차터리스 교수가 한 말을 어머니께 말씀드리기 위해 전화를 걸었다.

제닝스의 아버지가 전화를 받았다.

"노인네가 너더러 재능이 있다고 해서 작가가 될 순 없어. 어떻게 해야 글쟁이가 되는지 알고 있니? 책이 많이 팔려서 돈을 벌어야만 작가가 되는 거야. 그렇지 않으면 넌 건달에 불과해. 내 말 듣고 있어?"

제닝스는 듣고는 있었지만 아버지의 말을 믿을 수가 없었다.

"두 분께 증명해 드릴 거예요."

제닝스가 말했다.

그는 전보다 더 열심히 작가 수업을 계속해 나갔다. 글을 쓴다는 건 그에게는 커다란 기쁨이었다. 글을 쓰고 있는 동안만큼은 마치 다른 세상 속에 있는 것 같았고, 시간도 잘 흐르는 것 같았다.

'결코 가구공장에서 인생을 보낼 순 없어.'

그는 중얼거렸다.

드디어 대학을 졸업하는 날이 다가왔다. 졸업식에는 그의 어머니와 아버지도 참석했다.

"정말 기쁜 날이구나, 얘야."

그의 아버지가 말했다.

"이제 회사를 맡을 준비가 돼 있겠지."

"아버지, 어디 가서 이야기 좀 나눌까요?"

제닝스가 제의했다.

그는 아름다운 캠퍼스의 벤치로 부모님을 모시고 갔다.

제닝스가 입을 열었다.

"아버지, 실망이 크실 줄 압니다만 전 테이블이나 의자를 만들면서 인생을 보내느니 차라리 죽어버리겠습니다. 그건 제가 원하는 일이 아닙니다. 언젠가 제 인생이 끝날 때 뭔가를 성취해놓고 싶고, 또 세상에 제 흔적을 남겨놓았다는 자부심을 갖고 싶습니다. 이 세상에는 수많은 사람들이 있지만 대부분 이름 없이 사라지고 맙니다. 마치 살아본 적도 없는 것처럼 말이죠. 저는 사람들이 제 이름을 기억해주길 바랍니다. 가구를 만드는 일로 그렇게 되고 싶지 않습니다."

아버지의 안색이 하얗게 변했다.

"이것이 널 그동안 키워주고 먹여주고 대학까지 보낸 네 어미와 나에 대한 보답이냐!"

노인이 고함을 고래고래 질러대자 제닝스는 아버지가 심장마비라도 일으킬까 봐 겁이 났다.

"넌 작가가 되고 싶다고 했어. 그런데 넌 한 권도 책을 못 냈잖아. 무슨 작가가 그래? 어떻게 먹고 살 참이냐?"

"모르겠습니다."

"아버지 말씀이 옳다, 제닝스. 아무도 네 글을 알아주지 않는다면 넌 진정한 작가가 아니야. 그걸로 돈을 못 번다면 넌 굶어죽을 거야."

"네놈한테는 한 푼도 줄 수 없어!"

드디어 제닝스의 아버지가 폭발했다.

"돈은 원치 않습니다. 다만 할 수 있다는 걸 보여드릴 기회를 주십시오."

"어떻게?"

제닝스는 잠시 생각에 젖었다.

"제게 6개월만 여유를 주세요. 다른 곳에 가서 글을 쓰겠습니다. 6개월 동안 책을 한 권도 못 내면 사우스캐롤라이나로 돌아가 공장을 운영하면서 평생을 보내겠습니다."

"좋아, 6개월이라……."

그가 버몬트의 산간지방으로 가게 된 건 그곳이 조용하고 평화스러웠으므로 방해받지 않고 글을 쓸 수 있기 때문이었다. 그는 작은 통나무집을 빌려서 그곳에서 이른 아침부터 밤늦게까지 글을 썼다. 채택되기를 바라며 뉴욕에 있는 출판사에 수없이 글을 써서 보냈다. 하지만 모두 거절당했다. 거절을 알리는 대부분의 답장들은 용기를 심어주는 내용들이었다. 개인적인 의견을 적어 보낸 그 편지들은 이러했다.

"당신이 쓴 소설은 매우 유망합니다만, 저희 출판사의 취지와 어긋나는 내용입니다."

"귀하의 원고를 잘 읽어보았습니다만 곧 출판하게 될 책과 매우 흡사하군요."

"저희 출판사에선 신인작가의 책은 출판하지 않는다는 규칙이 있습니다. 하지만 규칙이 바뀌게 되면 다시 알려드리겠습니다."

마치 눈앞에 당근을 내미는 격이었다. 모두들 유망하다고 말은 했지만 그가 쓴 글을 사겠다고 나서는 출판사는 한 곳도 없었다. 이제 주어진 시간도 끝나가고 있었고, 아버지께 받은 돈도 얼마 남지 않은 상태였다.

"이걸로 6개월을 버텨야 된다. 6개월이 되기 전에 돈이 다 떨어지면 집으로 돌아와라."

그의 아버지가 제닝스에게 말했었다.

제닝스는 가능한 한 검소하게 지내려고 노력하면서 음식점에서의 식사 대신 햄버거로 끼니를 때웠다. 통나무집도 제일 싼 걸로 빌렸고 새 옷은 한 벌도 사 입지 않았다. 그러나 그렇게 세심한 신경을 썼건만 수중에는 돈이 다 떨어지고 없었다.

끼니를 거르게 되자 빈혈이 찾아왔다. 하지만 아무도 책상 앞에 앉아 매일같이 글을 쓰는 그를 막을 순 없었다.

그는 원고를 다 쓰고 나면 봉투에 넣어 마을 우체국으로 부치러 가곤 했다.

이제 그에겐 돈도 시간도 남지 않았다. 아버지와 한 약속은 지켜야만 할 것이다. 그는 싫어하면서도 결코 저버릴 수 없는 일을 하고 있을 미래의 자신을 마음속으로 그려보았다.

'그래, 교소도보다 더 지독한 함정이야.'

그는 시장 주위를 다니면서 행복하게 웃고 떠드는 사람들을 구경하며 생각에 잠겼다.

'저 사람들은 자유로워. 원하는 대로 마음껏 다닐 수 있고 또 일을 할 수 있으니까. 난 이제 끝났어.'

실의에 빠져 있는 그는 외로운 통나무집으로 되돌아왔다.

2주일 전에 제닝스는 훌륭한 소설감 하나를 생각해낸 적이 있었다. 마음속으로 구상을 해본 그는 무척 가슴이 설레 왔다. 그가 볼 때 구성도 참신하고 독창적으로 여겨졌다.

'하지만 전에 다른 아이디어들에 대해서도 이렇게 흥분했지만 별 볼 일 없었잖아. 이거라고 해서 다를 게 뭐 있겠어?'

그는 원고를 출판사에 보내기 전에 원고 전체를 끝내고 싶었지만 그럴 만한 시간이 없었다.

'두 장만 먼저 쓰고 나머진 개요만 써서 보내야겠어. 마음에 들면 살 테지.'

그는 생각했다.

만일 출판사에서 사게 되면 어떻게 될까. 그는 공상을 해보았다. 그렇게만 되면 공장 일을 맡지 않아도 될 것이다. 자신이 작가이며 또 그걸로 돈을 벌 수 있다는 사실을 보여줄 수 있을 테니까.

'누군가가 사주기만 한다면 난 자유로워질 거야.'

그토록 원했던 작가가 되고, 마음껏 글을 쓰겠지. 그는 다음날은 개요를 쓰는 데 보냈고, 5시가 되자 원고를 봉투에 넣어 봉했다.

그는 뉴욕에서 제일 크고 훌륭한 '맥코믹' 출판사의 주소를 봉투에 쓰고, 읍내로 달려갔다. 우체국은 6시에 문을 닫으므로 다음날 뉴욕에 있는 출판사로 배달되려면 빨리 원고를 부쳐야만 했다.

'이것이 마지막이야. 아무런 연락이 없으면 전화를 걸어서 관심이 있는지 알아봐야겠어.'

마을에 도착한 제닝스는 우체국으로 들어갔다.

"새 원고를 가져왔군."

우체국장이 말했다. 두 사람은 어느새 친구 사이가 되어 있었다.

"네, 국장님. 오늘밤 안으로 배달될 수 있겠죠?"

"아슬아슬했어."

우체국장은 무게를 달기 위해 봉투를 작은 저울 위에 올려놓았다. 그제야 제닝스는 핫도그를 사먹으려고 마지막 2달러를 써버린 일을 기억해냈다.

원고를 부칠 우표 값이 없었던 것이다! 그렇다고 미합중국의 통신부 상대로 외상을 달 수도 없었다.

'이런 멍청할 데가 있나. 우표 값으로 2달러를 아껴놓는 건데.'

"우표 값은 25센트일세."

우체국장이 말했다.

"저……."

그때 문득 아까 잔돈으로 받아두었던 동전이 호주머니 속에 들어있다는 생각이 났다. 제닝스는 얼른 동전을 꺼내 우체국장에게 주었다. 깨끗하고 반짝이는 그 동전이었다.

"여기 있습니다."

동전을 받은 우체국장은 봉투에 스탬프를 찍어 편지봉투와 소포 꾸러미가 쌓여 있는 곳에 올려놓았다.

"행운을 빌겠네."

"고맙습니다."

제닝스는 우체국장이 편지봉투와 소포 꾸러미들을 우편배달부에게 넘겨주는 모습을 지켜보았다.

"내일 뉴욕에 도착할 걸세."

우체국장이 제닝스에게 말했다.

제닝스는 그 자리에서 마음속으로 조용히 기도를 했다.

"제발, 하느님. 출판사에서 이 원고를 사게 해주세요. 마지막 기회입니다."

## 11

우체국장은 그날 하루 수입금을 버몬트에 있는 중앙우체국으로 입금시켰다.

쿼터 동전은 그곳에서 브룩클린에서 온 어느 관광객에게 잔돈으로 거슬러졌다.

그날 오후 뉴욕에 돌아온 그 관광객은 맨해튼의 거지에게 그 동전을 주었다.

그 거지는 술집에 들어가 싸구려 포도주를 한 병 사고 점원에게 쿼터 동전 8개를 지불했다.

반짝반짝 윤이 나는 그 쿼터 동전은 샴페인을 사러 온 어느 남자에게 거스름돈으로 지불되었다. 그 남자 이름은 테루오 고바야시로 맥코믹 출판사의 일본인 편집국장이었다.

테루오는 결혼 10주년을 맞이하여 아내인 아키코에게 샴페인을 선물해서 깜짝 놀라게 해줄 작정이었다. 점심시간을 이용해서 샴페인을 산 그는 사무실로 들어갔다.

테루오는 일찍 귀가할 생각이었으나 점심을 끝내고 돌아오자 책상 위에 새로 도착한 원고 뭉치들이 있어서 퇴근 시간을 늦추었다.

해마다 미국 내에서는 몇억 권의 책들이 출판되는데 테루오에게는 그 모든 책들이 하나도 빠짐없이 그의 책상을 스쳐지나가는 것처럼 느껴질 정도였다.

테루오의 손을 거치는 원고들은 거의 대부분 엉망진창이었다.

스토리도 엉성하고 인물들도 개성이 없는 데다 심지어는 철자까지 틀린 경우도 많았다. 오자가 섞이고 타이프가 엉망인 원고는 미숙한 작가가 쓴 것이라는 사실을 테루오는 이미 오래전에 터득하고 있었다.

"어째서 사람들은 누구나 책을 쓸 수 있다고 생각하는 걸까?"

그는 자기 밑에서 훈련을 쌓고 있는 편집직원 로드에게 물었다.

"글재주가 없다는 걸 모르는 모양이죠."

테루오는 맥코믹 출판사가 소규모일 때부터 그곳에서 일했다. 그는 원고 교정을 보는 편집자로서 출발했으나 스토리와 인물 설정에 대한 예리한 안목을 가지고 있었으므로 1년 후에 편집부 대리로 승진했다. 그러고 나서 3년 후에는 편집국장으로 승진했다.

그는 베스트셀러가 될 만한 원고를 족집게처럼 가려냈으므로 맥코믹 출판사는 점점 번창해서 미국에서 가장 성공적인 출판사로 성장했다. 그는 상당히 큰 명성을 누리게 되었다.

그에겐 원고를 보는 탁월한 능력이 있었고 그의 예언은 백발백중이었다.

"이건 한 부도 안 팔리겠고, 이건 1만5천 부 팔리겠어. 이건 고성능 폭탄이고."

그의 말은 거의 다 들어맞았다.

그는 신인작가를 발굴해서 그들의 재능을 개발시켜주는 일을 무척 좋아했다. 맹목적이라고 할 만큼 그들에게 충실하면서 그들이 쓴 책이 독자들에게 관심을 끌도록 힘써주었다. 많은 광고예산을 세워 책을 선전했고, 주요 일간지와 잡지에 그들이 쓴 책의 서평이 실리는 걸 매우 좋아했다.

테루오 고바야시가 출판계에서 가장 훌륭한 편집자라는 사실은 그 누구도 부인하지 못했다.

점심식사를 마치고 책상 앞에 앉은 테루오는 집에 돌아갈 시간을 기다리며 시계를 보고 있었다. 아내인 아키코는 그가 제일 좋아하는 저녁식사를 준비하고 있었다. 스시, 데리야키 스테이크, 새우튀김 등등……. 그는 샴페인으로 아내를 놀래게 해주려고 기대하고 있었다.

결혼한 지 10년이 되었지만 테루오는 아내를 무척 사랑했다. 아키코는 아름답고 상냥한 여인이었다. 하루가 멀다 하고 야근을 해야 하는 그였지만 아내는 한 번도 불평한 적이 없었다. 그가 집에 돌아오면 그녀는 언제나 그를 따뜻하게 맞아주었다.

"공상은 그만하고 일이나 해야겠어."

테루오는 중얼거렸다.

그는 편집부 직원인 로드를 불렀다.

"내 옆에 앉게."

테루오가 말했다. 그는 책상 위에 쌓인 원고 뭉치를 바라보며 로드에게 말했다.

"이 원고들은 모두 출판대행사를 거쳐서 온 것들이라네. 맥코믹 출판사는 '심의'를 거치지 않은 원고는 받아들이지 않는다는 규칙을 갖고 있지……."

"심의를 거치지 않다니요?"

"대행사의 요청이 있는 원고만 받아들인다는 뜻일세."

테루오는 원고들을 두 종류로 분류했다.

"이 원고들은 두 종류인데, 첫 번째 파일에는 대행사들이 제출한 원고로 그 소재가 상당히 좋은 걸로 보내진 것들이라네. 그들은 재능이 있다고 믿어지는 작가들만 취급하고 있지. 두 번째 파일에는 일확천금을 노리는 대행사들이 보낸 원고들이 들어 있네. 그들은 혹시나 팔리지 않을까 하고 아무 원고나 보낸다네. 난 그런 원고들은 맨 나중에 읽어보지."

파일 뭉치의 제일 아래쪽에 있던 봉투 하나가 테루오의 눈길을 끌었다. 봉투엔 대행사 이름이 적혀 있지 않았다. 다만 버몬트의 주소와 제닝스 랭이라는 처음 들어보는 작가의 이름만 적혀 있을 뿐이었다.

"이 원고를 좀 보게나. 봉투에 대행사 이름이 없어. '심의'를 거치지 않았다는 뜻일세. 이런 원고는 읽어보지도 말고 되돌려보내야 돼."

테루오는 이름 있는 대행사에서 보내온 다른 원고를 펼쳐서 읽기 시작했다. 하지만 세 페이지도 다 읽기 전에 그는 흥미를 잃어 옆으로 밀쳐냈다.

"이 이야긴 전에도 있었어. 종종 있는 일이거든. 그녀는 훌륭한 작가이긴 하지만 진부해."

그 다음 원고는 전쟁소설로서 베트남에 관한 이야기였다. 베트남에 관한 소설은 인기가 없는 편이었으나 그 원고는 예외적이라 할 만큼 대단히 훌륭했다.

테루오는 그 원고를 따로 분류하면서 "이 원고를 읽어주겠나, 로드. 우리가 사도 될 것 같아."라고 말했다.

그날 오후는 그렇게 해서 지나갔다.

전쟁소설도 있었고 괴기소설, 그리고 로맨스도 있었으며 전기와 자서전도 있었다. 할리우드의 영화배우들이 자신들의 연애사건을 낱낱이 기록한 원고가 있는가 하면 무용담을 기록한 장군들의 책도 섞여 있었다. 세계 동향을 말하는 정치가의 회고록과 무죄를 주장하는 재소자들의 원고도 있었다.

테루오는 처음 몇 문장만 읽을 것인지 아니면 몇 페이지 더 읽어야 할 것인지를 첫눈에 식별할 수 있었다. 대부분의 원고들은 딱지를 맞았으나 가끔, 무척 드물긴 하지만 그의 조수에게 "이건 가능성이 있을 것 같은데."라고 말하곤 했다.

원고를 거의 다 읽고 나니 6시가 되었다. 상당한 집중을 요하는 일이었으므로 두 사람 다 기진맥진해 있었다.

테루오는 의자에 기대면서 기지개를 켰다.

"이젠 집에 가야 돼. 아키코가 기다리고 있을 테니까."

로드는 자신에게 맡겨진 원고들을 간추리며 "이건 내일 아침에 다시 시작하겠습니다."라고 말했다.

그때 그는 버몬트에서 온 봉투가 책상 위에 그대로 놓여 있는 것이 그의 눈에 들어왔다.

"이건 어떻게 할까요, 테루오."

"비서더러 다시 돌려주라고 해."

"그럼 아침에 뵙겠습니다. 기념일 축하드립니다."

로드는 사무실을 나갔다.

'좋은 하루였어.'

테루오는 행복했다. 비록 그날은 굉장한 원고들은 없었지만 그래도 꽤 쓸 만한 원고들이 몇 개 있었기 때문이었다.

'오늘날의 위대한 작가들은 다 어디에 있는 걸까?'

테루오는 궁금했다. 그가 볼 때 요즘 작가들은 한결같이 평범한 데다 개성이 없는 것 같았다.

그는 버몬트라고 하는 소인이 찍힌 봉투가 눈에 띄어 그걸 살펴보았다. '제닝스 랭'이라고 적혀 있었다.

'아마도 여러 주일, 어쩌면 여러 달 동안 글을 쓰느라 끙끙대며 대행사도 하나 없는 어느 가련한 아마추어 작가일 테지. 그렇다면 읽어볼 필요조차 없을 것이다. 오자나 오타투성이일 테니까.'

테루오는 막연한 호기심에 마닐라 봉투를 뜯고 원고를 꺼내보았다. 이야기 앞부분 두 장(章)과 소설 전체의 개요가 들어있었다.

맨 앞 페이지에는 '산'이라는 제목이 적혀 있었다.

'애매모호하군. 무슨 뜻일까?'

테루오는 생각했다.

첫 페이지를 넘긴 그는 대충 읽어내려 갔다. 한기가 그의 몸 전체를 뒤덮기 시작했다. 그는 팔뚝에 난 털이 곤두서는 걸 느꼈다. 천재를 눈앞에 두고 있다는 직감이 들었다.

그는 다시 첫 페이지로 돌아가 한 줄도 놓치지 않고 천천히 읽기 시작했다. 수년 만에 처음 보는 아주 흥미진진한 스토리였다. 내용도 훌륭했고 인물은 너무나 사실적이어서 테루오가 실제 알고 있는 사람인 것처럼 느껴질 정도였다. 그는 소설 속 사람들의 고통과 배고픔과 기쁨을 몸소 느낄 수가 있었다.

테루오가 원고를 내려놓은 건 그로부터 2시간이 지나서였다. 그에겐 시간관념이 없어져 버렸다. 마치 다른 세계—감동적인 새 재능에 의해 만들어진 마법세계—에 다녀온 느낌뿐이었다.

원고를 덮은 테루오의 심장은 방망이질 치고 있었다. 그는 봉투 겉면에 적혀 있는 이름을 다시 보았다. 제닝스 랭이었다.

비서를 불렀지만 그녀는 퇴근하고 없었다. 테루오는 전화교환 안내양을 찾았다.

"제닝스 랭의 전화번호를 알려줘."

그는 그녀에게 버몬트 주소를 일러주었다.

번호를 알아낸 테루오는 전화를 걸었다. 신호는 갔지만 아무도 받지 않았다.

'집에 없는 모양이군. 내일 전화해야겠어.'

테루오는 생각했다.

그 시간 제닝스 랭은 앞으로 닥칠 일을 생각하며 어두운 밤 홀로 통나무집 밖에 앉아 있었다. 그의 앞날은 암담하게만 느껴졌다. 며칠 전에 우송한 원고가 그의 마지막 희망이었기 때문이었다.

'원고 하나에 모든 걸 걸다니 미친 짓이야. 하지만 아버지는 내게 다른 선택권은 주시지 않았어.'

제닝스는 생각했다.

통나무집 안에서 전화벨 울리는 소리가 들렸다. 며칠 있으면 기한이 끝나게 된다는 걸 상기시켜 주려고 아마 그의 아버지가 전화를 걸었는지도 모르는 일이었다. 제닝스는 아버지와 통화하고 싶은 기분이 나질 않았다. 사실은 그 누구하고도 말할 기분이 아니었다.

전화벨은 계속 울렸다.

'좋아, 차라리 받는 게 낫겠군.'

제닝스는 지쳐 버렸다.

그는 일어나서 자기가 받기도 전에 전화벨 소리가 그치길 기대하며 집으로 들어갔다. 마지막 울려대는 벨소리를 듣고 그는 전화기로 다가가 수화기를 집어 올렸다.

"여보세요."

제닝스가 말했다.

상대편인 테루오 고바야시는 막 전화를 끊으려던 참이었다. 제닝스의 음성을 들은 그는 얼른 전화기를 귀에다 갖다 댔다.

"랭 씨입니까?"

"네."

"전 테루오 고바야시라고 합니다."

제닝스는 그 유명한 편집장에 관한 소문을 들은 적이 있었다. 테루오 고바야시는 작가들 사이에서 전설적인 인물이었다.

'누군가 장난질 치고 있군. 야비한 짓 같으니, 고바야시가 나에게 전화할 리가 없어.'

제닝스는 생각했다.

"무슨 일입니까?"

제닝스 랭이 무례하게 물었다.

"당신과 얘기하고 싶소이다. 선생이 쓴 '산'의 개요를 방금 읽어보았소."

제닝스 랭은 자신이 지금 그 위대한 사람과 말하고 있다는 걸 그제야 깨달았다. 갑자기 머리 위로 피가 솟구쳐 오르는 걸 느꼈다.

"정…… 정말 테루오 고바야시십니까?"

"그렇소, 랭 씨."

"숨이 막힐 지경이군요."

"아닙니다, 랭 씨. 숨이 막히는 사람은 오히려 저인걸요. 당신은 천재요."

제닝스 랭은 자기 귀를 의심했다. 그토록 위대하신 분께 이런 말을 듣다니…….

"제 원고가 맘에 드십니까?"

"맘에 드냐고요? 넋이 나갈 지경이오. 맥코믹 출판사는 선생의 원고를 출판하고 싶소."

그는 믿을 수가 없었다.

"다시 한 번 말씀해주시겠습니까?"

"맥코믹 출판사는 귀하의 원고를 출판하고 싶소."

제닝스 랭은 벅찬 가슴을 가눌 수가 없었다.

"고바야시 씨, 난생 처음 듣는 희소식이군요. 선생님께서 무슨 일을 하셨는지 아십니까? 제 생명을 구해주셨어요."

"오, 나도 기뻐요, 젊은이. 대행사는 갖고 있소?"

"아뇨."

제닝스는 문득 염려스러웠다.

"꼭 필요한가요?"

"대행사가 제출하지 않은 원고는 사지 않는다는 게 우리 회사의 규칙이죠. 하지만 당신의 경우는 기꺼이 예외로 해드리리다. 우리가 직접 당신과 계약을 맺겠소. 당신도 우리가 지불하는 선불에 만족할 거라고 생각하오. 뉴욕엔 얼마나 빨리 오실 수 있소?"

"오늘 밤 당장?"

테루오 고바야시는 소리 내어 웃었다.

"그럴 필요는 없소. 내일은 어떻겠소?"

"내일 가겠습니다."

"그럼 됐어요. 점심이나 같이 합시다. 내일 오후에 자세한 이야길 나누기로 해요. 가능하시죠?"

"그럼요."

"어서 만나보고 싶소이다."

"제가 더 그렇습니다. 내일 뵙죠."

전화를 끊은 제닝스 랭의 머리가 빙빙 돌기 시작했다. 그는 자신의 행운을 도저히 믿을 수가 없었다. 세계 최고의 편집자가 그의 원고가 마음에 든다고 하는 데다 세계 제일가는 출판사에서 출판하게 되었으니 아마 그에게 엄청나게 많은 선급금이 쥐어지게 될 것이다.

'이제 작가가 된 거야! 아버지도 더 이상 반대하지 못하실 테지.'

그는 감옥과도 같은 가구공장과 영영 작별할 수 있게 되었다. 이제부터 가장 사랑하는 일을 하면서 마음껏 살 수 있게 된 것이다.

'운명이란 정말 사소한 일로 결정되는구나. 원고를 보내지 않았더라면 이런 일은 없었을 것이고, 우표를 살 그 동전이 없었더라도 이런 일이 없었을 테니까.'

제닝스는 생각했다.

수화기를 내려놓은 테루오 고바야시는 의자에 길게 몸을 기대며 큰 소리로 외쳤다.

"랭 씨, 이제 몇 달 후면 온 미국 국민이 당신 이름을 알게 될 거요. 몇 년 후에는 온 세상 사람들이 당신의 이름을 알게 될 거라고요!"

테루오는 지금까지 출판사에서 일해 오면서 두 번인가 세 번밖에 느껴보지 못한 그 짜릿한 흥분에 젖어 가슴이 벅찼다.

그는 아키코에게 신인을 발굴해냈다는 이야길 하고 싶어서 한시도 기다릴 수가 없었다.

시계를 보니 8시였다.

'늦었어!'

게다가 아키코에게 전화조차 걸지 않고 있었다. 시간관념이 모두 없어져버린 것이다. 서둘러야만 했다.

테루오는 샴페인 병을 들고 급히 사무실을 나갔다. 사람들은 모두 다 오래전에 퇴근하고 없었다.

밖으로 나온 테루오는 택시를 타려고 했으나 기다려도 택시는 오지 않았다.

'버스를 타야겠군. 더 늦어지겠지만 도리가 없어.'

바람이 불어대는 추운 길목에서 10분 정도 서 있자 버스가 왔다. 그는 승객들로 혼잡한 버스에 몸을 싣고는 방금 읽은 그 훌륭한 원고와 제닝스 랭에 대해 생각했다.

테루오가 버스 차창 밖을 내다보니 벌써 집에 다 와 가고 있었다.

그는 뉴욕의 서쪽 중심가에 살고 있었다. 한때는 살기 좋은 동네였으나 지금은 갱들이 우글우글한 데다 가로등마저 어두워서 위험스러운 곳이 되고 말았다.

"여길 떠나야겠어."

그는 아키코에게 종종 그런 말을 했다. 그러나 그녀는 "내 친구들이 모두 여기에 살고 있어요. 난 이사 가고 싶지 않아요."라고 말했다.

그렇게 해서 한 해 한 해가 흘러가 버렸다. 샴페인 병을 들고 버스에서 내린 테루오는 너무 늦어서 골목길 안 지름길로 가기로 했다.

그가 아무도 살고 있지 않은 어느 버려진 낡은 건물 옆을 지날 때였다. 10피트쯤 지났을 때 누군가가 그를 부르는 소리가 들렸다.

"이봐, 당신 말이야!"

어둠 속에서 어떤 물체가 걸어 나왔다.

"어디 가는 거야?"

테루오는 문득 두려워졌다.

"집으로 가고 있소."

"손에 든 건 뭐야?"

"아무것도 아니오. 아내에게 줄 선물이오."

어둠 속에서 또 다른 목소리가 들려왔다.

"아내에게 줄 선물이라고? 그거 멋진데. 무슨 선물이지?"

"이봐요. 난 말썽을 원치 않소. 어서 비켜주시오."

첫 번째 목소리가 말했다.

"돈은 얼마나 있소, 선생?"

테루오는 도움을 청하려고 주위를 둘러보았으나 아무도 없었다. 골목 안에는 깡패 2명과 자신뿐이었다. 그중 한 녀석의 손에 나이프가 번쩍거리는 모습이 보였다. 그들과 맞서 싸운다는 건 어리석다고 느꼈다.

"호주머니에 40달러가 있소. 당신한테 주겠소."

"친절하시군, 친구. 선물도 이리 내."

테루오는 갑자기 화가 치밀었다. 그 선물은 아키코의 것이었다.

'깡패 녀석 따위에게 줄 수는 없어. 돈은 상관없지만 아키코의 선물만큼은 줄 수 없어.'

"싫소."

그는 몸을 돌려 골목 입구를 향해 뛰어가기 시작했다.

"붙잡아!"

첫 번째 건달이 소리쳤다.

깡패들은 필사적으로 뒤쫓아 오고 있었다. 테루오는 골목 입구까지 갈 여유가 없음을 알고 버려진 건물 안으로 들어가 문을 잠가버렸다. 두 사람은 문을 쾅쾅 두드렸다. 곧 들어오겠지만 그 사이 피할 여유가 생겼다.

깡패 가운데 한 녀석이 고함지르는 소리가 들렸다.

"좋아. 신사분이 원한다면 본때를 보여주겠어. 문을 부숴버려!"

테루오는 아무도 없는 긴 통로를 뛰어갔다. 통로 끝에 있는 어떤 물체를 본 그는 더욱 가슴이 철렁했다. 자세히 보니 그건 공중전화였다.

그는 얼른 박스 안으로 뛰어 들어가 동전을 찾으려고 호주머니를 뒤졌다. 동전이 한 개도 없었다. 문 두드리는 소리는 점점 커졌다. 테루오의 마음은 아주 급했다. 샴페인을 사고 점원이 잔돈으로 쿼터 동전을 내준 일이 기억났다. 어디 있지? 어디서 잃어버렸나?

그는 다시 한 번 호주머니를 정신없이 뒤졌으나 마찬가지였다. 문이 갈라지면서 두 사내가 그의 뒤를 쫓으며 고함치는 소리가 들려왔다. 그때 문득 그날 아침 아키코가 한 말이 생각났다.

"당신 바지 호주머니에 구멍이 났군요. 테루오. 퇴근하고 꿰맬 수 있도록 다시 말해주세요, 여보."

그는 손가락으로 그 구멍을 더듬었다. 안감 끝 구석에 그 귀중한 동전이 들어있었다. 테루오는 얼른 그 동전을 꺼내 떨리는 손가락으로 공중전화기에 집어넣었다. 그러고 나서 911을 눌렀다.

문이 부서지는 소리가 들렸다. 2명의 사내가 나이프를 든 채 그의 뒤를 쫓아오고 있었다.

"도와주시오! 날 죽이려고 해요!"

테루오는 전화에 대고 고함을 질렀다.

그때 그 두 사내가 전화박스 안으로 들어왔다.

# 12

테루오 고바야시의 유일한 무기는 그 샴페인 병이었다. 첫 번째 깡패가 테루오를 찌르기 위해 나이프를 치켜들자 그는 그 무거운 병으로 깡패를 내리쳤다.

나이프가 깡패의 손에서 떨어지면서 비명소리가 났다.

"네가 맡아!"

그 깡패는 동료를 향해 소리 질렀다.

테루오는 다시 병을 들어올렸다. 심장이 마구 뛰면서 겁이 났으나 강인한 성격의 테루오는 계속 저항했다.

'정신 나간 짓이야. 돈과 샴페인을 줘버릴걸.'

그러나 그 샴페인은 아내에게 줄 선물이었으므로 아무에게도 빼앗길 수가 없었다.

'하찮은 선물 때문에 죽는구나.'

테루오는 생각했다.

두 번째 깡패가 나이프를 들고 그에게 덤벼들었다. 테루오는 옆으로 피하려 했지만 나이프가 팔에 찔려 예리한 통증이 느껴졌다.

깡패가 다시 나이프를 들고 달려들었다. 그 순간 테루오는 경찰의 사이렌 소리가 가까이 들리면서 다가오는 소리를 들었다. 두 건달 녀석들도 그 소리를 듣고는 "어서 여길 빠져나가자!" 하고 말했다.

나머지 녀석은 테루오를 바라보며 "두고 보자."라고 말했다.

그러고 나서 깡패들은 몸을 날려버렸다.

테루오는 숨을 헐떡이며 부들부들 떨면서 그 자리에 서 있었다. 어디선가 사람 찾는 목소리가 들려왔다.

"여보세요? 여보세요?"

그는 그때까지도 손에 수화기를 들고 있었음을 알았다. 수화기를 귀에 갖다 대고 "여보세요."라고 말했다.

"여긴 경찰본부입니다. 당신이 계신 곳에 무선 경찰차를 보냈습니다. 괜찮으십니까?"

"네."

경찰관 2명이 급히 건물 안으로 들어오더니 공중전화 박스 쪽으로 달려오고 있었다.

"고맙소."

테루오는 수화기를 내려놓았다. 전화통에 집어넣은 그 쿼터 동전이 도로 나오자 그는 무의식적으로 그 동전을 호주머니에 집어넣었다.

'행운의 동전이야. 이것이 없었다면 난 죽었을 거야.'

공중전화 박스까지 온 경찰관 가운데 하나가 테루오의 손에서 피가 흘러내리는 것을 보았다.

"앰뷸런스를 부르게."

그가 동료에게 말했다.

"앰뷸런스는 부를 필요가 없습니다. 괜찮아요. 난 집에 가야 합니다. 결혼기념일이거든요."

그러고 나서 그는 기절해버렸다.

테루오 고바야시가 성 누가병원에서 의식을 차렸을 때 침대 곁에는 아키코가 있었다. 테루오는 그녀를 바라보았다.

"늦어서 미안해요. 샴페인은 어디 있소?"

아키코는 붕대가 감겨 있는 남편의 팔을 다치지 않으려고 조심하면서 테루오를 껴안았다.

"경찰이 갖고 왔더군요. 여기서 축배를 들어요. 당신을 해친 그 사내들은 붙잡혔어요."

"잘됐군."

"무슨 일이었어요?"

아키코가 물었다.

자신이 바보짓을 했다고 아내가 생각할까 봐 그는 말하기가 부끄러웠다.

"그자들이 뭘 빼앗으려고 했소."

"뭘요?"

그녀가 당혹해하는 표정으로 물었다.

"샴페인."

"테루오! 한 병 더 사면 되잖아요."

"아니야. 그건 당신 선물이잖아."

그가 단호하게 말했다.

그는 아내가 비웃을 때까지 기다렸으나 그녀의 눈에 눈물이 고이는 걸 보았다.

"오, 테루오. 정말 당신을 사랑해요. 당신은 미쳤어요."

"그럴지도 모르지."

점잔을 빼면서 그가 말했다.

"하지만 샴페인이 더 중요해."

그는 성한 팔로 아내를 포옹했다.

"집엔 언제 갈 수 있어?"

"내일요. 의사가 오늘밤은 여기 있어야 한다고 했어요."

무슨 생각을 했는지 테루오의 얼굴이 환하게 빛났다.

"당신에게 줄 다른 선물이 또 있어, 아키코. 신인작가를 찾아냈어. 내일 그 작품을 읽어줄게. 자, 이제 샴페인이나 땁시다."

테루오의 옆 병실에선 월레스 박사가 자살을 시도한 어느 젊은 환자를 진찰하고 있었다. 사람들이 의식을 잃은 그녀를 허드슨 강에서 구해낸 것이다. 병원으로 오던 앰뷸런스 속에서 그녀는 의식을 되찾았으나 무슨 일이 있었는지, 또 자기가 누구인지 기억해낼 수가 없었다. 전형적인 기억상실증 증세였다. 그녀의 신원을 확인할 방도가 없었다.

원장이 말했다.

"월레스 박사를 불러드리리다."

월레스 박사는 최면술 전문가로서 과거 이와 비슷한 경우에 그 기술을 도입해서 성공한 사람이었다.

병원에 도착한 월레스 박사는 그 환자를 진찰해보았다. 그녀는 매우 매력적인 20대 여성이었는데 새것처럼 보이는 결혼반지를 끼고 있었다.

"결혼한 지 얼마 안 되는 모양이군."

월레스 박사는 그렇게 추측했다.

그는 침대 곁에 의자를 끌어당기며 말했다.

"난 월레스 박사라고 합니다. 몇 가지 질문을 드리고 싶군요. 이름을 말해 주겠어요?"

"몰라요."

"뉴욕이 집입니까, 아니면 다니러 오셨습니까?"

"몰라요."

"결혼은 했나요?"

그녀는 손가락의 결혼반지를 내려다보았다.

"그런 것 같아요. 잘은 모르겠어요. 미안합니다. 아무것도 기억나지 않아요. 내가 누군지도 모르겠군요. 무서워요."

월레스 박사는 그녀의 손을 잡았다.

"무서워할 필요 없어요. 당신께 도움이 될 방법을 한번 써보겠습니다. 최면에 걸려본 적이 있습니까?"

"몰라요."

"그럼 한번 해봅시다. 당신의 의식이 기억을 방해하고 있어요. 무의식에 접근할 수만 있다면 우리가 원하는 기억을 얻어낼 수 있어요. 해보시겠습니까?"

그녀가 고개를 끄덕였다.

"좋아요."

그는 간호사에게 말했다.

"반짝이는 물건이 하나 필요한데."

간호사는 아까 일본인 출신의 편집국장이 들어왔을 때 호주머니에서 동전 하나가 떨어진 걸 기억해냈다. 도로 돌려줄 참이었는데 그만 깜박 잊고 있었다.

간호사는 그 동전을 꺼냈다. 윤이 반짝반짝 나는 쿼터 동전이었다.

"이걸로 될까요, 선생님?"

"안성맞춤이야."

월레스 박사가 말했다.

그는 환자가 바로 앉도록 도와주었다.

그녀는 초조한 표정으로 그를 바라보았다.

"겁내지 말아요. 내 음성을 듣고 마음을 편하게 가지기만 하면 됩니다. 자, 이 동전을 보세요."

월레스 박사가 말했다.

그는 천장에 달린 불빛을 받아 반짝반짝 광채가 나도록 동전을 높이 치켜들었다.

"이제 졸음이 올 겁니다."

월레스 박사가 부드럽게 말했다.

"내가 열까지 셀 동안 깊은 잠에 빠질 겁니다."

그 여인은 동전에 시선을 모으고 있었다.

"좋아요. 집중하면서 계속 동전만 쳐다보세요. 금세 깊은 잠에 빠질 겁니다."

월레스 박사가 천천히 숫자를 세기 시작했다.

"하나…… 둘…… 졸음이 점점 오는구나… 셋… 넷… 편안히 쉬세요. 마음을 비우고 편안하게 …… 다섯… 여섯… 눈꺼풀이 무거워지면서 곧 눈이 감길 겁니다. 점점 잠이 쏟아지면서… 일곱… 여덟… 내 목소리가 들리죠, 곧 잠이 들 겁니다…… 아홉… 열…… 이제 잠이 깊이 들었군요. 내 목소리만 들립니다. 무서워하지 않는군요. 완전히 편안해지셨고요… 눈꺼풀이 너무 무거워서 뜰 수가 없어요……."

그는 그녀의 눈이 감기는 걸 지켜보았다.

"당신은 구름 위를 떠다니고 있어요."

젊은 여인의 얼굴에 미소가 번져 나왔다.

"기억해 보세요. 기억하시면서 더 이상 겁은 안날 겁니다. 무언가 나쁜 일로 자살을 하려고 했어요. 기억납니까?"

그녀는 눈을 꼭 감은 채 조그마한 목소리로 "네."라고 말했다.

"어떻게 했죠?"

"다리에서 뛰어내렸어요."

"왜 그랬습니까?"

"남편이…… 남편을 도망쳐 나왔어요."

"남편이 당신을 해치려고 했나요?"

"아뇨, 부부싸움을 했어요. 우린 얼마 전에 결혼했어요. 그런데 그가 날 보기 싫다고 하는 바람에 살고 싶지가 않았어요. 그래서 도망친 거예요."

기억이 되살아나면서 말이 술술 나왔지만 고통이 뒤따랐다.

"괜찮아요. 마음을 편하게 가지세요."

의사가 말했다.

"그 사람 없인 살기 싫어요."

"당신 이름이 뭐죠?"

"도나, 도나 가너예요."

"남편 이름은?"

"브라이언 가너예요."

월레스 박사는 만족한 듯이 고개를 끄덕였다.

"됐소. 이제 가서 푹 쉬세요. 잠이 깨면 모두 기억날 겁니다."

그가 간호사에게 말했다.

"이제 괜찮아질 거야."

월레스 박사는 간호사에게 동전을 돌려주었다.

"고맙소, 남편을 불러야겠어."

"월레스 박사가 총각이면 좋겠어."

간호사가 간호사실로 들어가면서 말했다.

"정말 기적을 일으키는 분이야. 이 동전 하나로 기억상실증을 치료했군."

간호사는 동전을 올려다보며 말했다.

그때 17세 된 흑인 소년이 샌드위치와 음료수가 든 가방을 들고 간호사실로 들어왔다.

"배달 왔어요. 콘비프 시킨 분 누구세요? 참치는요?"

소년은 샌드위치를 전해주었다. 그는 쾌활한 청년으로 간호사들에게 샌드위치를 건네줄 때마다 "여기 있습니다. 점심 맛있게 드세요."라고 웃으며 말했다.

간호사들이 그에게 돈을 지불했다. 월레스 박사의 간호사는 샌드위치 값으로 10달러와 쿼터 동전을 소년에게 주었다.

"고마워요."

소년이 말했다.

소년의 이름은 클라이드 해리슨이었는데 간호사들은 매일같이 점심 배달을 하는 소년을 무척 좋아했다. 소년은 언제나 명랑했다.

클라이드는 그날 오후 친구에게 그 동전을 빌려주었다.

그 친구는 그 동전으로 초콜릿 소다를 사먹었다.

그 다음주, 그 쿼터 동전은 정치가, 매춘부, 빵집 주인, 의상실 주인, 극장 매표원의 손을 거쳐 쇼 비즈니스를 하는 사람의 호주머니로 들어갔다.

클라이드 해리슨은 어머니를 봉양하기 위해 14세 때 학교를 중퇴했다. 아버지는 오래전에 가족을 버리고 도망가 버렸다. 클라이드는 빈민지역에 살고 있었는데 그의 친구들도 대부분 학교를 중퇴한 아이들이었다. 도둑이나 뚜쟁이, 그리고 매춘을 하는 친구들도 있었으나 클라이드는 그렇게 되지 않으려고 무진 애를 썼다.

그에게는 야망이 있었다.

"언젠가 유명해지고 말겠어요."

그는 어머니께 말했다.

"기다려 보세요, 어머니. 언젠가는 어머니를 뉴욕에서 제일 큰 백화점에 모시고 가서 몽땅 사드릴 테니까."

클라이드는 타고난 춤꾼이었다. 그래서 걸음걸이에도 자연스럽고 부드러운 리듬이 들어있었고, 늘 생기발랄하고 우아한 동작을 지니고 있었다.

"브로드웨이에서 제일가는 일류 댄서가 될 거야."

클라이드는 친구들을 만날 때마다 그렇게 말했다.

"그럼, 넌 할 수 있어. 미국의 최고 댄서 감독이 사람을 보내서 너에게 새로운 쇼를 만드는 중이니 세계 최고의 댄서인 자네가 주연을 좀 맡아달라고 부탁할 거야."

포세는 그렇게 유명한 사람은 못 만나더라도 적어도 그에 준하는 사람은 만나게 되리라고 믿고 있었다. 그에게 일을 맡겨 스타덤에 올려줄 수 있는 그런 사람을.

배달을 하던 식품점 옆에 댄스 학교가 있었지만 클라이드는 댄스 수업을 받아본 적은 없었다. 그 학교로 가는 배달을 언제나 도맡아하던 클라이드는 식품배달이 끝나면 댄스 수업을 구경하곤 했다. 영리한 그는 꼬마들이 배우는 스텝들을 그 자리에서 따라 익혀 집으로 돌아와서 연습을 했다.

춤을 추는 것이 그에게는 호흡처럼 자연스러운 일이었다. 클라이드는 예전에 배워두었던 스텝과 새로 익힌 스텝을 섞어 연습하면서 아무도 시도해보지 않은 우아한 동작을 새로 고안해내기도 했다.

"하지만 아무도 나를 만나주지 않는다면 무슨 소용이 있겠어? 감상해줄 관객이 없다면 재능이 있어 봐야 무슨 소용이람?"

그는 그렇게 중얼거렸다. 하지만 그는 결코 포기하지 않았다.

'언젠가는, 언젠가는.'

젊은이들이 뉴욕 거리로 나가 춤을 추었다. 경쾌한 리듬에 맞춰 몸을 구부리고 머리를 땅바닥에 댄 채 빙글빙글 돌아가는 그런 춤이었다. 손에 땀을 쥐게 하는 유쾌한 구경거리였다.

클라이드 해리슨은 그 춤에 이끌려 함께 거리로 나갔다. 그들이 가장 많이 찾아가는 곳은 브로드웨이의 극장가였다. 극장 앞에 서 있다가 중간 휴식시간에 사람들을 즐겁게 하기 위해 춤을 추었다. 처음에 클라이드는 어울리기가 부끄러웠으나 결국 유혹을 이겨낼 수가 없었다. 휴대용 라디오에서 흘러나오는 음악소리가 너무도 유혹적이었기 때문이었다.

그는 사람들 사이를 뚫고 들어가 춤을 추기 시작했다. 놀라운 춤 솜씨에 사람들이 점점 모여들기 시작했다.

보는 사람이 한 명도 없었어도 클라이드 해리슨은 춤을 추었을 것이다. 그에게 춤은 순수한 즐거움이었다. 그의 몸은 리듬과 음악소리에 살아 움직이는 동작 그 자체였다. 그와 음악은 한 몸이었다.

클라이드가 정신없이 춤을 추고 있을 때 극장 안에서 벨소리가 나더니 방송이 흘러나왔다.

"제2막이 시작됐습니다. 막이 올라가고 있습니다."

손뼉을 치던 군중들이 극장 안으로 들어갔다. 음악소리가 멈추면서 춤 공연이 끝나고 만 것이다. 클라이드는 천천히 몸을 일으켰다.

'재미있었어. 하지만 내가 평생 할 일이 이거란 말인가? 무대에서 전 세계를 즐겁게 해줄 내가 극장 앞에서 몇 사람을 모아놓고 춤을 추다니.'

그는 벗어놓았던 재킷을 주워 입었다. 구경꾼들은 모두 가고 없었다. 오직 한 사람만 남아서 그를 지켜보고 있었다.

그는 키가 작은 대머리 남자였다.

"훌륭하네."

그 남자가 말했다.

"고맙습니다."

클라이드 해리슨은 미소를 보냈다.

그 남자가 동전 하나를 던져주자 클라이드는 그걸 잽싸게 받았다.

"그걸로 나에게 전화해 주게. 내 이름은 밥 포세일세."

네바다 주의 라스베이거스에서 대니 콜린스는 훔친 신용카드를 사용한 죄로 복역 중이었다. 그는 탈출할 궁리를 짜느라 여념이 없었다.

이탈리아 베니스의 앨리스 짐머는 로마의 요술 샘에서 만난 매력적인 남자인 마크 휘트니와 오붓한 저녁식사를 하고 있었다.

뉴욕에선 앨리스의 사위인 샘이 자신의 낡은 택시가 5번가에서 교통 혼잡으로 막히게 되자 마구 욕을 해대고 있었다.

뉴욕 북부 지역에서 피트 터켈은 도널드 애덤스를 살해한 죄목으로 전기의자에 갇혀 있었다.

맨해튼의 로저 벤슨 형사는 전보다 더 극성쟁이인 아내 곁으로 돌아와 있었다. 그녀는 그가 사진을 포기하도록 만들었다.

시카고에서는 엘리자베스 매디슨 스티븐스와 그녀의 남편 리처드가 제임스 매디슨에게 곧 할아버지가 될 거라는 소식을 전해주고 있었다.

오악사카의 페드로는 주운 가방 속의 돈으로 지은 아름다운 새 교회 건물을 보고 흐뭇한 기분에 젖어 있었다.

할리우드에선 제닝스 랭이 스튜디오에서 '20세기 폭스'사에서 사들인 자신의 베스트셀러 소설을 시나리오로 각색하고 있었다.

브로드웨이의 팔레스 극장의 무대 위에선 밥 포세의 새 뮤지컬 주역을 맡게 된 클라이드 해리슨이 연습을 하고 있었다.

반짝거리는 새 동전 하나 때문에 이 모든 사건이 일어났고, 또 그들의 인생이 바뀌게 된 것이다.

그 동전은 그 다음에 어떻게 되었을까?

어린아이들, 버스 운전기사, 매표원, 외로운 과부, 막강한 힘을 가진 거물들의 손을 거치는 동안 너무 낡아서 동전에 새겨진 글씨마저 읽을 수 없게 되었다. 그러자 덴버에 있는 주물공장으로 들어가 용해되고 말았다. 그러고 나서 다시 새롭게 반짝이는 새 동전으로 만들어졌다.

그러다가 어느 날, 찰스 윌슨 박사와 결혼한 전직 웨이트리스 로즈마리 머피는 옛날에 갖고 있던 동전인 줄은 꿈에도 모른 채 다시 그 쿼터 동전을 손에 쥐게 되었다. 그녀는 그 동전을 예쁜 어린 딸에게 주었다.

그렇게 해서 25센트짜리 동전의 모험은 처음부터 다시 시작되었다.

## 옮긴이의 말

책을 출간할 때마다 베스트셀러를 기록한 세계적인 작가, 시드니 셸던의 소설이다.

나는 그동안 그의 작품을 7권 번역했는데, 이 책만큼은 번역하는 동안 콧노래를 부르며 작업했음을 기쁘게 밝히고 싶다.

다른 책에 비해 비교적 짧은 소설들이지만 그의 기발하고 거침없는 상상력은 이 책에서도 유감없이 발휘되고 있다.

기업의 총수, 마쓰시타 요네오의 유산을 둘러싼 박진감 넘치는 스토리가 펼쳐지는 〔3분 내로(The Chase)〕, 가출한 물방울이 처음 만나는 세상에 대해 눈을 떠가는 이야기인 〔물방울 드리피의 대모험(Drippy The Runaway Raindrop)〕, 가는 곳마다 기적을 일으키는 25센트짜리 동전 이야기인 〔행운의 동전(The adventure of a Quarter)〕, 나는 이 3권이 주는 풍요로운 이야기에 푹 빠져서 지난 몇 달을 보냈다. 삶의 희로애락이 펼쳐지는 가운데 삶의 의미를 달리 해석해 보는 귀중한 시간이었다.

어쩌면 조마조마하게 스릴을 안고 한 걸음씩 나아가는 것이 인생이라면, 그 속에서 행운과 쓰라린 패배를 만나지만 그것은 결코 한쪽 방향으로만 흐르지는 않는다는 것을 말해준다고 할까. 인생이 좌충우돌하는 것이긴 하지만 어떤 보이지 않는 법칙이 반드시 존재한다는 것, 그것을 우리는 항상 염두에 두지 않으면 안 될 것이다.

그런 의미에서 〈3분 내로〉의 주인공인 마쓰시타 마사오에게는 빨리 추적에서 벗어나기를 끝없이 응원하게 되고, 물방울 드리피에게는 좀 더 드넓은 세계로 나아가고자 하는 염원과 끈질긴 생명력에 박수를 보내게 되고, 어딘가에 숨어서 다음 행운의 주인공을 찾아가는 25센트짜리 동전에게는 그 비밀스런 법칙의 열쇠를 떨어뜨리지 않도록 다시 한 번 꼭 쥐어주고 싶다.

시드니 셸던 특유의 스릴과 미스터리를 결코 놓치지 않는 이 작품들은 순수한 열정과 삶에 대한 예의, 고난을 이기는 치열한 방법, 거짓과 허욕의 이중성 등을 골고루 짚어주고 있다.

삶이 무료하고 메마른 일상이 반복되는 분이 있다면 서슴없이 일독을 권하고 싶다.

옮긴이 정성호

충남 당진에서 태어나 가톨릭대학교 신학과를 졸업했다. 여흥고등학교에서 영어교사로 재직했으며 번역전문가로 활동하고 있다. 현재까지 번역한 책은 600여 종에 이른다. 주요 역서로 《개 같은 나의 인생》, 《황금옷 천사》, 《배반의 축배》, 《13월의 천사》, 《신즈》, 《우연한 여행자》, 《늑대와 춤을》, 《그네 타는 남자》, 《생의 한가운데》, 《인간의 역사》, 《정신분석입문》, 《포레스트 검프》, 《체인지》 등이 있다.

# 3분 내로

**1쇄 인쇄** 2019년 11월 10일 | **1쇄 발행** 2019년 11월 15일
**지은이** 시드니 셸던 | **옮긴이** 정성호 | **펴낸이** 최효원 | **펴낸곳** (주)도서출판 오늘
**출판등록** 1980년 5월 8일 제2012-000082호
**주소** 서울시 영등포구 선유서로 15, 209호 | **전화** (02)719-2811(대) | **팩스** (02)712-7392
**홈페이지** http://www.on-publications.com | **이메일** oneull@hanmail.net

* 잘못 만들어진 책은 바꾸어 드립니다.
ISBN 978-89-355-0558-6 03840